小温柔 ·2

春风榴火 著

中国广播影视出版社

目录 Contents

第一章	01
第二章	14
第三章	37
第四章	56
第五章	70
第六章	90
第七章	106
第八章	123
第九章	141
第十章	158
第十一章	176
第十二章	187
第十三章	199
第十四章	214
第十五章	228
第十六章	240
第十七章	259
第十八章	267
番外一 · 傅时寒写给女儿的三封信	275
番外二 · 小柠檬	279

第 一 章

今年冬日的雪迟迟未落，偏等到平安夜那一晚，纷纷扬扬漫天洒下。街上很热闹，仿佛所有人都出来，迎接今年的第一场雪。

商店门口时常能看见挂着彩灯的圣诞树，傅时寒撑着霍烟的花边儿小伞，跟她一块儿来到小花园的回廊中。

霍烟从包里抽出了一条深灰色的羊绒围巾，挂在傅时寒的脖子上。

"我给你织的。"霍烟胡乱给他打了个结。

羊绒围巾的质感非常柔软，绒绒的，一点也不扎皮肤，而且相当保暖。

傅时寒垂下眸子，望了望那胡乱地系成死结的围巾，轻笑一声："是你织的就怪了。"

有这么好的手艺，你怎么不上天当织女呢！

霍烟撇嘴，咕哝他不识好人心，说道："好啦好啦，是我买的，不喜欢就算了。"

她说着要将围巾取下来，傅时寒偏身闪躲开："送出去的东西，哪有收回来的道理。"

其实霍烟是见苏莞大小姐最近总在织围巾，上课织，下课织，晚上被窝里还在织，一问才知道，她是要送给她和尚哥哥的。

霍烟问："你有钱，干吗不买一条啊？"

苏莞理所当然地回答："买的哪有我织的贴心啊。"

霍烟看着那条被织得皱皱巴巴，中间还脱线，丑得简直没眼看的围巾，本能地觉得这事儿不能效仿。

现在纺织技术这么发达，要什么花样纹路的不能给你纺出来，自己还费时费劲一针一线地织，也太落伍了吧。

苏莞说霍烟简直就是直女思维，什么都不懂，自己织的是心意，人家戴着也更暖和一些。

霍烟坚决不认同她的说法，暖和不暖和主要看毛线材质，跟你是不是亲手织的有个半毛钱关系啊？

"心里暖和！懂吗？心里！"

霍烟摇头："许明意那家伙的心要是能捂得热那就怪了。"

苏莞说她简直没救，霍烟觉得自己还是可以救一救的，于是去商店里精挑细选，选了一款颜色比较低调沉稳的羊绒围巾，送了出去。

傅时寒虽然哼哼唧唧，但是看得出来，他还是很喜欢这条围巾的，拿着

手机反光的背面,照了好多遍,又理了理头发,然后问霍烟:"好看吗?"

霍烟诚实地说:"围巾好看。"

傅时寒捏着她的下颌:"再给你一次机会,说人话。"

霍烟的嘴被他捏得嘟了起来,使劲挣扎:"美颜盛世傅时寒!"

傅时寒清浅一笑,放下自己的黑色单肩包,说道:"礼尚往来。"

霍烟惊喜地看着他打开书包:"你也有给我准备礼物吗?是什么呀?"

傅时寒说:"先把眼睛闭上。"

于是霍烟乖乖地闭上了眼睛,手放在胸前:"一睁眼看到一沓毛爷爷什么的,那就太俗气了,本仙女是不会接受的哦。"

"好了。"

霍烟缓缓睁开眼,蒙蒙眬眬间,看到面前小桌上立着一个约莫巴掌大的小白熊,白熊背着手,腼腆地站在霍烟面前,脑袋上还挂着红色圣诞帽。

霍烟想要伸手摸摸它,而小白熊竟然自己往后退了两步:"非礼勿碰。"它居然开口说话了,声音像个半大的小孩子,却操持着老成的调子。

就像……傅时寒小时候的嗓音。

霍烟惊喜地看着傅时寒:"你送给我一只……白熊精?"

"白熊精你个头。"傅时寒轻拍了拍霍烟脑门顶,"是人工智能机器人。"

"哦……"

傅时寒操控机器人道:"自我介绍。"

于是白熊笨拙地迈步走到霍烟面前,一本正经道:"我叫傅小寒2.0,我的妈妈叫霍烟,我的爸爸叫傅时寒,我妈妈超级爱我爸爸,每天睡觉都在想我爸爸。"

霍烟:"……"

她瞪向傅时寒,傅时寒很无辜地耸耸肩:"它一定要这样理解,我也没办法。"

当她傻吗,不给它这样写,它能这样想?

傅时寒立刻道:"给你妈妈补习功课。"

于是小白熊立刻切换补习模式,大白熊的黑色屏幕缓缓滑出来:"请翻开《高等数学二》第七页……"

霍烟:"……"

莫名好想打儿子。

霍烟不理傅时寒,俯下身对小白熊说道:"小寒啊,你为什么要叫傅小寒2.0呢?"

傅小寒:"因为1.0偷看沈遇然叔叔洗澡,还说了不该说的话,脑袋被沈遇然叔叔半夜给拧下来了。"

霍烟:"这么凶残,他说了什么呀?"

傅小寒:"说沈叔叔身材不好。"

傅小寒话音未落,傅时寒迅速伸手捂住它的出声孔。

| 第一章 |

霍烟眯着眼睛，充满鄙夷地看着他，仿佛在说，藏什么藏，我都听见了。

傅时寒故作镇定道："程序出错，我拿回去再调试调试。"

霍烟一把将小白熊夺回来："你自己说的，送出去的礼物，哪有再要回来的道理，傅小寒这样子挺可爱的，我很喜欢。"

大白熊也瑟瑟发抖地抱住了霍烟的手腕："妈妈救命。"

"你要是想好好活着，以后就管住自己的嘴。"霍烟教育傅小寒，"以后跟了我，可不能随便偷看别人洗澡，要是让你苏莞阿姨发现了，那可就不是'咯嘣'一下拧了脑袋这么简单了，她会把你大卸八块再扔进湖里，让你尸骨无存！"

大白熊连连点头，憨态可掬。

傅时寒见霍烟一本正经教训机器人的样子，倒真像是在教训儿子似的。

恐怕也只有她了，跟一只机器人也能聊得这么开心。

傅时寒送霍烟回到宿舍，机器人搁在霍烟的兜里，冒出一个小脑袋，看起来可爱极了，一路引来无数女生回头。

宿舍楼下，霍烟重新给他系了围巾，一丝不苟，规规整整。

"我知道你一贯不喜欢戴围巾，大冬天也是敞着脖子，不喜欢就不戴，但是刮风下雪的时候得戴着，免得着凉感冒，知道吗？"

她絮絮叨叨的关切让傅时寒觉得心里温暖极了，他垂眸望向她，冬日里，她的肌肤越发细腻粉白，额前刘海上还萦着几粒冰晶雪花。

他情生意动，伸手拂掉了她发梢间的雪花片，然后拉她来到墙角边，附身吻住了她的唇。

霍烟的后脑被他伸手托住，腰也被他另一只手捧着。

霍烟避开他含笑的目光，有些害羞，推开他，低声说："我先上去了。"

她走了几步，又折回来，接过傅时寒替她背着的双肩包，踩着小皮鞋噔噔噔地跑掉了。

姚薇安交了男朋友的消息，霍烟是听苏莞说的。

说来也巧，苏莞和林初语在市中心逛街，刚好看见姚薇安挽着她男朋友迎面走来，手里拎着大包小包。

更巧的是，她们还认识那个男生，也是她们计信的直系学长，名叫许文池。

许文池五官也还算端正，但远远谈不上英俊，就是非常普通的长相，不过他成绩很好，家庭条件相当优渥。

听说许文池学长早一年前就在追求姚薇安，可是姚薇安眼光高，一直没答应，但也没有明确拒绝。

苏莞一张利嘴毫不留情，说这是拿他当备胎呢，眼瞅着傅时寒那边没着落了，备胎便立刻派上用场了。

姚薇安看见苏莞和林初语的时候，立刻松开了挽住许文池的手，显得非常局促尴尬。

　　本来只是泛泛之交，苏莞和林初语没想上前打招呼，但是苏莞瞥见了姚薇安这一个动作，立刻笑脸迎上去：" 真巧，在这里遇到学长啊，学长你和姚薇安学姐这是……一起逛街呢。"

　　许文池也是贪慕姚薇安长得漂亮，追了她大半年，好不容易她松口了，当然恨不得人人都知道，好几次还想带她和自己的哥们朋友见见面，长长脸，奈何姚薇安死活不同意。

　　所以遇到熟人，许文池大大方方地承认："是啊，我陪女朋友逛街呢。"

　　"女朋友啊。"苏莞拖长了调子，看着姚薇安。

　　姚薇安脸色很难看，于是苏莞故意说道："原来学长和薇安学姐在一起了啊，恭喜恭喜，你们真是郎才女貌天作之合啊。"

　　姚薇安的白眼都快翻到天上去了。

　　许文池还乐呵呵地傻笑着："是啊，你们也抓紧啊，大学不谈恋爱，很遗憾的。"

　　"我们也想啊，可是长得丑，没人要啊。"苏莞笑着说，"不像学姐，大把大把的男生追求，不过还是学长优秀，这不，抱得美人归了。"

　　"哪里哪里。"听到这话，许文池的虚荣心得到了极大的满足，嘴都合不拢了。

　　林初语把这件事原封不动地讲给霍烟听，霍烟不解地问苏莞："你和那个许文池学长很熟吗，还聊这么多？"

　　"一点都不熟。"苏莞笑吟吟说道，"但我就喜欢看那个姚薇安吃瘪的样子，她越是不想让人知道她和许文池在一起，我就偏要说他们有多登对，哼哼。"

　　霍烟不解地问："听你这么说起来，她好像不喜欢那个许文池，又为什么要在一起呢？"

　　苏莞说："什么是备胎，食之无味又弃之可惜呗，而且刚在傅时寒那里遭遇了挫折，火速交往新的男朋友，能够让她的面子好过一点，同时也告诉别人，她是很有魅力的。"

　　霍烟心想，虽然这个许文池也是本院的学长，不过幸好跟傅时寒不是同班，不然见面得多尴尬呀。

　　两天后，研究小组接到了图书馆公开竞标的通知，图书馆需要一款方便智能的机器人，平时能够帮同学们解决一些简单的基础问题，同时也减轻图书馆工作人员日常繁重的分类工作。

　　S大在人工智能方面处于国内顶尖水平，有这么好的资源，当然无须向其他公司订购，索性便由馆长出面，希望相关学院的研究小组能够切合实际开发一款可供图书馆使用的机器人。

　　当然开发过程中产生的经费由图书馆方面提供，还会为参加研发的学生提供奖励金。

　　这次图书馆机器人公开竞标，对于学生们来说是很好的锻炼机会，学院里好几个教授所带的研究组都跃跃欲试。

第一章

在公开报告会上，几个研究小组用投影仪将各自的创新理念进行了一个动态展示。

经过初步的筛选，选定了丁沛和周岩两名教授所带的两个研究组，分别进行开发设计，至于最终究竟选用哪个组设计的机器人，就要看最后的成品了。

良性竞争，能够更好地督促组员完成任务。

公开报告会上，霍烟发现，姚薇安也来了。

周岩教授所带的课题研究组的组长，就是姚薇安的男朋友许文池，她过来观看也不足为奇。

待到散会，林初语拉着霍烟跟她一块儿去找厕所。

文德楼年代久远，且地处偏僻，位于一处茂密的小林子深处。雨后的小花园空气清新，环境静谧，树下有一男一女，说话声音不大，却很清晰。

"上次校庆学生发言，你和傅时寒都有资格，系主任却选了他，本来就很不公平。文池，这一次无论如何你都要争气，不能再让他抢了你的风头。"

"薇安，为什么你一定要我跟他竞争呢，上一次他当选学生代表是实至名归的，我的成绩虽然和他持平，但是他是学生会主席，操行分很高，我又没有参加任何学生组织，学生代表肯定选不上我的。"

许文池声音听着不温不火，与姚薇安的锐利调子截然不同，一个像针刺，一个像揉棉花。

"你能不能有点出息！"姚薇安恨铁不成钢，"还没有比呢，你就认输了，我怎么会跟你这样的人在一起！"

她气得转身要走，许文池连忙拉住她的手腕："你别生气，我又没说不比。"

姚薇安回头，没好气地瞪着他："你一定要拿下这次机器人设计的头筹，不能输给他们组。"

许文池心里其实没底，丁沛老师的研究组可是拿过不少国内外的专业奖项呢，尤其是傅时寒，他不仅专业素养高，而且有很多新点子。

看着姚薇安期待的目光，许文池感觉压力很大，虽然没信心，但是为了讨美人欢心，他还是勉强说道："你放心吧，我肯定拼尽全力，争取拿第一。"

"什么争取，你是必须得第一！"姚薇安愤愤地说，"不能让我丢脸！"

许文池点了点头，又很没底气地低声咕哝："咱们在一起这么久，你还没让我碰过呢。"

姚薇安立刻后退两步，防备地说："你想干吗？"

许文池连连摆手："你别害怕，我就是……想牵牵你的手。"

在一起快两个月了，平时要么逛街买买买，要么就是尴尬地走在路上，没什么话好说，根本不像是情侣谈恋爱该有的样子。

而且姚薇安特别小心，在学校里几乎不和他有过多的接触，怕被朋友撞见会尴尬。

这哪像情侣啊，看看人家小树林的情侣，卿卿我我地抱在一起，那才是

谈恋爱呢。

姚薇安想了想，把手递过去："那就牵一下吧。"

许文池一把握住了她白皙娇嫩的手，放在掌心摩挲着。

看着他一脸满足的神色，姚薇安只觉得恶心和猥琐，脑子里又浮现傅时寒那张清秀的面孔，心里更是难受不已。

俩人牵了会儿手，许文池本来还想更进一步，幸而这时候电话响了起来，他接过之后，说道："周岩教授叫我们过去开会，我先走了。"

"快去吧。"姚薇安如释重负地摆了摆手。

他刚离开，姚薇安连忙从包里摸出湿纸巾，使劲儿擦拭刚刚被他牵过的手。

"哎呀，全身舒畅！"林初语从洗手间出来，"抱歉啊肚子不舒服，久等了。"

霍烟连忙捂住她的嘴，不过已经来不及了，姚薇安敏锐地朝她们望过来："谁？"

霍烟抓着林初语匆匆离开，也不管姚薇安是否看见她们，总之多一事不如少一事，霍烟是真不想再和她正面对上，太累了。

林初语不解地问："你拉着我跑什么呀？"

"刚刚不小心听到了不该听到的，看到了不该看到的。"

霍烟一边说，一边拿出手机，想着要不要把许文池的事情告诉傅时寒，不过想了想，还是算了，说不说都没有影响，不管许文池消极怠工也罢，全力以赴也罢，傅时寒都不带怕的。

报告会之后，就正式进入了研究准备阶段。

开会的时候丁沛老师也在，他让傅时寒主持会议，而自己作为旁听，时不时给予指导意见。

霍烟发现，每次有丁老师在场的会议，李湛总是表现得特别积极。

"我觉得，既然是图书馆智能机器人，服务学生肯定是跑不了的。"

傅时寒道："可以具体讲一讲你的想法。"

李湛跃跃欲试地说："可以精细机器人的手部动作，比如倒水、递咖啡，甚至更进一步，在机器人内部装一个咖啡机，这样同学们看书看得昏昏欲睡的时候，就可以喝到热腾腾的咖啡。"

这个点子冒出来，李湛自己是深有体会的，每次在图书馆看书困得要死，想喝咖啡提提神，奈何楼下的咖啡厅是私人承包，价格太贵。

如果机器人可以免费提供咖啡，那可真是造福同学了啊。

"更进一步，机器人还可以制作各种点心、饼干，冬天提供牛奶，夏天提供冰镇饮料……"

许明意冷不丁地说："听起来真不错，我附议，干脆直接让机器人在图书馆开个饭店好了，本人可以承包送外卖业务。"

几个男生无所顾忌地笑了起来，面上带着戏谑的意味。

李湛从他们的眼神里，看出了轻蔑的味道，知道他们是看不起自己穷。

| 第一章 |

许明意比他还穷呢,他有什么资格嘲讽自己!

丁沛老师不发表看法,只是望了众人一眼,说道:"大家有什么修改意见?"

当然,大家都知道,李湛小气又记仇,刚刚面子受挫,没人想当众触他的霉头。

这时候霍烟缓缓开口了:"我觉得李湛学长的意见有几点不妥。"

她是个直来直往就事论事的性子,也不管什么得不得罪人,既然老师提问,她就有话直说了。

"以目前的技术,即便是精细化手部动作,仍然很难做到百分百不出差错,图书馆的书籍有很多是重要资料文献,万一咖啡洒上去,不就全毁了吗?这也是图书馆不让同学们自带饮料食物进来的原因。再者,花费人力物力去完成制作点心咖啡这方面的功能,我觉得是没有必要的,图书馆一楼就有咖啡厅,也能提供点心。"

李湛反驳:"可是去咖啡厅吃东西是要钱的,我们的机器人免费提供,这也是为了方便同学。"

"如果每个同学都去机器人那里取食,图书馆每年势必要增加一大笔额外的开支。这一项技术如果被我们研发出来,都不用比了,直接给竞争对手送人头。"

沈遇然连忙举手道:"我们可以在敌军中安插间谍,把这么好的点子送给他们。"

几个男生又忍不住嘻嘻哈哈笑了起来,李湛的脸色一阵红一阵白,咬牙切齿道:"说得头头是道,那我倒想听听,你有什么高见?"

其实霍烟现在只是跟组学习的阶段,很多发言她都插不上嘴。霍烟望向傅时寒,傅时寒对她点了点头,示意她不用顾忌,有什么主意可以直说。

"可以将图书馆所有的资源数据库导入机器人主脑中,分类检索,加快同学们寻找借阅图书的效率。"

李湛轻哼道:"这一点,图书馆所有的电脑都能做到,要机器人做什么?"

霍烟想了想,道:"图书馆主馆五楼,副馆十七楼,除了主要阅览室十个以外,还有许许多多个文献资料阅览室。普通同学要想弄明白这些阅览室的具体位置还是要费一番功夫的。"

"很多时候同学们即使知道要找的书在哪个阅览室,但是对于阅览室具体在哪一楼哪片区域,还是一头雾水,需要四处询问才能找到。之后又要根据书籍编码寻找书架,然后一排一排地仔细寻找,耗时太长,效率太低。机器人,大概可以承担智能导路的角色,直接将书籍精确定位到书架位置以及几层几排,这样大大地节省了找书时间,如果有些新生实在找不到位置,还可以请机器人带路。"

霍烟一口气说完,然后忐忑地望了望众人:"我就是开了脑洞这样一说,

具体的方案还要学长们在研究过程中斟酌设定。"

沈遇然想了想："这个其实不难，具体的书籍编码资源数据，图书馆都是现成的，直接导入就可以了，再添加一个定位系统，这也不难，我看行。"

许明意："神州行，你说行就行？"

沈遇然："你脑子是不是有毛病？"

许明意冲他露出一个阳光灿烂的微笑，贱贱的，让人有种想要暴打他的冲动。

霍烟紧张的心情让这俩人的插科打诨给闹没了。

丁沛教授的脸上露出了较为满意的表情："霍烟同学开了一个好头，后面大家有什么点子，尽可能要往这上面靠，真正能够服务同学是首要，其次是减轻图书馆工作人员的负担。人工智能是什么，不就是为了给人们日常生活提供方便，解放劳动力，能人所不能，希望大家能够谨记这一点。"

散会的时候，沈遇然揽着许明意的肩膀，笑呵呵地说："老二今天表现优秀，走，我今天请你喝咖啡。"

"去哪里喝，图书馆吗？"

"哈哈，调皮。"

傅时寒牵着霍烟的手："走吧，去蹭沈遇然的咖啡。"他回头说，"大家一块儿啊，别跟这小子客气。"

辛苦了一天，几个男生迈着轻快的步子走出去，准备好好放松一下："沈哥我能点披萨吗？好饿哦。"

"还吃披萨，你怎么不上天呢！最多……请你们一人一个大馒头。"

"能不能行啊，男人这么小气，难怪找不到女朋友！"

"说的好像你们能找到似的。"

……

几人的笑闹声远去了，李湛当然不会跟他们一起去，他脸色非常难看，今天这一笔账他可是记住了，他不会让他们得意太久的，走着瞧吧。

研究组接了图书馆的项目，正式开始工作。

每个人都有自己的分工，沈遇然负责主体躯干方面，许明意几人负责传感部分，而向南则负责执行部分，傅时寒负责最重要的一环，控制部分，或者说是机器人的主控大脑。

霍烟为了追上大家的进度，除了上课以外，基本上大部分时间都泡在研究室，小部分时间泡在图书馆，查阅资料，希望能够帮上忙。

图书馆很安静，霍烟也尽可能放轻脚步。

卷帙浩繁的图书散发着某种陈旧的味道，她拿着手机，根据上面的索引来到最里层的书架，挨个数着书号，一路看过来，发现所要找的一本编程的书籍位于书架的最上方。

第一章

她努力踮起脚尖，却始终够不到。

身高，硬伤啊。

霍烟准备找一找周围专门用来取书的小板凳，奈何偌大的阅览室，竟然一个小板凳都没发现，全被人拿走了？

回到书架边，她深吸一口气，将脚尖踮成了与地面的直角，然后费劲地够到顶层书架。

还差一点点，快摸到了。

她用手指勾着书的硬质边缘，费劲地想把它拖出来。

就在这时，脑门顶上突然伸出来一只修长白皙的手，直接将书取走了。

霍烟抬头便看见傅时寒英俊的脸庞，浓密的眉毛微微上扬，长而微卷的睫毛，眼角带着淡淡的笑意。

他扬扬手里的书："终于找到了。"

霍烟见势不对，连忙拖住他的手臂："我先找到的！"

傅时寒挑眉，气定神闲道："怎么办，现在它在我手里。"

"那也不行，要讲规矩。"霍烟理直气壮地说，"先来后到懂不懂！"

"哦。"傅时寒点点头，作势要把书放回书架："那你自己取。"

"喂！"

看着她这气鼓鼓跟金鱼似的模样，傅时寒觉得好玩，于是俯下身凑近她："要不，求我一下？"

求你这大魔王，门儿都没有！

"那我走了。"傅时寒转身欲走，霍烟连忙攥住他的腰侧衣角。

"别走啊。"

什么女朋友，充话费送的吧！

她低声咕哝："那就请傅主席高抬贵手，帮我取一下书。"

"高抬贵手不是这样用的，笨蛋。"傅时寒轻拍了拍她的小脑袋，"这样吧，亲你男朋友一下，男朋友就帮你取了。"

他俯身指了指自己的脸颊。

霍烟心里腹诽，天底下就没这样的男朋友，想想姚薇安，人家男朋友多听话呀，说什么就是什么，都不带反抗的。

霍烟将傅时寒的衣领往下拉了拉，对着他的脸颊轻吻了一下。

他脸颊温度有些低，冰冰的，皮肤质地光滑。

傅时寒嘴角噙着一抹邪气的坏笑，将书拿下来递到霍烟手里，在她接过书笑逐颜开的一瞬间，他顺手拿住她的下颌，吻住了她的唇。

猝不及防的吻让霍烟后退了几步，被他逼靠在了书架边，书也从手中滑落。

阳光自天窗边漫入，一道明晃晃的光斑横斜在两人之间。

霍烟被纠缠得双颊通红，轻轻推了推，说道："这是在图书馆呢，你……你自重好不好。"

周遭寂静，整个阅览室似只有他们两人。

傅时寒情生意动，再度含住她的唇："只要没有影响别人，别人又何必来管我。"

他一贯如此，有时似乎有着一套约束的规矩，但有时又好像没有规矩。

正是这样的傅时寒，才让她感觉鲜活而恣肆，就在她的身边，而非高高在上，可望而不可即。

霍烟停止了挣扎，抬起头迎合他的吻。

去他的规矩。

两人吻了不知多久，直到有人的声音从门边传来，才渐渐停了下来。

洛以南有晚课，忘了拿课本，宿舍区离教学区有一段距离，她便让霍烟下午给她带过来，她到逸夫楼的研究室来取。

刚迈入大楼，便撞见了出门吃晚饭的向南。

向南整个下午都泡在研究室编写程序算式，整个人蔫蔫的，提不起什么精神来，头发也是乱糟糟一团，跟他身边同样一头鸡窝的许明意不相上下。

真是两只山里走出来的"程序猿"啊。

洛以南知道，向南除了闷骚以外还有一个不为人知的秘密属性，就是臭美。

每天出门上学前，半个小时都在捯饬他的头发，将自己修饰得一尘不染，身上还散发着某种淡香。

涂香水的男人少气概，但是向南并非如此，他只是希望自己干干净净香喷喷，天生爱漂亮，仅此而已。

彼时的他，也算白白净净的清秀少年。

而现在，一件宽宽大大的黑色夹克配牛仔裤，还戴上了眼镜装斯文，眼镜框还歪着，鬓间胡子似乎都没来得及刮，兴许是觉得每天三点一线的生活，泡在研究室也不需要见人吧。

没承想，下来吃个饭，竟然能撞上初恋。

向南本能反应的第一件事，就是摘下那个丑了吧唧的黑框眼镜，第二件事是摸出大嘴猴口罩给自己戴上。

今天偷懒没刮胡子呢！

洛以南收回目光，手揣在兜里，面无表情地从他身边经过。

沈遇然说："你是来找霍烟的吧，她在楼上，3504。"

"谢谢。"

向南又情不自禁地抬起头望向她，却瞥见了天空中飘来的一片冰晶雪花，落到她的肩头。

"下雪了。"许明意说。

沈遇然："哎哟，没带伞。"

向南连忙道："我回去拿。"

他说完正要朝洛以南离开的方向走去，却被沈遇然攥住后衣领："拿什么拿呀，大老爷们的，几片小雪花而已。"

第一章

说完他拉着向南朝食堂走去:"饿死爷了。"

向南忍不住回头,不知道是不是他的错觉,他看到楼梯尽头那抹身影,似乎停了一下。

大家都去吃饭了,霍烟让许明意给她买份饭菜打包提上来,她省得下去吹冷风了。

李湛见霍烟这般努力,他也没了要去吃饭的意思,坐在她对面的位置上,拿着手机,用英语学习软件练习听力和口语。

"Hello, my name is Lee, where is the restroom?"

他的英语很不标准,透着一股浓浓的方言味,而他的鼻音又很重,听得霍烟鼻子都开始不通气了。

她抬头望向李湛:"你能不能安静一点,或者出去朗读?"

李湛说:"办公室就是用来学习的,而且,外面这么冷,叫我出去,你自己怎么不出去?"

霍烟知道他是故意的,多说无益,她埋头继续做算式。

草稿纸上繁重的算式,耳边嘈杂的英语,让她感觉脑子一团乱,连着屋子里的空气都闷热了不少。

她拿着本子走出了门,李湛还优哉游哉地补了一句:"慢走不送。"

霍烟趴在阳台上继续演算,凉风一吹,倒是让她的脑子清醒了不少,思路也跟着清晰了,三下五除二,竟然就把算式推演了出来。

胸中郁结豁然开朗,感觉真不错。

这时洛以南上楼,迎面看见霍烟站在阳台上写东西,她有些讶异:"你怎么站在外面?多冷啊。"

霍烟努努嘴:"屋里供了尊脾气大的佛爷,把我赶出来了呗。"

她本来也没怎么计较,不曾想洛以南走过去一把推开了办公室大门。

凉风飕飕灌入充盈着暖气的屋子,李湛"嘶"了一声:"什么毛病啊?"

他的手机里还放着BBC英语的外音。

霍烟连忙拉着脸色铁青的洛以南,走到自己的办公桌前,将书塞到她手里:"你不是还要上课吗?"

洛以南没有要走的意思,将书往桌上一扔,看向李湛:"哥们,几个意思?"

霍烟看洛以南这架势,真像社会人啊。

李湛皱着眉头睨她一眼:"什么几个意思?"

"这大冷的天,你把我朋友赶到外面去做题,你一大老爷们跷着二郎腿坐在屋里,别说,挺厉害的。"

李湛冷哼道:"是她自己要出去的,我又没把她撵出去。"

霍烟咕哝说:"我让你把音量关小一些,你反而开得更大,这不是存心不让人学习吗?"

　　李湛当然有自己的道理:"你做题是学习,我听英语也是学习,哦,就准你学不准我学,没这道理啊。"
　　他说这话的时候,加大了手机的音量,还故意冲对桌的霍烟那边放。
　　洛以南是看明白了,这样一个泼皮无赖式的人物,她也懒得跟他废话,随手捡起了他搁在桌面上的华为手机,径直走到窗边。
　　"喂!你要干什么?"李湛见自己的手机居然被夺去了,他扑腾着上前想要拿回手机,洛以南说道:"小心,我手滑,一不小心就掉下去了。"
　　霍烟朝着窗外望去,靠窗这一面的正下方是偌大的明镜湖,手机掉进去,估摸着连泡都不会冒一下。
　　洛以南沉声说:"两个选择,第一,出去念你的英语,第二,换个新手机。"
　　"你不要欺人太甚了!"李湛怒声说道,"我看你是女生才没有跟你一般见识。"
　　"那还要谢谢你让着我喽。"洛以南冷笑,"手机还想不想要了?"
　　李湛并不相信她会真的扔下去,顶多就是做做样子罢了,现在的女孩都这样,逼你缴械投降,一哭二闹三上吊,他才不吃这一套。
　　"有本事你就扔,没本事就滚蛋。"
　　霍烟见洛以南眼角肌肉微微一颤,心道不妙,正欲劝说,却见她指间一松,手机果然真的飞了出去。
　　霍烟连忙趴到窗边向下观望,手机是真的落进了湖里,泡都没冒一个。
　　她一开始也以为洛以南只是做做样子,所以没有阻止,没想到这女人,来真的啊!
　　李湛见洛以南手里空空的,愣了好几秒才反应过来,她真的把他的手机扔湖里去了!
　　他突然暴怒,朝着洛以南冲过来:"我弄死你!"
　　洛以南本来靠窗站着,退无可退,直接被李湛给钳制住了脖颈,将她压在窗檐上:"去你大爷的。"
　　霍烟吓了一跳,连忙冲过来拉扯李湛的手:"你放开她,太危险了要出人命的。"
　　洛以南半个身子都快要被他按出窗外了,李湛看样子是个铁脑子,冲动做事不计后果。
　　霍烟只能死死拉住洛以南的手。
　　洛以南当然不是甘心被挟制的女人,她抬腿一脚,高跟鞋踢在了李湛的胯下,李湛骤然吃痛,连着往后扑腾了几下,撞在桌边。
　　霍烟连忙将洛以南拉回来,看着她脖颈被掐出来的红印,担忧地问:"怎么样,有没有受伤,要不要去校医院?"
　　洛以南轻咳了一下,摆了摆手示意没事。
　　而李湛的疼痛劲儿缓过来之后,又要扑过来揍洛以南,霍烟害怕他再度伤害她,连忙挡在洛以南的身前。

第一章

　　李湛红了眼,不管三七二十一,拳头跟着就要落在霍烟的背上,不承想被人攥住了手腕。
　　意料中的痛感没有传来,霍烟回头,却见傅时寒不知何时进来了。
　　他薄唇紧抿,一双幽黑的眸子深不见底,眼角浮起一丝冷意,令人不寒而栗。
　　"你打我的女人?"

第二章

向南几人赶到的时候,傅时寒正单手挟持着李湛的脖颈,膝盖扣在他的腹部,疼得他龇牙咧嘴,出口尽是污秽之言。

傅时寒的动作显然是练过的,部队上格斗的标准身法,不会致伤,但是绝对不好受。

向南和沈遇然眼见不妙,连忙赶过来,一人扣手,一人抱腰,拉住了情绪激动的傅时寒。

"有话好说!"

"冲动是魔鬼!"

傅时寒并不想轻易放过李湛,奈何沈遇然也是豁出去了,下大力气死命抱着他的腰,不让他再上前半步。

几人都没想到,素来老成持重的傅时寒竟然会生这么大的气,看他这青筋暴起的愤怒模样,今天是要把李湛给扒下一层皮啊。

沈遇然:"怎么了这是?有什么话好好谈,别动手啊!"

许明意站在边上佛系地喃了声:"本人提供送医服务,二十块一人。"

向南紧扣着傅时寒的手,沉声道:"老四,到底怎么回事?"

傅时寒面无表情,指着李湛,声音极其低沉冷淡:"我进来的时候,看到他动手打女生。"

在场的女生,只有霍烟和洛以南,洛以南皮肤很白,穿着低领的毛衣,白皙的颈边赫然一道红印,看得向南太阳穴猛地一跳。

向南突然暴起,冲上前就是一拳,狠狠揍在李湛的脸上,打得他嘴角都出血了,整个人踉跄着后退,重重摔在地上。

"哎哎哎!你又发什么疯!"沈遇然没承想好不容易制住一个,另一个居然又动起手来。

"老二,你看什么看,赶快拉住他呀!"

许明意"哦"了一声,走过来温和地劝向南:"君子动口不动手。"

向南抓起李湛的衣领,完全没理会边上斯文规劝的许明意。

"得饶人处且饶人,打架是非常不文明的行为,会被记过的哟。"

"你看,拳头落在他的身上,你的手也会疼是不是,年轻人嘛,不要逞一时意气。"

沈遇然翻了个白眼。

第二章

傅时寒挣开沈遇然，走过去一把将向南的手拉住："够了。"

向南手臂爆着青筋，喘着粗气，握紧的拳头止不住地颤抖着，看起来似乎真的气坏了。

沈遇然低声对许明意说："你看向哥平时温温和和的，别说，关键时候还真挺有血性，看不惯这家伙欺负女孩子，刚刚那出拳，多猛啊。"

许明意一副看破红尘得道高人的模样，睨了睨沈遇然，高深地说："事出古怪必有妖。"

看他这涨红的脸，眼里的血丝，出手这利落，哪能是见义勇为啊，这根本就是杀父夺妻的深仇大恨啊。

许明意望了望狠狠的霍烟，又看了看向南，嘴角溢出一丝神秘的微笑，好像 get 到了什么不得了的大秘密似的。

嘿嘿嘿，不可说啊。

李湛从地上起来，理了理衣领，被揍得鼻青脸肿，不过身上应该没什么大碍，听他说话的声音还是中气十足。

"以多欺少是吗？你们等着，我现在就去保卫处告发你们！"

如果被彻查，打架的事情绝对不是闹着玩的。

沈遇然连忙追出门，拉住李湛："别，有话好说。"

李湛回头，眼睛里布满了血丝，恶狠狠地吐出了五个字："莫欺少年穷！"

"嗨！你这家伙……谁欺你少年穷了，你打女生分明就是不对的。"

沈遇然还想和他辩解几句，身后傅时寒开口了："老三，算了，让他去吧。"

这事儿做了就是做了，瞒也瞒不过，问题总归要解决。

李湛头也不回地跑下了楼，沈遇然还有些犹豫："真让他去保卫处啊，咱们这……这算是以多欺少聚众打架吧，闹大了不好收场。"

如果记过，后果不堪设想。

傅时寒大好的前途……

霍烟眼睛一红，跑出门去："我给他道歉！"

傅时寒伸手按住她的肩膀，将她兜了回来，捧着她的脸左翻右翻，柔声问道："他有没有碰到你。"

霍烟连连摇头，脑子里还琢磨着李湛要去保卫处举报的事，着急地对沈遇然道："给他打电话，叫住他，这事不能闹出去。"

沈遇然拿出手机，洛以南漫不经心道："如果他手机防水的话，兴许还能接通。"

霍烟这才想起来，手机已经让洛以南给扔出去了，她无精打采，一脸丧气。

傅时寒确定了霍烟是真的没事，这才松了一口气，轻描淡写地说："该来的逃不掉，出了什么事，我一个人担着就行了，跟你们没关系。"

他问前面的向南："你小子瞎凑什么热闹？"

向南一门心思全放在洛以南身上，怔怔地，傅时寒的话他也没听见。

他想问问她有事没事，可她却退了退，一副拒人于千里之外的模样。

"这是我惹出来的事,我自己担着就行。"洛以南拿了书转身走了出去,"我上课快迟到了。"

向南立刻跟了出去:"天黑了不安全,我送她下去。"

沈遇然在后面嚷嚷:"哎!这在学校呢,有什么安全不安全的!"

洛以南加快了脚步,身后向南一路小跑才追上她,一直追到了教学楼下的小花园。

洛以南回头,声音微冷:"你别跟着我!"

"我只是想确定你没事。"向南偏头看向她白皙修长的脖颈,伸手想要触碰,却被洛以南给一巴掌打掉。

"别碰我。"

见她这般排斥,向南叹了声:"那我走了。"

洛以南没有出声,却不想他转身走了两步,又不知发什么疯,突然转身跑过来,以她猝不及防的速度,抱住了她,死死将她按在怀里。

这男人,平时看起来温驯和蔼,其实骨子里有一股执拗的倔强,和她倒是挺像。

"松开。"

洛以南用力挣扎,向南却紧扣着她瘦细的身子:"还不够吗?"

折磨我这些年,还不够吗!

洛以南知道挣不开他,索性便放弃了,任由他以这样一种熊抱的姿势,将她死死禁锢在自己的怀里。

他胸膛很硬,就像他的脾气一样,从来不会跟人服软。

她伸出手,细长莹润的指尖在他漂亮的下颌勾勒着,突然笑了。

向南浑身一颤。

"纠缠我吗?"

出乎意料的是,向南突然推开了她,他那榛子色的眸子里掠过一丝哀伤。

不过那只是转瞬即逝,他重新拉住她纤细的手腕,将她拉近自己的身边。

她的身体猛然滞住。

向南伸手点了点自己的脑子:"所有细节都刻在这里,我绝不相信那样的你不爱我。"

洛以南挣开她,重新将地上的书包捡起来背上,冷笑说道:"你怎么还像个大男孩似的。"

向南的坚持近乎偏执:"我自己会判断,不需要你来告诉我。"

洛以南转身离开:"人要学着向前看。"

霍烟将前因后果跟傅时寒讲了一遍,自责内疚的劲儿连沈遇然都看不下去了。

第二章

"这事儿怪不了你,不过那个洛以南真是刚啊,一个手机说扔就扔,这脾气……"他打了个冷战,"以后见了她可要绕着走。"

第二天早上,研究小组不管有课没课的,通通都被丁沛教授叫到了办公室。

"打架?!打架?!打架?!"

丁沛教授将书攒成了卷儿,挨个敲在李湛、傅时寒、向南三人的脑袋上:"有精力没处使,我这课题小组很闲是不是?待腻了可以走,我绝不留人!"

霍烟连忙站出来维护傅时寒:"丁老师,不怪傅时寒,是我引起的。"

丁教授严厉道:"你别帮他们说话,我看他们一个两个再不吃点苦头,都要上天了!"他用力拍了拍向南的背,"站直!"

向南站直了身体,说道:"是我一个人动的手。"

傅时寒道:"少逞能,你一个人能把他打成这样?"

李湛脸上青一块紫一块,额头上还贴了创可贴,他愤懑地说:"他们都有份,一个都逃不了!"

丁沛教授气得手指头都在抖:"你们还当自己是十六七岁的高中生吗?还打架,幼稚!我带了这么多届也没见过你们这样顽劣的学生,你们简直要气死我!"

傅时寒知道,这件事是丁沛教授向保卫处说情,这才压了下来,说是内部处理,如果闹到学院去,事情就算大了。

动手的人还有李湛,虽然他被打得最惨,但同样也逃不了惩罚,洛以南和霍烟肯定咬着他打女生的事情不松口。

昨天凭着一股火气跑到保卫处告状,今天一早醒来李湛便后悔了,他也动了手,真计较起来肯定也跑不了。

如果闹大,别说他的奖学金没了,说不定还要被记过。

挨了打还要受惩罚,得不偿失啊。

这次要不是丁沛教授一大早赶到保卫处把事情压下来,估摸着真是要落得玉石俱焚的下场。

向南和傅时寒都是富二代,他们完蛋了好歹还有家里做靠山,他李湛什么都没有,谁也靠不了。

李湛垂着头,想着这个世界真不公平。

"我这一把年纪,还要腆着老脸去保卫处帮你们说情,你们真是我带的好学生!"丁沛教授的气还是没有消,"你们自己说,这件事该怎么解决?"

霍烟刚想冒出头来讲话,就被傅时寒的手给按了回去。

"我要他们全部给我道歉!"李湛指着傅时寒和向南,还有涉事群众洛以南,"他们动手打我,她扔了我的手机,我要他们道歉,然后赔我一部手机。"

"赔你手机没问题,道歉,不可能!"傅时寒面无表情,态度强硬。

"丁老师,你看他……"

丁沛教授严厉地看着傅时寒,警告他:"如果你们坚持不肯退让,这件事就上报学院了。"

傅时寒望着向南，向南冲他点了点头，坚定地说道："就算是闹到法院，我们也不会道歉。"

"砰"的一声，丁沛教授的手重重拍在桌面上："胡闹！你们真是无法无天了！我怎么教出你们这样的学生！"

"老师您别生气。"霍烟一看丁沛教授气得胡子都歪了，连声哀求，"阿寒他们不是故意的，您千万别上报，我道歉，我道歉好不好。"

傅时寒皱眉，心疼地将霍烟拉到自己的身后："没你的事。"

丁沛看向傅时寒："傅时寒，你打了人，有这回事吧？"

"有。"

"打了人没有错，你父亲是这样教你做人的？"

傅时寒说道："我父亲只教我，立身为人，仰不愧天，俯不愧地。这件事我没做错，为什么要道歉？"

夕阳下，霍烟坐在单杠上，傅时寒陪在她身边，将脑袋抵靠在她的腿侧。

"好烦。"他声音瓮瓮的，带了倦意。

丁老师只给他一天的时间，让他和向南好好想清楚，想不清楚，这件事就真的报上去了，到时候别说记过，研究小组也别想待了。

霍烟认识的傅时寒，很少说累，仿佛所有事情他都有办法解决，他可是傅时寒啊，难道这个世界上还有能困住他的事情吗？

慢慢走近他的世界之后，霍烟才发现，她自小印象中无所不能的寒哥哥，其实也会有烦心事，也会有不能解决的麻烦。

霍烟伸手揉了揉他的头发，他的后脑勺头发很短，是硬硬的短茬，摸着有些扎手，再往上，发丝稍微长了些，变得柔软，变得条理分明，揉着很舒服。

她的手往下，摸到了他冰凉的耳垂。

傅时寒似乎很享受她的抚摸，闭上眼睛，下颌靠在她的腿边。

"阿寒，你为什么不肯道歉？李湛看起来也很害怕被通报，他只是绷着面子找台阶而已，一个道歉就可以解决所有事情。"

为什么不呢？

傅时寒缓缓睁开眼睛，说道："我进屋的时候，他在对你挥拳头，这是我绝对无法容忍的事情。如果我道歉，就说明我保护你这件事情，做错了。"

"我傅时寒就算是做错一千件一万件事，但这一件事，绝不会错，任何想要伤害你的人，我都不会轻易放过！"

"可是我才不要你因为我受任何处罚。"霍烟垂着眼睑，闷声说，"我要下来了，回去想想办法。"

于是傅时寒伸手将她从单杠上抱下来，手落在她的腰间，抱着她倒是不肯松开了。

霍烟双腿离地几寸，蹬了蹬："放下我呀。"

傅时寒放下她，轻轻地点了点她的额头："你很闲吗？上次给你留的题

第二章

做了？"

"唔。"霍烟心虚地看了看他，伸出手比了比，"还差一丢丢。"

"那还不快去做，明天我要检查了。"

霍烟像只乖巧的小兔子似的，闷闷地"哦"了声："好吧。"

她往回走了几步，回头恋恋不舍地看向傅时寒，傅时寒冲她挥了挥手。

"不管你做什么决定，我都会支持你哦。"她冲他挥了挥拳头，"统一战线！"

傅时寒眼角的笑意漫开了。

小时候霍烟闯了祸，害怕被责罚，总是傅时寒站出去替她挡锅，大人们不会惩罚傅时寒，因为他一直是好孩子，好孩子怎么会犯错呢。

在霍烟偷偷躲在角落哭得梨花带雨，上气不接下气的时候，傅时寒坐到她身边，对她说："别怕，咱们统一战线。"

下课的时候，洛以南直接找到了李湛，将一个新手机的盒子拎到他面前："手机还你，这件事到此为止。"

"到此为止？"李湛冷笑道，"恐怕没那么容易，他们不给我道歉，这件事就没完。"

洛以南抱着手："行啊，让他们给你道歉，道完歉之后，咱们就警察局见吧。"

李湛脸色一变："什……什么警察局？"

洛以南揉了揉自己的脖子："印记还没消呢，这么快就忘了，你可是蓄意谋杀。"

李湛被这个名头吓得面如纸色："谁蓄意谋杀？！你不要血口喷人！"

洛以南扭头望向霍烟："证人，你说说当时看见了什么？"

霍烟一五一十地说："我看见李湛掐着你的脖子，要把你往窗外摁，半个身子都出去了，还好傅时寒及时赶到。"

她夸张地拍了拍胸口："真吓人。"

李湛急得脸颊涨红："我那是气坏了，谁让你把我的手机扔下去的！"

霍烟不输气势，上前一步质问："扔了你的手机，你就要杀人？"

"我没想杀人，我就想给她点厉害瞧瞧。"

李湛自知理亏，心虚气短没话好说，只能接受了手机。其实他比任何人都不想事情闹大。

毕竟这件事是他引起的，一开始他只想故意找霍烟的茬，磋磨磋磨这丫头，省得她不知天高地厚，当着所有人的面就敢让他难堪。

没想到事情一步一步竟然越闹越大，他不仅丢了手机，还挨了打。

现在霍烟递了台阶给他，他顺势也就跟着下来了。

至于丁教授那边，自然是不愿意手底下任何一个学生出事，虽然嘴上说要通报学院，可他并没有这样做。

能压就压下来,几个男生即将大四,面临找工作或者考研,履历上不能有污点。

不过这件事之后,几人之间的罅隙肯定是有了。李湛总是会觉得,傅时寒几人在故意针对他,不采纳他的意见,甚至和他作对。

这个研究组,俨然已经待不下去了!

而他也尝试着告诉丁教授,小组的人排挤他,他们都站傅时寒这边,公报私仇,不听他意见,也不给他任何发挥的机会。

丁教授总是说,傅时寒不是那样的人,公是公,私是私,他分得清楚,不然这个组长也不会给他来当。

好吧,就连丁教授都帮着他。

李湛便开始懈怠,故意拖沓着不完成自己的那份工作,每天最后一个来,也是最早离开,不管做什么都是懒懒散散,拖拖沓沓。

为此,沈遇然都抱怨好几回了,李湛如果不做好自己的工作,他的任务就没办法对接,耽误的是大家的进度。

因此,作为组长的傅时寒直接开门见山找上了李湛:"想做那就好好做,不想做就走,小组的每一环节都很重要,但也不是缺了谁就不行。"

他总是有一股不怒自威的气势,让人莫名心虚。

"你就想赶我走,我走了就正中你下怀了。"李湛哼道,"我偏不走。"

"总针对你或者找你麻烦,抱歉我们还没这么闲。"傅时寒淡淡地睨了他一眼,"要留下来就好好干,一码事归一码,不要给别人添麻烦,这是做人基本的礼貌。"

他说完转身离开,身后,李湛不服气地大声嚷嚷道:"我知道,你们都看不起我!"

傅时寒侧过脸,面无表情淡淡道:"是你一直看不起你自己罢了。"

两天后的课间,林初语神神秘秘地拉着霍烟来到一楼的楼梯转角位置。

"干吗呀?待会儿还要上课呢。"

"耽误不了几分钟。"

一楼的转角处,林初语猫着身子附在墙边,对霍烟比了个噤声的动作。

霍烟探出脑袋,赫然发现不远处的楼梯口,有两道熟悉的身影。

背对她们的人,通过衣着和身形,看得出来是李湛,而面对他们站立的人,是姚薇安的男朋友许文池。

"他们俩说什么呢?"

霍烟心头升起一丝疑惑,许文池是周岩老师课题小组的组长,这次图书馆机器人研发的竞争对手。

平时许文池也很少和李湛交流,这次俩人背着人在这么隐蔽的地方说话,很难不让人生疑。

可惜距离太远,两个人说什么听不见,如果走得太近又会被发现。

第二章

霍烟心里埋下了一颗怀疑的种子。

在几周以后的成品展示会上,组员们赫然发现,许文池小组的机器人安德鲁,除了外观展示不一样以外,无论是功能还是创意,都和傅时寒小组的机器人疯帽子异曲同工!

这是绝对不可能的!就算是创意真的想到一块儿去了,但是他编程代码参数千差万别,绝对做不到这种程度的相似。

除非,许文池小组盗用了傅时寒机器人的编程数据资料。

"怎么会这样!怎么会出现这种事?!"

办公室里,沈遇然摸着自己的脑袋,来来回回在原地兜圈子。

"其他的什么交流说话,或者清洁卫生这些基础功能就算了,机器人定位取书绝对是咱们的独创!他们那个什么引路功能,完全就是抄袭!我要去学校举报他们!"

他说完,朝着大门匆匆走去。

"回来。"傅时寒叫住他,"坐下。"

沈遇然又气冲冲地走回来,气冲冲地坐了下来:"好气啊。"

"没有证据怎么举报?"傅时寒看上去还算冷静,面色如常,"我们能想到的创意,为什么他们想不到。"

"创意是一回事,但是具体编程又是另一回事。"许明意难得开口说话,"负责四肢传感,我刚刚仔细看了他们的机器人安德鲁,很明显,安德鲁的动作精准度和我们的疯帽子相似度达到百分之九十八。"

向南继续说道:"也就是说,安德鲁是我们疯帽子的复制品。"

"没错!"沈遇然咋咋呼呼道,"我们先告诉丁老师,然后闹到教务处去,逼他们拿出编程数据代码对比,抄没抄,一目了然。"

霍烟望向傅时寒,黑色的中性笔在他白皙葱玉的指尖转着,他眸子漆黑深邃,并没有特别激动愤慨的情绪。

主控部分是傅时寒负责,可以说他投入的心血是最多的,然而出事以后,他同样也是最冷静的那一个。

"首先,我还是那句话,没有证据不要轻易闹大。其次,你们都能看出来的东西,一直参与指导的丁教授会看不出来吗?即便如此又能怎样,仅凭猜测,便让丁老师带我们去讨要说法,现在竞赛还没有结束,逼他们拿出属于机密的编程数据给我们看?"傅时寒摇了摇头,"不可能,学院也不会允许。"

霍烟知道傅时寒的考虑,他不想让丁教授为难,一来丁教授和周岩教授是同事,平白无故说人家小组窃取自家小组的数据,这事传出去了,两位老师如何共处。

"当务之急,不是讨一个说法,而是在疯帽子身上加新的东西,争取在剩下不多的时间里,做一个升级版的疯帽子2.0出来。"

霍烟弱弱举手:"我……我同意,组长。"

傅时寒抬头望向组员:"你们呢,同意吗?"

众人还没表态，李湛拿着牛奶面包走了进来，没理会众人，径直走到自己的桌前。

沈遇然一看见他这气定神闲的模样便来劲了，跑过去揪住李湛的衣领："是不是你干的？"

"你在说什么？"李湛挣开他，"别冤枉好人。"

"那天霍烟看见你和许文池说话，肯定是你把我们组的编程信息泄露给了许文池！"

李湛也有些来气："你血口喷人，我跟他本来就认识，说两句话又怎么了，跟他说话的人多着呢，你怎么不怀疑他们？"

"为什么怀疑你，你自己心里没点数？这次做机器人，你不是拖拖拉拉，就是敷衍了事，除了你，还能有谁？"

"你胡说！"

"够不够胆咱们去丁教授面前对质！"

"去就去，谁怕谁。"

"够了。"傅时寒一阵呵斥，两人都停了下来，干瞪眼彼此看不惯。

"没有证据的事情，不要胡乱猜测。"

沈遇然借着这阵胆子，对傅时寒也来了气："证据证据，你总说证据，他们又不是没脑子，这种事能留下证据吗？"

"你既然知道留不下证据，胡闹有什么用！"

"敢情这件事就跟你无关啊，创意被抄袭和偷盗了你也不在乎是不是？"沈遇然歇斯底里地吼道，"疯帽子是我们的心血，就这样被人盗取了，你就一点不着急吗？"

傅时寒不想与他纠缠，站起身径直出门，回头冷道："有时间说这些废话，不如多做点事。"

霍烟追出去，见傅时寒一个人站在小花园的树下，手里拿着一包刚刚买的烟。

霍烟知道他是会抽烟的，但是从来不会在她面前抽，只是有时候能嗅到他皮肤间隐隐的烟草味道。

他压力很大，霍烟理解，所以没有说破。

行将入夜的天空阴沉沉的，冬日里的寒气还没有退去，树梢枝叶浓密，呈暗黑色，间隙偶尔透一点光线，给人一种极压抑的沉郁之感。

他一个人的背影有些孤寂，寒凉的夜色平添了些许萧瑟之感。

傅时寒将手里的烟点着了，吸了一口之后发现霍烟过来，本来想要扔掉烟头，又发现周围没有垃圾桶，只能往身后藏了藏。

"都看见了。"

"不抽了。"傅时寒说，"破坏我在你心目中的男神形象。"

霍烟松了一口气："还有心情开玩笑，看来事情还没很糟糕。"

"这次成品展示会之后，还有几周的时间用于调试，抓紧些，应该能赶

第二章

得及升级疯帽子2.0。"傅时寒故作轻松地说，"还没有输。"

霍烟知道，他说的轻松其实只是安慰她，几周的时间，重新升级机器人，并且还要研发出安德鲁没有的新功能，哪儿这么容易。

"我们真的不要争一争吗？虽然没有证据，可是我看到李湛和许文池私底下有来往，而且他们的机器人的确和我们的一样……"

"许文池既然用了我们的东西，肯定已经想好了后招，我敢断定，只要我们告他，他势必反咬一口，说我们抄袭他，两方都没有证据，闹大了难堪的是课题小组的两位老师。"

霍烟往深了一想，还真是这样，没有证据的事情闹开了，要么抄袭要么碰瓷，无论是哪一种，都会让两位老师颜面扫地。

傅时寒做任何事，都有自己的考量，这也是丁教授如此信任他，让他当组长的缘故。

"至于李湛。"傅时寒眉心蹙了蹙，"他很有可能做这件事，但是有时候眼见不一定为实，我不能因为有可能，就对一个人妄下定论，那样不公平。"

被人冤枉和怀疑的滋味不好受，傅时寒不想因为自己的错误判断，让人蒙冤，不管那个人与自己有没有过节。

霍烟重重点了点头："你做得对！没有证据的事情我们不能随便怀疑别人。你放心，寒哥哥，我也一定会尽最大的努力帮你的！"

傅时寒看着她，铅华洗净的脸蛋泛着自然的潮红，眉宇间全是坚定之色。

"霍烟。"他薄唇间捻出的这两个字，淡淡磁性的嗓音，仿若万千的宠爱都倾注在这两个字上。

霍烟情不自禁停下了表决心的话，抬头望向他。

"霍烟，知道我为什么喜欢你吗？"

霍烟立刻站直了身子，仿佛他要说什么特别重要的话，一定要认真倾听。

"你是一个从来不会盯着结果的人，你的心很小，目光放在当下，用心做好手里的事情，这种感觉，让我觉得安心。"

霍烟眼睁睁地看着他的手，抚到了她的鬓间，顺起一缕乌黑的发丝，轻轻搭在耳后，温热的指尖无意间触碰到她柔软的耳廓，她的身体跟着颤了颤。

傅时寒带着前所未有的温柔："跟你在一起的时候，我觉得踏实。"

霍烟目光一直追随他修长玉润的指尖，声音略带了战栗："寒哥哥也会感觉不安吗？"

"会啊。"

傅时寒看向天外，稀稀疏疏的星辰点缀着夜空："没有谁会永远坚定，没有弱点。"

只是这样的弱点和不安，他不会轻易在旁人面前展露。

霍烟心里泛起感动，她牵起了他的手，像小时候一样，抓着他的食指说道："你放心，在你害怕的时候，我会陪在你身边，就像你以前总陪着我一样。"

傅时寒嘴角微微扬了起来："一言为定。"

"一言为定！"

第二天早上，丁教授召集小组开了紧急会议，对于傅时寒劝阻大家的决策，丁教授是认同的："没有证据之前不要轻举妄动，如果你们找到证据，我一定会带你们讨回公道。"

沈遇然不服气，说道："他们的机器人跟我们的疯帽子一模一样，这就是证据。"

"不要无理取闹。"丁教授说，"如果要告，我一定支持你们，疯帽子是你们共同的心血，但是有一点，我要看到证据。"

沈遇然嘟嘟囔囔说："证据证据，有证据咱们还会坐在这儿吗？"

丁教授摇摇头，说道："小孩子哭哭闹闹就能解决很多事情，如果成年人坐在地上哭闹不起，没人会来迁就你，最终难堪的也只会是你自己。"

沈遇然还有些不服气："那我们要打落牙齿和血吞吗？"

"不会。"这次说话的是傅时寒，"既然做了，肯定能够留下蛛丝马迹，但现在的当务之急不是这个，明白吗？"

向南也道："老四说得对，现在重新升级疯帽子才是最要紧的事情。"

散会之后，沈遇然拦住了李湛："虽然现在找不出证据，但是你小子别得意，迟早会有真相大白的一天。"

李湛愤声说道："我知道你们都怀疑我，无所谓，反正咱们也不对头，我已经想好了，等这次机器人的事情过去了，我就退组，我还不跟你们玩了。"

沈遇然咄咄逼人："要退为什么不早退，要等结束以后再退，还想给许文池通风报信吗？"

"呸，干了小半年，付出了那么多心血，我得拿到奖励金和操心分啊，不然我现在还留在这儿干吗，早就退了。"

"你这臭小子，你给敌人通风报信你还惦记奖励金，我看你是想拿双份奖励金吧，许文池那里一份，我们组一份，你都不吃亏，真是打得一手好算盘。"

李湛气得脸颊通红："我不想跟你这不讲道理的人说话。"

"看样子不给你点教训，你是不会说实话了。"沈遇然挽起袖子就要挥拳头，被身后的傅时寒握住了手腕。

"老四，他出卖我们，到现在你还要帮他说话吗？"

傅时寒将沈遇然扯开，沉声道："要我说多少遍，没有证据，不要瞎猜！"

"可事实摆在眼前，因为之前打架的事，他对我们耿耿于怀，借机报复。"

"什么事实，你所以为的事实，看似合情合理，也不过是你的推测。"

傅时寒伸手理了理沈遇然的衣领，"我知道这件事你气不过，这会儿有力气，但你该想想接下来该怎么办，而不是一味发泄情绪。"

沈遇然知道傅时寒说的有道理，只是他面子搁不下，不愿意承认罢了。

"行，老子不管这件事了，后面你让他继续参与，他继续通风报信，我

第二章

也不管了！"

他说完，气冲冲地离开了办公室。

傅时寒回头睨了李湛一眼，见他衣服被沈遇然抓得狼狈，头发也凌乱不堪，只说了声："代他跟你说声抱歉。"

李湛突然笑了笑："真奇怪，之前动手打人，你无论如何也不说抱歉，我还以为你骨头有多硬气呢，这会儿倒是跟我抱歉了。"

傅时寒淡淡道："之前你挨打一点也不冤，但是这一次沈遇然凭空生疑，胡乱猜忌，是他不对。"

李湛心里莫名涌上来一股暖意，他知道所有人都在怀疑他，的确，他之前私底下见过许文池，所以有洗不清的嫌疑。

可是令他没想到的是，这种时候，傅时寒竟然肯相信他。

"实话告诉你吧。"李湛愤愤地说，"他是来找过我，说你们跟我有矛盾，留在项目组里将来也会被排挤，让我到他的组里去，我当时只说考虑考虑，没有立刻答应。"

傅时寒挑挑眉，问道："为什么不答应？"

"你以为我想留下来啊，还不是因丁老师，他是我的授业恩师，帮过我不少，之前的助学贷款还是他帮我弄下来的呢，这时候是关键时期，我要是跳了，还算个人吗？"

傅时寒看着他，虽言辞激烈倒也不像作伪，或许这件事，真的跟他没有关系。

李湛这人虽然没什么风度，但是好歹做不出来背信弃义的事情，丁老师平时一直很关照他，他也非常尊敬丁老师。

傅时寒说："不管你将来是走是留，现在既然还在组里，就做好自己分内的事情吧。"

李湛闷不吭声，没有答应，算是默认了，只是碍于面子不好说出来。

第二天早上，霍烟拎着给大伙儿买的早餐，刚到办公室，便发现李湛早已经到了。

他翻阅着厚厚的资料书，一边拿着疯帽子的半截手臂，若有所思。

见霍烟一直盯着他看，他感觉很不自在，背过了身去，操着前辈的调子，闷闷地说："你很闲吗？来了就做自己的事。"

霍烟也没和他计较什么，只"哦"了声，便独自坐到电脑边查阅文献了。

那几天组员们几乎废寝忘食，所有的时间都磨耗在了课题组，开辟新的思路，重新升级疯帽子2.0，尽可能在原有的基础之上，做出能让人眼前一亮的东西。

晚上，霍烟躺在寝室的床上进行蹬腿运动，脑子里还想着机器人的事："图书馆里你们遇到过最麻烦的事情是什么？一人说一件。"

洛以南："冬天太冷夏天太热，空调跟摆设似的。"

苏莞："不仅仅如此啊，图书馆的制冷系统简直跟成了精似的，领导不来，

它就一直是坏的,领导一来巡视,它立刻自动修复。"

霍烟:……

这个好像有点超纲了。

林初语说道:"就……图书馆的书架对矮个子的人很不友好啊,有些书放在顶层根本够不到,椅子又很少,有时候根本找不到。"

这个问题,霍烟之前也碰到过,书架其实也不算太高,但是对于一米六五以下身高的女生来说,拿书的确是有困难的。

对啊!其实不需要特别大的改动,更不需要推翻之前的部分重做,只需要在四肢的执行部分,增加升降的功能,岂不是就能解决同学们取书困难的问题吗?

霍烟立刻兴奋了起来,匆匆爬下床,穿了拖鞋就要出门。

"这么晚了,你去哪啊?"

霍烟说:"我有事跟傅时寒商量,给我留个门!"

男生宿舍楼下僻静的草坪边,傅时寒远远望见女孩单薄的身影,在寒风中瑟瑟发抖,鼻尖被冻得红扑扑的。

他三两步跑上前去,脱下自己的外套将霍烟一整个裹住,然后捻着衣领将她拉近自己,弹了弹她的额头,责备地说:"这么冷,还不多穿点衣服就跑出来。"

霍烟很激动,什么也没想便跑下了楼,顾不得冷不冷的,只想立刻把自己的想法告诉傅时寒。

"……不需要动大框架,只要在肢体部分添加伸缩杠,就可以解决部分同学取书困难的问题了。"

霍烟一股脑将自己的想法全倒了出来,条理有些乱,不过她觉得傅时寒应该是能够明白自己的想法。

最后,她希冀地看着傅时寒:"你觉得呢?"

傅时寒目光柔和,凝望着她,看了很久。霍烟有些不好意思,微微颔首:"你这样看着我做什么?"

傅时寒展眉一笑,手落到她的额间,霍烟以为他又要"攻击"自己,连忙躲开,不想傅时寒轻轻拍了她脑门一下,柔声说:"想法不错。"

得到了认可,霍烟松了一口气:"是吧,我也觉得,就刚刚灵机一闪,突然想到的……"

她话音未落,却被傅时寒拉住手腕,重重撞入了他的怀中。

"都快变成冻豆腐了。"他感受着她身体的温度,"我记得某人一到冬天,格外怕冷。"

小时候,冬日里与他出门,总要将手揣进他的口袋里,男生的体温比女生要高许多,傅时寒的身体随时随地都跟炭火似的,散发着热量。

还是小女孩的霍烟,格外喜欢挨着他取暖。

第二章

"早点告诉你,这样你也少熬点夜,能睡个好觉。"霍烟伸手摸了摸他鬓间的细茬,"你看,你才多大呀,都有白头发了。"

对于数据被盗的事情,傅时寒好像是最淡定的那一个,但实际上,他比所有人都更焦虑。

他是组长,所有的责任,都是他一个人的责任。

最近霍烟都能嗅到他身上的烟草气息,更重了,只是她从来不说,不代表她毫无察觉。

她环住了他的腰,情不自禁抱紧了他,柔声说:"时寒,虽然我能力不如你,但是我会紧紧地跟在你的后面,帮你分担。"

傅时寒将脸埋进她柔软的发丝间,缓缓闭上了眼睛:"突然感觉,很幸福。"

好像真的轻松了很多。

"有你在身边,我觉得很幸福。"

霍烟捏了捏他腰间的肉,硬邦邦的,全是肌肉:"你还是第一次对我说这样肉麻的话。"

傅时寒嘴角微微扬了起来。

肉麻的话,他的确不怎么爱讲,不过女生好像都很喜欢听,怎么办。

他松开霍烟,替她理了理衣领,又将自己的围巾圈在了她的脖子上:"今天大爷心情不错,你还想听什么?"

"咦,寒总今天要情话大放送了吗?"霍烟沉吟片刻,说道,"你爱我我爱你这种话,好像说起来有些难为情哦。"

傅时寒牵起霍烟的手,揣进了自己的衣兜里:"你如果想听,那也不是不可以。"

"您可千万别……"

这么肉麻的话,听起来多害臊啊。

"霍烟,我爱你。"

哎呀!

霍烟捂着脸跑开了几步,回头,透过指头缝看他:"你别说!"

傅时寒被她害羞的样子逗笑了,扬着调子,放大了音量,对着整个宿舍大楼喊了声:"霍烟,我爱你!"

霍烟连忙跑过去,踮脚捂住他的嘴:"你还这么大声,羞不羞啊!"

傅时寒握住了她的手腕,长睫毛覆着眼睑,幽黑深邃的眸子凝望着她:"这段时间太忙了,很多时候我可能顾不上你。"

"我知道的。"霍烟拍了拍他的肩膀,"你不用管我,反正我一直跟在你身后。"

"等项目的事情过去,我们就真正在一起吧。"

霍烟没由来地突然心虚:"我们不是……一直都在一起吗?"

傅时寒凝望着她,那漆黑如墨的眸子里,深流涌动:"你知道我在说什么。"

　　给疯帽子的下肢组装自由收缩的部分，其实并不难，最有难度的地方在于精准定位。

　　傅时寒想了想，说道："我们之前已经在疯帽子的数据库里添加了图书馆的全部书籍索引，只要在这部分程序和索引信息间架设一道虚拟的桥梁，输入索引信息，机器人就可以精准定位到书籍所在的位置，并且准确取下来。"

　　"这部分我来做。"许明意扶了扶眼镜，"设立虚拟桥梁的程序代码可能需要一点时间。"

　　"分工合作吧，向南你和沈遇然负责收缩肢干的部分，许明意负责构建数据桥梁。"

　　"那我呢？"李湛问。

　　傅时寒看了看他，淡淡道："你帮我一起，做主程。"

　　向南有些犹豫，话到嘴边却又咽了下去。傅时寒知道他想说什么，只是拍了拍他的肩膀，示意他放心。

　　疑人不用，同样，用人不疑。

　　一个团队只有给予彼此绝对的信任，才能走得更加长远。

　　主程是机器人最重要的部分，几乎所有的动作都要通过主程序代码编程来实现，相当于人的大脑。单论专业水平而言，李湛很有优势。

　　下午，沈遇然匆匆跑到实验室，霍烟放下厚厚的C++专业书，对他说道："你还敢来啊，整天不见人影，要是没有合格的理由，看我们家组长怎么收拾你。"

　　沈遇然擦了擦脸上的汗珠，抱着笔记本电脑坐到霍烟身边："他们人呢？"

　　"都在实验室呢，怎么了？"她扯了纸巾递给他。

　　"我发现一件事，一件大事儿。"沈遇然将电脑递到霍烟面前，上气不接下气说，"我……我发现一件大事，有人可能窃取了我电脑上的资料！"

　　霍烟意识到事情的严重性，收敛了之前漫不经心的神情，放下书道："你慢慢说，到底怎么一回事。"

　　"是这样，我之前备份了疯帽子的所有编程数据，加了密码锁，后来我就给忘了，放在那儿一直没动，今天我无意中打开程序，发现密码锁有被人破坏过的痕迹，这说明，有人动过我的电脑，盗窃了疯帽子的所有编程数据也说不定！"

　　半个小时之后，所有人都聚在了办公室，听沈遇然完整还原了所有细节。

　　"也就是说，有人入侵了你的电脑，盗窃了疯帽子的信息。"向南蹙眉道，"如果是入侵的话，我有个代码能查到对方IP。"

　　沈遇然摇头："如果是入侵就好说了，对方看来也很懂，是直接在我电脑上操作的，神不知鬼不觉，过了这么久我才发现。"

　　霍烟疑惑地问："你是说，有人在你不知道的情况下，动了你的电脑？"

　　"还拷走了疯帽子全部数据！"

　　"谁有这个机会呢？"

第二章

沈遇然看向傅时寒，傅时寒看向了宿舍其他几人。

唯一有机会能接触沈遇然电脑的人，只有他们寝室的其他三位成员！

"你看看你看看！"李湛听完之后，开始大声嚷嚷起来，"之前还冤枉我呢，现在好玩了，贼喊捉贼啊！"

沈遇然凶巴巴地说："别胡说霸道！你的嫌疑还没洗清呢！"

"总不至于是我半夜翻窗到你们寝室，偷了代码然后通风报信吧？"李湛抱着手冷笑。

听他这口气，显然是轻松了很多，至少他的嫌疑已经不是最大的了。

傅时寒看向许明意和向南，两人都没有为自己辩解，很沉得住气。

不可能是他们中的一个，向南是他自小认识的朋友，他不可能做这样的事，而且也没有动机。

沈遇然的目光，则不偏不倚落到了许明意的身上。

许明意诧异地偏了偏身子，结果发现，沈遇然的目光竟然随着他移动。

不是吧，怀疑他？

沈遇然半开玩笑地说："老二，不会真的是你吧？"

许明意面无表情地眨眨眼："是我。"

"卧槽，还真是你啊！"

他漫不经心地耸肩："对啊，许文池给了我一大笔钱，叫我偷了你电脑里的代码给他，如果到时候事情成功，还有更大的好处等着我。"

沈遇然"蹭"地一下从椅子上站起来，挥手就要揍许明意："你为了钱，出卖兄弟啊你！"

傅时寒眼疾手快，立刻挡在许明意面前，握住了沈遇然的手腕。

他竟然动弹不得。

"老四，你还帮着他！"

傅时寒淡淡道："不是和尚，不要随便下定论。"

"他自己都承认了，收了许文池的钱。"

向南也帮腔道："咱们同寝三年，都是上下铺的兄弟，老二是什么样的人，你还不清楚吗？"

"我当然清楚，他是个为了钱，连女人都可以骗的家伙！"

许明意眼角泛起一丝寒凉，却也没有为自己辩解。

傅时寒按了按许明意的肩膀。

他知道他的意思，是让他不要放在心上。

"沈遇然，你有点脑子行不行，在我们组内部，代码不是什么秘密，你知道，老二也知道，就连霍烟都知道。"傅时寒徐徐说道，"他有必要偷偷拷你电脑里那份吗？"

傅时寒这样说，沈遇然蒙了一下，才回过味来。

是啊，大家一起协作制造机器人，代码每个人都知道，不算什么秘密，何必要费尽心机去他电脑里窃取呢。

傅时寒沉思片刻，说道："唯一的解释，偷东西的那个人，不是我们的组员。"

"那会是谁？"

"能不能查到数据被窃取的准确时间？"

沈遇然想了想："我的保护程序被破解的时间，这个不难，可是就算知道了时间，有什么用啊？"

傅时寒道："知道了时间，就能确定了你那天到底做了什么，接触了什么人。"

沈遇然仔细一琢磨，这还真是一条思路。于是不再耽搁，赶紧坐下来噼里啪啦敲击键盘，试图找出被破解的准确时间。

许明意伸了个懒腰，说："忙了一天了，我出去透透气。"

傅时寒追上去："我陪你。"

"陪什么，你自己的工作还没做完。"许明意有气无力地笑了笑，"怎么，怕我走丢？"

傅时寒当然是担心他，刚刚沈遇然的话，挺刺耳的。

许明意面上没什么表情，永远是这样一副万事不关心的佛系模样，被误会了也懒得替自己辩解。

没人知道他到底是怎么想的。

"哎，老二，对不起啊。"沈遇然讪讪地说，"我刚刚真的是急坏了，脑子短路。"

许明意说："没事，忙你的吧，我自己出去走走。"

开了春，空气依旧寒凉，每一次呼吸都像是要把五脏六腑的温暖全部挤出去。

天空还飘着小雨星子，但是也没到撑伞的程度。

许明意在操场边走了几圈，心里其实有点难过，但一个人这样子漫无目的走着，可能待会儿还会更难过。

他摸出手机，在自己的微信联系人里翻了一圈。

都是他加的"客户"，没有能说得上来话的，翻着翻着，指尖顿在了苏莞的头像上。

头像是一只迎着阳光眨眼微笑的金毛狗。

苏莞收到许明意短信的时候，辅导班刚下课。

"你现在有时间吗？"

"有。"苏莞一颗小心脏扑通扑通跳个没完，这还是他第一次主动找她呢！不过，回复的信息还是很克制的："有事吗？"

"我现在有点不开心，你能不能过来陪我说说话？"

这条信息一发出去，就立刻被许明意撤回了。

苏莞的"可以啊，你在哪里？"刚发出去，就看到他把信息给撤回去了。

第二章

苏莞：……

所以，那句"可以啊，你在哪里？"突兀地摆放在对话框里，有点小尴尬。

许明意还是给苏莞发了定位。

苏莞赶到的时候，许明意在食堂边的小卖部买了一个小布丁雪糕。

一回头看见苏莞，穿着灰色的长款呢子衣，头发高高地束在头顶，扎了个丸子头，几缕碎发随意地落在耳畔。

许明意感觉，她就像个冰雪小公主。

见苏莞过来，出于礼貌，许明意又给她买了一根巧乐兹。

苏莞开心地接了过来，问道："这个时间，你不是应该在忙小组的事吗。"

霍烟每天都忙得神龙见首不见尾了，他倒是还有闲工夫在这里吃雪糕。

"我给自己放了几个小时的假。"

许明意和她走到操场边，坐在了看台阶梯上。

操场上有体育学院的足球队正在训练，看台空空荡荡，只坐了他们两人。

即将入夜，天空阴沉沉的，压抑至极。

两个人拿着雪糕，呼溜溜地舔着，苏莞的嘴唇都被冻红了，嘴角还粘了巧克力。

于是许明意从包里摸出纸巾，扯下一张，还节约地撕了一半，递给她擦拭。

苏莞不明其意，纸巾都要你一半我一半。

"干吗，定情信物吗？"

许明意无奈，用纸巾轻轻擦掉了她嘴角的巧克力，漫不经心地说："粘上了。"

苏莞不好意思地"哦"了声，脸不自觉地红了红。

想多了呢。

"你叫我出来，到底是什么事啊？"

"没事。"许明意舔了雪糕棍子上的最后一滴奶油，"心情不好，随便瞎转悠，后面我不是撤回了吗，想着你应该也挺忙的。"

苏莞也学着他的样子，舔干净了雪糕棍，嘻嘻一笑："你不开心的时候能想到我，那我就很开心啊。"

绕来绕去的。

许明意也没有往深了想，接过了苏莞的棍子，一起拿到垃圾桶边扔掉。

看他高大而单薄的身影在夜色的笼罩中，轮廓影影绰绰看不分明。

真帅。

苏莞心里想，我看上的男人，真英俊。

回来的时候，许明意说："谢谢你愿意陪我坐会儿，现在好多了，我得回去了。"

苏莞起身，拍了拍他的肩膀："不谢，我们是朋友嘛。"

"朋友？"许明意微微一愣，"我之前赚了你不少钱，你还当我是朋友？"

"这个没什么呀。"苏莞说，"你之前帮我们寝室修电灯，又扛桶装水……

那都是付出了劳动嘛。"

没错,他是付出了劳动的,这钱挣得心安理得。

可是为什么,看着面前女孩温婉和煦的微笑,会觉得这样心虚。

好像……总觉得欠着她似的,两个人不是站在公平交易的天平两端。

所以,到底是哪里出了问题呢?

分开的时候,许明意犹豫了很久,终于下定决心,对苏莞说道:"以后,我就不做你生意了。"

苏莞微微一愣:"为什么?"

"不知道,总觉得良心痛。"

苏莞被他的回答逗笑了,不过看着许明意沉静的脸色,觉得他好像不是在说笑。

"你真的不做我生意了,以后也不会找我了?"

"如果没什么事的话……"

应该是不会怎么联系的吧,许明意没把后面的话说出口。

这下子换苏莞心痛了,她盯着他看了很久,一大篓子话终究没说出口,只是低低喃了声:"你怎么这样!"

你怎么这样!

短短五个字,而她那委屈又哀怨的小眼神,却在许明意脑海里飘了一整夜。

行走江湖,最重要的就是洒脱自在。

君子爱财,取之有道,许明意从来不做亏心事。

可是为什么最近越发觉得良心难安。

"你怎么这样!"

他怎么样啊怎么样啊!他啥也没做好吗!就觉得赚她的钱不妥当,这有什么问题吗?

他这样自我安慰了一百遍,又自我谴责了一百遍,终于拿起了手机,给苏莞编辑了一行文字,发送——

"虽然不做你生意了,但是有什么事的话,还是可以叫我,就当是售后吧。"

嗯,就当售后。

苏莞:"不用了,这样很麻烦你。【难过】"

许明意放下手机,莫名觉得烦躁,那一个【难过】的表情图,看得他浑身上下哪儿都不得劲。

女人到底是怎样一种生物,不赚你钱,免费给你服务你还不乐意了。

许明意:"那……我把之前的钱退给你,行不?"

苏莞:"不用了,那些都是你应得的。【难过】"

许明意:"……"

苏莞:"【难过】【难过】【难过】【难过】"

许明意严重地意识到,他遇到了人生中从来没有遇到过的一大挑战。

第二章

灯火通明的图书馆里,林初语见苏莞一边做题一边看手机,乐得跟她家金毛狗似的,她不解地问:"你笑啥呢?"

苏莞晃晃手机:"我预感,胜利的曙光就在眼前。"

"和尚啊?"

"对啊。"

林初语看了她的聊天记录:"这没什么嘛。"

苏莞拿过手机,敲了敲她的脑袋:"你不懂,良心不安说明他开始在意了,在他心里,我和其他人已经不一样了。"

林初语:"哇,苏莞你好懂啊。"

苏莞笑眯眯地收起了手机:"一般一般。"

沈遇然花了一晚上的时间,终于计算出了密码被破译的时间,是在一个月前,也就是11月11号这天。

若是换了别的日期,沈遇然铁定是不记得这天里发生了什么,去过哪些地方,不过偏偏11月11号这一日,沈遇然记得清清楚楚。

"这天不是光棍节吗,我琢磨着你们都去谈恋爱了,我一铁打的光棍,我就去图书馆查文献去了。"

沈遇然清楚地记得,因为他当时还发了一个感慨万千的朋友圈,朋友圈是图书馆三楼的工科类阅览室,他的电脑端端正正地摆放在桌面上,照片带的文字是:悲催的单身狗码农只配待在图书馆555。

沈遇然翻出了他发朋友圈的时间,对照他电脑保护系统被人破解的时间,相隔不过四十分钟。

也就是说,他发了这条朋友圈的四十分钟之后,便有人动过了他的电脑。

傅时寒问他:"你当时一直都在电脑前?"

"没有。"沈遇然回忆着,说道,"后来我就去找文献了,电脑放在桌上,当时阅览室就几个人,我也没在意。"

"图书馆丢东西的不少,你居然还敢把电脑放在桌面上?"霍烟说,"你就不怕被小偷惦记上啊。"

沈遇然无奈地说:"我那破电脑都用了三年多了,散热性能极差,比砖头还重,运行起来还嗡嗡响呢,谁能偷我那破电脑我谢谢他。"

傅时寒道:"所以应该就是你去查文献走开那会儿,有人动了你的电脑,拷贝了疯帽子的数据,再往前面推,甚至很可能是有人看了你的朋友圈,知道了你的具体位置,有备而来。"

沈遇然:"可恶!居然还是熟人作案,这也太可怕了吧!"

霍烟打了个寒噤,想想是挺可怕,你的朋友圈里竟然有人随时观察着你的动向,伺机打着你的主意。

向南想了想,说道:"图书馆调取当天的监控,应该就会有结果。"

沈遇然一拍脑门:"对呀!只要看监控,不就人赃并获了嘛!"

当天下午,沈遇然和向南两人赶去调取监控,霍烟出于好奇,也屁颠屁颠跟着他们,来到图书馆的监控室,却被告知三楼的阅览室内部监控并未开启。

眼看着好不容易接续的线索又要断掉了,沈遇然着急地问:"你们这监控摄像是摆设吗?居然不开!"

"你这同学怎么说话呢。"调控部门的老师傅有些不满,"图书馆那么大,有些地方整天都没几个人去,我们把摄像头开着,这不是浪费吗?"

"就在图书馆丢的,您这没开监控,害得我连小偷都找不到,图书馆得负责。"

沈遇然看样子是痞赖上这位老师傅了。

"你这小孩,丢了东西都快两个月了你才来找监控,看样子也没有多着急嘛,要不是什么紧急物件就算了,那个阅览室是真的没监控,我能给你负啥责,自己不看好东西,怪谁。"

霍烟对老师傅说道:"拜托您千万给想想办法,真的是特别重要的东西,麻烦您了。"

老师傅见这小丫头说话还挺中听,态度缓和了些许:"进来吧,给你们找找图书馆大厅的监控,兴许能看到别人拿了你的东西走出去。"

霍烟连声道:"谢谢您了!"

几人跟着老师傅进了监控中心,调取 11 月 11 号那天的视频画面。

既然时间段已经确定了,监控很好找,不过一刻钟,霍烟便看见许文池进了图书馆。

因为他是跑着进来的,所以格外显眼,画面显示他进入大厅以后径直去了电梯,而他出来的时间,正好是数据被盗之后不过十分钟。

"果然是他!"沈遇然愤声说道,"是他窃取了我的数据,我找他去!"

霍烟一把拉住沈遇然,说道:"这段视频只能显示他来了图书馆,不能直接证明是他窃取了数据。"

"这还不能证明啊!"沈遇然很激动,"明显就是他嘛,时间也吻合,他也有作案动机。"

"还是先回去,跟组长他们商量商量。"

沈遇然知道这样下去没有结果,也只好同意。

临走的时候,霍烟问老师傅拷贝了一份许文池进出大厅的视频资料。

这段视频资料的画面里,许文池进来的时候匆匆忙忙,出去的时候却显得不紧不慢,还在打电话呢。

沈遇然转念一想:"不对劲啊,我微信没有加许文池啊,我和他不熟。"

霍烟突然想起来那日听到许文池和姚薇安的对话,连忙问道:"你加了姚薇安吗?"

沈遇然道:"当然,她不是主席团成员吗,咱们学生会的,我都加了。"

那就对了,很有可能是姚薇安告诉了许文池朋友圈的事,许文池出来的时候还在打电话,极大的可能性是打给姚薇安的。

第二章

上次霍烟亲耳听到姚薇安叮嘱许文池,一定要拿下这次的项目,不能给她丢人,所以逼得许文池铤而走险,这也不是没可能。

傅时寒看过视频之后,并没有什么特别的反应,只说道:"先不要打草惊蛇,如果真的是他做的,我自有办法让他的狐狸尾巴露出来。"

因为有了李湛和许明意的事情在先,沈遇然也很快冷静了下来,没有一时冲动去找许文池问个清楚,即便现在有了视频的证据,但还是不能百分之百确定。

所以众人按下不提,先齐心协力做好机器人的事情。

下学期开学的时候,图书馆的机器人就要和同学们见面了。所以一整个寒假,小组成员几乎都待在学校里,进行繁复枯燥的测试。

今年的除夕夜,因为许明意没有回家的缘故,所以几个朋友们决定今年就陪着他一块儿过除夕。

对此,许明意只是对他们双手合十,淡淡念了声:"好人一生平安。"

傅时寒走过去揉乱了他一头鸡窝卷毛,说道:"回宿舍冲个澡,今天过年,咱们先去吃顿大餐,然后去河边放烟花。"

霍烟发现,傅时寒平日里真的很有当大哥的做派,在家里他是所有表弟妹的长兄,所有弟弟妹妹都听他的话,有时候甚至比家长还能令小孩们服气。

在宿舍里,虽然他年龄最小,可是遇到重要的事情,还是他拿主意,这些年带着宿舍也拿了不少荣耀。

甚至在卫生状况普遍堪忧的男生宿舍里,611寝室一枝独秀,成了领导检查必来的寝室,每次领导莅临检查,男生宿舍只有整洁光鲜的611宿舍才能够拿得出手。

他身上总是流露出某种稳定的力量,莫名便能令周围人安心。

霍烟总感觉,他挠许明意头发这动作怪怪的,她抱住了他的手臂,有些小吃醋,将许明意推远了些:"你快回宿舍收拾收拾,我肚子饿了。"

许明意跑回寝室冲了个澡,好好地收拾了一番,还穿了件新的羽绒衣下来,苏莞已经开着她老爹的奔驰车等在了宿舍楼下,朋友们都已经坐上了车。

许明意说:"本来今晚还有预约的客人,既然你们这样坚持,那我就推了这单生意,不用感谢我。"

"喊,谁感谢你啊。"

霍烟伸手推了推他的脑袋,许明意立刻闪躲开:"你们俩真是一对儿啊,摸头发还上瘾了是吧,不准碰我。"

傅时寒立刻揪住他的耳朵:"怎么着还不能摸了,我媳妇喜欢,来,使劲儿薅。"

霍烟笑着将他那一头卷毛给薅得凌乱不堪。

"欺负人啊,你俩……"

坐在驾驶位置的苏莞看不下去了:"哎哎,后面两个能安分点吗?当心我把你们扔下去。"

霍烟这才消停,眼里眉梢含着笑意,知道苏莞护犊子,所以不再联合傅时寒欺负许明意了。

苏莞又问道:"大忙人,除夕夜准备上哪发财啊?"

许明意说:"有个女客户让我过年回家给她扮男友,按小时计费的那种……"

只听一声尖锐刹车,几人的身形猛然前倾,轿车停在路边。

"怎……怎么回事?"霍烟不解地看向苏莞。

苏莞说:"没事。"

"没事你突然急刹车!"

轿车重新启动以后,苏莞沉声说:"许明意,以后不准接这种生意!"

许明意不解:"为什么?"

"这样是骗人,不道德。"

许明意"哦"了声,没有为自己辩解。

"哦是什么意思?"

没等许明意开口,傅时寒笑着说:"对于老二来说,哦就是夫人遵命的意思。"

苏莞低头一笑,不再言语。

许明意用力掐着傅时寒的大腿:"就你聪明!你什么都知道!"

"喂喂!干吗!别动手动脚!"霍烟护着傅时寒,"讨厌!不准碰他!"

傅时寒坐在霍烟身后,随手揽着她的肩膀,笑得一脸得意。

第 三 章

江湖菜馆的大门口,沈遇然和向南俩人站在路边,帮苏莞指挥停车:"方向盘往左,当心。"

"够了够了,慢慢回。"

苏莞脑袋探出车窗,看了看,无奈地说:"太窄啦,本仙女进不去。"

"你往左打一点。"

"挂着别人的车了!"

苏莞停下来,看着那几厘米的距离,简直崩溃——

"这也太考验技术了吧。"

沈遇然道:"没办法,过年车位稀缺,这还是我好不容易订到的酒店呢。"

"我来吧。"傅时寒径直坐进了驾驶位,挂下后挡,方向盘小心翼翼地挪着。

狭窄的缝隙看得霍烟心惊肉跳,眼瞅着就要碰上了,他迅速调转方向盘挪开,几番惊险,不过最后竟也分毫不差停在了车位里。

完美。

苏莞感叹:"哇,寒总神仙车技啊。"

沈遇然鄙夷地说:"是你技术不到家吧,要谁都像你这样开车,那保险公司就要赔得倾家荡产了。"

还不等苏莞开口,许明意悠悠说道:"上个月某人撞坏了学校的花圃怎么说?"

沈遇然指着许明意大声喊道:"好你个许明意,咱俩一个宿舍同窗三年,你帮她还是帮我?"

许明意想了想,说道:"我帮她。"

苏莞得意地冲沈遇然吐了吐舌头。

再回头,她发现许明意在看自己,蓦然感觉心脏像是放置在烈日下炙烤的冰淇淋,顷刻融化了。

沈遇然笑了起来:"哟,你俩什么时候这样好了?"

苏莞走过来,很自然熟地挽住了许明意的手臂:"我们是好朋友,怎么,有意见?"

沈遇然优哉地拖长了调子,笑话道:"和尚也和女生交朋友啊,难得难得。"

许明意的心思已经不在他们的互怼上,他感受着身边女孩亲昵的动作,

不知道为什么心跳得那么快,那么快,全身都僵硬了,任由苏莞拽着他进了饭店。

深呼吸,平静。

几人走进了包间,很快香喷喷的饭菜上来,开动之前,傅时寒提议举杯:"新的一年,大家事事顺利,前程似锦。"

沈遇然道:"寒总起头,那就每人说一句吧。我先来,就祝愿大家找工作的找到好工作,考研的呢上四百分,出国的收到好offer!"

苏莞也笑说道:"认识你们,我特别开心,你们是我自小到大最好最好的朋友,愿友谊地久天长。"

许明意:"友谊地久天长。"

沈遇然反对:"老二,你怎么跟着人家说?"

许明意:"她把我要说的都说了。"

沈遇然:"那你俩还真是心有灵犀啊。"

苏莞只是笑,而许明意依旧端的一脸严肃镇定。

向南:"那我就祝大家,谈恋爱的修成正果,暗恋期的求仁得仁。"

最后霍烟说话:"你们把该说的都说了,没给我留下,那我就祝我们家寒哥哥身体健康,平平安安。"

傅时寒在众人鄙夷的目光下,单手搂过霍烟的后脑勺,在她额头上印下浅浅一吻:"真乖。"

众人纷纷叫嚣还让不让人活了,秀恩爱快走开。

饭吃到一半的时候,许明意借口说要去洗手间,起身离开,没多久,苏莞也借口离了席,一路追上去,却发现他并未去洗手间,而是径直来到了饭店前台。

"43桌多少钱,麻烦您算一下。"

服务员计算之后,回道:"算上酒水,一共八百零六。"

"零头免了,算八百行吗?"

"不好意思先生,我们饭店不讲价的。"

"这样……"许明意沉默了片刻,从包里摸出了一张卡,"刷卡吧。"

就在服务员正要接过卡片的时候,却被另一人伸手夺过,许明意转身,迎上了苏莞幽深而复杂的目光。

"这就没意思了啊,说好大家一起AA的。"苏莞道,"再说了,就算要请客,也不该是你啊。"

"今天除夕,你们没有陪家人,出来跟我吃饭,应该由我来请客。"

今天的和尚似乎变得很不一样,平时让他帮忙带早餐,就算是一块五毛的也一定要人家还,今天怎么突然变大方了?

苏莞虽然没法反驳,但就是不同意:"说什么也不能你给钱,你赚钱这么辛苦。"

38

第三章

她说完自己也摸出了钱包:"我来结。"

"苏莞。"许明意声音低醇,这好像还是他第一次完整地叫出她的名字,"能不能给我个面子?"

苏莞抬头,讶异地看着他。

他那双平日里掩藏在卷刘海下的单眼皮双眸,竟然是这般深邃,眸子里仿佛埋藏着一个深不见底的黑洞,能够将人深深吸附进去。

她仿佛看见了他眸底隐藏的一份倔强和固执。

苏莞将卡还给了他,却是心疼不已。

这种感觉前所未有,从小到大,万贯家财供她挥霍,她从来不知道心疼钱是什么感觉。可是现在她突然明白了,就像钝刀子割肉似的,每一分每一毫,都是他辛苦挣来的。

许明意拿到了账单之后,仔仔细细地核对了上面列出的每一项菜品和价格,确定无误之后才刷了卡。

离开的时候,众人执意要将钱还给许明意,然而许明意这一次却非常坚定地不肯收。

"你们过去照顾我很多,让我请你们吃一次饭吧,难得有宰我的机会,过了这村可没这店了。"

他说得很轻松,而众人心情却很沉重。

许明意平时小气,沈遇然总说他是一毛不拔铁公鸡,可是玩笑归玩笑,到底没有人见怪。

生活从来不会善待任何一个人,他只能咬牙靠自己。

他们知道,所以善良也从来都是藏在细节中,不动声色。

许明意没有吃早饭的习惯,于是傅时寒或者向南会打包早餐到研究组吃,顺带也递给许明意一个大白面馒头,说是买多了吃不了的,让他帮忙分担分担,或者买夜宵的时候多带一份。

所有人都在小心翼翼地维护着他的自尊心。

江流东涌,泛着粼粼的波光,倒映着湖面一整个江城夜景。

一簇簇烟花在天空中绽开,傅时寒从身后环着霍烟,陪她欣赏着江边的烟花。

她身形娇小,被他整个圈在怀里,他的衣服上散发着羽绒服特有的鸭绒味道,霍烟吸了吸鼻子,然后回过身来,和他面面相对。

傅时寒将她的下巴往上提了提:"看我做什么,看烟花。"

霍烟露出调皮的小眼神:"我在你眼睛里看啊。"

傅时寒垂眸,长睫毛覆下来,扫着眼睑,此刻他的眼神分外柔和。

他不确定地问:"所以你是在……索吻吗?"

霍烟："……"

她转过身去，不再理会他。

傅时寒的心情却荡漾了起来，他撩开了她的发丝，细细密密地开始亲吻她白皙柔软的后脖颈。

霍烟被他弄得很痒，偏头躲开，笑着说："你能不能正经些。"

喜欢正经的。

傅时寒挺直身躯，清了清嗓子，沉着调子说道："霍烟同学，寒假的英语阅读任务完成了多少？明天带过来我检查，还有，马上就大三了，对未来有清晰的规划吗？"

霍烟正要说话，傅时寒立刻又道："没有的话，我来帮你规划，建议是考研，但如果你想工作，下学期开始留意实习公司……"

霍烟伸手捂住耳朵："求你放过我好不好，我错了我错了，你还是变回臭不要脸的傅时寒吧。"

哎，提到这些真是压力山大，他简直比家长老师还要严格，而霍烟又属于比较散漫的人，真不想听他在耳边叨叨这些严肃的事情。

傅时寒像是奸计得逞似的，眉宇间洋溢了几分得意之色，霍烟愤愤瞪他一眼，说道："你还笑，我找男朋友，不找老师，您高抬贵手，放过我行不行？"

"男朋友，是要这样的。"

"怎样？"

她话音刚落，傅时寒已然俯身，柔软微冷的唇，轻轻触上了她平整的额头，缓缓下移，到她淡淡的眉间，然后是她的鼻梁，最后落在她的唇上。

"烟烟，我感觉到了。"

"什么？"霍烟的唇被他吻得充血，红扑扑的，娇嫩欲滴。

傅时寒用鼻尖逗弄地蹭着她的鼻尖，轻笑道："你很喜欢我。"

"你别说了。"霍烟难为情，"这种事意会就好了，说出来干吗？"

这下子是真把傅时寒给逗笑了，她居然还要跟他意会。

"你别笑！"霍烟攥着他的衣领，故作怒意，"你还笑，很好笑吗？"

"好了，不笑了。"傅时寒环着她的纤纤细腰，认真而笃定地说道，"霍烟，答应我，一直这样好好的，行吗？"

霍烟抬眼看他，生平第一次，她觉得傅时寒的眼神里是带了一些患得患失的情绪。

太珍贵的东西，总是害怕弄丢，霍烟太明白这种感觉了。

霍烟反握住傅时寒的手，郑重地对他说道："傅时寒，你陪我长大，我陪你到老，咱们一直这样，好好的。"

十二点的钟声敲响，新的一年终于来临。

第三章

城市上空绽开了一簇簇烟花,耳边鞭炮声回响不绝。苏莞发现身边的许明意一直用手死死捂住耳朵,心下好奇,问他:"你害怕鞭炮吗?"

许明意听不见她的声音,于是大声喊道:"你说什么?听不见!"

苏莞大声说:"我问,你害怕鞭炮吗?"

"听不见,再大声点。"

"你喜欢我吗?"

她问完这句话,突然怔了。

许明意骤然松开了紧捂耳朵的手,目光变得有些闪躲,不再清澈。

而苏莞往后退了两步,惶惶不安地说:"鞭炮好吵。"

"是……是啊。"

"我刚刚是问你,害怕鞭炮吗?"

"哦,我小时候险些被鞭炮炸过,那……那时候农村放炮仗,我还小,就站在炮仗边,什么也不懂,被……被吓坏了,幸好没事。"

他前言不搭后语,宛如一个真的被吓坏的小男孩似的。

苏莞并不确定刚刚那一句"你喜欢我吗",他究竟听见了没有,现在要不要再开口问一问呢。

"那个……我问你个事,你老实回答我。"

"我知道,你想问我那时有没有受伤,我没有受伤。"许明意说,"只是吓坏了而已。"

"不是,我不是想问这个,我是想说……"

"农村过年放鞭炮就是这样,十里八村,特别热闹,小时候我和奶奶住在一起,她喜欢听炮仗声,我就去镇上买很多鞭炮,给她听响儿。"

"许明意……"

"你没去过农村对吧?现在好了,以前农村的房子都没有厕所的,一边是茅厕,用栏围着,另一边就是猪圈,上厕所的时候还能听见猪叫声。"

他突然笑了,像完全变了一个人,变得喋喋不休:"晚上睡觉的时候,老鼠在木头的地板上跳来跳去,有时候睡熟了还会被弄醒,它居然在啃你的脚趾甲。"

远处,沈遇然叫人过来一起帮忙放烟花,苏莞也被拉了过去,她恋恋不舍地望了他一眼:"许明意,待会儿再找你。"

她离开以后,向南走过来,递给他一根烟。许明意犹豫了一下,还是拒绝了,他会抽,但是不抽,没钱买烟,养不起这瘾。

"人家姑娘要跟你说终身大事,你跟人家说农村的茅厕和猪圈在一起,和尚,你这脑子怎么长的?"

许明意睨他一眼,淡淡说道:"我也在和她说终身大事,农村的鞭炮、猪圈、老鼠……这就是我的前半生。"

脏污与落后。

那样的好姑娘，皮肤又白又干净，身上还香香的，他那双因为长年劳作而长满了粗茧的手，怎么舍得碰她。

不如让她知难而退。

迎了新年，玩玩闹闹一阵之后，晨光已经熹微了，众人挂着熊猫黑眼圈，却依然很兴奋，这应该是最后一次肆无忌惮地放松了，后面还有一项难关在等着他们。

新学期伊始，图书馆启用了全校最大的一个多功能展览厅，在进行周岩和丁沛老师带的两个课题小组的智能机器人演示。

正中间观礼台的位置留给了校领导，学生们陆陆续续到场，将整个礼堂观众席塞得满满当当，还有学生一排排站在了过道墙壁边，都是过来旁听的。

两个小组的成员分别被预留在第二排左右两边的位置，霍烟远远望见了许文池，以及她身边的姚薇安。

姚薇安今天盛装打扮，深灰色冬裙配白色小衬衫，脸上精致的妆容衬得她光彩靓丽。

两人的目光无意间撞上，姚薇安嘴角勾勒一抹笑，意味深长，仿佛有什么秘密是天知地知你知我知的。

从她的微笑里，霍烟感觉到猫腻。

校领导最后才进来，三三两两坐在了前排的领导席位，他们一进来便预示着展示会即将开始。可是霍烟看了看自己身边这一排空荡荡的位置，不免心焦起来。

那几个男生在搞什么鬼，居然比领导来得还晚，这马上就要开始了啊。

霍烟给傅时寒打电话，电话却没人有接。

不会还在寝室睡懒觉吧！

主持人过来询问霍烟，霍烟只好推说组员们被一些事情耽搁了，要晚点到，可以让对方小组先上台演示。

就在许文池他们几人刚刚走上舞台时，傅时寒和向南几人姗姗来迟。

向南抱着自己的电脑，一落座就开始噼里啪啦操作起来。

霍烟附在傅时寒耳边问道："你们搞什么鬼？"

傅时寒神秘一笑："待会儿请你看出大戏。"

许文池小组的机器人名叫安德鲁，约莫安米来高，做得比较纤瘦，却有一颗大脑袋，脑袋前面的黑色屏幕上面可以自动检索图书馆的书籍。

许文池介绍道："我们的机器人除了完成日常的图书馆接引工作以外，最大的一项独创设计，就是可以精准定位每一本书籍的位置，帮助同学们迅速找到书籍的位置，可以精确到楼层、阅览室、书架几层甚至第几排。"

第三章

观众席位响起一片掌声,霍烟却嗤之以鼻,越看越生气。

这分明就是抄袭、偷盗,他居然还能说得面不红心不跳,真是脸皮厚如墙了。

看着她气鼓鼓的脸蛋,像只金鱼似的,傅时寒觉得好笑,捏了捏她脸上的肉:"等着看吧。"

他回身问向南:"搞定了没?"

向南快速输入了一串代码之后,扶了扶眼镜:"马上就好。"

霍烟不解:"你们今天是怎么了?怪怪的。"

沈遇然完全是一副"小人得志"的模样,哼哼道:"君子报仇,十年不晚,让他们得意了这么多天,现在是时候反击了。"

许明意平静地说道:"冤冤相报何时了,不如一次斩草除根,以绝后患,阿弥陀佛。"

霍烟:"……"

佛祖要是听到这句话,指不定气成什么样。

台上,许文池已经开始操控机器人进行着各种各样的动作,引得台下掌声不断。

"我们这款安德鲁最大的优势,就是可以与人进行智能交流,我们可以请一位同学上台来和它聊天谈话,有谁自愿上台?"

事先准备好的"托儿"是姚薇安,她提了提裙摆,正要起身上台,却不承想,沈遇然不知道什么时候已经站在了台下,许文池一说这话,他立刻窜上了舞台。

"我来我来,我来和这个什么安德鲁聊聊天。"

许文池脸色一变,挡在机器人面前,冷声说道:"你想干什么?别捣乱,快下去。"

"不是说请同学上来和机器人交流互动吗?我也是同学啊,要看我的学生证吗?"

许文池弄不清沈遇然葫芦里卖的什么药,但是台下领导和老师都看着呢,他不可能公然把沈遇然赶下去,只能硬着头皮让开了路。

反正当着这么多老师同学,他耍不了什么花样。

沈遇然知道,许文池正目不转睛地盯着他,像是生怕他一个暴起毁掉他们的安德鲁机器人。

他怎么会做这么不文明的行为呢。

沈遇然走到安德鲁面前,笑眯眯地跟它打招呼:"嗨,你好。"

安德鲁也伸出了机械的手臂,冲沈遇然挥了挥:"你好。"

"安德鲁,你知道什么是偷窃吗?"

此言一出,许文池身形突然僵硬,出口斥道:"你乱问什么?!"

沈遇然悠悠回身:"图书馆经常发生偷窃事件,作为服务同学的机器人,

应该时时刻刻保持警惕，我这样问它有什么问题？"

许文池说："机器人又不是狗，它怎么能分辨谁是物主谁是小偷，难不成你们的机器人还有这样的功能吗？"

他才不信呢！

沈遇然拍了拍安德鲁憨傻的小脑袋，道："人工智能可以进行复杂算法，甚至可以模拟人类的大脑，通过分析人类的行为，表情的变化，甚至红外感观以辨别人类的情绪，所以区区的防盗功能怎么难倒我……"他顿了顿，又补充道，"我们家寒总呢。"

许文池气急败坏地说："你到底想怎么样？"

"急什么。"沈遇然转身面向机器人，"安德鲁，我想问你一个问题。"

"你说。"安德鲁很礼貌。

"你的父亲是谁？"

"父亲……"安德鲁停顿两秒："你是说我的主程设计者？"

"对。"沈遇然盯着他，"你的主程设计者，是谁？"

安德鲁："我的主程设计者是许……"

突然，他反应了两秒，然后缓缓改口："我的主程设计者是傅时寒。"

此言一出，全场震惊，底下同学们交头接耳，闹哄哄响成一片。

许文池整个人像是石化了一般，反应了很久，暴怒地质问沈遇然："你对安德鲁做了什么？"

沈遇然耸耸肩："大家都看到了，我只不过是提了一个问题，安德鲁如实回答，仅此而已。"

"它……它怎么会胡说八道！"

沈遇然悠闲地说："这是你的机器人，你问我？"

他转向机器人，说道："安德鲁，请你大声告诉所有人，你的主程设计者是谁！"

"傅时寒，我的主程设计者，我的父亲是傅时寒，我不叫安德鲁，我叫疯帽子。"

好几个许文池小组的同学也跑上了讲台，准备要重启程序。

周岩老师在台下质问道："许文池，这究竟是怎么回事？"

"周老师……这……"

许文池也无法解释问题究竟出在哪里。

这时候，傅时寒缓缓站起身："如果你无法解释，那就由我来解释。"

看着傅时寒踱着步子走到台上，连后排的苏莞都傻眼了："他们这是说好了要砸场子，连傅时寒也跟着胡闹？"

"不是胡闹。"

霍烟知道，傅时寒从来不做没有把握的事情，他既然已经做了这样的选择，

第三章

必然有应对的万全之策。

他总是有这样的力量,能让周围人无条件信任。

见傅时寒上台,周岩教授更加不明所以:"傅时寒,你们葫芦里到底卖的什么药?"

傅时寒缓缓说道:"我让向南入侵了安德鲁的主脑。"

"大家都听到了!"

许文池激动地冲着观众席嚷嚷道:"傅时寒用黑客手段入侵了安德鲁,它才会说那些奇怪的话,他们今天是有备而来,要毁掉我们的展示会!"

现场讨论声更加激烈,同学们一脸疑惑不解,傅时寒怎么可能会做这种事,肯定另有隐情。

果然,周岩老师的脸色已经很难看了:"你们给我下去,不要再丢人了。"

"听见没有。"许文池指着傅时寒道,"快滚下去,我待会儿再找你算账。"

却不承想,周岩老师转向许文池:"我说的是你。"

许文池懵了:"周老师……"

周岩老师转向领导席,对坐在末位的图书馆馆长说道:"我们组退出,不用再演示了。"

许文池连同几位小组成员全傻了眼:"怎么回事啊,为什么要退出?"

"是啊,我们辛辛苦苦准备了小半年,怎么说退就退了?"

……

周岩老师转向许文池:"是不是一定要闹得不可收场?"

许文池还未说话,姚薇安反而站了出来:"周老师,虽然您是指导老师,可是这件事,您是不是还欠小组一个解释?文池为了这次展示会,可是辛苦了好几个晚上,您说让他们退出就退出,这也太专制了吧。"

"姚薇安,别说了。"许文池脸色涨得通红,"我们退……退出。"

就在小组成员抱着机器人走下展台的时候,坐在领导席正中间的校长突然开口,声音冷沉:"这件事,你们是不是还欠我们以及所有同学一个解释?"

小组成员面面相觑,而许文池涨红了一张脸,求助的眼神望向了周岩教授。

周岩教授摇了摇头,说道:"是我没有教好他们。"

傅时寒道:"既然他们不想解释,我来解释吧。"

许明意和李湛已经将自己的机器人扛上了展示台。

"跟大家介绍一下,这是我们小组的机器人疯帽子2.0,想必大家很好奇,为什么是疯帽子2.0不是1.0。"傅时寒望向了许文池身边的安德鲁,"因为安德鲁就是1.0。"

许文池颓丧地靠在了墙边,低下了头。

"时寒,不要卖关子了。"丁沛教授说道,"把事情的真相讲出来。"

"是。"

傅时寒望向周岩："想必周岩老师知道，学院不久前从美国高价购入了一套主程保护系统，封闭性极强，如若是自主研发编写的机器人程序，代入这套主程保护系统，是绝对不可能给黑客以任何机会入侵机器人主脑的。"

"但如果改写或者干脆直接盗用了别人的编程，在对方掌握主要编码的情况下，这套保护系统就会形同虚设，所以，向南只花了不到两个小时的时间，就黑入了安德鲁的主脑。"

领导和同学们脸上露出恍然大悟的神情，虽然听得不是很懂，但是结合沈遇然刚刚所说的盗窃，他们大概也能够明白事情的来龙去脉了。

"具体怎么操作我就不细说了。"傅时寒深吸一口气，"许文池窃取了疯帽子1.0的创意和全部编程代码，并且一字不改地用在了安德鲁身上，这才给了我们入侵的机会，简而言之，安德鲁就是疯帽子1.0。"

霍烟攥紧了拳头，目光死死凝视着展台上的男人。

他字字句句铿锵有力，每个字都像是落在许文池身上的酷刑，让他难以安身。

小组的每一个人，脸上都露出了痛快的神情，或许真相会被无耻的谎言遮掩一时，但绝对不会被永远掩埋，当它缓缓浮出水面的时候，黎明将至。

"接下来是疯帽子2.0时间。"

傅时寒嘴角浮现一丝微笑，从容且自信——

"不要太惊艳。"

莺飞草长的暮春三月，机器人疯帽子2.0在图书馆正式启用。

因为它那颇为呆萌的外表、热情亲和的性格、幽默诙谐的语言设定，使它颇受欢迎，人气高涨，一下子便成了学校的校宠。

那日的展示会，傅时寒小组成员上台演示了疯帽子2.0的各项功能，除了之前安德鲁所拥有的令人拍案叫绝的设定以外，疯帽子2.0还新增了高位取书的功能，可以说相当人性化。

而除此之外，防盗功能也是一项亮眼的独创。

机器人的眼部装有360°全景摄像功能，如果同学临时有事，譬如上厕所或者去查阅文献，电脑和一些不易携带的重要物品留在桌上，机器人可以帮忙看顾，并且开启录像功能。

平时无事的时候，疯帽子2.0便会自动进入省电的休眠状态，同学们有任何需要，可以立刻将他唤醒。

疯帽子2.0的五感发达，还会对同学的不文明行为进行监测，然后非常可爱地开始规劝。

"我闻到了哦，有人在吃方便面。"

"那个吃饼干咯吱咯吱的小老鼠，你要是再吃，我就要放敌敌畏了。"

| 第三章 |

"女生高跟鞋请轻轻,轻轻……轻轻走。"

"那个男生请不要在卫生间抽烟,我有烟雾报警装置,触发之后,我会直接把你当成火源进行扑灭。"

……

当然这些都是小施警告的话语,机器人第一定律就是不可以伤害人类。

听到这些有趣的警告,一般而言,同学们都会莞尔一笑,约束自己,停止不文明的行为。

很多同学喜欢和疯帽子 2.0 交流谈话,疯帽子 2.0 模拟了人的神经网络结构算法,能根据人们提出的问题进行各种风格化和个性化的回答。

疯帽子 2.0 刚刚来到图书馆的那几天,霍烟总是会去图书馆盯着它,害怕出什么差错。

以苏莞的话来说,她就像送自家小孩去上幼儿园的年轻妈妈似的,十万分的不放心,总是会偷偷站在班级窗户外面观望。

霍烟觉得这个比喻很妥帖,因为机器人还处于投试阶段,所以她现在真像个小妈妈一样,总是牵肠挂肚,一定亲眼看着才算安心。

讨论厅里,几位同学们正在讨论一个话题,同时疯帽子也坐在边上,就像他们的成员一样,毫无违和感。

有同学问它道:"为什么你的名字是疯帽子啊?"

疯帽子 2.0:"因为爱丽丝梦游仙境啊。"

"这好像不构成因果关系吧。"

疯帽子 2.0 像是沉思一般,想了想,说道:"因为爱丽丝喜欢疯帽子。"

"这算什么回答呀。"

"对呀,是个 bug 吗?"

"听不懂。"

同学们听不懂疯帽子 2.0 的回答,但是不远处的霍烟,心底却掀起了汹涌的波澜。

大概是初中的时候,傅时寒陪霍烟去看过迪士尼的电影《爱丽丝梦游仙境》。

那时候,霍烟告诉傅时寒,多希望自己也变成爱丽丝,掉进兔子洞,然后来到仙境,当她不开心的时候,就喝下魔法药水,把自己变小藏起来,这样谁也找不到。

她的童年,其实大多数时候还是不开心的。

傅时寒问她,躲到仙境里,只想把自己藏起来吗?

霍烟摇头,笑着对他说:"因为仙境里还有疯帽子呀。"

"为什么?"

"没有为什么啦。"

"没有为什么是为什么?"

"就是没有为什么呀。"

……

两个人回家一路都在打哑谜,循环着为什么和没有为什么,可是霍烟无论如何也不肯回答。

直到刚刚,她听到机器人说:"因为爱丽丝喜欢疯帽子。"

因为爱丽丝喜欢疯帽子,这就是谜底,原来他知道,一直都知道。

图书馆方面对疯帽子2.0非常满意,向学校申请了奖励金,分发给了每一位参与研究的同学。

而疯帽子2.0在展示会上的惊艳亮相,不仅仅让同学和老师们叹为观止,视频传到网上以后,甚至让各大企业纷纷侧目,向小组成员发来了实习邀请。

至于许文池小组,因为抄袭事件的公开曝光,他们在学校里声名狼藉,这种学术不端的行为也被校领导狠狠批评,学校对他们进行了严肃的处理,档案上记下了这一笔,成了一辈子的污点。

六月底,傅时寒正式从学生会离职。

最后的一次例会,他写了好几千字的小论文式离职报告,事无巨细,将学生会的各项工作进行了妥善安排。譬如下一届新生的招揽、大二大三部长的晋升、优秀干部的评选和奖励,等等。

无论任何事情,他总是力求尽善尽美,即便不在其位,也要把后面的事情给安排妥当。

因为他即将离职的缘故,这一场例会开得很是沉重,霍烟观察着傅时寒的神情,似乎并没有变化,就像以往的无数场例会一样,交代事情,分派任务,鼓励同学。

同时,他也重申了刚坐上主席之位的时候,一再强调的严禁官僚主义作风只听他道:

"不管任何时候,不管你们将来是要当部长还是主席,我都希望你们谨记,你们是学弟学妹的榜样,而不是他们的领导,官场那一套不要用在大学里。独立之精神,自由之思想,这才是你们在大学里能学到最宝贵的东西,希望你们在学生会能够有所锻炼,有所成长,不要忘记初心。"

霍烟眼眶有些微红,在他说完之后,用力鼓掌,同学们也都深受震撼,情不自禁地鼓掌。

自傅时寒担任主席团成员以来,从肃清公费私用的现象,到后面以身作则、保持良好风气,将学生会变成了一个真正能为同学们服务的组织,而并非某些具有官僚习气的机构。

散会的时候,好几个同学围上来,眼眶都有些微红。

第三章

"学长,你刚刚说的话我一定会记住。"
"希望你能留下来,一直当我们的主席,直到毕业。"
"你走了我们真的很不习惯。"
……

男生女生都有,这场面,就差抱着傅时寒的胳膊痛哭流涕了。

傅时寒很无奈,他不大习惯应对这样的煽情场面,只能安抚道:"大三退出社团,这是每一届的惯例,大四有更多工作、学业的事情要忙,可能没有精力放在社团活动上了。"

道理都懂,但就是舍不得怎么办。

几个同学拿出了自己的笔记本,请傅时寒给他们签名留念,傅时寒毫不犹豫拿起笔,写下了自己的名字以及鼓励的话语。

字如其人,遒劲有力。

同学们恋恋不舍地离开了会议室。

霍烟当然也舍不得,傅时寒走了以后,她独自留在学生会,也觉得好孤单,但是傅时寒希望她能留下来,一直干到大三结束,善始善终。

在所有人离开以后,霍烟走过来,伸手抱住傅时寒的劲腰,撒娇说道:"怎么办,我也好舍不得学长。"

傅时寒用力捏着她的脸蛋,笑着说:"舍不得你学长,明天拿户口本出来,咱们民政局去指教余生。"

"谁要跟你指教余生。"霍烟松开他,也笑道,"想得美。"

傅时寒将她兜回来,一双大掌揉搓着她肉肉的小脸蛋,捧着,亲了亲她的小嘴:"谁想得美,嗯?"

霍烟的脸蛋被他搓得嘟了起来,心里不忿,以前没在一块儿的时候,他好歹还能端着当哥哥的架势,不会对她有太多过分的举动。

现在在一起了,他简直把她当成了自己的毛绒玩具,有事没事总把她兜自己怀里,要么揉捏,要么使劲抱着,还有更过分的,有一次将她堵在小花园吻了半个小时。

譬如现在,他亲了一下还觉得意犹未尽,关上门便将她按在墙上,只一瞬间,霍烟的呼吸便已经被他夺去。

霍烟感觉自己的胸口好像燃了一簇火焰。

"傅……时寒,我错了,你放了我。"她娇滴滴的声音伴在接吻的间隙溢出来,她缴械投降,全然地服软在他那灾难一般的热吻中。

"我不行了。"

再这样下去,她不知道自己会不会晕过去。

傅时寒停下了亲吻,他的脸上也带了些许潮红,眼里涌动着非常明显的兴奋之意。

六月的气温已经很高,她穿着一件单薄的白T恤,锁骨以下的风光分外迷人。

霍烟说:"可以啊。"

傅时寒头皮微微发麻,手刚要伸过来,就被霍烟一把拿住:"不是现在,主席,这里可是会议室。"

虽然四下无人,门窗紧缩,但傅时寒也觉得在这样严肃的场合里亲密的确不大好。

他拉着她的手,开门带她离开。

"去哪里啊?"

"没有人的地方。"

傅时寒牵着霍烟的手,来到逸夫楼后面的小山坡,这一带鲜少有人过来。他将她拉上了山坡,六月的微风徐徐地吹拂着,带着初夏的燥热和潮湿。

傅时寒脱下外套扑在草地上,拉霍烟坐了下来:"这个暑假,我们出去旅游。"

说起来,大学快三年了,他们还没有一块儿正经出去旅游过呢。

"想去哪里?"

霍烟靠在他身边:"新疆、西藏、海南和东北,南极北极也想去,俄罗斯、欧洲和美洲……我都想去,你带我去吗?"

傅时寒捏了捏她的鼻尖:"所以换句话说,就是去哪里都可以了?"

霍烟伸手使劲儿揉他的头发,大笑着说道:"你怎么那么那么聪明啊。"

傅时寒拉住她的手腕,侧过身。

霍烟猝不及防,一阵冰凉的触感让她背后蹿上一阵激灵。

"你干什么啊?"

傅时寒捏了捏她腹部的肉,笑了笑:"该减肥了。"

霍烟轻哼了一声,不说话。

傅时寒一个人背过了身去,闭眼休息,试图将身体里那股焚烧的火焰给压下去。

于是霍烟盘腿默默玩了会儿手机,翻找旅行攻略:"厦门怎么样?"

"可以。"

她想了想:"暑假的话,好像有点热,算了,换个地方。"

"可以出国。"傅时寒提议。

霍烟:"没钱。"

傅时寒:"……"

当他没说。

几分钟后,霍烟从后面环住他的脖颈,将手机放到他眼前:"我决定了。"

第三章

"嗯?"

"我决定把决定权交给你,你来选。"

傅时寒稳住心绪,接过手机看了看,问道:"想不想去天安门看升旗,然后爬长城?"

她应该还没去过北京。

霍烟:"不去,人太多了。"

傅时寒又翻找了一会儿,说道:"青海地广人稀,也不热,我们到当地租车玩。"

"不去,高原紫外线强,怕晒黑。"

"内蒙古呢?"

"风沙大,我犯鼻炎。"

傅时寒:"……"

所以谁说把决定权交给他!

看着他嫌弃的表情,霍烟捏了捏他的耳朵:"怎么了,是不是觉得我很任性、很麻烦?"

傅时寒一本正经地说:"自己惯出来的女朋友,跪着也得宠下去。"

霍烟嘴角漫开清甜的微笑:"这还差不多。"

俩人一直商量到太阳下山,总算是定下来了,决定去广西桂林和北海,既能看山也能看海。

晚上,苏莞蹦跶回寝室,恰好看到霍烟坐在电脑前翻找旅行攻略:"要跟你们家寒总去度蜜月了啊?"

"只是出去玩一下,不是刚拿到小组项目奖励金嘛。"

"你们两人?"

"目前只有我们,你想去吗?"

"啊!我也能去吗?"苏莞立刻来了兴趣,搬了小板凳坐到她身边,拉着她的手臂,"烟烟帮帮忙,如果你能把许明意也弄过来,我感谢你一辈子!"

霍烟挑了挑眉毛,为难地说:"他啊,怕是不会去的吧……"

许明意那家伙一股子小气劲儿,会跟他们出去旅游吗?

"不试试怎么知道,而且你也说了,刚发了奖励金,他现在手头应该很宽裕了。"苏莞抱着霍烟纤细的手臂,撒娇道,"烟烟,你有男朋友了,可你的好闺蜜还在旱地里找水喝,你可不能不管我。"

霍烟拍了拍她的肩膀,很有义气地说:"放心,我会帮你的。"

说完她拿起手机,给许明意去了一个电话。

许明意坐在床上看男人杂志,发现手机响了起来,居然是霍烟打过来的。

他垂下脑袋望了望下桌的傅时寒,傅时寒抬眼睨他:"你电话响了。"

许明意微微蹙眉,心里似乎也有所预感,接起了电话。

"喂,周先生,有什么事吗?"

"哦,实习的事情是吧。"

霍烟手机放在桌上,开着免提,她和苏莞俩人坐在小板凳上,脸上写着无语。

"许明意,你又是演的哪出啊?"

"周先生,我现在说话不大方便,明天我们见面详谈吧,嗯,再见,您早点休息。"

"……"

挂了电话,许明意松了口气。

霍烟找他能有什么事情,多半还是她寝室的那位大小姐。

他不敢轻易再招惹她了。

两分钟后,傅时寒收到了霍烟的短信:"男朋友帮帮忙,暑假旅游把和尚也捎上,他刚刚还装蒜呢。【哀求】【哀求】"

傅时寒:"叫什么男朋友,叫声老公来听听。"

霍烟翻了个白眼,回头便见苏莞双手合十,一双小眼神可怜兮兮:"拜托拜托。"

霍烟只好回道:"老公帮帮忙。【爱你】"

傅时寒嘴角扬起一丝微笑,转椅往后退了退,问沈遇然和向南:"暑假有空吗?一块儿旅游。"

难得傅时寒邀约,这又是学生时代的最后一个暑假,向南和沈遇然一口便答应下来。

傅时寒转了转手机:"行,那我订机票和酒店了。"

两人将身份证给傅时寒发了过去,许明意脑袋耷拉下来,望望俩人,又望了望傅时寒,等了会儿,他似乎没有邀请他的意思。

向南看出了傅时寒的用意,故意笑问道:"老四,你是不是漏了谁?"

此言一出,许明意连忙端正坐好,拿起杂志遮住脸,假装没在听他们说话。

傅时寒说:"你,我,老三,还有谁吗?"

向南微微一笑:"是吗,就我们三人哦。"

傅时寒:"哦,你不会是说楼上那位许二爷吧。"

许明意很傲娇地轻哼了声。

傅时寒说:"反正他也不会去,我就不用问了吧。"

许明意眉头皱了起来,正踟蹰着要开口,向南却抢先一步:"你不问,怎么知道他不去,万一人家想去呢。"

傅时寒悠悠说道:"不用问,我赌两张往返机票,他不会去。"

许明意手里的杂志裹成了卷儿,敲在床栏上:"往返机票,买定离手,这次你二爷还真就去了。"

第三章

傅时寒故作讶异:"你要去?"

"去,怎么不去,说好了两张往返机票,不准反悔啊!"

"不去实习吗?"

"可以请假。"

好不容易能有让傅时寒吃瘪的机会,他怎么能轻易放过。

傅时寒故作伤脑筋地摇头叹息了一声:"那你把身份证号码发过来吧。"

机票订好以后,傅时寒去阳台给霍烟打电话汇报胜利的消息,向南叫住他:"老四……"

剩下的话落在喉咙里,没说出口,傅时寒回头看了他一眼,说道:"我试试。"

"谢了。"

许明意看着这俩人像打哑谜一般,渐渐反应过来。

"我怎么……怎么感觉你们在套路我。"

"有吗?"向南躺在了床上,长长地伸了个懒腰,"睡了睡了。"

许明意跳到他的床上:"你刚刚让他干什么?"

"没什么。"

"肯定有猫腻,快告诉我。"

向南的大长腿落到许明意的肩膀上:"踹你了。"

阳台边,夜风柔软。

电话那边传来傅时寒的声音:"搞定了。"

霍烟立刻对苏莞比了个 OK 的手势,苏莞"耶"了一声,大喊道:"你家寒总真是太棒了,我就知道!"

霍烟背过身去说道:"谢谢你啊,帮大忙了。"

傅时寒轻哼了一声:"事情办完了,称呼也没了?"

"对呀。"霍烟浅浅一笑,"卸磨杀驴,这招还是跟你学的呢。"

"小没良心。"傅时寒调子里带着些许宠溺,"说真的,刚刚向南帮了我,你是不是也应该帮帮他?"

"什么?"

"你们寝室那位……高冷姐,向南想她好几年了。"

"什么高冷姐呀,人家叫洛以南。"

"有办法能把她带上吗?"

霍烟小心翼翼回头望了望,走到墙角边,压低声音道:"难度有点大啊,百分之八十她不会凑这热闹。"

"试试吧。"

霍烟笑了起来:"刚刚我都叫你那什么了,现在我帮你,你不要还回来

的呀?"

傅时寒眉心展平,眼角上扬:"老婆?"

霍烟浑身一个激灵,转过身面对着墙壁,手抠着墙面:"还是别叫了……这太难为情了。"

"好的老婆。"

"你别叫了!"

"我爱你,老婆。"

"哎呀。"

夕阳斜落,几间舞蹈教室空空荡荡。

向南从第一间走到最后一间,直到走廊的尽头,却没有看到女孩那熟悉的身影。

他在天窗前站了会儿,听到走廊尽头传来不急不缓的脚步声,回头便见洛以南出现在他的身后。

她穿着一件宽松的棉T恤和短裤,苍白的脸颊挂着绯红血丝,饱满的额间悬着几粒细密汗珠。

"刚练完?"他关切地问她,"累不累,先去吃饭吧。"

"不用,我叫你来,只是想跟你说一声,暑假我有事,不会跟她们去旅行。"她直言不讳,没有半点转圜的余地,"就算没事也不会去,所以你不用费尽心机,让那俩丫头搁我耳边叨叨,什么古灵精怪的法子都想出来了。"

向南一时无话。

洛以南从他身边经过,面无表情,甚至没有看他一眼:"你我之间不需要旁人从中斡旋,犯不着,也没有这个必要,我们早就结束了。"

"一定要这样不留余地?"向南声音渐渐转冷,"就算是普通朋友,也不至于冷淡成这样,更何况过去总算还有些情分。"

洛以南将手里的空矿泉水瓶用力砸进垃圾桶,突兀的声响回荡在走廊里。

"情分?"她眼角勾着冷笑,眸子里却深不见底,"我是什么人啊,怎么敢跟你向南少爷谈情分。"

向南不等她话说完,大步流星朝她走过去,一把握住了她的手腕:"洛以南……"

洛以南手腕纤细,一层薄薄的皮肤泛着淡青色,他甚至都不需要用力,便能将她桎住,动弹不得。

"松手。"她用力挣扎,可向南不肯放开她。

他脸上露出了极少见的冷硬神情,声音也带了些许低沉:"你是我的第一个女人,也是最后一个,你最明白这一点!"

洛以南呼吸微微有些急促:"向南,别像小时候一样,一个玩具,丢了

第三章

便丢了,以后还会有更好的。"

向南突然将她按在墙边,狠声说道:"你不是玩具,我也不是小孩子!"

话音刚落,他便咬上了她的唇,带着一点报复性的撕咬,他用了力,似乎要将她整个人吃进肚子里似的。

这么长时间的想念,无数个夜晚的反侧难眠,所有的冲动和暴躁,全部融进了这一个漫长的亲吻里。

洛以南并没有反抗,只是紧咬着牙关,无论他怎样撬动,她就是固执地不肯松口。

向南只能捧着她的脸,用力地吮吸她的唇。

相思难解。

而她却无动于衷。

吻到最后,他竟然也有些颓唐,退后几步,一脚踹在墙上,暴戾地低吼了一声。

她无动于衷,即便是那样的亲吻,她也没有感觉。

没有感觉,便意味着她已经不再爱他了。

向南无法忍受这一点,他颓然转身,离开了。

暮色越发暗沉,最后一缕阳光收束,自窗边往外合拢,直到彻底消失。

周遭暗了下来。

洛以南靠着墙蹲了下去,全身无力,手抚了抚已经被他吻得红肿的唇。

他的吻依旧如初,带着少年人的心急,没有技巧,凭着本能的冲动,爱里带着恨,没有温柔,温柔全都变成了愤怒。

她招架不住,溃不成兵,却还要佯装淡定,只希望他能明白,两个人之间的天堑之隔,可不仅仅是爱与不爱这样简单的问题。

/ 第 四 章 /

北海的酒店订在银滩边,是一套非常漂亮的海滨别墅酒店,迎面就是一望无际的湛蓝大海和绵延无垠的金色沙滩。

这次旅行的所有行程都是傅时寒一手安排的,跟他出去玩几乎可以不用考虑任何事,他将行程安排表打印了几份A4纸质表格,整整好几页,包括酒店住宿和可选交通、当地玩法,甚至详细到当地的特色美食店,都有标注。

飞机上,他分发了行程表,对众人说道:"如果有问题,提前告诉我,商议之后可以另行安排。"

林初语凑近了霍烟的耳朵,低声说道:"我怎么感觉,他还跟平时开例会一样,认真起来真的好严肃,怕怕的。"

霍烟笑说道:"别介意,他就是这样。"

傅时寒的领导和组织能力毋庸置疑,他总是能把所有事情办得妥帖帖,这也是他能够如此让人信任的缘故。

"你们谈恋爱的时候,他不会也是这个样子吧?"林初语好奇地问道,"那岂不是很没意思。"

"不会啊。"

傅时寒在她面前可完全不是这样,没原则、没底线,任性又霸道,有时候还特别幼稚。

不然怎么说,这男人有两幅面孔呢。

傅时寒望向林初语:"林同学,你还有问题吗?"

"没有!没问题了!"

林初语哆嗦了一下,抱着霍烟的胳膊瑟瑟发抖,低声说:"我好怕啊。"

霍烟摸了摸她的脑袋:"别怕,他吓唬你呢。"

傅时寒继续道:"如果没有问题,那就请你回到自己的位置上吧。"

"哦!"林初语连忙起身,回到后排自己的位置上。

傅时寒在霍烟身边坐下来,手落到她的腰间,轻轻环着她。

"你别对我室友这么凶嘛。"

"凶吗?"傅时寒浑然不觉,"我一直都是这样。"

想想也是,傅时寒对其他的女孩,一直都是这样,不深不浅,不冷不淡,总是给人一种不怒自威的感觉,只可远观而不敢靠近。

这样也好,总归能让她安心。

否则以傅时寒的人气值,还当中央空调大暖男的话,霍烟岂不是都要气

第四章

死了,她感觉自己还是相当护食的,不喜欢男朋友被其他的女孩觊觎。

傅时寒好像真的开始思考这个问题,半晌之后,他又问霍烟:"你也觉得我凶?"

霍烟伸手使劲儿搓了搓他的脸:"你这样挺好的。"

"那我以后还是对你温柔些。"

懂得反省,真是个有长进的男朋友。

霍烟捧着傅时寒的脸,似奖励一般,碰了碰他的唇:"亲爱的,我怎么那么爱你呢。"

傅时寒嘴角勾了笑:"再一下。"

"吧唧"一声,霍烟又亲了亲他锋薄的唇角。

"女士,请系好安全带,飞机马上就要起飞了。"空乘小姐对霍烟说。

"哦。"霍烟不好意思地红了红脸,"抱歉。"

傅时寒伸手拿过安全带替她系好,略作惩戒一般,拍了拍她的小脑袋。

空乘小姐临走的时候,也没忍住多看了傅时寒两眼,即便在航空公司上班,见惯了高大帅气的空少,如傅时寒这般英俊的男人,看着也足以令人惊心动魄。

有这样好看又体贴的男朋友,那女孩是上辈子拯救了银河系的宇宙美少女吗?

苏莞坐在许明意身边,看着他吸气又呼气的样子,觉得好笑:"许明意,你是第一次坐飞机吗?"

"当……当然不是,我还开过飞机呢。"

"哈?"

沈遇然说:"他在游戏里开过飞机,《星球争霸》玩过吗?"

苏莞茫然地摇了摇头。

一时无话,聊天就这样被聊死了。

飞机驶入跑道以后,开始猛力加速冲刺,许明意紧闭着眼睛,额间渗出了一层薄汗:"起……起了吗?"

"起了。"

他睁开眼看向窗外,飞机果然已经驶离了地面,房屋渐渐远去,最后变成了蚂蚁般小小的一点。

只看了一眼,许明意立刻紧紧闭上眼睛,紧张得简直要窒息了,因为气压的缘故,耳朵也开始有些堵塞,心悬在半空中,感觉很难受。

苏莞看着他放在扶手边紧攥的拳头,于是将自己的手挪过去,轻轻握住了他的手背。

许明意宛如触电一般,迅速缩回手,苏莞眼疾手快,抓着他的食指,没让他挣开。

"我抓着你就不怕了。"

苏莞似乎显得很随意,然而这对于许明意来说,真的是十足的惊吓,他现在更紧张了:"那个……苏……苏同学……"

"我叫莞莞。"苏莞一双清澈的眼眸看着他笑。

"莞莞,不是……苏同学,我……"他舌头就像打结了似的,"这样不好,男女授受不亲,你不好拉着我……"

"这都什么年代了呀。"苏莞随意地说,"我们是好朋友对不对,好朋友不能牵手吗?"

许明意断断续续地说:"我跟傅时寒也不……不牵手啊。"

话音刚落,飞机开始剧烈地震颤。

"怎么回事,怎么回事啊?!"许明意害怕地说:"是不是要出事了?!"

"你别怕!没事的,只是遇到气流颠簸,不会有事,飞机出事的概率可比坐汽车要低多了。"

许明意:"汽车好歹脚踏实地啊。"

苏莞目光下移,发现他的手不知什么时候已经紧紧握住了她,两个人十指紧扣,她甚至能感受到他的力度。

第一次被男人牵着,还是自己喜欢的男人,这种体验很奇妙。

她嘴角偷笑,不动声色。

十多分钟后,飞机进入了平流层,终于稳定了下来,许明意松了口气,没有之前那样紧张了。

当他发现自己反握住了苏莞的手,吓得脸色发白,连忙松开:"对……对不起……"

"没关系,我第一次坐飞机的时候也紧张,很正常的。"苏莞宽慰他,又掰开了他的手掌心,"你的手好硬啊,有些硌。"

许明意本能地想要缩回手,但是苏莞攥着他,他的掌腹生满了粗粝的老茧,五指也很硬,上面纹路密生,看上去并不像少年人的手,倒像是饱经风霜的中年男人。

许明意很少会有自卑的时候,但是现在,他不知所措了。

她的手娇嫩无比,他若是牵着她,反而还会硌着她的手。

而苏莞轻轻抚摸着他手上一层一层的老茧,脸上的笑意渐渐收敛了,她明白这些茧子都是他过往艰辛岁月的见证。

突然心疼得有些想哭。

许明意不知道苏莞的想法,以为她是被自己这双手给吓到了,慌忙缩了回来,笨拙地揣进包里藏起来。

许明意不好意思地说:"不好看对不对?"

苏莞连忙道:"你这手吧,特别有男人味儿。"

听到这话,许明意突然笑了笑,露出一截白白的牙齿:"你是第一个这样说的女孩。"

"那是因为你从来不和女孩接触。"苏莞拍了拍他的肩膀,说道,"你要是没这么内向,肯定很多女孩会喜欢你的。"

她眼光可是非常独到的。

第四章

许明意无奈地说道:"我以前交往过女朋友,她说我的手很难看。"

听到这话,苏莞瞪大了眼睛,显得难以置信:"你说什么,你……有过女朋友?"

没什么好隐瞒的,许明意如实说道:"以前高中在镇上念的,隔壁班有个女孩追我,那时候还小,什么都不懂,觉得谈恋爱这些事离自己特别遥远,可越是遥不可及,就越是好奇,想要试试,所以她一开口,我就答应了。"

"那你……喜欢她吗?"

"她跟我告白之前,我甚至都没见过她,不过既然交往了,我就应该喜欢她,对她好。"

许明意的思路很简单,也很纯朴:"我在镇上的工地兼职干活,挣的钱一大半交给我奶奶,剩下的钱全给她,她会抽烟,还去网吧玩游戏,充值买游戏皮肤,还追星。总之那段时间,我很累。"

苏莞皱眉道:"你给她花了多少钱啊?"

"不算多,交往了小半年,前前后后总有几千吧,包括她冲游戏币和买明星周边的钱。"

"许明意,你是不是傻子?!"苏莞气不打一处来,"哪有这样的!"

许明意低头笑了笑:"那时候是真的傻,有女孩喜欢你,觉得自己好像特别了不起,她要什么都能给,后来才发现,你没那么了不起,你连自己都养不活,你拿什么养女人。"

他说这话的调子,带着一丝无奈的荒凉感。

"后来就分手了。"

"幸好,幸好你把她甩了,你这么辛苦,她还向你要钱,这很过分。"苏莞拍着他的胳膊,加强了语气,"知道吗!很过分!"

"没有,是她甩的我。"

苏莞:"……"

能不能出息点!

"她说跟我在一起看不到未来,我不懂她。"

许明意的确是不懂,她的那些明星啊游戏什么的。

他每天除了努力念书,闲暇的时候就要去找各式各样的兼职零工,辛苦赚钱。

每天唯一能见面的短暂时间里,他听着女孩喋喋不休地给他抱怨那些饭圈的事情,感觉到很无趣,但依旧耐着性子倾听,只是女孩想要的回应,他却给不了,所以显得呆呆的,没多久,女孩便感觉厌倦了。

这样自然而然就分手了,有这一次失败的恋爱教训,许明意立地成佛,再也不谈恋爱了,也绝不接触女生。

苏莞是个急性子,抓着他的手臂衣袖,迫切说道:"不是所有的女生都这样,你不能一竿子打死一群人吧!"

"我不怪她,是我自己的原因,我没有时间陪女孩,也没有本事挣很多

钱给她花。"

"许明意,你知道吗,我不花男生的钱,我也不要男生陪我,因为我自己也很忙,有很多的事情要做,我觉得两个人如果相互喜欢,怎么样都好的。"

苏莞急匆匆地说道:"当然这些都不是重点,重点是我家很有钱,非常有钱,难以想象的有钱。"

沈遇然刚好从洗手间回来,路过许明意身边,听见苏莞冲许明意说出"我很有钱"的话,整个人凌乱不已。

而许明意俨然像只受了惊吓的小鹿,捂着自己的胸口,睁大眼睛看着她。

"你要不要试试我?"她抓住了他的手,"我会很疼你的,真的!"

许明意紧张地问:"你喜欢我什么啊?"

"不知道,就喜欢,你什么我都喜欢。"

"前女友也是这样说的。"

苏莞:"……"

霍烟忍不住低声道:"能不能有点情商,不要再提你的前女友了。"

许明意回头,赫然发现身后向南、沈遇然、霍烟甚至连傅时寒都已经凑了过来,趴在靠椅上方,正大光明地偷听俩人讲话。

"你们继续,不用管我们。"霍烟笑了笑,"继续,继续。"

许明意也是难得,并不介意被后面几人偷窥,他回头来,认真地对苏莞说:"能不能让我考虑一下?"

"能啊!"苏莞激动地说,"你慢慢考虑,好好考虑,我不催你。"

"嗯,谢谢。"

霍烟和傅时寒重新坐下来,她低声问他:"怎么感觉怪怪的,有点熟悉,像什么呢?"

"地产推销员和进城买房被忽悠的纯朴农民工兄弟。"

"对!"

霍烟说苏莞这也太能了吧,"连我家很有钱"这种话都说出来了,难道不怕许明意更加自卑?

而傅时寒却说道:"老二其实并不自卑,他靠自己的本事赚钱,脚踏实地,每一步都走得很稳,这样的男人其实是有底气的。"

霍烟点了点头,难怪,学院里有什么贫困生奖励项目,许明意都会报名。运动会为了拿到奖励金,每个项目都参加而且还能拿一、二名,很明显地告诉别人,我就是冲着奖励金去的。

他坦坦荡荡,没有任何自卑感。

当然,平时抠门也是抠得很坦荡,五毛钱都要催霍烟还他,不还就在她耳朵边絮絮叨叨,能念叨一整个学期。

这样的男人,绝不会因为贫穷而自卑,没有就是没有,但是他会努力争取并且从不胡乱挥霍。

前女友的事情是个例外。

第四章

霍烟道:"苏莞也是很胆大哦,居然能说出这样的话。"

"人家懂得争取。"傅时寒捏了捏她的鼻子,"不像某人,表白的时候还哭鼻子,好像我不答应,就是欺负了你似的。"

"你能不能别提那件事了,好羞耻啊!"霍烟捂着脸,甚至都不愿意去回想。

而傅时寒似乎还来劲儿了,学着霍烟当初哭哭啼啼的调子:"傅时寒,我喜欢你呀,我那么喜欢你,你难道看不出来吗?"

"你别说了!你再说我就生气了!"

"傅时寒,你一定不要答应她。"

霍烟突然凑过去,一口含住他的唇:"再讲,我咬你了。"

坐车去酒店的路途中,霍烟闲得无聊,便拿起了傅时寒制订的行程表来看,不看不打紧,这一看,她赫然发现傅时寒订的别墅酒店是两间标准间和一间大床房。

霍烟一路上都在合计大床房的事情,那间大床是给谁准备的呀。

她不敢问傅时寒,心里憋得又很难受,跟着大部队一路忐忑地来到了酒店。

洁白的欧式小洋房别墅群,层叠坐落,与银滩只隔着一条小马路,环境清幽,是这一带非常高档的酒店了。

在登记身份证的时候,霍烟终于举手,弱弱地问了声:"那我是跟林初语住一间,还是跟苏莞住一间?"

几人的目光同时挪向她,向南和沈遇然露出了别有深意的表情,凑近傅时寒,意味深长地说:"哦,原来你骗我们,你们还没有……"

傅时寒脸色也有些不自然,似惩戒一般,轻轻拍了拍霍烟的后脑勺。

霍烟脸上火烧火燎,站到他身后低声说:"那……听你的安排吧。"

当然,最后分配房间钥匙,向南和沈遇然一把,苏莞和林初语一把,许明意为了节省房费,在向南的房间里打地铺。

傅时寒提着两个行李箱走在前面,而霍烟则跟在他的身后,望着他的背影,惴惴不安。

房间很宽敞,日式的风格,地上铺着松软的地毯,正中间摆放着榻榻米大床,窗帘敞开,落地窗视野辽阔,海面反射着太阳光,层层叠叠宛如金色的鱼鳞。

傅时寒先将行李放在行李架上,然后将要用的洗漱用品井井有条地整理出来,放到了浴室里。

霍烟看着房间正中的大床,心跳不免加速。

傅时寒出来的时候,见她局促地站在墙边,不用想也知道这丫头脑子里装的什么不健康的东西。

他笑了笑,说道:"你刚刚让我很没面子。"

霍烟微微一惊:"怎么就没面子了?"

傅时寒将霍烟拉到床边坐下来,语重心长地说:"我们交往这么长时间,

出来玩还分开睡,这算什么?"

霍烟低声咕哝:"这不是很正常吗?"

男生和女生的思维,有时候还真不一样,她像是想起来什么,惊讶地望向傅时寒:"他们该不会以为我们已经……"

剩下的话羞得没好意思讲出来。

傅时寒却坦荡地"嗯"了声:"只要我还是个正常的男人。"

就不会在室友询问的时候告诉他们交往了女友这么长时间的自己,竟然还是宝宝。

霍烟抓着傅时寒的手,心虚地说:"宝宝也没有什么不好的呀,这叫洁身自好,你应该引以为傲才对。"

傅时寒轻笑了一声,指尖撩起她的一抹垂发:"今天晚上,你就别想逃了。"

霍烟连忙站起身,匆匆出门:"我去看看林初语她们收拾得怎么样了。"

溜之大吉。

别墅上下两层,好几个房间,苏莞和林初语选在一楼的花园庭院式房间,与外面的庭院直接连通,绿植掩映,环境清幽。

霍烟刚进屋,就被林初语和苏莞给拉了过来。

"今天晚上你们就要睡在一起了呢!"

"兴奋!你可一定要好好表现啊!"

"回头跟我们汇报战果!"

……

这俩女孩激动得就跟她们要亲身上阵了似的。

霍烟其实也不是传统保守的女孩,早晚都是要迈出这一步的,把自己毫无保留全身心地交给傅时寒,她是愿意的。

苏莞说道:"讲真的,你俩天天腻在一起,寒总还能坚持这么长的时间不碰你,真挺男人的。"

过去他明里暗里表示过很多次,他想要她,可是也从来没有勉强过她,除非她愿意,否则他便点到即止,不会做太过分的事情。

傅时寒一直都很尊重她。

"我很紧张啊。"霍烟毫不掩饰地跟闺蜜们说,"刚刚在房间里,只有我和他,中间摆着一张床,别提多尴尬了,我都不敢看那床,这不,溜出来找你们了嘛。"

"别怂啊,这是水到渠成的事情。"林初语蹲着整理自己的行李箱,一边说道,"虽然没有经历过,但是言情小说里看到过,其实很美好的。"

"一般是什么样的过程啊,应该做些什么?"

林初语摇摇头:"我怎么知道!"

第四章

苏莞提议:"这样,我想办法找点素材,发到你手机里,你自己一个人的时候补补课,别到时候真的闹笑话。"

霍烟红着脸点了点头,林初语说:"能不能也给我发一份,我也想看。"

苏莞戳了戳她的脑袋:"男朋友都没有的人,看了也没用。"

"哎呀,虽然没有男朋友,但是也很好奇嘛。"

女孩们说说笑笑,收拾了各自的行李用品,向南过来敲响了他们的房间门:"准备一下,待会儿可以去沙滩上看看日落,或者下海玩一会儿。"

"好的。"

女孩们换上了各自的泳装,披着酒店为她们准备的沙滩浴袍,拿着游泳圈走出房间。

男孩们已经等在了门口,他们也换上了泳裤,上半身无一例外地赤着,除了沈遇然以外,几人清一色都是肌肉型男。

许明意的肤色较几人更加深一点,看得出来是长年日晒形成的健康小麦色。

而向南和傅时寒的皮肤偏白,十指不沾阳春水,都是富贵人家温厚水土里养出来的少爷,健身房里练出来的体格。

唯独沈遇然,不怎么爱锻炼,导致肚子平平展展,没有肌肉形状。

几个女孩笑了他好一阵子,没有对比就没有伤害,沈遇然感觉受到了严重的羞辱,发誓这次回去以后,一定要天天跑步锻炼。

一望无垠的金色沙滩绵延横亘在海岸线边,黄昏的日头已经没有那么晒,微风轻拂,夹杂着来自大海特有的咸味。

几个男孩刚出现在沙滩边,便吸引了不少人的目光。

女人会打扮,漂亮的不少,这年头好看的男人却真的少见,尤其是模样英俊,身材高大有型的,就更加百里挑一了。

也难怪走这一路,他们吸引了不少回头率。

霍烟感受到自家男人被人虎视眈眈地觊觎着,她连忙凑上前去,宛如宣誓主权一般牵起了傅时寒的手,像是在说:"别看啦,他已经名草有主!这是我家的大白菜了!"

傅时寒知道霍烟的小心思,他索性将手搭在了她的肩膀上,搂着她一块儿走,动作更加亲密。

这样一来,周围女孩的目光开始变得意味深长,夹杂着羡慕嫉妒恨,恋恋不舍地散去了。

几人来到人比较少的沙滩边坐下来,林初语和沈遇然已经迫不及待地下水了,霍烟不会游泳,只能在岸边坐一坐,傅时寒当然陪着她。

霍烟环视四周,发现还有好些女孩在偷看傅时寒。

他赤着上身,只穿了一条花色的沙滩裤,身上的肌肉非常匀称,赏心悦目。

霍烟赶紧拿了浴巾挂在他身上,责备地说:"你这也露太多了吧。"

傅时寒很委屈,放眼沙滩,哪个男人不是露着胳膊脖子。

"我是男人,怕什么。"

"那也不行。"霍烟固执地说,"我就不喜欢你被别人盯着看。"

自己的宝贝,哪里容得下别人觊觎。

"你男朋友忠心耿耿,还有什么可担心的。"

"就是不喜欢。"

傅时寒用浴巾将自己裹起来,乖乖地说:"不让别人看见,这样开心了?"

霍烟笑了起来,露出两颗小小的虎牙,模样还是跟小时候一样,憨态可掬。

只是她的身体,却已经不是小孩的身体。

她身上带着一股牛奶身体乳的味道,香香的,很好闻。

"烟烟长大了。"

烟烟这个称呼只有家里长辈才会唤,他此刻这样叫她,俨然有点"吾家有女初长成"的味道。

霍烟用手臂勾住了傅时寒的脖子,用自己的额头蹭了蹭他的额头,声音很细:"傅时寒,你是不是很早就喜欢我了啊?"

"是。"他坦率承认。

"什么时候啊?"

"不太记得了。"傅时寒回忆片刻,说道,"第一次听父母说起与霍家婚约的事,我的脑海里浮现的身影便是你。"

霍烟很喜欢听他用淡淡的嗓音叙说过去的事情,这个时候的傅时寒,温柔极了。

"那你还记得什么事啊?"

"我记得,你总是跟在我后面。"傅时寒笑着说,"屁颠屁颠的,不管我做什么,你都要跟着我,我去厕所,你便在外面等我。"

霍烟脸颊绯红:"我那时候还小,就觉得你好看,想要多看看你嘛。"

"后来我欺负你,捉弄你,你也不记仇,跟金鱼似的,几分钟便忘了,还跟我好,叫我寒哥哥。"

傅时寒回忆着过去的事情,嘴角浮起温柔的笑意:"还记得吗?你的羊角辫儿让我剪了一个,那时候你的眼泪就会在眼眶里打转,我怕你把大人引来,便不准你哭,你就委屈巴巴地看着我,也不敢哭。"

"你真的超级过分。"霍烟嘟嘟嘴。

傅时寒环在她腰间的手紧了紧:"不知道为什么,那次一点也没有捉弄人的快感,看着你的眼泪,我第一次感觉到心疼,也特别后悔。"

"特别后悔,所以你就把我的头发都剃掉了!"霍烟气呼呼地说,"跟男孩一样,害我戴了好几个月的帽子。"

"要对称嘛。"傅时寒笑着说,"不然只剩一边羊角辫儿,多难看。"

"哼,强词夺理,如果不是那时候没什么审美观,我肯定恨死你啦。"

"我记得那时候你还挺开心,逢人便炫耀,这是寒哥哥给你剪的。"

寒哥哥的,一定是最好的。

第四章

"那时候我便发誓,要给你这丫头最好的,不仅仅是最好的关心和照拂,也是最好的童年、青春与未来。"

这些年,他亦师亦友,如兄如父。

如果没有他,霍烟平平淡淡的青春或许不会有任何值得追忆的事情,可是有了傅时寒,每一天都像串联的珍珠,能够被珍藏。

"那时候,你便想要给我未来?"

傅时寒捏了捏她的鼻子:"我还没那么变态,那时候只想着呵护你长大,不让其他男生欺负你,再帮你这傻丫头选一个值得托付终身的好男人,不过这些年看来看去,这世上恐怕没有比我更好的男人了。"

霍烟大笑了起来:"你这人能要点脸不?"

傅时寒一口含住了她的唇:"我只要我媳妇。"

霍烟睁开眼睛,发现他一直在看他,眼神分外深沉。

他喜欢在接吻的时候睁着眼睛,这样近距离的对视,在两个人最亲密的时候,眼神的交流能摩擦出最激烈的火花。

他深深地吻着她,注视着她,满目柔情。

"哎!你们两个,能不能别腻歪了?"沈遇然冲他们大喊道,"下来一起玩啊。"

苏莞也冲他们挥手:"霍烟,下来玩!"

霍烟死命摇头:"我不会游泳啊。"

苏莞将游泳圈甩上沙滩:"用这个。"

霍烟还是有些害怕,傅时寒站起身,捡起了游泳圈:"来,我带你。"

"那你一定要紧紧抓住我哦。"

霍烟套上游泳圈以后,跟着傅时寒一起下了水。

岸边的浪花很大,一波又一波地拍打着,水里的人便宛如浮草一般随波逐流。这是霍烟第一次下海,她害怕地紧紧抱住傅时寒,惊慌地说道:"我踩不到底了,你可别松开我。"

傅时寒紧紧攥着游泳圈:"别怕。"

一个又一个的浪花袭来,浪花将她挟裹着,身体有节奏地起伏,这感受可比游泳池好玩多了。

向南和沈遇然正在水里玩排球,沈遇然招呼傅时寒道:"老四,过来玩排球。"

"你们玩。"傅时寒说道,"我们家烟烟不会游泳。"

"喊,有媳妇儿的人啊。"

霍烟连忙说:"没关系,你去吧,我在浅水滩自己玩。"

"不行。"傅时寒坚持,"海里不比游泳池,一个大浪打过来,你就被卷远了,到时候我上哪儿找人。"

"那你带我再玩一会儿,然后我就上岸,你和他们玩排球去,你看向南和许明意两个打沈遇然一个,多可怜啊。"

果不其然，沙滩排球二打一，少了一个人，沈遇然只身对付他们两个，累得够呛。

"那我先陪你。"傅时寒说，"想不想去更远一点的地方。"

"可以吗？"

其实还挺想的，只在岸边玩久了也没意思。

"我带着你就没问题。"傅时寒推着游泳圈，带霍烟往更远的地方去了。

湛蓝的海面一眼无边，水深处人也很多，傅时寒将霍烟整个护在自己的怀里，随她一起起起伏伏。

"我感觉好像没有那么害怕了。"

傅时寒笑了笑："有游泳圈，还有我在边上护着，本来也没必要害怕，你要是愿意，待会儿去浅滩边我教你游泳。"

"不要，我学不会，总是呛水。"

霍烟是很怕水的，小时候跟爸妈还有姐姐去游泳池，老爸教姐姐游泳，霍烟独自在儿童泳池玩，没有人教所以怎么都学不会，后来她自己来到成人泳池边，想学着姐姐的样子凫水，结果下去脚踩不到底，呛了好几口水才被一个叔叔给捞起来。

从那以后她便再也不敢学游泳了。

霍烟一回头，四周空荡荡，刚刚还在的傅时寒，这会儿竟然消失了。

她吓了一跳，焦急地大喊他的名字，便在她惊慌失措之际，只感觉水下自己的腰被人抱住，熟悉的肌肤触感，正是傅时寒。

霍烟松了一口气，推了推他："哎！你闹什么啊？"

霍烟："……"

"傅……傅时寒，你……"

"哗啦"一声，他跃出水面，头发湿润地耷在额前，冲她笑得一脸轻挑。

他重新拉住了游泳圈，将她搂进怀里。

霍烟红着脸捶了捶他的肩膀："流氓！"

"好了好了，不闹了。"傅时寒望了望海面，"太阳快落了，我带你回去。"

霍烟坐在岸边，还是不肯搭理傅时寒，兀自一个人生闷气。

傅时寒用浴巾将她紧紧包裹着，给她擦了擦湿润的头发，然后一口亲在她的脸蛋上："不生气了，好不好？"

"没生气。"霍烟别过脑袋不理他。

傅时寒拉着她的手，认真地道歉："我错了，以后再也不那样了。"

霍烟瞥了他一眼，语气有所缓和："你做什么总要事先告诉我一声，我很怕水的，你突然不见，我以为你出事儿？！"

原来是因为这个。

傅时寒松了一口气，讨好地说："是我考虑不周，以后再也不胡来了，烟烟不生气了，生气会变老的，为了我这个大猪蹄子变老，很不值。"

第四章

霍烟很好哄，咯咯一笑："那好吧，我不生气了，沈遇然还在等你呢，你和他们玩球去。"

"嗯，你就坐在岸边，不要乱跑。"

"不会的。"

傅时寒起身来到沈遇然身边，沈遇然笑话他："老四你还真是重色轻友啊，咱这哥们白当了！"

"总得先陪好我媳妇儿，不然将来你给我生孩子？"

"哎哎！你胡说什么呢！"沈遇然拿球砸向他，被他一个起跳出水，稳稳接住。

四个颜值颇高的大男孩的沙滩排球，很快就引得周围人观看，傅时寒球技很好，分分钟就帮沈遇然扭转了颓势，欢呼阵阵。

傅时寒每每赢了比分，都要冲霍烟吹一声口哨，挥挥手求夸奖，霍烟只能无奈冲他喊道："看到啦，棒棒哒。"

许明意和向南鼓足了劲儿，跟傅时寒来了一场焦灼战，几分钟后，傅时寒再度望向沙滩，却不见了霍烟的人影。他扔掉了球，朝着岸边走过去。

"老四，怎么了？"

"烟烟不见了。"

"多半去厕所了，这你也担心啊？"

向南开玩笑说："那是他宝贝媳妇儿，半分钟都不能离开视线，不然就要被别人抢走了。"

傅时寒不理会他们的调笑，径直上岸，四下寻找霍烟。她之前坐的位置似乎被浪扑过，沙子全都湿润了，红色的游泳圈浮在不远处的水面，随浪一起一伏。

傅时寒脑袋一炸，冲进海里大喊霍烟的名字，海里有很多人，晃得他眼花缭乱，可是没有一个是霍烟的影子。

夕阳倏忽间沉落了海面，傅时寒的一颗心也渐渐沉落了底。

"霍烟！"

他扯着嗓子，声嘶力竭地大喊："听到了回答我！"

岸边忽而传来沈遇然的声音："喂，老四，别发疯了，你媳妇儿在路边摊买热狗呢。"

傅时寒顺着沈遇然手指的方向望去，沙滩边，霍烟手里拿着几根热狗肠，慢慢走过来，正一脸茫然地看着他，嘴里还吧嗒吧嗒地嚼着热腾腾的热狗。

傅时寒一颗心重重落地，宛如重获珍宝一般，三两步从水里跨上岸，朝着霍烟狂奔过去。

霍烟见他来势汹汹，知道这是要不好了，尖叫一声，拔腿就跑，躲到向南身后。

她一张小嘴油腻腻，大喊道："你干吗？"

"向南，让开。"傅时寒声音低沉，脸色也很难看。

"有话好说，别把人姑娘给吓着了。"向南说完又对霍烟道，"老四没有暴力倾向，别怕别怕。"

说完他脚底抹油溜掉了，走之前还把霍烟手里的热狗肠给顺走了，拿过去给沈遇然和许明意一人一根，俩人站在边上看好戏。

霍烟抓着咬过一口的热狗肠，忐忑地看了傅时寒一眼，伸过去："你……吃不吃？"

傅时寒扑过去一把抱住了她，用了狠劲儿，霍烟感觉全身的骨头都要散架似的，脚也被他带得离开了地面。

"哎……"

"没事就好。"傅时寒的声音似乎很虚弱，看起来他真的是被吓坏了。

霍烟看到海面上漂浮的游泳圈，恍然明白了什么，安抚地拍了拍傅时寒的背："我只是肚子饿了，就去路边买点吃的，你……不要担心哦。"

傅时寒捧着她的脸，用力亲了亲她的额头、鼻子、脸颊，还有她那张油腻腻的小嘴，板着脸严肃地教训道："以后不准离开我半步！"

他一贯稳重而淡定，鲜少露出这般失态的模样，霍烟知道，他一定是吓坏了。

心底升起一股暖融融的感觉。

恍然想起小时候她落水而父母浑然不觉的场面，霍烟感动极了，眼眶也微微有些湿润。

有人在乎的感觉，真好啊。

傅时寒见状，以为是自己吓到她了，又是着急又是心疼，用指腹摩挲着她的小脸，叹了声："算了算了，是我不好，没有看好你，这事不怪你。"

霍烟用力抱住了傅时寒的腰，瓮声瓮气地说："寒哥哥，认识你是我一生最幸运的事情，我真的好喜欢你啊。"

霍烟很少会说这样动情的话，此刻她紧紧抱着他的腰，将整个脸都埋进了他的肌肤里，炽热的呼吸挠他的痒痒。

二十多年心如止水修身养性，一朝被这小丫头搅动得波澜起伏，难以自持。

在那一瞬间，他突然明白了过去西方人总说天使之箭射中凡人之心的浪漫。

霍烟松开他，委屈巴巴地说："我的热狗都被他们抢了。"

傅时寒笑了笑，揉着她的脑门顶，带她又去买了好几根热狗肠，帮她拿着，坐在沙滩边看着她吃。

夕阳在她的小脸上照出一层柔和的光芒，她一脸小模小样，吃得分外专注和认真。

而傅时寒看着她吃东西，眼神也温柔得快要滴出水来了。

两个人这般坐在沙滩边，宛如一对如胶似漆甜甜蜜蜜的新婚小夫妻，引人羡慕。

霍烟见他这样直勾勾地盯着自己，看起来似乎很渴望的样子，犹豫了片刻，

第四章

于是将手里的热狗肠递了过去。

"喏,吃吧。"

傅时寒说:"我不吃这东西。"

霍烟"喊"了一声:"我知道,吃热狗很不酷对不对?"

傅时寒笑说:"真聪明。"

"死要面子。"

他还真是不会做一丝半点有损形象的事情,爆米花也不吃,热狗也不吃,人生岂不是要错过很多有趣的事情,真是可惜。

傅时寒接过了霍烟手里的一根热狗肠:"来,我喂你。"

霍烟说:"我手里的还没吃完呢。"

傅时寒已经将热狗递到了她嘴边:"张嘴。"

/ 第五章 /

晚上,几人去吃海鲜大餐,许明意说自己海鲜过敏,便提前回了酒店。苏莞跟在他身后,看到他进便利店买了一盒方便面。
结账的时候,又一盒方便面递到了他的手边。
许明意回头,见苏莞言笑晏晏地望着他,说道:"帮我一起结了。"
"哦。"许明意毫不犹豫帮苏莞也结了方便面的钱。
沙滩边,两个人坐在白色的横椅上,手里捧着热腾腾的方便面。
海风徐徐,夹杂着腥咸的气息。
许明意问:"你也海鲜过敏?"
苏莞呼噜噜吃了一口筋道的面条:"不是啊,我陪你。"
许明意:"……"
所以现在是连借口都不找了是吧。
苏莞说:"你真的海鲜过敏?"
许明意点头:"嗯。"
苏莞看着他手里的方便面盒:"那你还吃海鲜味的面条?"
许明意:"……"
苏莞说:"你是不想让他们请客吧,他们肯定不会跟你AA的。"
许明意固执地说:"我就是海鲜过敏。"
苏莞温顺地点了点头:"好吧。"
她是个知道进退的姑娘。
两个人沉默地坐了会儿,苏莞不怎么吃得惯方便面,只是随便糊弄了两口,许明意倒是哗啦啦一口气把汤都喝干净了,偏头看了看她手里的碗:"你吃饱了没?"
苏莞故意问他:"要是没吃饱,你还请我吃饭吗?"
许明意摇了摇头:"不是的,如果你不想吃了,就给我吧,别浪费。"
苏莞无语,将自己手里的方便面碗递过去:"吃吧吃吧,跟饿死鬼投胎似的。"
许明意也不嫌弃,接过了她的汤碗,呼啦啦吃了一大口:"刚刚玩球有点累了,现在不多吃一点,晚上还会饿。"
男孩的体力消耗总归比女孩大很多。
苏莞离他坐得近了些:"明意啊。"

第五章

"噗。"一根面条从许明意鼻子里喷了出来,他呛得剧烈咳嗽,脸变得通红。

苏莞连忙拿出纸巾给他擦脸,又拍着他的背:"哎,你慢点儿吃,又没人跟你抢。"

许明意受惊吓一般,坐得离她稍稍远了些,目光很不自在:"你别乱叫。"

"好了好了,我跟你开玩笑呢。"苏莞站起身,"我回酒店洗个澡了,晚上再找你玩。"

她转身离开,许明意回头看了她一眼,她穿着一条水红色的轻纱长裙,身段曲线优美,长发的发梢微微有些卷曲,许明意之前听到她跟霍烟说,是为了和他烫同一款发型。

许明意摸了摸自己额前的自然卷刘海,心里琢磨着:"她的头发,可没我的自然。"

垃圾桶边扔了方便面盒子,许明意沿着马路往回走,路上遇见卖海边纪念品的小商贩,架子上挂着各式各样的珠串,有一个白色小海螺手串引起了他的注意。

他取下手串放到眼前看了看,又拿到灯下仔细打量一番,自言自语道:"真好看。"

这种小海螺明显不是真的海螺,而是批发市场几毛钱一个的工艺品,不过商贩却言之凿凿地说,这就是真海螺,是他在沙滩上捡的。

许明意倒也信了,说:"如果不是真的,我回来找你退货哦。"

小贩满口答应,跟许明意讨价还价了半天,收了他二十块,还说道:"你放心吧,我这手串销量好着呢,女孩子都特别喜欢,拿回去送给女朋友,保准她开心!"

许明意说我自己戴的,他将手串撸到自己手腕上试了试,又觉得有些女气,果然还是要女孩子的纤纤细手戴才好看。

算了,勉为其难送给某个人吧。

他将手串揣进口袋里,余光瞥见,路边好几个穿着波西米亚风格长裙的女人,刚刚偷看了他好半天。

他没理会,正要过马路,一个染着酒红色长发的女人走到他身前,拍了拍他的肩膀:"靓仔,一个人吗,要不要加个微信,晚上一起玩玩?"

许明意回头看她,她脸上晕染着精致的妆容,睫毛又密又长,嘴唇嫣红,身上散发着一股淡淡的果香。

看起来年龄应该比自己大,二十五六左右。

许明意说道:"加微信可以,本人承接各种咨询开导、恋爱情感、心理咨询、自闭抑郁,等等,按分钟收费,哦,对了,还有电脑方面的问题也可以咨询我,查男朋友聊天记录什么的,资费另算。"

那几个女人露出好奇的表情:"原来是做生意的啊,看你样子还小,念

书了吗?"

许明意坦诚道:"放心,我念计算机的,绝对专业,你可以先试用,第一次不满意不收费。"

他将自己的名片递了过去,上面有一个大大的二维码,下方写着"小明万事屋"几个字样。

几个女人明白过来:"你叫小明啊,这算是勤工俭学吗?"

"算是吧,总之有任何问题,都可以找我。"他说完,对她们礼貌地欠了欠身,朝着马路对岸走去。

那几个女人目送她离开的背影,其中一人对搭讪的酒红色长发女人说道:"小靓仔不错,阿芸啊,你老公既然跟那小狐狸精纠缠不清,干脆你也放宽心,今晚找这小靓仔一块儿玩。"

秦芸笑了笑,说道:"会不会太小了?"

"就是要小才好呢,老男人有心无力,小男生保证你一试难忘。"

秦芸望着许明意渐渐走远的背影:"模样身材是挺不错,就是看着单纯。"

"我看他挺缺钱用的,变着法儿想赚钱呢,他不是说承接各种业务吗,今晚找他出来喝酒呗。"

许明意回房间,在沙发上躺了会儿,又摸出了小海螺手串,放在灯光下看了看。

手串上有六七个海螺,被一条细细的红绳牵扯着,稀稀疏疏。

真好看。

他想到了她那纤细白皙的手腕,戴上手串,应该更好看吧。

许明意不觉心跳跑得有些快了。

就在这时,手机响了起来,微信有人添加好友,看头像是一个红头发女人海边的自拍,应该就是刚刚遇到的那几个客户。

许明意通过了她的好友添加申请。

她自称阿芸,让许明意晚上去月色酒吧接她们,毕竟几个女人深夜玩太晚了回去不安全,随后又给他发来了定位。

许明意回道:"接送业务,半个小时以内30,超过半个小时,收50。"

阿芸:"给你一百,行吧。"

许明意:"行。"

约莫晚上九点,许明意收拾行装准备出门,沈遇然问他:"哟,和尚今晚有约?"

许明意说:"接了单业务。"

"厉害啊,跑到北海来还能找活儿干,真是上哪儿都饿不着你。"

许明意俯身给自己系好了鞋带,笑道:"这叫专业素养。"

第五章

"去什么地方？"

"一间酒吧，具体名字忘了，待会儿看看定位。"

"行，早点回来。"

许明意不想打车过去，索性在酒店门口的路边找了辆共享单车，按照定位地图，一路找到了月色酒吧。

酒吧位于闹市区的酒吧街，现在正是夜生活的开始，热闹非凡，许明意进去之后，在卡座边找到了今天那几个女人，不只是她们，卡座里还有几个小伙子，他们正在玩游戏。

"靓仔来了！"

秦芸看到许明意，连忙招呼他过来："来，一块儿玩。"

许明意说："你住哪里，我送你回去。"

秦芸眼角浮着醉意："现在才哪跟哪啊，早着呢，晚些再回去。"

许明意为难地说："超时就要另算钱了……"

秦芸立刻拿出手机，给许明意转了五百块："这些，包你一晚上够不够？"

许明意没想到她会这么豪爽，确认收款以后，他说："那你们玩吧，我在外面等你们，好了叫我一声就行。"

"哎！靓仔，既然来了，坐下来喝一杯。"秦芸拉扯着许明意的衣袖，"别这么拘束，大家都是出来玩的，放轻松。"

转眼间，啤酒杯已经递到了他的嘴边。

许明意皱了皱眉："抱歉，我不喝酒。"

"是不是要加钱啊？"秦芸醉眼惺忪，从钱夹里抽出一百块拍许明意胸口，"够不够你喝一杯的？"

一杯酒一百块，还是划算的。

许明意接过酒杯，一饮而尽。

他不习惯喝酒，所以喝得有些难受，中途还呛了几口，不过还是喝得一滴不剩。

"好！"秦芸带头起哄，"小伙子好样的，再来。"

许明意皱着眉头摆手，示意自己不行了，他从来不喝酒，酒量也不大好。

然而有一杯就有第二杯，没多久他的裤兜里就塞满了红票子，人也喝得醉醺醺。

他无力地坐在松软的沙发里，迷迷糊糊间，感觉有一具温热的身体搭在了自己身上，入鼻是一股浓郁的甜香。

他伸手触摸，碰到女人纤细的腰肢，还算有一点意识，慌忙抽回手，站起来跌跌撞撞便要往外走："我……我喝醉了，我要吐一下……"

"哎，靓仔，回来继续啊。"

晚上十一点,许明意还没回来,手机也一直没人接听,众人有些担忧,沈遇然说他去了什么酒吧,具体名字他没提。

这边的酒吧都聚集在一条街上,所以几人赶了过去,分头寻找。

人头攒动灯红酒绿的街头,苏莞看见了他,他靠在路灯边,刚刚呕吐完,脸色涨得通红,眼睛被刺激得掉出了眼泪。

他用纸巾擦了擦脸,似乎清醒了几分,从包里摸出几张皱巴巴的红票子看了看,小心翼翼地收回去。

这钱来得轻快容易,不过多喝几杯酒而已。

他步履蹒跚地重新回了酒店,苏莞连忙跟上去。

酒吧的喧嚣声吵得苏莞耳朵疼,她捂着耳朵,寻找一番,在卡座角落里看到了许明意。

有女人递来了整整一瓶酒,对他喊道:"靓仔,来,吹了这瓶,我给你五百!"

许明意收了钱,毫不犹豫接过了酒瓶,仰头便喝。

他脖颈的喉结上下翻滚,有橙黄的液体从他嘴边溢出来,顺着脸颊流进衣服里,他紧闭着眼睛,鬓间有青筋爆出来。

隔着昏惑的舞池,苏莞遥遥看着他,在那一瞬间,泪流满面。

她独自走出酒吧,给傅时寒去了电话:"我找到和尚了,他没事,你们先回去吧,我看着他。"

傅时寒大约明白了什么,知道他状况可能不大好,更知道他也许并不想让很多人撞见,所以毫不犹豫答应了:"嗯,你照顾好他。"

苏莞挂了电话,独自一人靠在酒吧门边。

半个小时后,几个女人从酒吧里走出来,嘟嘟哝哝说道:"那小子还真拼啊,一个人喝了大半箱。"

"都醉成死人了,估摸着今晚也玩不起来了,算了,回吧。"

待她们走后,苏莞走到刚刚的卡座边,见许明意斜躺在沙发上,包里胀鼓鼓的。

她摸了摸,竟然全是钱。

"和尚,醒醒。"她拍了拍他的脸,许明意清醒了几分,醉眼蒙眬地看着她,"怎么是你?"

苏莞擦了擦绯红的眼角:"你是不是有病,把自己喝成这样。"

许明意挣扎着站起身,跌跌撞撞往外走:"我……我还要送她们。"

苏莞跟了出去,急切地说道:"她们已经走了!"

"超过半个小时,就要给附加费了。"许明意嘴里囫囵不清地喃着,"50起,上不封顶。"

第五章

苏莞一把拉住许明意的衣袖："你就这样不爱惜自己，为了钱什么都能做？"

许明意被她一拉，整个人跌向了她。

苏莞被他撞的险些摔倒，连忙伸手抱着他的腰，稳住他。

男人身上有浓重的酒气，炽热的呼吸就落在她的耳边，撩得她面红耳赤。

"你不要发疯了，我带你回去好好休息。"

"我有东西要给你。"许明意手伸进裤兜里，抓出一把钱扔进她手里，苏莞有些生气地打开："我不要。"

许明意还在包里胡乱地摸着，又拿出几张钱给她。

"你发什么神经呀，我不要这些钱，这些钱把你搞成这样，我都要气死了！"

她用力甩开他的手，那串小海螺手串也飞了出去，打在墙壁上，滚落在地。

许明意扑过去，捡起小海螺手串，宛如对待极贵重的珍宝一般，放到嘴边轻轻吹了吹灰，喃喃道："幸好没摔坏，你脾气真大。"

苏莞愣住了，原来他不是要给她钱，而是要给她戴上手串……

"哎！地上有钱啊！"

有几个路人走过来惊喜地喊着。

"不准动，这是我的！"苏莞像发了疯一般，扑过来推开要捡钱的那些人，"这是我的钱！"

"哎，不就几百块钱嘛，你的就你的喽，谁稀罕，几辈子没见过钱的穷货。"路人骂骂咧咧地离开了。

苏莞将钱全部收回来揣进包里，从来没有一刻，她会觉得这些东西竟然是那么重要。

过去钱对于她来说，不过是手机里一串串的数字，用少了很快就会被补上，她不缺钱，也从不吝惜钱。

完全想不到有朝一日，自己会像个疯子似的，为了护住这些红票子，差点跟人在街头大打出手。

许明意攥着那根小海螺手串，走过来牵起苏莞的手，将手串仔细地重新戴了上去，然后还放到路灯下看了看。

纤细的手腕边缀着几个小海螺，就跟他想象中的一样好看。

苏莞咕哝着说："什么了不起的稀罕物，不就一破手串嘛，十块钱三条打包卖。"

许明意低头傻傻笑了一下，紧紧攥着她的手不肯松开。

苏莞放缓了调子，看着他，开玩笑说："你想干什么，喝醉了耍流氓吗？"

那个"吗"字还没说完，他突然将手放到唇边，吻了吻她的手背："女朋友……"

几个音发得含混不清。

苏莞猛然瞪大了眼睛,跳起来勾住他的脖颈,整个人都挂在了他的身上:"许明意!我就当你答应了!醒过来不准翻脸不认账!"

第二天清晨,许明意酒醒,从床上直挺挺地坐起身,怔了好一会儿神,低头望向自己——

半裸的上身,只穿了一条方方的小短裤,短裤居然还是沈遇然的,印着菠萝和西瓜的图案。

"你们对我做了什么?"

许明意慌张地从床上跳下来,掀开沙发上沈遇然的被单:"醒醒,昨天晚上怎么回事?"

沈遇然睡得迷迷糊糊,咕哝道:"苏莞大小姐把老子赶到沙发上,留了大床给你,你倒睡安稳了,这会儿就来吵吵我。"

"我怎么穿你的裤子?"

"你的行李箱上了锁,没密码打不开,只能先将就穿我的。"沈遇然眯着眼睛坐起来,"老子还没嫌弃你,你有什么话说!"

许明意挠着自己乱哄哄的一头卷毛,在房间里来回兜了两圈:"我衣服呢?"

"你昨晚吐得那叫一个销魂,苏大小姐给你拿去洗了。"

许明意睁大眼睛,惶恐不安:"她?给我洗?"

沈遇然乐呵呵地笑着:"你现在是人家的宝贝男朋友了,昨天如果不是我们拦着,估摸着她还想给你侍寝呢。"

许明意一脸懵,走过去追问道:"不是,我什么时候成她男朋友了?"

"人家就是怕你醒来翻脸不认账,喏,视频都给你录好了。"沈遇然优哉游哉地拿出手机,打开视频递到许明意眼前。

抖动的视频画面里,许明意紧紧抱着苏莞不肯撒手,一路从酒店大门给抱到房间里,走得跟跄跄,嘴里含混不清地说着女朋友之类的话,最后在房间门口,他将她压到了墙壁上,凑过来就想啃她的脖子。

苏莞捏着他的下颌,用力撑开了他,同时指着边上的沈遇然道:"小沈同学,这些通通都给我录下来,省得这醉鬼白占我便宜啊。"

后面的画面,许明意着实没有勇气再看下去,高挺的额间已经渗出了细密的汗珠星子。

沈遇然乐呵呵地拍了拍他的肩膀:"和尚,看不出来啊,平时不近女色,喝醉了还能有这份出息呢,如果不是我们拦着,昨晚你俩好事儿就成了。"

"你别说了。"许明意头皮发麻,眼冒金星,此刻心里已经是方寸大乱,"给我根烟。"

第五章

"哟，不是不抽吗？"

"想抽了。"

沈遇然摇摇头，无奈地递了根烟给他："你自己想好，苏莞大小姐看样子是要跟你来真的。"

他接了烟，独自走到阳台边，点烟的手都在颤抖。

抱了人家姑娘，不可能不负责，可是他背负这样寒微的身世，哪里负得了这个责任呢！

许明意在房间里躲了一天，直到晚上，他偷偷给霍烟发了条微信："我的衣服在哪里？"

霍烟："二楼，201，上来取吧。"

许明意："她呢？"

霍烟："海边玩去了。"

半分钟后，许明意叩响了女生的房门，霍烟给他开了门，他小心翼翼低声问："真没在吧，你别骗我。"

霍烟说："自己进来看呗。"

许明意探着脑袋望了望，确定了房间里没人，这才走进去："我来拿衣服。"

霍烟漫不经心地说："阳台上。"

许明意走到阳台，猝不及防迎面便撞见那一抹熟悉的身影。

她站在阳台边，穿着一条淡青色及膝的连衣裙，清新动人，或许是刚刚洗了澡，脸颊晕着绯红，卷曲的长发还有些微濡，微风吹拂，洗发水的清香飘入他的鼻息间。

许明意转身想溜，说时迟那时快，身后的霍烟直接出门，顺带还关上了房门。

许明意："……"

苏莞也不说话，故意伸手撩了撩头发，露出了腕上的小海螺手串。

随后，她看似随意地拉了拉衣领，白皙的脖颈边，露出一道红色的"草莓"痕迹。

许明意的后背衣服都已经被汗水润湿了。

那玩意儿，不会是他弄的吧，不能够啊，他哪来这么大的胆子！

苏莞看着他阴晴不定的神情，问道："你该不会想赖？"

"不赖！绝对不赖！"

许明意舌头都大了："你说吧，要我怎么样，只要我能做到的我一定……"

苏莞低头一笑，踮起脚亲了亲他的脸颊："当我男朋友就好啦。"

许明意再度石化，内心万马奔腾。

"你还送我手串呢。"苏莞晃了晃白皙的手臂，"我会永远戴着的。"

许明意太阳穴突突地跳着。

"作为交换,这个给你吧。"苏莞摘下别在刘海上的一枚粉色小花夹子,然后夹在许明意的卷毛上,"定情信物,你要好好保管哦。"

许明意目光上移,有些为难地说:"我要永远戴着?"

苏莞扑哧一笑:"不用戴着啦,但是你要永远珍藏。"

苏莞取下他的T恤和七分裤递过去:"喏,已经干了,知道你没带几件衣服,昨天晚上连夜就帮你洗了。"

"你帮我洗的?"

"不然呢,总不能是霍烟帮你洗的吧,她自己的衣服还是傅时寒帮她洗的呢。"

苏莞似赌气一般咕哝着说:"所以你得知道,不是所有的女孩都像我这样,你得珍惜,知道吗?"

许明意拿着衣服离开房间的时候,认真地对她说了声:"谢谢。"

"我们是男女朋友,不用这么客气。"

许明意下了楼梯,愣愣地看着自己手里叠得整整齐齐的衣服。

身边有女人的感觉……和单身的时候是很不一样的,总感觉有种默默的温馨。

只是苏莞那样的大小姐,应该从来没有洗过衣服,他以后不能让她这样了,他自己会洗衣服,如果有必要,他也得帮她把衣服洗了,他其实很勤快,至少比傅时寒勤快,也比他会干活。

许明意一个人走到花园,脑子里琢磨着洗衣服的问题。

昨天晚上因为许明意闹腾了一夜,大家碰到床倒头便睡了。

霍烟回到房间的时候,听见洗手间传来哗哗的水声,傅时寒应该在洗澡。

估计今天晚上是逃不掉了。

她紧张得坐立难安,摸出手机给苏莞发了一条微信:"下好没有啊?"

苏莞:"下好了,你到阳台,我用蓝牙传给你!"

霍烟来到阳台,打开蓝牙,苏莞正站在花园的泳池边冲她挥手:"已经发送了,你自己学一下。"

霍烟:"……"

手机显示有文件传入,她连忙接收了,探头朝浴室那边望了望,傅时寒还在洗澡。

于是霍烟蹲在了阳台的一角,默默戴上耳机,打开了视频文件。

接着,霍烟瞪大了眼睛,整个人惊呆了,仿佛打开了新世界的大门,这是什么呀!

妈呀!

第五章

霍烟捂着脸，根本不敢再看下去，这也太羞了吧。

"这电影真好看。"

耳边传来男人低沉有磁性的嗓音："还要一个人躲起来偷偷看啊？"

"啊！"

霍烟宛如受惊的兔子，猛然转身，发现傅时寒不知何时悄悄走到了她身后，正俯身看着她的手机屏幕，眉眼间透出一丝深长的意味。

霍烟连忙藏了手机，惊惶失措地问："你站那儿多久了？"

"大概是刚开始的时候吧。"

霍烟真想一脑袋撞墙上，晕过去才好呢！

"傅时寒，你不准看我，也不准说话，把刚刚的事情，忘掉！"

傅时寒无奈地拍了拍她的脑袋，起身回了房间。

他没穿上衣，身下还围着白色的浴巾，背部的肌肉线条流畅，十分性感。

"别待阳台了。"他进屋的时候，回头望了望她，笑道，"小心上火。"

啊啊啊！

霍烟一个人吹了会儿凉风，脸上的绯红终于散了不少，她平复呼吸，默默告诉自己，我是成年人，我是成年人，我是成年人。

她重回房间的时候，傅时寒正靠在柜子边，拿着吹风机给自己吹头发。

"烟烟，过来帮我。"他唤道。

霍烟毫不犹豫走过去，接过了电吹风，傅时寒拎了椅子乖乖坐下来，由她帮他丝丝缕缕地吹着头发。

头发微湿，被热风一吹，散发着男士洗发水的淡香。

夏天到了，向南和许明意为了方便凉快，都剃了小平头，傅时寒只是将鬓间剃成了小茬子，脑袋顶上还留着拇指长度的发丝。

"你怎么不剪头发呀？"

傅时寒说道："某人不是不让我剃小平头吗？"

霍烟恍然想起来，以前好像说过，不让他剪头发，这样摸着就不舒服了。

她笑了起来："你还真听话呀，我都快忘了，不过你要是留小平头，肯定特别男人。"

不等霍烟回答，他又自顾自答道："待会儿你就知道。"

霍烟："……"

她给他吹得特别慢，直到他每一个根头发丝都已经干得透透的了。

傅时寒知道她在磨蹭什么，所以也不催，由得她一点一点，慢慢来。

吹过了头发，霍烟又拿着自己的小睡裙去了浴室，捣鼓了大半个小时才肯出来。

傅时寒倚在床边，挑着眸子望她。

她穿着及膝的棉质睡裙，睡裙上印着一只粉粉的卡通大兔子。

她站在床边缘，一动不敢动，像是生怕触碰了什么不可言说的禁忌。

傅时寒抱着电脑，问她："要不要看电影，恐怖片，你最喜欢的，想看吗？"

"……好呀。"

于是傅时寒快速搜索了一部香港恐怖片，然后关了灯："过来吧。"

她知道，傅时寒早已经看出来，她紧张得已经快绷不住了，所以才叫她一起看电影，分散注意力。

霍烟俯下身爬到了他身边，傅时寒将薄薄的毯子搭在她的身上，自然而然地从后面揽住她。

他嗅到她身上有隐幽的香味，并非沐浴露的味道，他凑近她的颈项间，吸吸气。

霍烟心猛地一跳："怎么了？"

"你涂香水了？"

"嗯。"

是苏莞给她的香水，说什么魅惑香型，让她睡前抹一点点。

被他闻出来了。

"你觉得怎么样？"她鼓起勇气问他。

傅时寒一直没有说话，只是垂着眸子看她，眼睑处那一颗浅红的泪痣，格外盈盈动人。

霍烟心底越发不安："怎么不说话？"

傅时寒目光重新移向电脑屏幕，淡淡道："没什么。"

不过霍烟就坐在他身边，知道他不可能没什么。

五分钟后，傅时寒问她："电影好看吗？"

霍烟如实回答："不好看。"

"那……睡觉？"

"好。"

这一个"好"字，她听见自己声音抖了抖。傅时寒压下笔记本，放在柜子边，然后又从柜子里取出一盒东西。

霍烟当然知道那是什么。

她连忙躺下来，缩进了被窝里，背对着他，假装什么也看不见听不见。

两分钟后，灯已经完全熄灭，整个房间陷入一片黑暗中，男人从后面环住了她的腰，富有磁性的嗓音在静寂的夜色里，格外性感……

事后，他抱着她无力的身体，去洗手间清理干净，然后用浴巾将她裹成了小白熊，抱着轻轻放在床上。

霍烟捂着脸，没好意思看他，钻进被窝里把睡裙穿好。

傅时寒躺在她身边，捏了捏她的小鼻子："还跟我害羞？"

| 第五章 |

霍烟眨巴着眼睛,特别不好意思地钻进了傅时寒的怀里,抱住了他的腰。

"我发现,我还是习惯叫你寒哥哥。"她下巴搁在他硬邦邦的胸口,抬头看着他:"总感觉这样会比较安心。"

从小到大已经叫惯了哥哥,很难再改口了,这一声兄长的称呼,是她对他无与伦比的信赖。她紧紧抱着他,一声声的哥哥,叫得他心都要变成甜腻腻的巧克力融化了。

"随你的意。"

傅时寒揽着她,吻了吻她的额头。

傅时寒笑道:"这样就能到,你很厉害啊。"

"什么意思?"霍烟不解。

傅时寒对她解释道:"其实很多时候女生有点顾忌对方的想法而去演戏,可能就是有些人口中的做作,可能更多的是化解尴尬的一种手段吧。"

霍烟捏玩他的下巴:"你怎么懂这么多?"

傅时寒如实答道:"我听许明意讲的。"

"许明意?"霍烟惊讶地说,"看不出来啊,他居然还懂这些。"

"不要小看他,他很聪明,几乎有过目不忘的本事,又喜欢看杂书,各方面知识很渊博,单讲智商方面,我甘拜下风。"

"难怪他打那么多份工,每学期都还能拿奖学金呢。"霍烟撇嘴说道,"可惜情商太低啦!"

并非所有人都如傅时寒这般完美无缺。

"快睡吧。"傅时寒关了灯,拥着她入眠。

"嗯。"

霍烟钻进傅时寒温热的怀中,安心地闭上了眼睛。

在北海逗留了几日之后,一行人又顺道去了桂林。

一路上,沈遇然和林初语两条单身狗都在抱怨,说之前一对还好,现在居然又添了一对,还要不要我们这些母胎单身活啊。

苏莞笑着:"你俩有意见,干脆凑一对啊。"

林初语使劲摇头:"算了算了,这二货不是我的菜。"

沈遇然反驳:"这傻白甜也不是我的菜,交往起来指不定多心累呢。"

山清水秀的十里画廊,两人一路嚷嚷斗嘴,没完没了,沿途洒下不少欢声笑语。

苏莞对他们说:"同样是单身狗,你看看人家向南多稳重,没一句抱怨。"

沈遇然笑着说:"他倒是想脱单呢,可惜人家姑娘不要他。"

无辜被误伤的向南眨了眨长睫毛,表示自己很无辜,调转了自行车的方向,往回走:"我去找老四玩,暂时不想理你们了。"

苏莞问身边的许明意："我们开玩笑，是不是伤到他了？"

许明意说："是的，别看他表面上不动声色，其实很敏感。"

"那可怎么办？"

许明意："我可以给他进行一对一心理开导和情感咨询。"

苏莞："……"

又是熟悉的配方。

许明意："如果你们真的过意不去，情感咨询费你帮他出，我给你打九五折好了。"

苏莞："……"

果然。

她骑着自行车朝前走，追上了一路骑得飞快的林初语。

许明意愣了愣，似乎感觉有什么不对劲，回头问沈遇然："我是不是做错了什么？"

沈遇然："你没做错，你只是忘了，现在某人是你女朋友了。"

许明意恍然大悟："对哦！"

她是他的女朋友了，谈钱多伤感情啊。

不不不，准确来说，谈感情，真是太伤钱啦！

霍烟和傅时寒两个人远远落在后面，傅时寒拿着相机给霍烟各种角度拍照，为了帮她拍出修长的大美腿，就差趴在地上了。

兢兢业业，可为男朋友之楷模，边上不少女孩子见状，心生羡慕。别人家的男朋友又帅又疼人，这是上哪儿找的啊。

没多久，向南优哉游哉地骑着自行车，加入了拍照二人组的行列。

"老四，我心情不好。"

"哦。"傅时寒继续对霍烟说，"右腿在后，左腿在前，对，别总是比心，丫头你换个姿势。"

于是霍烟换了个剪刀手，傅时寒叹了叹，他媳妇儿真是摆拍无能。

向南说："其实这几天我一直都在强颜欢笑，心里特别难受。"

傅时寒放下相机，拍了拍他的背，啥也没说，冲霍烟道："丫头，你站到马路中间，我给你拍一个全景。"

向南："我需要人倾诉。"

霍烟看了看向南，好像真的很受伤的样子，于是她骑上了路边的小自行车："我去找苏莞她们拍照了。"

傅时寒点了点头，叮嘱道："慢点骑。"

霍烟走后，他和向南大眼瞪小眼。

"你要说什么？"

向南说："其实没什么。"

第五章

傅时寒："……"

没什么你把我媳妇儿赶走！

向南顿了顿："其实我只想和你单独待一会儿"

傅时寒："……"

霍烟追上了林初语和苏莞，几人将车停靠在路边，买了票参观溶洞。

苏莞一手牵着林初语，一手牵着霍烟："还是跟姐妹们在一起好玩。"

霍烟说："你这两天不是总跟许明意腻在一块儿吗？"

苏莞嘟哝着说："他太蠢了，一点都没有男朋友的样子。"

"男朋友该是什么样子啊？"

"就你家寒总的样子啊。"苏莞看着霍烟，语气不无羡慕，"给你拍照、疼你、爱你、护着你，就连看你的眼神都满满的宠爱。"

霍烟说："我跟寒哥哥一起长大，从兄妹关系发展到现在，可能会比一般的情侣要更好些，你俩这才刚开始，不用着急的。"

苏莞叹息一声，嘟哝道："我觉得也有可能是我自作多情了，人家心里没我，我还赶鸭子上架，一个劲儿往他跟前凑。"

她自顾自地摆了摆手："唉，算了算了，这次回去以后就和他说清楚吧，我也不是那种随便的女孩，他要实在不喜欢我我就算了，拿得起放得下，没什么的。"

林初语看着苏莞这失落的模样，觉得有些惊奇，现在的她与过去那个自信又果敢的女孩，简直判若两人啊。

爱情，真的会让人变得患得患失吗？

她打了个哆嗦，如果是这样，她还是宁愿一个人，没心没肺，至少开开心心。

几个女孩参观了溶洞出来，发觉了一处没有人的溪水滩涂地，水面倒映着对面的青山，风景甚美。最重要的是，在这样的旅游旺季，想找到没有人的大片景点拍照，实在是太困难了。

女孩们手牵着手，小心翼翼地下到了水边。林初语和苏莞各自摆好了造型，霍烟则拿着相机帮她们拍照。

这两个女孩的造型那可多了，随便甩手一拍都是非常好看的照片，相比于她们，霍烟真叫一个拍照无能，她除了剪刀手还是剪刀手，呆呆傻傻的。

"你们两个靠近一点，对，就是这样。"

霍烟正要按下快门键，突然发现镜头里竟然闯进来一个男人，吓得她手机都差点握不住了。

那男人个子约莫175cm，一个小平头，眼睛小小的，嘴唇微有些肥厚。

耳边上也还站着几个男人，看样子是来旅游的。

那个平头男人问道："美女，十里画廊怎么走啊？"

问路？

问路怎么问到这偏僻的河边来了,宽敞大马路上不是有很多游客吗?这边的小径隐蔽,他们干吗偏偏找她们问路,而且这一带不都是十里画廊的范围?

霍烟走过去,将苏莞和林初语拉到身后,指了指对面的公路:"顺着那条路走就行了。"

那平头男人笑着说:"三位大美女拍照呢,需要我们哥几个给你们拍合照吗?"

"不用不用了。"霍烟连连摆手,"我们自己拍。"

"还挺害羞。"那个平头男人脸上挂着笑,"三个小姐姐出来玩啊,正好我们哥几个也无聊,要不加个微信,晚上出来喝酒?"

苏莞看出来了,这几个男人过来根本不是问路的,而是想找她们搭讪艳遇。

"不用了,我们不是单身,都有男朋友。"

"有男朋友还单独出来玩啊。"平头男人贼眉鼠眼,不安地打量着她们,"小美女不老实,骗我们呢。"

林初语害怕地拉了拉霍烟的手:"我们快走吧。"

这里远离主干道,偏僻无人,不宜和他们发生什么冲突。

于是三个女孩转身欲走,而那几个男人似乎不依不饶,拦在她们前面,似乎不打算就这样放她们离开。

"小美女,好歹给我们留个微信啊。"

"你这人怎么回事,都说了不是单身,这样纠缠有意思吗?"苏莞言辞犀利毫不客气,摸出了手机,"你们再这样我就报警了!"

"别啊,小美女,我们哥几个不过是想和你们交朋友,大家出来玩图个开心,路上留点美好的回忆,以后大路朝天各走一边,何必搞得大家都难看呢。"

苏莞冷哼:"我还是第一次听见把骚扰说得这样清新脱俗的呢,恶心不恶心。"

"小美女,这样就没意思了,对吧。"

霍烟真的不想和他们纠缠,拉着苏莞她们要走:"别和他们废话。"

"哎,别走啊。"那男人的手落到了苏莞的肩膀上。

"放开我!"

"小美女,你这小模小样的身板,还真是我的菜。"平头男人终于露出了下流的嘴脸,又要伸手去摸苏莞的脸蛋,"皮肤真嫩。"

边上几个男人起哄道:"哈哈哈,你可别和女孩动手,小心人家告你性骚扰,现在的女孩厉害着呢。"

话虽这样说,但是他们俨然是看好戏的姿态,完全没有要过来阻止的意思。

"放开!"

苏莞和他拉扯纠缠起来,就在这时,不远处许明意骑着自行车从公路边飞速冲了下来,因为草地凹凸不平,自行车歪歪扭扭把他给摔了下来,他二话

第五章

没说又爬起来，拍拍裤子冲过来，一把推开了那男人，将苏莞拉到了自己的身后，跟护犊子的母鸡似的，脸色很是难看。

苏莞看着许明意的背影，惊讶不已。

"哟，哪来的臭小子，还学人家英雄救美。"平头男人瞪着他，"劝你少管闲事。"

苏莞大声道："这是我男朋友！"

"不是吧？"平头男人打量着许明意，这小子灰头土脸，穿的一件灰背心都快被洗得没颜色了，这家伙怎么可能是她男朋友。

俩人看着也不般配啊。

不过既然有男人要为美女出头，他们也不打算再惹事了，反正便宜占到就行，出来玩，也不想真的闹得不可收场。

"哥几个，走了走了。"平头男人转身便走。

许明意似乎并不打算放过他们，他冲到他们前面拦住了那平头男人。

"愣头青，你想干吗吗？"平头男人仗着人多势众，并不惧怕许明意。

许明意沉着铁青的脸色，紧抿着唇一言未发，摸出了他的手机，拨打110。

苏莞注意到他麦色的手臂上都爆出了青筋。

然而电话刚刚拨出去，平头男人见势不妙，一把夺过他的手机，朝远处猛地抛掷，只听"扑通"一声，手机掉入溪流中。

男人的声音带了威胁之意："玩玩而已嘛，当真就没意思了。"

许明意突然大吼了一声，像是被压抑已久的骤然爆发，冲过去将平头男人按倒在地，出拳揍了他的脸。

"妈的，敢动手？！"

平头男人的同伴见状，过来掀翻了许明意，你一拳我一脚地围攻他。

三个女孩被吓得不知所措，林初语尖叫着让她们停手，苏莞看到许明意挨打，整个人像是发了疯一般，想要冲过去阻止，霍烟眼疾手快一把拉住她，怕她受伤。

走在后面的傅时寒和向南匆匆赶到，将许明意救了出来。

傅时寒是将门出身的练家子，这几个男人当然不是他的对手，分分钟便被撂倒在地。

傅时寒呼吸粗重，沉声对沈遇然道："先报警。"

沈遇然扬了扬手机："已经报了。"

几个男人想跑，可是向南拦着他们不让走，大马路边，他们的冲突也引来不少游客的围观。

傅时寒小跑到霍烟身边，将她往自己怀里兜了兜，关切地问："没事吧？"

霍烟摇了摇头："许明意怎么样了？"

许明意坐在草地上,身上蹭了不少泥污,脸上落了瘀青,不知道有没有伤筋动骨。

苏莞早已经跑到许明意身边,心疼不已:"和尚,你怎么样,痛不痛啊?"

许明意用袖子擦了擦鼻血,沉默地摇头,示意自己没事。

苏莞一把抱住他的脖颈,娇小的身体整个挂在他的身上:"你是不是傻,谁让你拦他们了,你吓死我了。"

许明意愣了愣,手直挺挺地落在身侧,不知道该怎么办,想拍拍她的背以作安抚,可看了看自己那满是污泥和血迹的手,落到空中便又收了回去。

苏莞捧着他的脸看了又看,摸出纸巾给他擦拭嘴角血迹:"以后不准做这种傻事。"

许明意点点头,望向她的脸,沉默了许久,方才开口问道:"你怎么样?"

"我没怎么样。"苏莞移开目光,赌气地说,"不过让人占了点便宜,就像我占你便宜那样。"

她正欲起身,许明意却一把握住了她的手腕:"我帮你揍了他。"

苏莞正要说我知道,还把你自己给搭进去了。

然而下一秒,他垂下眼睑,说道:"我有些没用,打架打不好,不过我有几个会打架的兄弟,以后也会更努力多挣钱,给你买好看的衣服,你要是觉得还行,那咱们就好好处吧。"

"你……你说什么?"苏莞愣住了,没想到他会突然说这样的话。

"处什么?"

许明意脸颊诡异地红了红:"就……处对象。"

这起发生在旅游景区的事件闹到了警察局,警方高度关注,以平头男人为首的几个家伙都受到了拘留的行政处罚。

许明意在警局进行了简单的伤口处理,虽然他固执地说不去医院,不过再执拗也拗不过苏莞大小姐,生拉硬拽,拖着他去医院进行了全面身体检查,确定了是真的没问题之后,这才放心。

这件事发生在旅行的尾声,虽然有些扫兴,不过更值得开心的是,苏莞终于得偿所愿,跟许明意确立了恋爱关系。

说真的,从小到大还是第一次,居然有人跟她说出"处对象"三个字。

以前追她的男生,知道她家境好,所以多数故作清高,一开口就是高雅艺术,抑或卓越见识,给她的感觉吧,仿佛谈恋爱都变成了一件特别俗气的事,人家要找的可是灵魂伴侣。

所以,人家对你的追求是风花雪月的高雅事,跟金钱物质这些都搭不上边,也绝对绝对不是冲你的好家境来的。

与他们相比,许明意就是完全的反面教材,他世俗,斤斤计较,且小家子气,不过恰恰是他身上这股拼命活着的冲劲儿,反倒吸引了苏莞。

第五章

　　谈恋爱，可不就是处对象吗，奔着结婚去的，找的是能一起脚踏实地过日子的人，风花雪月看星星看月亮，一天两天还行，谁能一辈子浪漫？
　　一趟旅行，苏莞得偿所愿，每天都是乐乐呵呵，心情非常不错。

　　回到学校，转眼便是九月份，新一年开学季，大四的傅时寒从学生会正式退出，开始考虑不确定的未来与工作。
　　不知道是不是入了秋的缘故，抑或者是因为大四的压力，霍烟发觉傅时寒似乎没有往日里那般轻狂爱笑了。
　　过去的他，纵然人前稳重，人后也是很喜欢逗她玩的。
　　为什么会心情不好呢？霍烟百思不得其解。
　　进入大三，霍烟成为丁教授研究小组的正式成员。她勤奋好学又踏实肯干，所以丁教授格外看重她，希望她和傅时寒都能够考自己的研究生。
　　对此，傅时寒并没有正面回答，霍烟看他的神情，似乎另有打算。
　　两人缓步走在校园里，霍烟见傅时寒似有心事，她三两步走上前，轻轻牵起了他的手。
　　皮肤温热，掌心柔软。
　　傅时寒微微颔首，将她的手揣进了自己的包里，俩人继续往前走。
　　霍烟也没有多问，她知道如果傅时寒想说，是会开口的。
　　两个人青梅竹马的默契旁人难及，这也是为什么和她待在一起的时候，傅时寒总感觉特别舒服、踏实。
　　经过路边的宣传栏，傅时寒稍稍顿住了脚步，他被宣传栏上的一格海报吸引了。
　　顺着他的目光，霍烟抬眼望去，那海报是关于大学生入伍征兵的启事，标头的几个大字，格外醒目——
　　投笔从戎，丹心报国。
　　霍烟转头望向傅时寒，他眼中似闪动着某种前所未见的光彩。
　　几分钟后，傅时寒移开了目光，深秋一阵风过，他替霍烟捻紧了衣领，柔声说道："走吧。"
　　霍烟走了几步之后，又似想起了什么，转身跑到了宣传报前，拿手机仔细拍下了宣传报。
　　见她又颠儿颠儿地跑回来，傅时寒问道："做什么？"
　　"我待会儿发给你啊。"
　　"发给我？"
　　"不是想入伍吗，条件要求和报名时间都要仔细看看。"
　　傅时寒顿了顿，一时无言。
　　看着少女那白皙的脸蛋和清澈的明眸，他突然发觉，这些日子以来郁结

于胸的犹豫和烦恼，其实从始至终，都是他庸人自扰。

怕她接受不了，也放心不下，所以始终不敢开口，生怕她察觉自己的心思。

其实……就像傅时寒看着她长大，她一举一动一个小心思，都瞒不过他的眼睛。

而他在想什么，霍烟心里也是有数的。

"我还没想好。"傅时寒伸了个懒腰，拉长了调子说，"大学生参军入伍，几年回来还可以继续念硕士，不过许明意之前约我与他一起创业，我……还要考虑。"

虽然他只字没有提她，但是最放心不下的……其实也是她，嘴硬不肯说罢了。

霍烟握紧了傅时寒的食指，柔软的掌心紧紧包裹着他："寒哥哥，我肯定希望你能做自己一直以来想做的事情，你说过，你有一个山河梦。"

傅时寒垂眸，揉揉她的脑袋："可是烟烟，小孩子或许可以抱持一个非常坚定的梦想，想当科学家或者画家。可是人长大了，总会面临许多选择，需要结合现实境遇和周遭变化，思虑周全，慎之又慎。"

这才是成年人，成年人做出的每一个选择，都不能只凭心意和热情。

霍烟问道："所以这也是大多数成年人都不快乐的原因吗？"

"或许是吧。"

渐渐丧失单纯，也丧失了简单的快乐与初心。

霍烟想了想，突然说道："可是我相信，最终寒哥哥一定会走在最正确的那条道路上。"

她漆黑的眼睛里闪烁着坚定的光芒，她相信他，就像相信明天的太阳会照常升起一样。

傅时寒笑了笑，捏着她的小鼻子说："如果真的去了，很长一段时间会不能见面，我怕烟烟晚上做噩梦找不到我，会哭鼻子啊。"

霍烟拿着他的手，哼哼说："才不会，我也长大了。"

再也不会像小时候那样，什么都要依赖他。

俩人来到操场边的草地坐下来，傅时寒从后面抱着霍烟，跟她一起等夕阳暮垂。

"烟烟将来有什么打算？"

"嫁给你啊。"她毫不犹豫地回答。

傅时寒愣了愣，立刻将她压倒在草地上："真的？你想跟我结婚？"

"对呀。"

"那我还当什么兵，不去了，毕业就领证，老子创业去，挣钱养我媳妇儿。"

霍烟被她高大坚实的身躯压得有些喘不过气来，推开他，说道："哎，我开玩笑的，你怎么那么不经逗啊！"

第五章

傅时寒似乎还有些小失望:"你不想嫁给我?"

"想嫁给你可是我姐从小的梦想。"霍烟故意气他说,"现在我姐都准备考研了。"

傅时寒不管别人,只摩挲着她的头发,诚恳道:"烟烟,我说真的,你毕业就嫁给我,我真的不走了,真的。"

看他这笃定的模样,玩笑话竟然还认了真,很不像傅时寒平日里的作风。

"别开玩笑了,毕业了你还没到法定婚龄呢,至少还得等一年,我也还小,不急。"

傅时寒叹了声,揉捏着她的小脸蛋:"你怎么不能快些长大呢?"

霍烟扑哧笑了出来,很少见他这般孩子气说话:"你啊,乖乖去做自己的事情,好男儿志在四方,我等你回来就是了。"

傅时寒将霍烟抱起来放到自己的大腿上,脑袋朝她脖颈埋了埋,深呼吸,懒懒说道:"只想跟烟烟每天睡到日上三竿。"

霍烟被他弄得痒痒的,推了他一下,说道:"姐姐要考研,爸妈也希望我能考研,这样家里就出两个研究生了。"

傅时寒依旧不抬头,不过语气稍微认真了些:"你自己怎么想?"

"从小到大,我都很在意父母的想法,努力做好所有事,向父母证明,姐姐能做的,我也能做,初中高中甚至大学,我都紧随姐姐的步伐……"

她叹息了一声:"可是现在,我想按照自己的心意去做,不想再被姐姐影响了。"

她坐直了身子,看着他:"我不想考研,我想实习工作,进入一段新的人生旅途。"

"这是你的选择,你想做什么,我都支持。"

霍烟有些讶异,她原本以为傅时寒会像父母一样,劝她考研什么的,她甚至都想好了一套说辞来劝服他,没想到他竟然支持他。

"你真的……同意?"

"烟烟,在人生的大事情上面,我不会左右你的选择,只要是你当下愿意去做的事情,我都支持,因为无所谓对错,有我在,我不会让你考虑太多现实生活上的事情。"

他扶着她的肩膀,虔诚而郑重地说道:"你只要每天过得快乐就好了。"

霍烟看着傅时寒,一种莫名感动从心底缓缓蔓延开来,从小到大,他其实一直都在扮演着她生命中所缺失的父兄的角色,让她不急不慢地成长,不需要太过懂事,也不用很快成熟。

因为他一直都在她的身边,她是可以安心的。

不过霍烟可不会做那攀缘的凌霄花,也不甘心在他的羽翼保护之下安然成长,她只希望能和他站在一起,风雨共担。

这也是她想早些出来工作的原因。

/ 第六章 /

傅时寒的各项检查都比较顺利，他的条件非常适合参军入伍，而且他的履历优秀，专业也是军队非常需要的一类，可以作为高素质人才引征入伍。

而霍烟进入大四，也顺利找到了实习的游戏公司，渐渐步入职场。

年末，傅时寒临行在即，跟霍烟商议，今年想要带她回家过年。

"不是每年都会到你们家玩几天的吗？"

"不一样。"傅时寒笑了笑，"今年，你便正式以我女朋友的名义，跟我回家见父母了。"

"女朋友？"霍烟惊呼，"这么快！我都还没有准备好，要是叔叔阿姨不喜欢我怎么办？"

傅时寒捏着她的小脸蛋："傻子，他们看着你长大，喜不喜欢你，你自己心里没数？"

"那不一样，以前我在叔叔阿姨面前，就是个邻家的小丫头，可现在……"

现在她是傅时寒的女朋友，也很有可能成为傅家未来的儿媳妇。

傅家父母再看她的眼光肯定会不一样了。

霍烟很忐忑，害怕叔叔阿姨会不满意，毕竟两家的关系如此，有姐姐的婚约在先，现在她成了傅时寒的女朋友，不知道长辈会怎么想。

傅时寒牵起她柔软娇嫩的小手，放到唇边吻了吻，说道："如果他们不喜欢你，就算是为了我，努力努力，好吗？"

霍烟的心底升起一股感动和力量，她用力点了点头，郑重地答应他："我会的！"

去傅家拜访前，霍烟给自己好好地打扮了一下，轻施粉黛又不会太过，浓淡相宜，给人一种分外精神的感觉，看起来端庄又成熟。

步入职场，她也渐渐学会了打扮和穿搭，身上真正开始有了成熟女人的滋味。

傅时寒看着她，终于有了某种吾家有女初长成的滋味。

除夕之夜，他带着霍烟回了家。

而父亲傅郅和母亲唐婉芝早早候在了家门口，见到她的时候，脸上漫着慈祥温和的微笑。

"烟烟来了，快进屋，阿姨盼你好久了呢。"

"阿姨好。"霍烟紧张地将准备的礼物递过去，"这是给叔叔阿姨准备

第六章

的礼物。"

唐婉芝眸色中露出了些许意味，接过了礼物，说道："烟烟真是长大了。"

傅郢脸上也难得露出笑意，开玩笑说道："什么长大了，我看都是装的，骨子里还是以前那个傻愣愣的毛丫头，这会儿还跟我们假客气呢。"

霍烟不好意思地红了红脸。

唐婉芝道："烟烟，咱们还跟以前一样，没什么好拘束的，该吃吃该闹闹，咱们家想来就过来玩，叔叔阿姨都很喜欢你。"

两位长辈亲切的话语让霍烟终于放了心，她回头望了望傅时寒，他不动声色地牵起了她的手，带他走进了屋里。

家里还有不少亲戚，都是霍烟认识的长辈，霍烟随着傅时寒的辈分挨个喊了人，没多久，一大家子人热热闹闹地上桌吃饭。

这一回傅时寒和霍烟总算光明正大地坐在一起了，他总给她夹菜，一顿饭吃得关怀备至。

表妹唐阡陌开口调笑："没想到啊没想到，小丫头居然成了大哥的女朋友，这下子霍家的小妹妹要变成亲嫂子了，我就先改口，叫声嫂子，嫂子，你应不应啊？"

霍烟脸颊微微泛红，这么多人，应什么应啊，多难为情。

唐婉芝知道小孩子脸皮薄，这会儿都害羞得不知道怎么办才好，对唐阡陌说："就你这丫头古灵精怪，一大桌子吃的还堵不住你的嘴。"

霍烟偷偷看向傅时寒，傅时寒眼角勾着疏淡的笑意，轻轻拍了拍她的肩膀，示意她放轻松，大家都是护着她的呢。

吃过晚饭以后，长辈们给家里的孩子发红包，傅时寒带霍烟来到阳台，还跟小时候一样，似乎想要和她比比红包大小。

不过从小到大，唐婉芝给几位孩子的红包都是不偏不倚，别家小孩这么多，自家的小孩也是这么多。

霍烟无奈地将红包拿出来，拆开之后，却发现今年的分量比去年乃至往年，重太多了！

傅时寒就稀稀落落几张红票子，霍烟的足足一沓。

看着她惊奇的眼神，傅时寒笑了笑："我妈真偏心，给儿媳妇的比所有人都多。"

霍烟心里温暖，瞥见傅时寒瘪瘪的红包，也觉得有些不好意思，于是将他红包里的钱全部取出来，塞进了自己的红包。

"我就这么点了，你还要跟我抢啊。"

却不承想，霍烟直接将自己胀鼓鼓的红包揣进了他的上衣口袋里。

"喏，拿去吧。"

"给我啊？"

"你不是要毕业了吗,又要去那么远的地方,多带些钱总归是方便的,我现在实习也有工资。"

傅时寒将红包取出来,放在手里轻轻摩挲了一会儿,低垂的眼眸温柔得就像融化的巧克力。

"烟烟,我很喜欢听你这样说。"

霍烟哼了一声,鄙夷道:"你是很喜欢我把钱全都给你吧。"

"不,跟钱没有关系。"傅时寒义正词严地说,"我喜欢你这样为我考虑,不是女朋友的那种感觉,而是妻子,是要与我共度一生的那个人。"

这话听着真感动,可是霍烟眼睁睁看着他把红包全都揣进了自己的口袋,脑回路一转,突然开口问道:"咱们将来结婚了,家里的经济大权,谁管呢?"

傅时寒愣了愣,顿时感觉这是一道送命题。

"快看,放烟花了。"

傅时寒从后面环住了霍烟纤细的腰身,将脑袋搭在她的肩膀上,和她一起看着漆黑夜空中升腾的一簇簇烟花。

霍烟还在纠结刚刚的问题,回头看着他:"傅时寒,你不要逃避这个问题嘛。"

傅时寒吻了吻她的耳垂,无奈地笑了笑:"你管你管,我的钱都给你,我也给你,开心了吗?"

霍烟笑了笑,露出两颗白白的小兔牙:"其实也不是啦,我逗你玩的,小时候我没什么零花钱,你总给我买好多零食,还带我去看电影,我都记着。你比我细心,比我有头脑,以后家里的财政大权,还有重大决定,都交给你就好了,我很相信你的。"

看着她这般温顺乖巧的模样,傅时寒心痒痒的,低头吻住了她的唇。

霍烟被他吻得晕晕乎乎,身体都软了下来,趴在他的身上,突然感觉他落到自己腰间的手松了松,随后,只感觉中指被他套了什么东西,冰冰凉凉的,像是……

一枚戒指。

霍烟心头一阵悸动,而傅时寒牵起了她的手,拿到眼前。

果然是一枚戒指!

她讶异地睁大了眼睛,看着那璀璨耀眼的硕大钻石:"寒哥哥……这是做什么呀?"

"先把你订下来吧,否则就这样离开,我不踏实。"傅时寒微微一笑,"当然,你有权利拒绝,没关系。"

然而还不等霍烟开口,傅时寒又道:"如果你拒绝,这枚戒指,就当送给女朋友的小礼物,至于将来求婚的戒指,我另外再选一枚更大的。"

霍烟:"……"

| 第六章 |

伴随新年第一声钟声敲响,傅时寒和霍烟在一个世纪般漫长的亲吻中,订下了终身。

那天晚上,唐婉芝给两个孩子安排的是两间房,不过霍烟睡到半夜,便感觉有人钻进了她的被窝。

熟悉的身躯从后面整个环抱住了她,将她圈进那灼烫又坚硬的怀抱中。

她迷迷糊糊间喃了声:"你来了。"

傅时寒亲吻着她的后颈。霍烟不由得渐渐转醒,刚一回身,就被他掰过了下颔,封住了她的唇。

她与他亲吻了很久,他才缓缓停下来,抱住了她的腰肢,将脸放在她的胸旁。

"我舍不得。"他嗓音略微嘶哑,显出些许无助。

白天他做出无所谓的样子,与父亲交谈的时候,也只说自己的志向,并未提及自己的情绪。

从小到大,他都是让人放心的孩子,父母对他同样寄予厚望。

或许只有在皓月当空的漫漫长夜里,在她的身边,他才会显出此刻百转千回的愁肠,他放心不下的东西太多了,年迈的父母、心爱的女孩……

"烟烟,我走了,你一定要照顾好自己,别让我担心,知道吗?"

霍烟抱紧了他:"你放心去吧。"

说完这话,她琢磨着,咦,怎么感觉怪怪的,好像不大吉利。

傅时寒也情不自禁地笑出了声,酝酿得好好的气氛一下被她给破坏掉了。

他伸手捏了捏她的小鼻子:"你怎么那么呆啊?"

霍烟也开始揪扯他的耳朵:"你怎么那么多愁善感啊,一点也不像我认识的寒哥哥。"

"都要走了,还不让我感伤一次吗?"

霍烟低头偷笑了一下:"阿姨让我们分开睡,你这样跑过来,被发现了怎么办……"

"被发现了肯定挨骂。"傅时寒坐起身,"那我走了。"

"哎!"霍烟一把拽住了他的短裤,又气又急:"你这人……怎么这样啊。"

傅时寒那一双桃花眼勾勒着笑意:"我怎样?"

"把人家弄醒了,你自己又跑掉,真的很没品。"

"哦。"傅时寒点了点头,故作深沉,"所以烟烟是想要怎么样,唱摇篮曲陪你睡着?"

"你自己看着办了。"

傅时寒陪在她身边,给她掖好了被子,然后抱着她:"快睡吧。"

于是霍烟缓缓闭上了眼睛。

两分钟后,傅时寒的声音响起来:"你真睡啊?"
"不然咧?"
"霍烟,诚实一点很困难吗?"
"我才不咧。"
霍烟轻轻踹了他一脚:"你再这样,我就赶你出去了。"
傅时寒总拿她没办法。

六月,霍烟和一众伙伴在机场送别了傅时寒。毕业季的每个人,心里其实都揣着一份沉甸甸的情绪。
离别、不舍,同时也含着对未来的无限期许。
伙伴们聚在一起玩玩闹闹之后,生活总归是要继续,每个人都有自己的路要走。那些相互陪伴的岁月,就是旅途上最值得珍藏的美好了。
向南进了自己家族的企业,他家境优渥,几乎可以说是整个江城的商业巨擘之家,而他也注定是要继承家业的。
许明意南下深圳,独自打拼去了。他从念书开始,就有做过各种各样的兼职,这家伙别看在朋友面前挺二愣子,实际上社会交际能力非常强,听说他跟沈遇然两人去深圳发展了,具体怎样,霍烟也不了解。
苏莞和霍烟进了同一家名叫FARA的游戏公司,开始当起了朝九晚五的程序员。
公司里的程序研发部门大多数的同事都是男生,只有市场部和营销部有女同事,霍烟和苏莞俩人在主程研发部门这边,是仅有的两个女孩。
程序员的工作,一整天差不多都要消耗在电脑旁,一开始霍烟出门还会给自己化个清爽的淡妆,不过没多久,工作的氛围便让她开始懈怠起来,有时候也懒得化妆了。
即便是素面朝天,因为年级小的缘故,她容颜依旧光鲜靓丽,自有一股活泼清纯的感觉。
而她这种懒惰的行为,让苏莞深以为耻,只要见着霍烟没上妆,她必得拉她到洗手间,摸出自己的化妆包,在她脸上使劲儿捣鼓一番。
"绝对不可以懒惰懈怠!就算咱们程序研发部门基本上就是不见天日地跟代码打交道,但是咱们不能就跟那帮穿拖鞋来上班的"直男程序猿"混为一谈了,你看看市场部那边的小姑娘们,一个比一个漂亮,眼睛都往咱们研发部盯着呢。"
霍烟她们所在的研发部门,虽然有一些不修边幅的中年程序员,但是也有好些个年轻英俊的帅小伙。
要知道做程序开发,一款游戏项目出来,程序员都能拿到不少薪金和奖励,工资比其他部门要高很多,也难免有其他部门的小姑娘想要搭上一位程序员小

第六章

哥哥。

"霍烟,晚上可能要留你加一下班。"

就在霍烟刚刚关掉电脑准备下班的时候,一道富有磁性的嗓音在耳边响起。

霍烟抬头,见秦裕站在办公桌边,对她春风和煦地微笑着。

秦裕比霍烟大四岁,但是在公司算得上是非常年轻有为的主程师,目前这款游戏的重点编程部分都是由他操刀的。

秦裕身材中等,模样属于偏清秀的类型,戴着一个黑框眼镜,看起来斯斯文文的样子,待人接物都非常有礼貌。

听苏莞说,他有海外留学背景,履历非常优秀,一回国就被好几家公司竞相聘用,而FARA公司老总给他开了极高的薪资福利待遇,这才将他留住。

而如此条件的男孩,目前还是单身,就更引得公司里的小姑娘们春心萌动了。

秦裕的眼光很高,对于周围女孩明里暗里的示好,无动于衷。

霍烟刚来公司,就直接被分配到了秦裕的手下,算是他带的实习生。后来转正以后,也一直在他的手下做事,非常尊重他。

所以听秦裕说让她留下来加班,即便今天晚上跟傅时寒约好了要通电话,但她还是答应了,只说道:"前辈,请问十点能搞定吗?"

秦裕看了看手表的时间:"如果动作迅速的话,没问题,不过加了班,我当然应该要请你吃顿宵夜作为感谢。"

霍烟连连摆手:"不用了前辈,这是我应该做的。"

秦裕很欣赏霍烟,现在的年轻女孩,大多心浮气躁,鲜少能如她这般踏实肯干,能力还非常强。

"如果晚上没有特别的事情,我还是请你吃个饭吧,毕竟老总不发加班工资,你帮我的忙,总不能白耽误你的时间。"秦裕很坚持。

而霍烟却依旧摇头:"真的不用了,前辈。"

"你是有重要的事情吗?"

隔壁桌的苏莞笑吟吟地说道:"她要跟某人通电话,一个月才有一次的机会,宝贵着呢,就不能跟你吃夜宵了。"

秦裕没听懂,问道:"什么?"

其实也没什么好隐瞒的,霍烟说道:"我要和我男朋友通电话。"

秦裕脸上露出些许讶异之色:"你……你有男朋友了?"

也无怪秦裕惊讶,就连边上好几位同事都竖起耳朵偷听了。

霍烟竟然有男朋友,这可要伤了研发部一众对她极有好感的直男的心了。

不过,公司里哪个女孩有男朋友了,大家都知道,因为总免不了情人节要送个花,或者直接开车到楼下来接人。

偏偏霍烟谈个恋爱竟然这么低调，让好多人都以为她是单身呢。

霍烟对秦裕解释道："因为他人不在江城，平时我们联系的机会也不多，所以……"

秦裕似乎对这个问题还比较关心，问道："那他是做什么的啊？"

"军人。"

霍烟说出这两个字的时候，心底蓦然生出一股热血沸腾的自豪感。

秦裕意味深长地点了点头："哦，那你们俩这分隔两地，也挺不容易。"

两人不咸不淡地寒暄了两句，秦裕便回去工作了。

苏莞凑近霍烟，低声调笑道："瞎子都看得出来，咱们公司首席程序员秦大帅哥喜欢你。"

霍烟回头望她，淡淡地"哦"了声，并且说道："一般帅了。"

自然是比不上她家寒哥哥的了。

苏莞继续说道："帅不是重点，重点是他喜欢你嘛。"

霍烟依旧淡定："喜欢我的人，又不止他一个。"

霍烟在这堆单身程序猿中，算得上是相当抢手的了。

整个研发部门就只有两个女生，而苏莞家世太过耀眼，据说和公司的大老板还是世家的关系，所以没有男生敢轻易动她的心思，那么家境普通又善良亲和的霍烟，自然成了他们眼中的香饽饽。

霍烟却是谨守本分，每天努力工作，并没有其他的心思，也很少与人交际往来，有时候约了去唱歌，她也只是坐坐便走了。

周围男生无论如何优秀，能优秀得过她男朋友吗。

反正自小到大，在她眼中傅时寒就是最好的，无论主观还是客观，傅时寒就是全世界最好的傅时寒，没有人能比得上。

晚上，霍烟做完了秦裕交代的工作，匆匆走出公司大门，本来以为秦裕先行离开了，没想到他竟然开着车等在公司门口。

"小烟，我送你回去吧。"

霍烟连忙摆手："不用了前辈，我自己打车回去。"

"这一带金融中心，很难打到车。"

霍烟想了想，说道："我用叫车软件，能打到车的。"

秦裕不依不饶地说："你没看新闻吗，叫车软件最近出了不少事，女孩子独身，深夜最好不要用这个，再说你男朋友也没在身边，要是真的出了事连求助的人都没有，就不要推辞了，我跟你顺路，载你一程，算是感谢你今天帮我做事。"

霍烟看着时间，已经十点了，跟傅时寒约定了十点通电话，部队管制比较严格，他都不能带手机的，只能用部队专用的座机电话，使用时间都有严格的管控。

第六章

"那就麻烦前辈了。"霍烟坐上了车后座。

秦裕踩下油门,轿车驶了出去。

霍烟手紧紧握着手机,看着窗外飞速流过的街灯,心下有些焦急,但是又不好意思催他开快一点,毕竟是顺的人家的车。

而秦裕似乎故意将车速放慢,有意无意地透过后视镜,打量她。

她也浑然不觉。

"小烟啊,你怎么会想着找一个军人当男朋友呢?是因为英雄情结吗?"

霍烟还没来得及说话,秦裕又立刻补充道:"聚少离多,也是相当辛苦的,我说句实在话,女孩子最好高攀,不要低嫁,以你的条件,完全可以找一个经济水平更好的男人。"

霍烟本来想解释,不过听到秦裕说出后面的话,她便什么都不想说了。

秦裕见她闷不吭声,尴尬地笑了笑:"抱歉,是我冒犯你了。"

"没有,前辈说的在理。"她依旧保持风度和礼貌,"只是跟他在一起,是我高攀了。"

透过后视镜,秦裕见到她脸上露出某种极致的温柔之色,是他以往从来没有见过的。

她说,是她高攀。这话出自真心,从小到大,他都是她追逐仰望的男孩,初见他的那一刻起,他便已经成了霍烟心底的一颗星星,那样璀璨发光。

后来她甚至都是抱着必死的决心向他表白的,什么是必死的决心,就是被拒绝之后连朋友都没得当,见到他便躲得远远的,失去作为他妹妹能享受的所有关心与照拂。

如若永远兄妹相待,她终究意难平,所以鼓足勇气迈出这一步。

终究如愿以偿,美梦成真。

秦裕见霍烟这模样,无奈地摇了摇头:"小烟,你真单纯,喜欢一个人的时候觉得他什么都好,可是很多年后,这层滤镜会慢慢消失,到时候你就会明白了,其实你是非常优秀的,值得更好的。"

霍烟不再说话,秦裕也讪讪地闭了嘴。

这套单身公寓,是霍烟临时租住的一个小套间,一室一厅,主要考虑到距离公司比较近,上班很方便。

秦裕送她到楼下,霍烟礼貌地向他道谢,然后匆匆跑上楼。

回到家锁上门,立刻将手机插上充电线,屏幕立刻亮了起来,显示了两条未接来电,都是没有来电显示的电话。

霍烟知道他那边的电话受到保护,不会显示具体的号码。

她捧着手机等了很久,心底又着急又后悔,埋怨自己不该耽搁那么长的时间。

本来以为今晚是接不到电话了,没想到她刚放下手机,电话突然响了起来。

慌忙接过,电话里传来他那富有磁性的熟悉嗓音:"烟烟。"

霍烟眼眶一热,差点眼泪都掉出来了。

"对不起,我刚刚在加班。"她瓮声瓮气地说,"你等了很久吗?"

"前两次没有接通,后来另外一个同志来打电话,我便让给他了,在边上等他结束。"

虽然傅时寒说得很是云淡风轻,但是霍烟知道这一通电话多么来之不易,傅时寒所在的部队是空军的技术研发部,各项管制非常严苛,对外的交流也受到严密监控和时间限制。

不过既然他这样说,霍烟也看破不说破,只跟他撒娇道:"寒哥哥,我好想你呀。"

傅时寒笑了笑:"想我哪里?"

"喂!"

傅时寒又恢复了正经的语调,问道:"在公司怎么样,能适应吗?"

"除了总是被人喜欢以外,一切都好。"

傅时寒轻嗤道:"哦。"

"哦什么哦,我讲真的,我很受欢迎的好吗!"

"是。"傅时寒语调轻松,"我们家烟烟是人美心善,被很多人喜欢,不足为奇。"

"咦,你都不吃醋吗?"

"吃啊。"

霍烟撇嘴:"感觉一点也不像吃醋的样子。"

傅时寒正了正语气,故意凶巴巴道:"霍烟,做坏事别让我知道,不然有你好看。"

霍烟顶撞他:"你要怎么样,远水解不了近渴,你来打我呀。"

傅时寒说:"等我回来收拾你,到时候可别哭。"

"咦,你好污。"霍烟不觉笑了起来,"讲道理,每次走不动的,好像都不是我吧。"

傅时寒:"……"

"电话监听,别说这种话。"

霍烟:"!!!"

是谁起头的啊!反咬一口可还行!

傅时寒知道电话是被监听的,考虑到部队监听同志的心情,他不再与她说这些,只认真道:"烟烟,你再等我一段时间,好吗?"

"不急啊。"霍烟安慰他,"寒哥哥尽管去做自己想做的事,从小到大都是你陪我,现在应该是我陪着你了。"

傅时寒淡淡一笑,清风霁月:"我丫头真乖。"

第六章

次日清晨,霍烟去公司上班,一路上都觉得同事看自己的脸色怪怪的,尤其是女同事,那小眼神,恨不得杀了她似的。

霍烟不明所以,直到她来到自己的办公桌前,才发现端倪。

她的小桌上放着一份包装精致的奶油巧克力蛋糕,蛋糕外壳上落的小卡片,卡片上有一排字:谢谢小烟昨晚的帮助,这是我的一点心意,请你笑纳。——秦裕

字迹很像女孩子,隽秀又小巧,与傅时寒那遒劲的行楷字迹相去甚远,字如其人,性格也是昭然若揭。

秦裕心思细腻如女孩一般,昨天那种小忙本是她作为下属应该做的,他竟也要送礼回报。

霍烟打量着漂亮的蛋糕盒,表情有些无奈。

旁边桌的苏莞抬起头来,笑说道:"哟,连爱心早餐都送上了,烟烟你最近桃花很旺啊。"

霍烟叹了一声,这小蛋糕肯定不好收,但是如果送回去,未免太不给他面子。将来她和秦裕还要一起共事,关系总不好闹得太僵了。

这就是职场的为难之处。

苏莞看出她的纠结,索性大声说道:"烟烟,蛋糕给我吃吧,我还没吃早饭呢。"

霍烟连忙递过去,感谢地看了她一眼。

苏莞帮她解决掉了第一天的烫手山芋,却不承想,第二天、第三天……连着好几天,每天早上她的桌上都会放一个口味不同但包装精致的小蛋糕。

送蛋糕的人,是想把她喂成胖妞吗!

霍烟实在受不了了,鼓起勇气,拿着小蛋糕走到秦裕的工作间,准备愤怒地警告他,不要再这么做了,这是在给她拉仇恨啊,现在公司的单身女孩都把她视作大敌,不管做什么都有意为难她,她的工作都不好展开了。

然而,霍烟终究是个心软的好姑娘,面对人家的笑脸相迎,她很难做出打脸的姿势,只好对秦裕说道:"先谢谢你,但是请……请你以后不要给我送这些了,同事看见了特别不好,而且我也不是很喜欢吃这种重奶油的甜品。"

秦裕放下手中的文案,说道:"哦,不喜欢吃奶油的,那你告诉我,你喜欢什么?"

霍烟连忙摆手道:"真的不用了,前辈,你不需要给我送这些,同事看见了影响也不好的。"

秦裕站起身走到门边,轻轻带上了门,回头道:"霍烟,我是真心诚意想要追求你,为什么不能给彼此一个机会呢?"

既然话说开了,霍烟索性也就直言道:"前辈,你知道我有男朋友的啊。"

秦裕点点头,不以为意:"我不介意。"

不介意？不介意什么鬼？

霍烟这下子愣住了，心底咆哮：可是我介意啊！

而秦裕不急不慢地倒了杯水，递到她手边，说道："你可以先分手，我愿意等你的。"

"分……分手……"

霍烟蒙了，从来没有遇到过这样的情况，这人有病吧！她才不要分手呢！

秦裕推了推鼻梁上的黑框眼镜，继续说道："小烟，你这个年纪的异地恋，很辛苦吧，而且将来真的谈婚论嫁，总不能一直分居两地，特别是有了孩子以后，他是军人，要保家卫国，总不能把孩子留给你一个人扶养，孩子也不能缺少父亲的关爱，这些现实的问题你也要考虑清楚。"

秦裕果然是操持着前辈的态度，对霍烟循循善诱，乍听下来，还真是非常关心她呢。

然而霍烟却全然没有感觉，只说道："他很快就会调回来的，不会分隔太久。"

傅时寒既然答应了她，便不会食言，霍烟坚信这一点。

而秦裕却摇了摇头："你真是太天真了，好，换个角度说，我看你现在还是在租房子住，他这么早就去当兵了，家庭条件应该不怎么样吧。哪怕外形不错，但是女孩选择婚姻，不应该仅仅只看重外在，而是要多方面考虑，有句俗话说，婚姻是女人第二次投胎的机会，一定要慎重，霍烟，我还是那句话，你值得更好的！"

霍烟的手紧紧攥着拳，秦裕的这番话是真的把她惹怒了，她鲜少会对同事发脾气，但是这一次真的忍不住："前辈，你的条件真的很不错，是我高攀不上。"

她说完转身便走。

秦裕各种好话都说尽了，道理也讲清楚了，见她这样油盐不进，心里也有些窝火："霍烟，你自己考虑清楚，我这人没什么耐心。"

霍烟微微侧头，冷声道："不需要考虑，秦裕前辈，在我眼中没人比得上他。"

"但愿你不会后悔自己的选择。"秦裕看她的眼神，就像看被爱情冲昏头脑的迷途少女。

霍烟将这件事讲给苏莞听了，苏莞笑过之后，一张利嘴毫不留情："他的自我感觉也太良好了吧，不说别的，就他那瘦猴子的长相，你老公傅时寒也甩他好几个等级了好吗！"

"他让我不要看长相，要看条件。"

苏莞更是笑了："他还敢跟当年S大计算机系的风云男神比条件，厉害了。"

其实霍烟想想也是，秦裕年轻气盛，又有海归的闪光学历，一回来多家

第六章

公司竞相争抢,这么年轻就拥有了这么高的薪水,公司里也有不少女孩暗恋他。

他自我感觉良好,也是可以理解的。

不过似乎有点自负过头了。

霍烟摇了摇头:"算了,反正关系都已经闹僵了,只希望不要影响工作。"

苏莞叹息一声:"咱们这些同学里面,就你和傅时寒最长远了,可以一定要撑住了啊。"

霍烟八卦地问她:"诶,你和许明意,真分手了啊?"

提及这个名字,苏莞心头一刺,却还故作云淡风轻:"分了。"

"真……分啦?"

苏莞喝着水,不耐烦道:"分了分了,真分了,我跟他不合适,特别不合适!"

"你追人家的时候,看起来挺合适的啊。"

苏莞回想毕业那晚的狂风骤雨,宿舍楼下,她号啕大哭,许明意使劲抱着她,吻了她的脸颊,她甚至能听见他急促的呼吸和紊乱的心跳,那还是第一次他主动亲吻她,然而也是最后一次了。

许明意转身离开,走得特别决绝。

"毕业季分手,就像一个魔咒。"苏莞不忍回想当年的事情,"算了,都过去这么长时间,就不去想了。"

都已经不再是少不更事的女孩,知道感情虽然重要,但是生活总要继续,脚下的路通往远方,他既然都在莽莽撞撞往前冲,她便更加不能耽于自己的情绪中走不出来。

她也可以很精彩地活着,证明给他看,即使脱离了优渥的家庭,她也可以自力更生,养活自己。

霍烟不再和她谈论许明意,那段时间,苏莞真的很伤心,既然她能够走出来,就不要再提过去的事情。

自从跟秦裕把话说绝之后,他果然消停了很多,不再给霍烟各种送东西,甚至都不怎么搭理她了,这让霍烟松了口气。

不过也有烦恼,在工作方面,他开始各种挑霍烟的刺,鸡蛋里面挑石头的那种。

不过霍烟属于非常踏实的那一类人,不管他怎么挑刺,霍烟都默不作声,只是努力改进,尽可能做到最好,让他无话可说。

又过了几周,公司里传出消息,说秦裕和市场部的徐嘉璐在一起了。

徐嘉璐是市场部最漂亮的女孩,去年刚进公司,年轻可爱,又很会卖萌,朋友圈几乎全是自拍,配上一段心灵鸡汤的文字,然后公司里一堆直男点赞。

徐嘉璐和秦裕在一起的消息,最先是从徐嘉璐的朋友圈传出来的。

徐嘉璐发了两张照片,第一张是一盒包装精致的草莓奶油蛋糕,第二张

是她和秦裕两人面对面嘟嘟嘴，P图发射爱心。

看得霍烟起了一层鸡皮疙瘩。

而徐嘉璐写的文字是——

懂得珍惜的女孩，总是比较幸福。

霍烟看着这段文字，不知道是不是她多心了，总觉意有所指。

而在一众恭喜贺喜的评论下面，苏莞的留言一枝独秀："哇，那个口味的蛋糕我也吃过，个人觉得太腻啦，建议你男朋友下次换个口味送。"

霍烟对旁边桌的苏莞说："喂，你也太直白了吧。"

苏莞耸耸肩："那小蹄子不是摆明了跟你示威吗，婊得我都没眼看。"

"可是你这样，很得罪人的。"

苏莞毫不在意地说："得罪就得罪呗，我还得罪不起他们吗？"

霍烟笑了笑："你这小蹄子还跟以前在学校一样嚣张。"

苏莞说道："我怕什么。"

的确，她有什么都不怕的资本，所以才能活得这般洒脱恣意。

听说公司的老板跟苏莞家里还是世交，这样的人脉关系，恐怕公司里也没几个人敢轻易得罪她。

所以对于苏莞的评论，徐嘉璐只回复道："谢谢宝贝的提醒，我一定转告我们家亲爱的。"

苏莞对霍烟做了一个恶心想吐的表情。

那天下午，霍烟帮着同事搬了许多文件上楼，累得气喘吁吁，感觉自己肩头一松。

于是她敲了敲苏莞："跟我去洗手间，我肩带好像掉了。"

苏莞立刻起身，跟她一块儿走进洗手间隔间。

霍烟脱掉自己的衣服，苏莞将她的内衣扣带系好，一双明眸意味深长地盯着霍烟胸前的风光："真羡慕你寒总啊。"

霍烟背过身去："你也不差。"

苏莞低头看了看自己的，摇头道："可惜某些臭和尚，跟个傻子似的，这辈子都没福分喽。"

霍烟笑出声："你还想着某些臭和尚啊。"

"胡说，我就……顺口想想。"

顺口想想。

毕竟是年少时候喜欢的人，哪能说放下就放下呢。

霍烟穿好了衣服，拍拍她的肩膀："还喜欢就去深圳找他呗。"

"才不去！"苏莞咕哝，"那个傻子，我再找他，我就不叫苏莞了！"

俩人正准备离开隔间，就在这时，听见外面传来女人的声音。

"嘉璐，真羡慕你啊，能把秦裕追到手，他可是我们公司的香饽饽，你

第六章

跟他在一起,以后可享福了。"

徐嘉璐虚与委蛇地笑道:"还好啦,我不看重这些物质方面的东西,比较注重他的内涵,他很有学识和远见,而且也有风度,这点是最吸引我的。"

"可不是所有女生,都像你一样注重内涵,你看那个霍烟,就属于没眼光那一类的。"

提及霍烟,徐嘉璐似乎不怎么高兴:"秦裕跟我说起过,其实是她先对他示好的,说白了就是勾引,秦裕后来知道她有男朋友,所以严辞拒绝了她,她自己觉得丢脸,才做出一系列的事情,来挽回面子。听说桌上的蛋糕,都是她自己买的,伪装成是秦裕送她的。"

"天啊,这也太婊了吧!"

"谁说不是呢。"

苏莞听到这话,下巴都要掉到地上了,她对霍烟比了个嘴型:"世间怎会有如此厚颜无耻之人!"

霍烟示意她冷静。

而洗手间外,徐嘉璐继续说道:"我听说,她男朋友是当兵的,啧,当兵的能跟我们家秦裕比吗?她这是骑驴找马呢,瞅着我们秦裕更优秀,忙不迭地凑上来了。"

突然,门被人一脚踹开,苏莞是个暴脾气,走出来指着徐嘉璐的鼻子骂道:"骑驴找马说谁呢?!你那个秦裕是什么好货,能比得上傅时……的一根手指我苏莞两个字就倒过来写。"

霍烟连忙走过来捂住了她的嘴,没让她把傅时寒三个字说出来,外面已经有不少同事在围观了,霍烟不喜欢被人当成热闹看。

"走了。"霍烟使劲拉扯苏莞。

"走什么走啊,咱们今天在这儿,把事情说清楚了。"苏莞咄咄逼人,看向徐嘉璐,"刚刚你说什么来着,你们家秦裕知道我们烟烟有男朋友,还死缠烂打地又是送回家,又是送蛋糕的,所有同事都看着呢,没人瞎胡扯吧?这不,我们烟烟拒绝了他没两天,得,您这正主上位,掰扯出来又是另一套说辞,你们家秦裕这么会编故事,怎么不去当编剧啊!"

徐嘉璐被现场的状况搞懵了,她完全没有想到,自己跟朋友在背后说人坏话,居然就这么巧让人家正主儿听见了。

不过周围这么多同事都在看着,如果自己承认是在胡编乱造,以后在公司还怎么做人,她没有选择,只能厚着脸皮把谎圆下去:"难道不是吗?我们秦裕什么条件,她又是什么条件,我相信大家眼睛都是雪亮的,谁追的谁,还用我说吗?"

苏莞冷笑道:"你啊,还真别小瞧了我们家烟烟,大学里她也是C位出道拿下了我们校草的女人,你们秦裕又算哪根葱。"

霍烟实在受不了了，这样的场面实在太丢人了，苏莞是气昏了头才在这里和徐嘉璐这样的人比长短，犯不着，这是在降低自己的格调。

"别说了，大家都是同事，抬头不见低头见的，算了。"

霍烟拉着苏莞走出洗手间，周围看热闹的同事纷纷散去，假装各忙各的事情。

苏莞愤愤不平地说："那小蹄子也太没素质了吧。"

霍烟无奈地理了理她的衣领，语重心长道："所以啊，你要和她计较，只会自己惹来一身腥。"

苏莞看向她，穿着一身职业小套装，长发挽成了马尾扎在脑后，清爽又干练，面容一如既往的清新稚嫩，只是眼神中多了些许成熟的韵味。

"烟烟，我发现你稳重了不少嘛。"

"总要长大的嘛，谁还能一直当学生呢。"

苏莞说道："哼，那个徐嘉璐如果知道你男朋友是什么样的人，指不定是什么脸色呢。"

"别！"霍烟连忙道，"你可别带我寒哥哥下场，犯不着！"

"好啦好啦，你家寒哥哥是宝贝，得好好藏着捂着。"

霍烟使劲儿点头，职场就是这样啊，什么样的人都有，水平也是参差不齐，她可不想让傅时寒成为这些人背后嚼舌根的对象。

她的傅时寒，是她放在心底最珍贵的宝贝，绝对不允许任何人染指玷污。

虽然霍烟并不想带傅时寒下场，奈何男朋友太优秀，就算远在他方，存在感也是杠杠的。

那天早上，霍烟去市场部递交一份文件，听到好几个女生在议论某某微博营销号的事情。

"这也太帅了吧！"

"还上热搜了呢，甩网上一众娘炮小鲜肉几条大街啊。"

"天啊，简直就是我的理想男朋友形象，真硬汉。"

"得了吧，你又不是仙女。"

"喊，人家想想还不行啊！舔屏舔屏。"

霍烟有些好奇，脑袋凑过去，恰好看到屏幕上男人英俊的侧颜。

傅时寒头发剪短了，剃成了小平头，正从一架战斗机的机舱里下来，照片拍摄的角度是侧脸，虽然逆着光，但依旧能清晰分辨出他那英挺的轮廓。

一双内勾外翘的桃花眼，目光灼灼，眼角一颗浅红泪痣，为他那硬朗的轮廓又添了几分清隽。

他身着笔挺的深蓝制服，下身的黑裤紧扎他劲瘦的腰身，勾勒出他挺拔的身材。

第六章

霍烟手里的文件散落一地，满脸惊讶。

周围几个女孩笑了起来："小烟，你看他帅吧！"

"这……这什么呀？"霍烟不解地问。

女孩解释道："马上不是建军节了吗，这是空军第三部队的初次演习，今天军事网公布的第一批军容照片里，这位帅气的小哥哥真是闪瞎人眼啊，照片都在网上传疯了。"

照片里的傅时寒似乎注意到有人在对他拍照，他一只手捧着护目镜，另一只手竟然对着镜头做了一个比心的姿势，薄唇勾起一抹清浅的微笑。

然而就是这样一张照片，瞬间俘获了全网少女的心。

"他这是在对谁比心啊，苏死了。"

"肯定不是你啦，说不定是人家女朋友呢。"

"乌鸦嘴，长得帅的都上交国家了，哪有女朋友啊。"

"等等，难道没人发现他的无名指戴着戒指吗？"

"啊，好像真的是啊！哭了！"

霍烟心惊胆战地捂住了指尖的同款戒指，交了文件赶紧离开，临走的时候瞥见徐嘉璐，她似乎一直拿着手机，放大了反复看傅时寒的那张照片。

霍烟哆嗦了一下，回到自己的位置上，摸出手机，果然微博热搜排第一的话题就是——

#建军节最帅空军小哥哥#

话题被很多营销号转发，而军事网也将傅时寒这张照片作为正面题材进行报道，他灿烂阳光的微笑和一身正气的能量，的确很能代表当代军人的风貌。

霍烟看着照片里的男人，他幽黑的眸子里闪着光，灿烂的笑容一如既往，还是少年的模样。

他在对她比心呢。

/ 第七章 /

他在对她比心呢。

霍烟低头笑了起来,看着照片,满眼欢喜。

就在这时,耳边传来秦裕那阴阳怪气的声音:"看见帅哥就挪不开眼了?"

霍烟心说,我看自己的男朋友,关你什么事呢。

不过秦裕终究是她的顶头上司,这些话也只能在心底说说,她没有和他顶嘴。

"哇,你管得好宽啊。"隔壁桌的苏莞说道,"爱美之心人皆有之,看帅哥也碍着你的事啦?"

秦裕轻咳一声:"没碍我的事,但影响工作了。"

苏莞抱着手笑了起来:"可我看你女朋友,整个早上捧着手机盯着人家男朋友的照片发呆,一脸的花痴相,你管天管地,怎么不去管管自己女朋友呢?"

果不其然,徐嘉璐茫然地抬起头,不明白大家为什么都看着自己,而她的手机屏幕上,果然是那张最帅空军的照片。

秦裕气得脸色胀红,转身回了自己的工作间,重重关上了门。

霍烟很无奈地看向苏莞,苏莞冲她嘻嘻一笑:"这种人,就得快速定位精准打击,你越忍让,他越得劲。"

步入职场这么长时间,霍烟那股稚气的锋芒渐渐收敛,可是苏莞却一点没变,过去怎样现在还怎样,不过她的确有无所顾忌的资本,谁让公司老板都要让着她一些呢。

不过偏偏是这样一个较着一口劲儿从不忍让的姑娘,偏偏这些年只对某个男孩牵肠挂肚,百依百顺。

几天后的一个下午,霍烟扎着马尾,戴着大框眼镜,埋头于一堆繁复的数据代码中。苏莞好几次催她去洗手间补个妆,霍烟腾不出来手,只说:"补什么呀,我干不完今晚又得加班,不见人。"

"今天有大人物要来。"苏莞拎着自己的化妆包在她眼前晃了晃,"别怪我不给机会。"

霍烟知道她又在故作神秘,手在键盘上啪啦啪啦敲击出一串字符,漫不经心道:"就算是国家领导人今天莅临咱们公司,我也绝不离开工作岗位半步!"

"好!有志气!"苏莞豪气干云地拍了拍她的桌子,"这可是你说的,

第七章

谁先溜号谁是小狗。"

霍烟心里笑话她幼稚,不再理会她,扶了扶眼镜继续扒拉自己的代码。

下班的时间眼瞅着要到了,有好些同事已经站起身开始活动筋骨,为下班做准备。而就在这时,落地窗边,有女同事突然惊呼——

"快来看啊,楼下捧花的男人好帅!"

此言一出,周围的几个女同事都好奇地凑了过去,叽叽喳喳议论开了。

"我去,没人觉得他和前几天的最帅空军小哥哥很像吗?"

"非常非常像啊!"

"同一个人吧?我的天,我想下去问他要联系方式了。"

"没看见他手里捧着那么大一束花吗?总不是送给你的吧,肯定是来接女朋友下班的。"

"对哦,他戴着戒指呢。"

"难道她女朋友在咱们写字楼,是谁啊?"

徐嘉璐抱着手肘,远远地凝望着傅时寒,冷言冷语道:"是谁都不可能是咱们公司的人。"

"也对,要是咱们公司的人,大家伙儿早就知道了。"

"那可不一定,霍烟不是说她男朋友是军人吗?"

有同事提到这茬,众人才望向霍烟,只见她正趴在苏莞的办公桌边,手里紧攥着她的浅绿化妆包:"救人一命胜造七级浮屠,你这是给你家和尚积德啊。"

"那不行。"苏莞死死抱着自己的化妆包,费劲地说,"别说那臭和尚跟我没关系,就算是有,咱们今天也得把话掰扯清楚了,刚刚谁言之凿凿地说国家领导人来了也不离开岗位一步,谁走谁小狗。"

"我是小狗,我小狗。"霍烟还冲她"汪汪汪"叫了几声,"化妆包借我,求你了,看在……看在我们大学四年同床共枕的份上。"

"不借,看谁都不借。"苏莞笑着故意说,"你素颜挺好看的,真的,你寒哥哥绝对不嫌弃,哈哈哈。"

俩人闹了会儿,霍烟还是拿到了化妆包,跑到洗手间快速捣鼓了一阵子,出来的时候精神十足,连眼睛里都有了神采,坐在办公桌边,焦灼地只等着下班时间。

徐嘉璐看着她,故意大声嘲讽道:"某些人是在搞笑吗?见着帅哥就犯花痴,还跑去化妆,人家会看你一眼?"

霍烟心情一片大好,懒得搭理她,只等下班时间一到,三下五除二收拾了自己的包,第一个冲进了电梯里,她既紧张又兴奋,还带了些近乡情怯的不安。

别是幻觉吧,他真的回来了?

电梯门打开的那一瞬,霍烟飘浮的一颗心才总算尘埃落定。

他手捧一束嫣红的花,站在门边的全身镜前,对着镜子整理自己的衣领和发型。

"哇,好大一只帅哥!"

傅时寒转身,却见霍烟站在离他十米外开的地方,背着手,冲他盈盈地微笑着。

他嘴角淡淡扬了扬,摸了摸自己头上的小硬茬,似乎还有些不大好意思。

毕竟已经好久好久,没见面了啊。

俩人在原地站了会儿,傅时寒将花放在边上,然后对她伸出手:"你……不想过来抱抱我?"

霍烟扑哧一声笑了出来,朝着他小跑过来,直接跳起来挂在了他身上。

傅时寒稳稳接住了她:"惊喜不惊喜?"

"吓死了都!"霍烟摸着他的脑袋顶上硬硬的小茬子,"头发呢?"

傅时寒颇为无奈地看着她:"对不起啊,剪了。"

霍烟抱着他的脑袋吻了一下,莫名心底涌起一股子酸涩之感,眼睛也跟着红了红。

"头发短了,你还……还变黑了。"

她低声咕哝着,听着竟然还有些委屈。

傅时寒心疼不已,只能连声道:"没保持住,丑到我媳妇儿了,对不起啊。"

霍烟又被他给逗笑了,捧着他的脸亲了亲:"一点也不丑,更有男人味了。"

傅时寒抱着霍烟,腾不开手,只能说道:"嘴,来一下。"

霍烟咯咯地笑着:"不要。"

他去啄她,她偏头躲开,笑意更甚。

"别闹。"傅时寒板着脸,又拿出了过往学生会主席的严肃调子,"亲一下。"

霍烟捧着他的脸,轻轻吻住了他的唇,傅时寒张开嘴迎接她的到来,不过因为这里是公共场合,所以只是与她双唇紧紧贴合厮磨了片刻,才意犹未尽地松开了她。

霍烟从他身上下来,傅时寒将那一大捧小雏菊的花束递过去:"昨天拿到休假,中午刚下飞机,回去洗了个澡便过来了,没来得及准备礼物,晚上吃过饭去逛街,补上。"

"好啊。"

霍烟黏着他的手臂,跟他贴着走,就像只黏人的小猫咪。

而傅时寒还像过去一样,接过了她的手提包挂在肩头,揽着她离开。

楼上一众围观的同事都惊呆了。

"居然真……真的是霍烟的男朋友,我的天啊!"

"他俩是结婚了吧?都戴戒指了。"

"霍烟这也太幸福了吧,那个军哥哥看她的眼神,温柔得都要融化了。"

| 第七章 |

"所以人家有这么帅的老公,会觊觎某些人的男朋友?我有些不信了。"

这话说出来,众人看徐嘉璐的眼神开始发生变化了,谣言也算是不攻自破。

站在落地窗边的徐嘉璐,手紧紧攥着文件袋,脸上愤懑不已:"长得帅了不起吗?现在这年头,拼的是实力。"

立刻有女同事指出:"昨天军事网有刊文报道哦,那个最帅军哥哥是新一代高空高速歼击机研发团队最年轻的设计师之一。"

虽然大家听得不是很明白,但是好像很厉害的样子。

徐嘉璐气急败坏,收拾了自己的东西离开了办公室。

傅时寒已经订了一家格调幽雅的西餐厅,两人坐在靠窗的桌边,一边欣赏夜景,一边美美地饱餐了一顿。

霍烟问傅时寒:"为什么要吃西餐啊,我还以为你会想吃火锅呢。"

傅时寒拎了拎自己的西装:"难得装一次,别浪费了。"

霍烟哈哈一笑:"好的好的。"

几分钟后,霍烟端着盘子坐到了傅时寒的身边去,抬眼望着他,问道:"男为悦己者容,寒哥哥是为了见我,特意打扮了来,还穿了最不喜欢的西装嘛。"

若非正式场合,其实他很少着正装,喜欢轻松随意的风格。

傅时寒扯了扯领带,让领口稍稍松了些:"没别的意思,听说某人在公司挺受欢迎,我来杀杀她的桃花。"

三言两语又把霍烟给逗笑了,反正他在身边,她笑的次数比这两年加起来都多。

"你怎么那么坏啊!"

"还有更坏的,要试试吗?"

"好呀。"

说话间傅时寒的手落到了她的腰间,轻轻捏了一下,附身凑近她耳畔:"明天请假吧,不用去上班了。"

霍烟说:"偏不。"

他湿热的呼吸拍打在她的耳廓边,霍烟耳垂缓缓挂上了红晕。

"你这次回来,留几天呢?"她错开了话题。

"请到三天假。"

"只有三天啊。"霍烟恋恋不舍地看着他,"我还以为至少得留个十天半月呢。"

傅时寒揉了揉她的小脑袋:"没那么自由,不过也快了,我写了申请,再有半年应该能调回江城,届时答应了丁教授,回来念他的研究生,以后就留在江城的空军总队。"

"真的吗?"霍烟惊喜地问,"只有半年了。"

"我什么时候骗过你。"

他从来不骗她,既然说到就一定会做到,霍烟一如既往地相信傅时寒。

"一定要好好庆祝一下。"

霍烟点了一瓶香槟,傅时寒睨着她红扑扑的小脸蛋,看得出来,她很开心。

霍烟打开香槟,给他倒了一杯,又给自己倒了一杯:"那你回来之后,我们就可以经常见面了。"

她脸上的笑容根本遮掩不住,整个人神采飞扬。

"不是经常见面。"

霍烟失望地问:"这样也不能经常见面吗?"

傅时寒碰了碰她的高脚酒杯,淡淡一笑:"是每天都可以见面,早上说早安,晚上说晚安,因为我们会成为夫妻,会白头偕老。"

霍烟心底感动,却还嘴硬道:"哦,你说成为夫妻就成为夫妻,什么便宜都让你占尽了,没这回事,我要考虑考虑。"

傅时寒莞尔,捏了捏她的小鼻子:"怎么看,都是你占我便宜比较多吧?"

"才不是!"

霍烟报复地捏着他高挺的鼻梁:"就你占我便宜。"

西餐厅里不少西装革履的男士和礼裙优雅的女士,能来这种高档餐厅消费的人群必然已经不再年轻,看着这小两口一顿饭吃得甜甜蜜蜜,倒是也心生几分羡慕。

就连边上的服务员,都忍不住拿眼睛去瞥他们,俊男靓女,赏心悦目。

男人看女孩的时候,眼里眉间的宠爱之情溢于言表,那女孩能笑得如此甜美,心底一定幸福极了。

"好了好了,别闹了。"傅时寒替她切好了牛肉,递到她的盘子里,"多吃些。"

晚上,霍烟带了傅时寒回了自己租住的公寓。房间一室一厅,屋子里东西虽有些多,但是并不凌乱,给人一种小家小室的温馨感。

傅时寒打量着客厅,沙发是非常舒适的沙床样式,内芯有细小颗粒,躺上去如陷入流沙之中,整个人深深凹陷进去,舒适惬意至极。

沙发上随意落着几本小说和杂志,他甚至能够想象夜间她独自一人,倚靠在沙发边看着书,缓缓入眠的情境。

即便独自生活,她也懂得享受生活的情趣,越来越像一个真正的女人。

霍烟洗完澡出来,看到他正在帮她收拾沙发上的书本,床上的衣裙也让他叠得整整齐齐。

这个温馨的小家原本是一个人的猫窝,突然多出一个大男人,便显得局促了许多。

第七章

傅时寒拎着她柔软的黑色连衣裙，拿到眼前，左看右看，仔仔细细地打量一番，然后评价了一个字："短。"

霍烟夺过小裙子，说道："上班又不能穿，这是平时跟苏莞林初语她们聚会的时候才穿一下的。"

跟闺密们在一起，难道还不能打扮打扮吗？

傅时寒看着性感紧身的小黑裙，说道："穿给我看看。"

不过还没等霍烟说话，他拎着她胸前的浴巾结，将她拉近自己，柔声道："算了，我还是喜欢你什么都不穿的样子。"

霍烟推开了他："你还是这么轻薄。"

傅时寒眼角噙着一抹微笑："你还是这么虚伪。"

霍烟攥着拳头捶他，这家伙部队练过两年回来，肌肉硬朗了许多，霍烟只觉得拳头生疼，他却浑然无事。

"要不要紧啊？"他嘴角绽开笑意。

霍烟将他推到浴室门口："洗你的澡吧，废话这么多。"

"我没有换洗的衣服。"

"还要穿衣服？"

霍烟问出这话，两个人同时沉默了几秒。

傅时寒眨了眨长睫毛，看着她，她也一脸无辜地回望了过去。

随后傅时寒一把将她抓过来，使劲儿揉了揉她的头发和脸蛋："跟我皮了哈。"

"哎哎！大佬，我错了，开玩笑的！"

霍烟挣开他的怀抱，转身拉开了抽屉，取出一套干净柔软的棉质睡衣："都给你准备了。"

傅时寒拿起衣服放在鼻尖嗅了嗅，这套干净的睡衣与她的睡衣放置在一起，也沾染了她身体的微香。

有家的味道。

霍烟推着傅时寒进了浴室，然后赶紧回房间，从柜子里取出了一套性感的小睡裙，在镜子前比了比，然后躲在被窝里飞速给自己换上。

睡裙是粉白的半透明纱织面料，流沙一般垂挂下来，若隐若现，透着一股犹抱琵琶半遮面的风光。

她红着脸，跳上床摸出手机，给苏莞发了一条信息："你给我买的这是什么呀！太露了吧，这跟没穿有什么分别！"

苏莞回道："情趣懂不懂，浪漫懂不懂，你一个谈了好几年恋爱的女人，居然要我一条单身狗来教。【疯狂翻白眼】"

"我……我懂情趣的，但这也太羞耻了！我跟他都快两年多没见面了，突然来这么一招……"

霍烟给她发去了一张"臣妾做不到啊"的表情包。

苏莞："小别胜新婚,哈哈哈,我还是个宝宝呢,溜了溜了。"

霍烟知道,苏莞那是个真宝宝,虽然做出一副老成的模样,不过所有的"课外知识"都是跟不良读物上学来的,坏得没了边儿。

正在她瞎琢磨之际,浴室门打开,傅时寒带着一身腾腾的热雾走出来,霍烟连忙钻进被窝里,将自己裹得紧紧的,只露出一双眼睛看他。

他下身穿了一条四角短裤,赤着上身,皮肤是健康的小麦色,肌肉线条更加流畅,而且肌肉量增多了不少,臂膀和背部看起来都极具力量感。

这两年,他肯定够辛苦的。

傅时寒用白毛巾擦了擦头,回身瞥了霍烟一眼,见她把自己裹成了粽子,随口问道:"你很冷吗?"

"呃。"

霍烟不回答,翻身过去背对着他。

傅时寒弄干了头发,便坐回到床沿边上,她明显感觉到大床被他的力量压得凹陷了下去。

"你……是在跟我玩什么游戏?"

傅时寒见她背对着他,蜷进被窝的模样,突然来了兴趣,拉扯她的被子:"捉迷藏?"

"哎哎!"

霍烟死命攥着被子:"谁……谁跟你捉迷藏,我就……"

她踟蹰着不知道怎么办才好,可怜巴巴地哀求他:"你把灯关了。"

傅时寒看了看身后的开关按钮,说道:"你自己过来关。"

霍烟知道他是故意要闹她,无可奈何,只好扯着被单掩住自己,挪着身子探出一条手臂过去关灯,却不想傅时寒突然掀开了被单。

她整个人就这样暴露无遗地展现在他面前!

霍烟惊吓不已,连连后退了,缩到了床边上,伸手捉住被单掩住了自己的身体。

傅时寒挑眉打量着她,目光带了深长的意味。

粉嫩的纱裙垂挂在她姣好的身体上,身形轮廓半明半暗,白皙的肌肤若隐若现。

是令他无数个夜里辗转反侧倾心思慕的美好身躯。

"你别看……"

霍烟羞红了脸,别开了目光,害臊不已。

傅时寒将她拉到自己身边,如此盛宴,他倒是并不急着享用,而是侧着身子,仔仔细细地打量着自己怀中的女人。

霍烟见他这样看着自己,似若有所思的样子,心下更加不安。

第七章

"你在想什么?"

"我在想……"他拖长了调子,"我在想你小时候的样子。"

他的手指尖落到她的鹅蛋脸边,轻轻勾勒下来……

"小时候你蹒跚走路的样子,被欺负了哭鼻子的样子,一块牛皮糖便能逗得你破涕为笑的傻样子……这两年来,我会反复地想,反复地想,把我所能回忆起来的你的每一个模样,都在脑海里过了一遍。"

霍烟钻进了傅时寒的怀里,他胸膛漫着男人的热温,烤得人暖烘烘。

"寒哥哥,我从来没有跟你说一声谢谢。"

谢谢你帮我那么多,谢谢你陪我那么长。

傅时寒嘴角微扬,低头轻轻吻住了她的额头,略微辗转,她睁着眼睛,看着他这些年越发成熟英俊的脸庞。

傅时寒轻轻一扯,纱裙发出一声"嗞啦"。

"喂,扯坏了!"

"所以你穿这玩意儿,跟没穿有区别?"

清晨,一缕阳光透过厚厚的窗帘缝隙斜入,正好落在霍烟的脸上。

霍烟转醒,摸到床柜上的闹钟一看,果然迟到了!

她四下里翻找着手机,开机之后,屏幕横出一条短信来自苏莞——

"不用着急上班啦,寒总刚回来,春宵一刻值千金,老板那儿我帮你请了三天假。"

霍烟松了口气,给她发了"谢谢"两个字。

昨晚她几乎没怎么睡好觉。

霍烟坐起身,浴室门正好被打开。

"醒了。"他充满磁性的嗓音传来。

霍烟连忙重新钻进被窝里,只露了一个眼睛,怯生生地盯着他。

她快被这个男人给弄怕了,现在看见他,就跟看见野兽似的。

傅时寒走到她身边,俯身轻轻吻了吻她的额头:"怎么,不认识了?"

"你……你太可怕了。"

霍烟害怕地往被窝里面缩了缩,一双幽黑明亮的眸子看着他。

他英俊的五官在晨光中透着某种柔和的气质,与夜里那拥有野兽般体力的男人判若两人。

他坐到她身边,将她连人带被子,整个兜进了自己的怀中,亲吻她的额头,完了不够,又吻她的脸颊、鼻梁。

"我老婆好可爱。"

他说这话的时候,感觉像个长不大的孩子似的,带了一点任性,抱着自己的毛绒玩具不肯撒手。

　　他刚刚刷了牙，嘴里带着薄荷草的味道。
　　"傅时寒，我……我要跟你谈谈。"
　　"嗯？"
　　傅时寒低下了头，莫名其妙地笑了起来，还收不住了。
　　霍烟推搡他，没有推开："你笑什么啊？"
　　他竟然莫名还有些脸红了："白天别说晚上的事儿，害臊。"
　　害……害臊？！
　　霍烟郑重其事地说："你以后不准那样了，哎……别笑！"
　　"好了好了。"傅时寒不笑了，转身拿了衣服给她换。
　　听到这话，霍烟才放心下来。
　　"来，我给你穿衣服。"
　　"谁要你给我穿……哎！"
　　霍烟将肩带捞上胳膊，回头问他："你会弄吗？"
　　傅时寒自信满满："当然。"
　　两分钟后，傅时寒败下阵来："算了，你还是自己穿吧。"
　　霍烟："……"

　　下午，傅时寒带霍烟去了一间咖啡厅，向南、沈遇然和许明意都来了。
　　霍烟惊讶不已，向南在江城，可是沈遇然和许明意都在深圳呢，这会儿怎么说聚就聚在一块儿了！
　　傅时寒解释道："老二老三今天早上到的，两年多没见了，他们很想我。"
　　沈遇然问许明意："你想他吗？"
　　许明意无辜地眨了眨眼睛，然后用手指头按住脸颊两侧，上拉，捏出一个笑脸来："老四，我——好——想——你——哦。"
　　霍烟哆嗦了一下，这些家伙，还是一如既往地冷幽默。
　　一点都不好笑！好吗！
　　向南穿着休闲款的西服，若是不笑，高冷严肃的模样俨然是霸道总裁的范儿，只是时不时低头微笑，依旧如过往般谦和温煦。
　　霍烟低声问傅时寒："许明意要回来，你怎么不提前告诉我啊？"
　　傅时寒说："你要给好闺蜜通风报信？"
　　霍烟："不可以吗？"
　　他宠爱地摸摸她的脑袋："可以，你想做什么都可以。"
　　于是霍烟站起身："我出去一下。"
　　就在她转身要走的间隙，许明意突然拉住了她的手腕。
　　霍烟不解地回头，许明意正仰头看她，内双的眼睛里涌动着波澜。
　　沈遇然挑眉一笑："老二，说话就说话，动手做什么，寒总边上看着呢。"

第七章

许明意放开了她，又深深地看了她一眼。

霍烟知道他的意思，她又望了望傅时寒，终究还是坐了下来。

算了。

许明意见她坐下来，仿佛是松了口气。

几个男人聊了这两年多的工作经历和发生的好玩的事情。向南进了自己家里的集团企业，而许明意和沈遇然在深圳的游戏公司，似乎也小有成就。

几人聊天依旧是插科打诨，三五不着调，关系还跟过去在大学里一样，几乎没有什么变化。

霍烟心里揣着纠结，他们说什么她也听不进去，一直在纠结要不要告诉苏莞。

"和尚回来，待几天啊？"

"只请到一天的假，明天下午回去。"

霍烟心一横，必须得说，苏莞才是她铁打的好姐妹，许明意回来这么重要的情报，她知道了不说，苏莞回头得捏死她了。

霍烟小心翼翼看了许明意一眼，摸出手机，打开了微信。

许明意卷曲的刘海下，一双眼珠子时不时就要落在霍烟身上，谨防着她有什么行动。见她摸出手机，果然就伸手来夺，霍烟早有防备，径直躲到了傅时寒的背后："老公救命啊！"

傅时寒替她挡了挡，笑说道："老二，你给我规矩些。"

许明意当然拗不过傅时寒，讪讪地坐下来，一双眼睛不甘心地看着她，有威胁警告的意思。

霍烟假装看不懂，摸出手机说道："我……我不做什么，我玩游戏。"

她靠在傅时寒的肩膀边，默默地打开了相机，想要偷拍一张给苏莞看。

为了不让许明意怀疑，她故意打开了连连看游戏的背景音乐。

然而，当她按下拍摄按钮的时候，伴随"咔嚓"一声响，闪光灯竟然亮了！

霍烟脑门一炸，瞬间凌乱。

许明意低着头，手反复地摸着自己的额头，一脸无语，不想看她，不想和她说话。

"能绝交吗？"

傅时寒也很无奈地回头，冲她比嘴型："还能再明显一点吗？"

他都没法帮她圆了，太笨了吧这家伙。

霍烟躲在傅时寒背后，汗津津地点开微信，将刚刚拍到的许明意的照片发给苏莞："这可是小姐姐冒着生命危险给你偷拍的一张，结果还让他发现了，你没看到，和尚脸色难看到简直要杀人了，如果我今天回不来，记得每年清明节来看我！"

隔了几乎有五分钟之久，苏莞才轻描淡写地回了句："已阅，退下。"

霍烟："……"

两分钟后,她又给苏莞发了一条信息:"你来吗,我们在梧桐树咖啡厅。"

"朕很忙。"

"哦。"

她心想,苏莞应该是真的放下了吧,其实这样也好,大学那阵子她简直就像中了许明意的毒,尤其是分手那阵子,每天跟个神经病似的,话不能说重,也不能提许明意,连带着许嵩、黄晓明、创意、满意、意大利……都不能提,一提就掉眼泪。

现在她能走出来也是好事。

霍烟放下了手机,专心致志地听几个男孩聊天。

许明意那埋在卷毛刘海下的眼睛,黑溜溜地跟着她,她喝咖啡,他就盯着她的手,她拿起手机,他的目光立刻落到手机屏幕上。

寸步不移的目光,盯得霍烟心里毛毛的,索性摊开了说:"苏莞不会来的,你别看了。"

被戳破心思的许明意端起咖啡,喝了一口,然后漫不经心问沈遇然:"苏莞是谁,我认识吗?"

沈遇然毫不留情拆穿某个演技派:"是你前任。"

许明意没想到他会这样不配合,轻咳了两声:"哦,她最近还好吗?"

霍烟说:"已经结婚,娃都五个月了。"

"哐啷"一声,许明意手里的咖啡杯掉在了地上,碎成几片。

他眼眶一下子就红了。

许明意手忙脚乱地捡起咖啡杯碎片,扔进垃圾桶,霍烟注意到他俯身的时候,用衣袖擦了擦眼角。

骗人,好像不大对哦。

霍烟看向傅时寒,他冲她耸耸肩,似乎在说,自己惹下的烂摊子,自己收拾。

"那个人怎么样?"良久之后,他又问。

霍烟:"我骗你的。"

许明意:"……"

他撸起袖子指着霍烟,冲傅时寒愤声道:"你这丫头不打不行了!"

傅时寒气定神闲地端坐着,稳如泰山:"你自己一惊一乍放不下,怪我丫头?"

霍烟躲在傅时寒背后,冲许明意吐了吐舌头。

许明意深呼吸,闭上眼睛平心静气地参禅打坐,再也不理会这些讨厌的家伙了。

咖啡厅绿植掩映,吊兰低垂,似乎有客人进来,霍烟不经意间抬头,差点把嘴里的咖啡喷出来。

第七章

只见进来的女人头戴夸张的遮阳帽,墨镜的镜面反射出金属的光泽,她穿的是一件非常凌厉的吊带配热裤,嘴上涂抹着哑光深红色口红,给人的攻击感极强。

不过霍烟还是一眼认出了她,正是苏莞。

不是不来吗?

这又是闹……闹哪出啊!

霍烟连忙站起身,冲苏莞不住挥手,奈何苏莞看都不看她一眼,当她不存在似的。

当然,也没有看许明意。

不过许明意的目光倒是一直紧紧跟着她,平静外表之下,内心波澜涌动。

霍烟见苏莞不理会自己,于是走上前去拍了拍她的肩膀:"小祖宗,你来这儿做什么啊?"

"两年多没见的老同学回来,作为东道主,我当然要请你们喝一杯。"苏莞转身对前台营业员说,"他们的账我来结。"

"女士您好,一共是三百零二十八。"

苏莞从包里摸出一张卡片递过去,这时候,许明意走过来,抽走了苏莞手里的黑色卡片:"不用你。"

他看了看那张卡片,是香港某银行的 vip 黑金卡。

苏莞小巧精致的脸蛋偏向一旁,扬着下颌,目光侧移,故意不看他。

许明意也在原地踟蹰着,欲言又止,脸微微有些泛红。

走过来的沈遇然随后打破了尴尬:"老二,干吗呢,快把卡还给人家。"

许明意这才回神,快速结了账,将卡片还给了苏莞。

"许老板下海挣大钱了,喝东西还要抢着付账,百年难得一见。"苏莞嫣红的嘴角绽开一抹夸张的微笑,"得,既然要请客,喝咖啡算什么,请我们去吃聚仙楼呗。"

聚仙楼是整个江城最高档的餐厅,即便只有两个人,一顿饭下来少则几千多则上万,这么多人,五位数肯定是免不了的了。

霍烟知道苏莞是在跟许明意赌气,走过来拉了拉她的衣角:"什么聚仙楼啊,难吃又贵,晚上大家定了吃火锅的。"

苏莞摘下了墨镜,看向许明意:"怎么说,去不去啊许老板?"

许明意回头看向朋友们:"聚仙楼,去吗?"

还没等众人摇头,许明意自顾自地说:"算了,你们的意见不重要,我出去叫车。"

众人:"???"

聚仙楼牡丹厅格调雅致,古风古韵,入门便是精巧翠绿的小桥流水假山

景观。饭厅旁侧有一面雕栏画屏,画屏边,一位打扮典雅的女人正在弹奏琵琶。

服务员毕恭毕敬地将菜单递到了每个人的手中。

霍烟翻阅着菜谱,昂贵的菜品价格让她望而却步,就算是一盘青菜都要几百块,倒不是吃不起,只是看这状况,今天是一定要许明意请客了,霍烟真是下不去手啊。

沈遇然翻来翻去,最后也只点了一杯白开水,闷闷地喝着。

气氛变得有些莫名其妙。

许明意见众人沉默着不说话,他望向苏莞:"你想吃什么,自己点吧。"

苏莞并不忙着点单,而是问许明意:"许老板这两年在深圳挣了多少钱,方便透露吗?"

许明意并不隐瞒:"我不是老板,给人打工,算上红利分成和其他奖金,有几十万。"

他很会挣钱,总能抓住一切可以利用的机会,比一般的毕业生更精明,挣再多苏莞都不会惊讶。

"挺厉害的啊。"苏莞冷笑,"今天这一顿,不会心疼吧?"

许明意如实回答:"心疼。"

苏莞鼻息间发出一声轻哂:"大家都是朋友,也没必要打肿脸充胖子,舍不得就直说,咱们挪地儿,也没人会见怪。"

霍烟连忙开口:"我想吃火锅其实……"

沈遇然也帮腔道:"那要不咱们就挪地儿吧,听说这里的菜其实并不好吃,也就吃个排场,大家都是好朋友,没必要这样。"

苏莞遥遥地望着许明意,等待他的回答。

许明意抽出纸巾擦了擦手,说道:"很奇怪对不对?虽然心疼,但你要是想吃,我也舍得。"

这句话说完,满桌悄无声息,大家眼观鼻、鼻观心,假装什么都没听见。

只有边上的琵琶女,款款地弹奏着一曲《阳春白雪》。

霍烟发现,苏莞的眼眶明显是红了一圈,她将厚重的牛皮菜单重重地拍在桌上,拿起包起身离开了座位。

许明意跟着便追了出去,苏莞出门前愤愤地瞪他一眼:"许明意,不准跟着我。"

许明意蓦然停下脚步。

苏莞杀气腾腾地离开了包间,一口气跑出了聚仙楼,站在车水马龙的街边,心里一阵锥心刺骨的难受。

霍烟追出来的时候,看见她蹲在街边,昂贵的手提包也掉在地上,她抱着自己的膝盖,将脸深深地埋了进去。

霍烟蹲下来,轻轻拍了拍她的背,柔声安慰道:"没事了。"

第七章

"对不起。"她带着哭腔跟她道歉,全身颤抖得厉害,"对不起,我破坏了你们的聚会,我不知道自己为什么会变成这样,像个泼妇,变成了我过去最讨厌的那种人……"

霍烟满心难受,安慰她道:"没关系的。"

"我只是想引起他的注意,我不想让他讨厌我的,可是我不知道该怎么办。"

她抬起头来,眼泪将她的眼妆弄得黏糊糊的,鬓间的发丝也全部湿润了。

"来的时候我也想过,跟你们一样,心平气和地坐在一起,大家聊聊天,过去的事情就让它过去,谁还没个年少轻狂的时候,现在都已经长大了,哪怕当不了恋人,还能当朋友呢。可是当我进咖啡店看见他的第一眼,我就知道,完了,当不了朋友,除非他恨我,否则我便永远忘不了他。"

霍烟将苏莞的脑袋揽进自己的怀中,摸着她的头发低声安抚她:"没事的,过了今天就好了。"

"要是舍不得,那咱们就把他追回来。"

"宝宝乖,不要哭了,振作起来。"

晚上,苏莞洗了个腾腾的热水澡,早早地钻进了被窝,把所有烦心事全部抛诸脑后,什么都不去想了。

枕头下面,手机突然震了震。

打开,许明意的微信对话框跳出来:"我在你的酒店楼下,能上来吗?"

苏莞:"……"

她家住郊区,明天还要上班,也懒得回去了,索性在市中心的酒店开了一房间。

肯定是霍烟把她住的地方透露给了许明意。

苏莞看着信息,发了会儿呆,心跳也开始加速起跑。

这小子……还跟大学的时候一样,愣头青一个,没想过大晚上的要求进她的房间,孤男寡女会发生什么?

不过想想,以前作为男女朋友交往的时候,他甚至连她的手都不敢碰,现在借他十个胆子,他又能做什么。

以前霍烟就说过,这和尚一只脚涉足红尘,另一只脚迈入空门,当真没错,那股禁欲的劲儿,跟真和尚没什么两样。

手机再度震动了一下,他继续道:"我明天就走了,下次再回来也不知道是什么时候,想和你聊聊。"

苏莞没有废话,直接给他发了房间号。

五分钟后,门铃响了。

苏莞打开房间门,门外的许明意穿着黑色的休闲 T 恤牛仔裤,原本被她

的身体乳染得香香的房间,倏忽间带进来一股陌生的男人气息。

她穿的是单薄的黑色小睡裙,许明意目光四下里游走,却无论如何也不敢看她。

"我能坐吗?"

"自便。"

许明意在房间里兜了一圈,除了床以外似乎没见到可以落座的地方,于是他靠到了窗台边。

"毕业的时候我们都……不够成熟,很多事情也没有说清楚。"

苏莞冷笑:"挣了几十万,就成熟了?"

她也不想阴阳怪气地说话,可她就是控制不住自己。

许明意沉默了许久,才缓缓说道:"我们之间……差距太大了。"

天堑之隔。

苏莞坐在床边,情绪有些绷不住,凄声质问:"这能是我的错吗?"

"不是你的错。"许明意说,"是我当初昏头了,什么都没考虑好,就贸然答应你,给你带来那么多痛苦。"

苏莞的手紧紧攥住床单,扯出一道道褶皱:"所以你今天过来,是想告诉我,你后悔的是跟我在一起,而不是跟我分手?"她的声音十分平静,平静中却透着某种绝望,"许明意,我没见过比你更王八蛋的男人。"

许明意的呼吸十分滞重,听得出来,他鼻炎似乎又犯了,说话也带着瓮声瓮气的鼻音:"明天我就要走了,刚刚想了很多,我怕以后没有机会告诉你,也怕下一次再见面的时候,就像霍烟今天开玩笑说的,说你已经结婚了……"

"你到底想说什么?"

他抬起头,看向苏莞:"我大学毕业的时候,欠了不少债。"

苏莞愣了愣:"你欠了钱?"

她竟全然不知。

"到底是怎么回事?"

"那时候一心创业,又没什么经验,被人骗了。"

苏莞恍然想起来,那段时间他和沈遇然俩人好像是在弄什么APP,后来又没弄了,还以为是一时兴起闹着玩,没想到居然会这么严重!

"那时候太想成功,急于求成。"他垂着头,卷曲的刘海掩着眸子,徐徐讲述着当年往事,"如果能成功,我可以赚到一大笔钱,我本来……是想等毕业晚会的时候,向你求婚。"

苏莞如遭雷击,他想向她……求婚……

可是她等来的却是他日渐的冷淡和晚会上醉酒之后的骤然分手……

"你到底欠了多少?"

许明意道:"向南帮了我一把,还了一部分,算借我不要利息的,还有

第七章

十多万，利滚利成了几十万，这两年我几乎不要命地加班兼职，挣的钱全都搭进去了，昨天刚刚还掉最后一期贷款。"

苏莞的眼睛红了，控制不住自己嘶声冲他吼道："觉得自己特男人是吧！为了不连累我，跟我分手，你知道这两年我怎么过来的！许明意，我恨死你了！"

许明意小心翼翼地抬头看她一眼："莞莞……"

"好了，你要说的我都知道了，现在你可以走了。"

许明意没有动。

"现在告诉我这些，想怎样，让我原谅你？"她态度强硬起来，"做梦吧许明意，我不会原谅你的，永远不会，你走吧，我不想再见到你了！"

"那……我走了。"许明意顿了顿，终究还是离开了房间。

苏莞胸口起伏，大口地喘息着，靠着墙坐了下来，眼泪跟着又滚了出来。

怎么让他走了呢。

明明还那么放不下，怎么能让他走了，这两年，她多么想他啊！

"叮咚"

门铃又响了，门外传来许明意的声音："抱……抱歉，我有东西落下了。"

苏莞使劲儿擦掉眼泪，打开门之后，转过身背对他："拿了快走。"

许明意没有动，苏莞侧过身瞥他一眼，他愣愣地站在原地，看着她。

"你……"

话音未落，她已经被他拉入怀中，紧紧地抱住了。

他的怀抱散发着灼烫的温度，硬邦邦的肌肉感紧紧压迫着她，呼吸都变得有些困难。

他身上还是那股熟悉的味道，闻着很让人安心。

苏莞用力推了推他，没推开。

就连谈恋爱最亲密的时候，他都没敢碰她，牵个手都要冒一身冷汗的大猪蹄子，现在居然还敢来硬的。

其实硬推，还是推得开的，但是苏莞没舍得下狠手。

"这些年满脑子没别的事情，越早还了钱，就可以越早些回来找你，哪怕废掉半条命都没关系，其实我特别怕，怕你已经不爱我，怕你不等我或者喜欢上别人。"

"总是你以为，你以为……你以为的这些就是我想要的吗？"苏莞愤愤地说，"我知道你骄傲，不想跟钱有关的任何事介入我们的感情，所以你最后想出的办法是跟我分手，事情解决完了，又巴巴回来跟我和好，许明意，我苏莞就算……就算再喜欢你，也不能由得你这样伤害我。"

"对不起。"

"对不起无效。"

苏莞还是忍痛推开了他，强忍着眼泪说："你走吧，真的，我不想再回

到以前了,现在我过得很好,上班努力工作,下班回家刷剧,还养了猫,生活特别开心,而你……已经不在我的人生规划中了。"

许明意的手攥得紧紧的,声线有些沙哑:"我郑重地请求你再考虑考虑,现在不用回答我,你……考虑清楚之后再……"

苏莞笑了笑:"就不用考虑了吧,我爸妈昨儿还提了给我相亲呢,对象是我现任老板,我们青梅竹马长大的,特别好,真的,他从小就特别照顾我,就像傅时寒对霍烟那样。"

许明意深埋刘海之下的那双黑眸闪过一丝黯然:"他……比我帅吗?"

"许明意!"

"算了,我不问了。"许明意低着头,失措又落寞,从自己手腕上摘下一串洁白的小海螺手串。

这是分手的时候,苏莞赌气还给他的。

他一直戴在手上从没取下来过,哪怕被公司同事嘲笑是娘炮,他也没取。

小海螺手串已经有些旧了,不再有光泽。

他将它送到苏莞手边,声音哑然:"你要不喜欢,就扔了吧,但是别还给我了。"

他说完,转身离开了房间。

/ 第 八 章 /

第二天中午,苏莞经过霍烟办公桌,脚步顿了两三秒,又倒了回来,诧异地问:"你怎么来上班了?"

霍烟噼里啪啦敲着键盘:"我怎么不能来上班了?"

"今天不是……"

"许明意今天下午的火车,傅时寒送他去了,他们哥们之间还有悄悄话讲,我就回来把这两天的工作补上。"

苏莞扬了扬下颌,表情不自然地说:"……谁问他了。"

"那许明意临走的时候,留给你的话肯定也不想听了?"

"不想听不想听,啰里啰唆的,那天晚上有什么话我都跟他讲清楚了,没别的好说。"

霍烟耸耸肩,做无奈状:"好吧,不想听就算了。"

苏莞别别扭扭地回了自己的办公桌,时不时抬起头来偷瞥霍烟。

霍烟埋头敲键盘,漫不经心喃喃道:"某人说过不感兴趣哦。"

"哼!"

……

有同事过来找苏莞做事,苏莞也跟吃了炮仗似的,端着键盘道:"没看见我在忙啊!没空!"

终于,在她气急败坏地折磨了键盘半个小时后,霍烟将一张银行卡递到了苏莞桌边:"喏,他临走的时候给你的。"

"这是什么?"

霍烟说:"某个你并不感兴趣的人的工资卡,能让那一毛不拔的铁公鸡主动交出工资卡,足以证明真心。"

苏莞撇撇嘴,指尖划过银行卡平整的边缘,故意装作毫不在意,说道:"你是收了他五毛钱的水军吗?这么替他讲话。"

"喊,他五毛钱都舍不得出好吧!我这是自来水。"霍烟说,"欠债的事情我的确不知道,昨天傅时寒才一五一十告诉我,说那时候他整个人都垮了,这些年攒的所有积蓄都砸里面了,这个平时超市买东西连两毛钱口袋都舍不得要的男人,所有积蓄血本无归,几乎一无所有,那样的情况,你能想象吗?"

苏莞的心像被针刺一般,细细密密的痛感漫遍全身。

她能想象,这几乎可以整个毁掉他。

丧失勇气,丧失信心,丧失所有的一切。

可那个时候的许明意,是准备要向她求婚的啊!

"往事不可追,你就别想了,至于现在……原谅他,皆大欢喜;要是不想原谅,就好好过自己的生活,反正卡先收下,横竖不吃亏。"

苏莞:"……"

"看我干吗,谁还能跟钱过不去吗?"霍烟笑眯眯地将卡放到她的衬衣衣兜里:"密码是他跟你第一次牵你手的日子,如果你还记得的话,里面每个月源源不断汇入的钱,就都是你的。"

苏莞:"……"

看着她为难的模样,霍烟愣了愣:"你不会忘了吧?"

还……真不记得了,谁会记这种事啊!

苏莞开始摸出手机翻自己的微信,想看看自己当时有没有发朋友圈留念。

十分钟后,她绝望地说:"完了,真的忘了。"

霍烟:"要不,你打电话过去问问?"

苏莞:"……"

那她成什么了?

两个月后,霍烟收到空军演习观礼的邀请通知,作为士兵家属可以前往边境P城参观大阅兵典礼。

这也是霍烟第一次来到傅时寒所服役的空军军区,军区位于高地郊野,视野辽阔,以机场为中心建设而成。

霍烟坐在吉普车里,探出脑袋四下观望,一路可见都是辽阔无垠的戈壁沙漠景观,还有那一簇簇挺拔的胡杨。

带霍烟进来的小兵名叫周小杭,一个看起来愣头愣脑的小伙子,脸上挂着两坨高原红,皮肤黝黑泛红,性格特别开朗、健谈。

"嫂子,你就叫我小杭好了。"

这一声"嫂子"叫得霍烟心里挺舒坦:"小杭是哪里人啊?结婚了没有呢?"

"哦,我就是这草原上的人。"周小杭见霍烟对自己有兴趣,连忙从怀里摸出一张照片递给霍烟看,"这是我女儿,可爱吧。"

照片里是一个容颜和善的女人,揽着两个双胞胎女孩,笑容和煦。

霍烟惊呼:"双胞胎女儿啊!你这也太有福气了吧!"

周小杭害羞地笑了笑:"是吧,我也觉得,我媳妇儿特别好,今年我跟傅时寒一起写了调职申请,到时候就回家乡去,跟我老婆媳妇儿好好过日子。"

看着他满怀期待的微笑,霍烟心情也觉得一片大好,她已经开始在脑海中憧憬未来与傅时寒两个人的生活。

第八章

应该……也不会有太大的改变，这么多年都相伴走过来了，他对她的好，是好到骨子里，当然也坏到了骨子里。

每天吵吵嚷嚷，热热闹闹便是一辈子的烟火人间。

"我跟傅时寒是同一个时间进来的，他本事可比我大多了。"

一路戈壁，看多了也觉得枯燥乏味，周小杭索性便给霍烟讲起了傅时寒在部队的事情。

"一开始，我以为他跟我们一样，都是什么都不懂的新兵蛋子，除了长得好看些，没别的本事，呵，没想到刚进部队不到三个月，居然破格直接调入了歼击兵团的技术部，跟着一帮老前辈们开始研发高空高速歼击机，听说新一代的雷达导航系统就有傅时寒的主要贡献。我去，这么厉害的新人，几十年也没出一个啊。"

霍烟心里喜滋滋地，她特别喜欢听别人夸傅时寒，虽然从小听到大，但就是听不腻。

臭小子，真行啊。

"你好像很崇拜他？"她笑问道。

"何止崇拜啊。"周小杭拍了拍自己的心口，"我对他那简直佩服得五体投地，我就恨自己是男人，下辈子我要投胎当女人，我铁定……"

"别！"霍烟连忙止住周小杭的话头，越说越朝着奇怪的方向发展了。

"你还不知道这个呢。"周小杭继续讲述道，"在技术部做了大半年，在一次全军高空实弹演习中，打黄金狙靶，全军就他一个人，靶靶命中弹无虚发，就连经验丰富的老兵都做不到这种程度，这意味着什么你知道吗？"

霍烟摇了摇头，周小杭眼睛里冒出了光芒："他就是个天才！压根就不是正常人，天才中的天才，神仙！"

霍烟忍俊不禁："没……没这么夸张吧。"

"真的！"周小杭那高山仰止的崇拜神色，溢于言表，"他太厉害了，绝对不是凡人，跟他在一起，我真的感觉自己渺小，你都不知道，我们部队的女兵，一个个迷他跟偶像似的。"

"嗯？"霍烟非常会抓重点，"很多女兵喜欢他？"

周小杭愣了愣，恍然意识到自己好像说漏嘴了："这个……也还好啦，虽然喜欢他的女孩真的不少，但是傅时寒都不看她们的。"

还算安分。

霍烟其实也想开了，以前在学校里，喜欢他的女孩还少吗。优秀的男人无论走到哪里都会发光的，就连周小杭都成了傅时寒的迷弟，更别说那些女孩子们了。

"他在部队就没犯过错？"霍烟对这个比较感兴趣，"不至于吧，有时候他性格还挺倔的。"

周小杭仔细思忖了一下,说道:"还真有这么一件事儿。"

霍烟脸盲催促:"快讲讲。"

周小杭回忆道:"刚进部队的时候,统一要求是剃平头,结果新兵训练的时候,只有傅时寒腰椎间盘突出,那一头帅气的黑短发迎风招展,清爽飘逸,英俊不凡。"

霍烟:"……"

听周小杭这形容词,就知道他有多"迷恋"傅时寒了。

"然后腰椎间盘突出同学被教官逮出来了。"霍烟笑着说,"没少吃苦头吧?"

"反正是被罚得够呛,教官严令申斥让他晚上回去必须把头发给剃了,但是第二天,他还顶着那一头飘逸短发出现在队伍里。"

周小杭的眼神里带了些悲壮之色:"教官对付这些不听命令的新兵蛋子也有自己的法子,反正那天傅时寒是被折磨得够呛,半夜回来脸上身上都挂彩了,胳膊酸得抬都抬不起来,结果第三天……他居然还是那个样子。"

霍烟渐渐有些笑不出来了。

"教官当时就让后勤部的同志拿了剃刀过来,当场给他剃头发,结果你猜怎么着?他一个过肩摔加擒拿手,只用了五秒钟就把人家后勤部的同志给收拾了。"

周小杭依旧是满脸的崇拜,感叹道:"真有勇气啊。"

"后来呢,头发怎么剃了?"

"骂也骂了,罚也罚了,就是没用,头可断血可流,傅时寒就是不肯剃头。最后还是几个上级领导给他轮番做思想工作,关小黑屋劝了小半月,才逼着把他这一头短发给剃了。"

周小杭摇头,啧啧感叹:"剃头那天,他一晚上没睡觉,摸着自己的头发,嘴里叨叨着什么对不起要失信了,我看他那眼神,估摸着……是想家了。"

"在兵营里谁不想家啊,没见有胆子这样借题发挥的。"

周小杭絮絮叨叨的说话声霍烟已经听不见了,她当然知道傅时寒为什么不愿意剪头发。

因为霍烟喜欢他的头发,所以那一头飘逸清爽的短发,他留了四年。

每次去理发的时候,他都要一再告诫理发师,上端的头发不能削剪太多,一定要留够长度。

后来学校理发店的 Tony 老师都认识傅时寒了,每次来剪头发的时候都会开他玩笑说,我拿尺子给你量着呢,保证留够长度让你回去跟女朋友交差。

傅时寒那时候也只是笑笑不言语,不过清浅的微笑里含着蜜糖般的宠爱之色,任谁都觉得甜。

头顶上传来轰隆隆的噪音,听得人耳膜发胀。有几架战机凌空盘旋,飕

第八章

飕的凛风刮得人睁不开眼。

很快,吉普车驶入了住宿区,路上行人也渐渐多了起来,男女老少皆有,小孩蹲在路边玩耍,女人晾晒着衣裳和军绿色的被单……

周小杭带霍烟来到一间公寓门前,边走边介绍道:"这次大检阅,来了不少军官家属,跟你一样,他们都住在生活区。傅时寒现在还在训练,待会儿训练结束之后就会过来,嫂子你要是有什么问题,可以找楼下后勤部的阿姨。"

"好的,谢谢。"

周小杭正要离开,霍烟忙叫住他:"小杭,你等一下。"

"嫂子还有事吗?"

霍烟打开了自己的行李箱,从里面取出了两个芭比娃娃的玩偶,递到周小杭手边。

"傅时寒电话里跟我提过你,你帮了他不少,我来的时候一个人,也提不动什么礼物,这个小玩意儿是我平时做着玩儿的,你有两个女儿,送给她们。"

周小杭眼前一亮,激动不已:"嫂子你还给我带了礼物的啊!哎呀真是……怎么好意思呢。"

"我想着小女孩大概会喜欢这些。"

"我女儿最喜欢这些小娃娃,谢谢嫂子了!"

周小杭接过了芭比娃娃,发现这玩偶还挺沉的:"怎么这么重啊。"

"我在里面加了一个小型智能系统,能跟人对话的。"霍烟按下人偶背后的按钮,教他启动,"都是比较简单的对话,再复杂的我也做不好了,这是傅时寒的专长,他做的机器人个个跟成精了似的,你要是感兴趣,可以让他再给这玩偶升级一下。"

"你俩……你俩真行!"周小杭感动又惊喜,"难怪能凑一对儿呢,嫂子也是深藏不露的!"

"哪有这么厉害。"霍烟笑着,"一般般厉害了。"

周小杭坚持:"在我心里,能跟傅时寒凑一块儿的都不是凡人。"

送走了迷弟周小杭,霍烟环顾这间一室一厅的小公寓,陈设简单,不过还算干净,独立卫生间,里间卧房摆着一张干净的大床。

她将自己的衣物和洗漱用品从箱子里收拾出来,那个小白熊机器人傅小寒 2.0 她也带着。

傅时寒离开的时候,又给机器人系统进行了优化升级,增加了不少新功能,这些年霍烟带着它,随身不离,倒是也很能解闷。

"老妈,我们到了吗?"

"到啦。"霍烟将傅小寒拿到柜子边,给他插上了 USB 充电器。

"老妈,我听到外面有人说你坏话。"

"嗯?"

"真的,我听到了,说你坏话,快出去怼她!"

霍烟打开房门,只听楼道转角边,传来了一个女人尖细娇俏的嗓音:"她来了吗?我要见见她,长得比我还漂亮吗?"

"哎哎!你可别胡来,人家风尘仆仆一路赶来,这才刚到呢,小祖宗你就这么跑过去,多没礼貌啊!"说这话的是周小杭。

"我就在窗边望一眼,又不做什么,怎么就没礼貌了,再说了,干吗这么遮遮掩掩小家子气,不会是长得太难看不好意思出来丢人现眼吧?"

"别胡说了,嫂子人美心善,是个顶好的人。"

"不准你叫她嫂子!"女人的声音变得尖细。

周小杭有些不满地说:"人家本来就是傅时寒的未婚妻,你这样闹,只是自取其辱罢了。"

"好你个周小杭,你竟然这样跟我说话,你跟她才见面几个小时啊,你就站在她那边了!"

周小杭小声嘟嘟囔囔说:"就算是首长的女儿,也不能为所欲为吧,人家都订婚了,你还能怎么样?"

"订婚又不是结婚。"刘卉卉满不在乎地说,"没结婚就什么都不是。"

"你真任性。"

"你手里拿的是什么?"

周小杭连忙后退:"这是嫂子给我女儿做的小娃娃,不能给你看,省得你给我弄坏了。"

"这么宝贝,一个破娃娃而已,能怎么弄坏!"

周小杭得意地说:"什么破娃娃,这是机器人,我嫂子亲手做的。"

"她做的?"刘卉卉皱眉,一把将小芭比娃娃夺过来打量着,周小杭连忙护着,生怕她弄坏了。

"你小心点,这是高科技,别磕着碰着了。"

刘卉卉把玩了片刻,一脸不甘心地将芭比娃娃扔给周小杭:"不就是会说话吗,什么高科技,骗小孩子的玩意儿,玩具店里一抓一大把,谁稀罕。"

周小杭笑着说:"嘿,我还真挺稀罕的,玩具店里买的能跟我嫂子亲手做的一样吗,别说,人家傅时寒厉害,嫂子也不差,都是人才。"

刘卉卉不甘心地往走廊走去,说道:"我倒要看看,是什么了不起的人,能让傅时寒这样念念不忘。"

然而她刚拐过转角,霍烟便出现在她的面前,令她猝不及防。

虽然入了夏,高原依旧凉爽,霍烟穿着一条内敛的黑色连衣裙,黑丝袜花和长筒靴配出优雅的气质,长款小香风外套随意地披在肩上,显出淑女气质。

而与她一比,刘卉卉今天故意盛装打扮的蓬蓬裙,则明显要老土许多,

第八章

无论是气质还是品味,都输给了霍烟。

刘卉卉因为父亲工作的缘故,一直居住在高原上,皮肤有些不合年龄的粗糙感,脸蛋上也挂了两坨绯红。

不说别人,就是她自己,在见到霍烟的第一眼,便被她那白嫩的肌肤惊艳了。

好白啊!皮肤就像能捏出水来似的。

"你好,我是霍烟。"霍烟淡淡开口,"傅时寒的未婚妻。"

她整个人散发出来那沉稳干练的气场,也让刘卉卉一时间不知所措,就像她面对傅时寒时的那种感觉,是一样的。

总觉得莫名……心虚,自惭形秽。

边上的周小杭都忍不住暗自感叹,这小两口就连气质……都这么相似。

刘卉卉在霍烟面前,平时的嚣张跋扈根本发作不出来,只能偃旗息鼓地说了声:"哦,你……你有什么需要就跟楼下后勤说。"

说完这句话,她慌张转身,逃似的离开了现场。

周小杭愣愣地看着霍烟,对她竖了大拇指:"嫂子牛。"

只用了一句话,居然能把一贯娇纵任性又没人敢招惹的刘卉卉大小姐逼得自惭形秽落荒而逃。

不愧是自小在傅时寒身边长大、由他一手调教出来的女孩啊,太厉害了吧。

黄昏时分,傅时寒刚结束训练,便马不停蹄来到了霍烟的公寓,人没在房间,傅时寒在顶楼天台找到了她。

她正倚靠在栏杆边,欣赏长河落日的夕阳美景。火烧云蒸腾了大片天际,蔚为壮观。

傅时寒走过去,自身后环住了霍烟,直接将她抱了起来,原地兜圈子:"媳妇儿来了!"

霍烟被吓得惊叫:"哎哎,放下我,好多人看着呢。"

傅时寒似乎心情很好,抱着她兜了好几圈。

楼下不少战友们见状,都惊呆了,很少见傅时寒能有这样发疯的时候,看来未婚妻过来,他是真的很高兴啊。

霍烟被他旋得头晕,好不容易落地,又被他抱住了纤腰。

她微微侧头,感受到他落在她颈项边那深长的呼吸。

"终于来了。"傅时寒用力抱紧了她,"想你想得要死,每天夜里都失眠。"

霍烟笑了起来:"过去两年,也没见你这么要命。"

"因为知道你很快就会过来,才每天都想,每晚都想,想你说话的声音,想你对我微笑的样子。"

傅时寒将脸深深埋进她后颈项的柔软发丝间:"真不知道这两年我是怎

么过来的。"

霍烟回过身,手捧起了他棱角分明的英俊脸庞,这些年他成熟了不少,不过在她面前,眉宇间总是免不了少年时的稚气。

他在跟她撒娇呢。

霍烟低笑了一声,踮脚吻住他的唇。

傅时寒也只能在她面前任性和放肆,因为无论是孩童时期,还是如今已经长大,她总是无底线地包容他。小时候使坏弄哭了她,一个牛皮糖就能哄回来,而长大之后,他每每使些出格的坏点子,霍烟嘴上说不要不要,但还是由得他胡来了。

这一个吻,傅时寒还真没敢乱来,楼下他的战友们,还有战友家属,还有领导……好多人都看着,他真觉得有些不好意思。

"走吧,我带你到处逛逛。"

他牵起了她的手,带她参观机场、靶场和营区,当然都只是可供开放的部分。

部队的同志几乎都认识傅时寒,这匹从新兵里杀出来的黑马,入伍不过两年多,晋升之快令人咋舌。

当然他也有让人心服口服的本事。

不过这男人从来严肃,鲜少见他流露出这般温柔的表情,牵着自己的未婚妻,款步踱着草坪,附在她耳畔低声细语,说出的话逗得她咯咯笑。

俩人恩爱散步的模样,也引得周围好些女兵心生羡慕。

傅时寒可是她们心目中的男神啊。他平日里虽然性格温和,却也难以亲近,与她们相处,他总是公事公办,多余的话一句都不会说,更不会胡乱开玩笑。

此刻,他竟然会如此温柔地对待另一个女人。

所以只要遇到对的那个人,什么高冷、什么男神……全都不存在,现在的傅时寒就是一个普通大男孩,一个见到自己心上人便将整个世界抛之脑后的男孩。

刘卉卉和几个女兵一块儿去吃饭,见到傅时寒和霍烟挽手进了食堂,脸上露出了不忿之色。

身边的女兵似乎对霍烟都十分感兴趣,问她道:"卉卉,你刚刚不是说去见见那女人吗?和她接触没,感觉怎么样?"

刘卉卉轻哼了一声:"不怎么样,只会扮柔弱扮可怜的那种。"

"啊,傅时寒的未婚妻原来是这样的女人啊。"

"现在男人不都喜欢这种小白花吗?你看她那楚楚可怜的姿态。"

"反正我肯定是做不到这样矫揉造作的。"

刘卉卉似乎心理得到了一点满足和平衡:"谁说不是呢,我最看不惯这种女人了,只知道依靠男人。"

第八章

周围人渐渐多了起来，几人便不再议论他人的长短，各自散了去。

晚上，傅时寒早早地拉霍烟回了房间，关上门便将她按在墙边，俯身轻轻吻住了她的脸颊。

面前那羞涩的女孩，是他无数个日夜里，朝思暮想的爱人。

傅时寒总感觉她的味道香香甜甜的，就像果糖，不知道女孩是不是都有这种味道，反正她总是让他觉得品尝不够，意犹未尽。

窗外传来了飕飕的风声，呼啸奔走，一道闪电划破夜的静寂，将整个房间都点亮了。

桌上的机器人傅小寒2.0发出一声："呜……"然后自觉地将自己的身体往后翻了个面，捂住了自己的眼睛，然后自动断电，可爱至极。

"傅时寒，我……本来有话要跟你说的。"

"嗯，说什么？"他痴迷的眼神凝望着面前的女孩。

"我想说，有你真好，还有一些准备的掏心窝子的情话，可是你这样……说不出口了。"

傅时寒："慢慢讲，我们还有一辈子那么长。"

……

霍烟是被一道轰隆隆的闷雷惊醒的。

一夜的雨疏风骤。

她已经做好了要与他结婚的准备，订婚的戒指戴了两年，现在总算时机成熟。

霍烟看着床柜边的机器人傅小寒，常常在想，如果将来真的有了傅时寒的孩子，会是怎样的一番模样呢。当然，霍烟更想要一个女儿，她知道，傅时寒一定会更疼女儿，就像小时候照顾她一样。

想到未来的这些事，一桩桩一件件，都让霍烟心底升起阵阵柔情蜜意。

未来可期，兴许就是这样的滋味吧。

霍烟伸手想要摸摸枕边人的头发，却发现枕畔空荡荡，她坐起身来，赫然发现傅时寒不见了。

米色窗帘透出一丝晨曦的薄光，隐约还能挺见天际闷雷滚滚。

霍烟匆匆踏上拖鞋，走到窗边，双手一展，窗帘打开了。不远处的停机坪，士兵们冒雨整队集合，已经有几架歼击机盘旋于高空，不知道出了什么事。

雨水哗啦啦，顺着窗户流淌。

霍烟本能地预感到不妙，连忙穿好了衣服，匆匆走出门去。

楼下，她拦住一个后勤部的工作人员："请问出了什么事，傅时寒呢？"

"早些时候防空警报你没听见吗，有几艘不明机体出现在我国边境上空，几次三番警告无效，对方甚至切断了通讯联络，现在正要派遣歼击机对其进行打击。"

他说完也匆匆离开,去忙自己的事情了。

霍烟也没怎么听懂,只本能地察觉到会有危险,她冒雨一路小跑,朝着停机坪跑去。

傅时寒换了深蓝色的制服,正要上吉普车前往停机坪,扭头却在网栏边发现了女孩柔弱的身影。

因为这边是军事区,她进不来,只能趴在栏边朝他所在的方向张望。

狂风呼啸,乱飞的大雨将她的身体淋湿,发丝凌乱地贴在脸上,小小的一只,看上去狼狈不已。

傅时寒对战友说了几句,便朝霍烟小跑而来。

"快回去!"他提了提声音,让自己听起来很是严肃,"这么大的雨,别站在这里了。"

霍烟无措地看着他,憋了好久,才低声说道:"你能不能……别去啊。"

她的担心和忧虑全部郁结在心里,又不敢表现得太害怕,这样不吉利,可是她没有办法放轻松。

刚刚一路过来,周围人都很紧张,说明事态很严重。

"傅时寒,你能不能别去,我求你了。"

看着小姑娘强忍眼泪的模样,傅时寒一颗心拧成了结,他将手伸出护栏,轻轻抚在她的脸蛋上:"很安全,烟烟听话,快回去,晚上我就回来了。"

"傅时寒……"她声音带着无助的哭腔和战栗,"你以前什么都听我的,这一次也听我的,好不好。"

"过来。"傅时寒伸手按住她的后脑勺,将她带过来,隔着护栏轻轻吻住了她的唇,带着安抚的意味。

霍烟闭上了眼睛,不让眼泪掉下来。

不能哭,不吉利。

傅时寒苦笑了一下,伸手抚摸着她的脸蛋:"烟烟,你想太多了,没那么严重,这样的任务过去经常会有。"

"……真的吗?"

"我什么时候骗过你。"

傅时寒捏捏她的鼻尖:"你知道,我一定要去的。"

他一定要去。

穿上这身制服,他便不是霍烟的傅时寒,而是国家的傅时寒。

曾经的少年一腔热血,梦中尽是戎马山河。

而如今的男人站在她面前,铁骨铮铮,要保家卫国。

她当然拦不住他。

这时候,身着制服的周小杭送来一把伞,从护栏间隙递给了霍烟:"嫂子放心吧,不会有事,我帮你看好他。"

《小温柔》春风榴火/著 天空安静/绘

| 第八章 |

霍烟为了不让傅时寒担心，擦了擦眼角，勉强挤出一丝微笑："你去吧，我不怕了。"
"嗯。"
傅时寒上车离开，隔着雨幕，女孩弱小的身影渐渐模糊。

霍烟心里七上八下，忐忑不安地等了一整天。
雨不知什么时候已经停了，天空依旧阴沉沉地压着大地，给人以难以喘息的沉重之感。
下午，已经有战机陆陆续续降落机场，霍烟就站在停机坪外一直等一直等，可是始终没有见到傅时寒的身影从机舱出来。
直到夜幕降临，才有一队人赶了过来，走在前面的似乎是领导的身份。
他们站在霍烟的面前，神情凝重，犹豫了半晌，才开口："您是傅时寒的家属吗？"
霍烟跟跟跄跄往后退了两步，脸上神情变得有些恍惚："不……不是，你们弄错了。"
众人表情越发凝重，刚刚开口的那位领导顿了顿，继续说道："是一起境外极端组织策划的入侵行动，我军与敌机在边境上空发生了冲突，傅时寒的战机被击中，高空坠落，落入了一片原始丛林中，现在生死未卜，我们正派人积极搜救，你放心，组织一定会尽最大的努力，把他带回来。"
他说的什么话霍烟早已经听不清楚了，只觉得耳畔嗡嗡作响，脑子轰然坍塌，那一瞬间仿佛灵魂都被抽空了……
"你们说的，我一个字都不相信，周……周小杭呢？他答应把傅时寒带回来的，他人呢？"
领导们面面相觑，说道："周小杭同志已经跟随第一批搜救人员出发了。"
霍烟跑回房间，重重关上门，将自己锁在了房间里。任谁敲门也不打开，她蜷缩在角落里，瑟瑟发抖。
说好了，你陪我长大，我陪你变老。
"你怎么能失约呢！"
她无助地给他发了好几条微信，期待他会突然回复她，告诉她自己一切平安。
手机屏幕一片黑暗，仿佛所有的音讯都被阻隔，她的心也一点点沉到了底。
就这样不知过了多久，兴许是午夜了。
霍烟摸出手机，颤抖地给许明意发了一条信息："请教你一个问题，你要老实回答我。"
许明意没有回复，或许已经睡着了。
"飞机高空坠毁，人生还的可能性有多大？"

屏幕上方显示对方正在输入……

两分钟后,许明意的消息进来:"几乎为零。"

霍烟放下手机,心里的最后一根线骤然崩断,她太阳穴暴起青筋,手掩住了嘴,极力不让自己哭出声来,可是胸腔里就像住了一只暴躁的猛兽,一直在嚎叫,几欲挣扎而出。

下一秒,许明意的消息再度传来:"当然,也不排除跳伞生还的可能性。所以这是什么脑筋急转弯吗?我答对了吗?"

"答对了。"她的手颤抖不已。

许明意发来了一个贱兮兮的笑脸:"既然你也睡不着,那我告诉你一个关于傅时寒的秘密吧。"

"好。"

"你记不记得,我们第一次见面,你丢了五百块钱,我捡到还给你。"

"记得。"

"其实吧,那不是捡的,我这人什么破铜烂铁都捡过,就是没那么好命捡到钱……那钱是傅时寒给你补上的,他说他见不得你哭,那天你丢了钱在小花园里哭,他回来的时候眼睛都红了一圈,哈哈哈哈绝对不夸张,那时候我都惊呆了。"

"当时我还笑他呢,为女人哭算什么出息,他说我懂个屁。"

"以前我不懂,现在懂了。"一无所知的许明意似乎也有些感伤,"你的难过在他心里绝对是十倍百倍地放大,这就是爱到深处,情难自禁。"

霍烟愣愣地看着许明意这段话,记忆回到了大一刚刚开学的时候,她丢了钱一个人蹲在田家炳大楼外面的小花园哭鼻子。

却没想到,傅时寒竟然看见了。

结识许明意的那五百块,其实是傅时寒给她补上的……

距离傅时寒坠机已经过去了一整夜,搜寻队已经派出去了好几波,在傅时寒坠机的坐标点四周搜寻。

终于在黎明的时候,有消息传来,说坠毁的机身已经找到了,机身上没有血迹,连尸体也没有。

而很明显,飞机周围曾有人活动的痕迹,而且不止一个人,很可能是埋伏在森林里的极端组织发现了坠机,过来搜索,带走了飞行员以及飞机上可用的设备。

但也还有一种可能性,是飞行员清醒之后,自行离开,寻找到更安全的地方躲藏了起来,避免沦为人质。

无论是哪种可能性,在霍烟心里都是极大的安慰,只要人还活着,只要人还活着一切就有希望!

第八章

她最害怕的是长夜漫漫的等待,最终等来一具冷冰冰的尸体。

又过了一天,依旧没什么消息。

如果极端组织抓住了飞行员,很有可能就会联系谈判了,但是对方并没有行动。

而这时候,飞机上的黑匣子也解码了出来。

霍烟看到的画面一阵抖动,傅时寒提了提耳麦,说道:"K84机翼中弹。"

即便是这般危险的境遇,但他依旧保持淡定,脸上神情没有丝毫变化,眉心拧着一股力量。

"就算死,我也得带一个走……"

话音刚落,他操控着战机突然在空中翻了一个三百六十度的弯,然后发射流弹,击中了正对面的一艘敌机。

这男人狠起来,绝对要命。

而这时候,系统提醒,飞机的油耗已经接近临界点,马上就要坠落了。

傅时寒解开了自己的安全带,打开了舱门准备跳伞:"距离太近,恐怕会受点伤。"

即便是说这样的话,他的声音依旧平稳,仿佛像是在说今天可能吃不了午饭了。

"如果能有幸够活下来,我傅时寒的命,从今往后,只属于一个人……"

说完之后,他一跃而下。

霍烟紧悬的一颗心骤然松懈,全身仿佛是被抽空了所有的力气。

我傅时寒的命,从今往后,只属于一个人。

霍烟咬紧了牙关,狠声道:"这是你说的,你必须说到做到。"

听到霍烟主动提出,要跟队搜寻的事情,傅时寒直系的领导刘立一口拒绝:"这不是胡闹吗!那片原始森林位于边境地带,有多少极端组织和毒贩在那一带活动,你要去,这有多危险。"

"如果他真的活着,你们找不到他,可是……可是我有办法找到他。"

霍烟的坚持,还有周小杭在一旁保证说情,肯定会保护她的安全,组织商议之后,终于决定让她跟队进入原始森林。

雨后的森林弥漫着潮湿而又生涩的腐殖气息,吉普车驶入了森林腹地,围绕着机身坠毁的坐标点辐射式搜寻。

因为森林里很有可能会撞上极端组织的成员,因此傅时寒落地之后,肯定会选择不易被人察觉的地方躲起来。当然这样做,极端组织找不到,也给搜救工作增加了难度,尤其是如果他受了伤昏迷过去,偌大的丛林,要找到他无异于大海捞针。

周小杭十分好奇地询问霍烟:"嫂子,你有什么办法能找到他啊?"

霍烟下了车，四下里仔细寻找，一面解释道："小时候傅时寒陪我玩捉迷藏，我太笨了总是找不到他，后来他就会故意在宅子里留下线索，有时候是一个钥匙扣，有时候是一只拖鞋，引着我找到他。"

周小杭笑了笑："你俩……还真会玩啊。"

"为了公平起见，我也会发出声音，让他知道我已经到附近了，一定要藏好。"

果不其然，按照霍烟所说的，一个小时后，搜寻小组在一条蜿蜒的溪流边发现了傅时寒一只带血的鞋。

这算得上是一个重要发现了，搜救小组士气大增，沿着小溪溯流而上，终于在一个隐蔽的洞窟边发现了半昏迷的傅时寒。

"傅时寒！"

霍烟连忙冲了过去，剥开他加在身上作为掩护的藤蔓枯草，他身上有不少割裂的伤口，潺潺地流着鲜血。

尽管意识有些模糊，他还是能感受到霍烟的拥抱，微微睁了睁眼："烟烟……"

霍烟心疼地抱住了他的脑袋，用力亲吻他的额头和脸颊："你吓死我了！我还以为你……"

喉咙里像是被一阵酸涩给堵住，她什么都说不出来，只能抱着他，默默地掉眼泪。

傅时寒伸手抚了抚她的脸蛋，眼睛里酝着温柔之色，声音微微有些虚弱："我什么时候……骗过你啊。"

霍烟使劲用袖子擦眼角，擦得眼睛发红，傅时寒拉过了她的手："不哭。"

霍烟扶着他起身："回去了，我带你回家，以后……以后我们都好好的，再也不分开了。"

"嗯，我答应你。"

傅时寒再度睁开眼，并非如他所愿，能看到霍烟那张可爱又关心的小脸蛋。

出现在他眼前的，是许明意那一头卷毛，以及卷毛刘海之下，那双清澈无害的单眼皮，仿佛充满了对世界的期待和憧憬："醒了耶。"

傅时寒又缓缓闭上了眼睛，不耐地说："给你三秒钟，从我面前消失。"

许明意眨巴眨巴眼睛，听话地"哦"了一声。

霍烟走过来，照顾着傅时寒坐起身，然后拿起水果刀开始削苹果。

傅时寒身上带了许多擦伤，都是降落的时候被杂乱的树枝和荆棘刮的，左手臂脱臼，现在用木板固定住。

"有没有哪里疼？"她关切地问。

傅时寒感受了一下，反正全身都疼，也就没有什么特别疼的地方。

| 第八章 |

于是他摇了摇头。

霍烟松了一口气,说道:"你睡了两天,喏,你看,大家都赶过来了。"

傅时寒环顾四周,宽敞明亮的病房里,向南、沈遇然、苏莞几人坐在另一张病床边,笑吟吟地看着他。

"来了。"傅时寒声音还有些虚弱,"都不用上班吗?"

许明意指着沈遇然道:"这家伙当着全公司的人,跪下来抱着老板大腿哭说我兄弟命不久矣,再不去见最后一面可能就见不到了。"

霍烟连忙"呸呸呸",说他是乌鸦嘴。

沈遇然看着霍烟专注削苹果的模样,笑着说道:"果然还是亲媳妇儿知道疼人啊,人这刚醒过来,便伺候着削水果,寒总真幸福啊。"

话音刚落,只听"咯吱"一声,霍烟兀自咬了一口苹果,眨巴眨巴清澈的大眼睛,看着他:"哈?"

沈遇然轻咳:"当我没说。"

向南道:"讲真的,老四这一次也算是逃过一劫,当时的情况我只是听别人说着,都觉得惊险刺激。"

苏莞道:"大难不死,必有后福,以后都会平平安安的。"

傅时寒摸着霍烟搭在他肩膀的手,说道:"我的后福就是我们家烟烟的了。"

霍烟不愿再去回想这件事,一想到背上都能冒一层冷汗,只说道:"反正以后我会紧紧地看着你,你要是再用自己的性命冒险……我再不原谅你了!"

沈遇然道:"霍烟,这就是你小家子气了,寒总这是保家卫国,你能拦着他吗?"

"我不管!"霍烟抱着傅时寒的手臂,将咬了一半的苹果塞进他嘴里,"以后谁都不能把他抢走了!"

国家也不行。

"啧,瞧你这腻歪劲儿。"苏莞笑道,"差不多得了啊。"

几人在病房里陪傅时寒说了会儿话,笑笑闹闹,气氛特别好,带着劫后余生的畅谈。

傅时寒二十多年以来,从没有一刻如现在这般,觉得活着真好。

知交好友两三,一路相伴,还有青梅竹马的爱人,不离不弃。

活着,真痛快。

直到护士走进来,说不能打扰病人太长时间,让他们差不多就该离开了。

众人让傅时寒好好休息,然后离开了病房。

傅时寒拉住了霍烟:"你陪着我。"

霍烟乖乖地"哦"了声,将房间门关好之后,坐在了傅时寒的床边。

傅时寒靠在垫枕边,说道:"我的手不方便,你主动些。"

霍烟看了看他打着石膏的手,于是乖乖地伸出双臂,抱住了傅时寒的脖子。

傅时寒另一只手环过来,搂住她,柔声问:"吓坏了吧?"

众人面前的霍烟装得若无其事,而现在与他独处,情绪便有些绷不住了,声音带着哭腔:"我都怕死了。"

傅时寒只能轻拍着她的背,时而吻吻她的额头,作为安抚。

"以后我不会这样了。"傅时寒的声音前所未有的温柔,"坠机的那一刻,我真的以为会永远离开你,那时候我是很怕,我怕你哭,也怕你没有那么坚强。"

霍烟倒在他的怀里,埋怨道:"我本来就不坚强。"

小时候别人都说她傻,被欺负了也不知道,一个劲儿傻笑,但是他们哪里知道,霍烟受了委屈,从来不会在家人跟前表现出来,只会跑到傅时寒跟前,委屈巴巴地抹眼泪,抹得眼睛都红了。

傅时寒会逗她笑,带她去买牛皮糖,所有所有的好,都给了她一个人。

如果他没了,往后余生,霍烟要怎样一个人面对。

她没有那么坚强,足以承受他离开的痛苦。

"我强撑着最后一口气,在森林里寻找最佳躲避的地方,中途好几次险些被林子里的散兵发现,从来没有一刻,我那样怕死。"他抱紧了她,嘴唇埋进她的发丝,"我不想死,我舍不得让你一个人,面对这个残酷的世界。"

"不要再说了。"霍烟身体战栗着,"以后我们都好好的。"

"嗯,我答应你。"

"对了。"霍烟擦了眼泪,抬起头来看着他,"许明意告诉我一件事,他说大一的时候我丢的那五百块钱,不是他捡的,有这回事吗?"

傅时寒搂着她的手顿了顿:"嗯?有这回事吗?"

"对啊,我问你呢?"

傅时寒打了个哈欠:"有点困了,宝贝,我睡会儿。"

说完他便躺了下来。

"傅时寒,你不要装蒜。"

"睡了睡了,晚安。"

霍烟推了推他:"晚什么安,你起来把事情说清楚了。"

"啊,好困啊。"

"傅时寒!"

7月1日,高原晴空万里,湛蓝无云。

空军阅兵演习在这一天进行,地面和高空摄像机都已经准备好,视频画面将会在第一时间传回首都,与首都的阅兵典礼同时进行,也在电视上进行直播。

随着礼炮响起,空军阅兵正式开始,第一支飞入人们视线的是运输机梯队,

第八章

它们组成了一道人字形，释放五颜六色的彩弹，在空中留下彩虹般的痕迹，引来人群阵阵欢呼。

主持人铿锵有力的声音传遍了四海九州："蓝天骄子，携雷霆之势，展风中雄姿，接下来进行检阅的是轰炸机梯队，它们具备远程奔袭，大区域巡逻等能力，是我军重要的空中远程打击力量，被誉为'空中战神'。"

观礼台前，许明意问霍烟："傅时寒什么来？"

霍烟说："刚刚过去的就是他啊，你没看吗？"

"什么！"许明意大惊失色，"怎么没人告诉我！我都没注意啊，错过了……向南，你也不告诉我？"

前排的向南笑而不语，只有苏莞不想见这帮家伙欺负他，所以闷声说："他们骗你的，傅时寒驾驶的是歼击机，不是这些。"

苏莞突然和自己说话，许明意表情明显变得不大自然，轻轻"哦"了一声，伸手戳了戳霍烟的肩膀，指责她："你跟老四学得越来越坏了。"

沈遇然笑道："她这是自己骨子里带出的坏，跟咱们老四没关系。"

许明意不经意地侧过头，发现苏莞正望着他，他赶紧挪开目光。

这时候，霍烟兴奋地说道："来了来了！"

许明意连忙拿出手机准备录像。

不过短短几分钟的时间，数架新型歼击机组成样队穿破云霄，直击碧霄长空，耳边也传来轰隆隆的咆哮声。

主持人的声音同样气势雄伟："我国的空军航空武器，已然形成了信息化装备体系，在瀚海苍穹中成为最强大的空中力量，现在，他们以全新面貌蓄势待发，接受祖国和人民的检阅！"

歼击机阵列在同一时间开始翻转，层次错落地翱翔在云霄之上，放出了耀眼的红外干扰弹，向祖国和军队献礼。

看着天空中快速飞过的那一排歼击机，霍烟的眼眶微微有些湿润。

傅时寒曾经说过，他的梦想在天上。

而他参军的目的也一直非常清晰，用他所学的知识为祖国航空军事力量的信息化，添砖加瓦。

苟利国家生死以。

大检阅结束以后，组织决定临时增加一项环节，便是首长亲自为前段时间亲赴战场击退极端组织越境挑衅、立下汗马功劳的战士们颁奖。

霍烟和伙伴们坐在最前排，许明意用手机记录着正在发生的一切。

台上站着一列深蓝色制服的军人，傅时寒位列其中，身形笔挺，接过奖章的那一刻，他神情无比庄严肃穆。这是他用性命换回的荣耀，更是他一腔热血倾注的所在。

为国,为家,也为了她。

现场爆发出阵阵的掌声,为英雄们欢呼呐喊。

许明意的手机镜头随着傅时寒的身影移动着,追随着他下台,径直朝着霍烟这边走了过来。

霍烟站起身拼命鼓掌,看着他微笑。

令所有人不曾想到的是,傅时寒将那枚沉甸甸的奖章别在了她的胸口,然后单膝跪了下来!

他牵起了她的手,无名指戴着一枚硕大的钻石戒指,是他离开的时候亲手为她戴上的订婚戒指。

而现在,傅时寒亲吻着她手指上的戒指,抬起头来看向她:"我说过,如果能有幸够活下来,我傅时寒的命,从今往后,只属于一个人……"

霍烟愣住了,没有料到他会突然来这一招。

"自小到大,你一直都是个安静的女孩子,我一直在想,给你怎样一个热闹的求婚仪式会比较有意义。"他温柔地看着她,款款深情地说,"或许没有比现在更合适的时机,我想让所有人为我们见证,傅时寒的进步、成长、荣光,傅时寒所有的一切,都属于霍烟。"

霍烟的心剧烈地跳动着,欢欣更甚于感动,眼眶也微微泛了红。

她拽了拽他的衣袖,让傅时寒站起来。

她的男人,一定是顶天立地的好男儿,求婚不用跪在她的面前,她要与他平视而立。

而站立的他肩背宽阔,身形挺拔,在她的面前宛如山脉。

他凝望着她,目光含着万千柔情。

"霍烟,我会用余生来疼爱你,请你嫁给我。"

霍烟低下头,嘴角绽开了一簇浅浅的微笑,就像冉冉升起的朝阳,那般清丽动人:"好。"

第九章

熙熙攘攘的火车站,霍烟挽着傅时寒的手,俩人在车站门口送别了许明意和沈遇然。

沈遇然本来想订机票来着,不过因为耽搁了两天,机票价格疯涨,而火车车程至少得有二十多个小时,沈遇然怕许明意一个人旅途孤单,也舍命陪君子,和他一块儿乘火车。

向南公司的事情堆积如山,大事小事一应等着他回去决策,所以定好了日子便早早买了机票,先行离开。

进站口,傅时寒将行李箱拉杆递给了许明意,说道:"注意安全,回去之后给我来消息。"

"放心吧,这么大的人,丢不了。"沈遇然冲他挥了挥手,"回去吧,别送了。"

许明意恋恋不舍地望着傅时寒:"什么时候还能再见面?"

沈遇然就看不过他这副感伤的表情,嚷嚷道:"干吗啊干吗啊!知道你和老四感情好,但是人家都是有媳妇儿的人了,你给我收敛些。"

霍烟低头笑了笑,她知道以前念书的时候,傅时寒便特别照顾许明意,把他当成自己的弟弟一样,凡事多顾念他些,所以两个人无论明里内里,感情都格外好。

在家里,傅时寒自小便是一众兄弟姊妹的大哥,自然而然养成了长兄的气质,会无意识地照顾身边比自己弱势的朋友。

大学四年,他常常带许明意出去吃饭;跟着老师做项目组的时候,有好的课题也是第一时间想到许明意,拉他一起做;还帮他留意靠谱的兼职信息……

许明意不是石头人,傅时寒对他好,他心底门儿清,所以生活上他尽量自己解决问题,不给他添麻烦,但是情感上却格外依赖他。

那天晚上,霍烟给许明意发的那条没头没尾的信息,许明意一开始没有在意,直到第二天看到新闻才知道事情的严重性,立刻跑到老总的办公室要请假。

因为那段时间公司事务繁忙,所以老总一开始没同意休假,但是许明意态度十分坚决,一定要请假,一定一定要请假!

老总一气之下脱口而出:"你要请假,可以,走了就别来上班了!"

这份工作对于许明意来说,来之不易,他拼了命干了两年,好不容易升到了现在的职位,如果此时离职了,一切便又要从头再来。

令人意想不到的是,当时许明意红着眼睛,恶狠狠地看着老总,咬牙切齿一字一顿地说:"老子兄弟都要死了!老子不干了!"

说完他擦着眼睛,跑出了办公室,回到自己的位置边,收拾了几样要紧的东西便离开了。

身后老总也冲了出来,指着他大骂:"这年头为了钱,亲兄弟都可以反目成仇,第一次见到你这样的蠢货!你要不想干,多的是人想干,不差你一个许明意!真把自己当大爷呢!"

许明意抱着自己的箱子走出了办公大楼,有经过的同事看到,他眼眶里盛满了眼泪,硬是死死咬着牙,没让它掉出来。

情与义,沉甸甸的两个字。

那些年傅时寒对他所有的关照和帮衬,他这辈子都不会忘记。

上车以后,俩人循着车票找到了自己的位置。

没多久,苏莞拎着她的浅蓝色行李箱,走到了两个人的包间外面。

小淑女的出现,给空气闭塞的车厢带来一阵清爽香风,也引得不少人探头观望。

许明意看见她,怔了一下,倒是沈遇然率先反应过来,问道:"你怎么来了?"

她不是跟向南两人坐飞机回江城了吗?

苏莞看也不看许明意,闷声说道:"刚刚接到老板的电话,让我去深圳一趟,见客户,所以机票废了,临时买了这趟火车。"

沈遇然眉毛歪了歪,似乎不大相信苏莞的话:"真的只是去出差?"

"不然呢?"苏莞似乎窝着一肚子的火,正好借机发泄,"不然我吃饱了撑的,来坐着什么烂火车,脏死了!"

沈遇然本来还想说,即便是去深圳出差,你也是可以坐飞机的,不需要来坐这趟烂火车。

不过看着苏莞气鼓鼓的神情,话还是咽回了肚子里,虽然知道这位大小姐是在和某个人赌气,但聪明的沈遇然还是决定,不要去碰钉子才好。

许明意什么也没说,弯腰将她的行李箱扛起来,放进了行李架上,然后问道:"你的铺位在哪里?"

苏莞没有理他,将自己的背包放在了许明意上方的中铺位。

| 第九章 |

沈遇然笑道："哟，还真挺巧，连铺位都靠在一起。"

苏莞狠狠瞪了他一眼，他立刻收敛了笑容，做出要把自己双唇缝住的手势，噤了声，不再说话。

许明意买的是下铺的票，而苏莞恰好就在他上面。

"我们换一下。"许明意提议，"你睡下面，方便些。"

爬上爬下，挺折腾。

苏莞依旧没有理他，却依言将自己的背包取下来，放在下铺他的位置。

许明意将自己的包提到中铺。

长笛轰鸣，火车渐渐驶了出去。

从始至终，苏莞都没有开口跟许明意讲一句话，就像不认识他似的。

许明意收拾好了自己的东西以后，便下床来，坐到了对面下铺沈遇然身边。

沈遇然正准备躺下来了，见他坐过来，十分嫌弃："走走走！到对面你前女友边上坐去。"

许明意一双小眼神可怜巴巴，说道："让我坐会儿吧，老板传了份文件给我，我得把它处理掉。"

"你不是都被炒鱿鱼了吗？"

"老四的事在电视里都播了，老板看了之后深受感动，说我是英雄的兄弟，不应该被辞退，所以又给我复职了。"

沈遇然翻了个白眼："他是怕这事传到网上给自己惹麻烦吧？"

不管怎样，许明意保住了饭碗，还是很开心的，打开笔记本电脑开始工作。

火车穿过隧道，周遭暗了下来，列车顶灯泛着惨淡白光。

苏莞看着他，电脑的微光在他略带秀气的脸庞投下一片微光，他深邃漆黑的眼眸紧盯着电脑屏幕，一双单眼皮，将他眉宇间的神气勾勒得越发简单。

这男人认真的模样，真迷人。

许明意一直都是个认真的男人，无论做任何事，他都会沉着性子把事情做到最好，绝不会半途而废。

苏莞喜欢他身上的这种安定的感觉，特别能让人信赖。

列车驶出了隧道，车厢变得明亮通透，许明意鬼使神差地抬头，苏莞立刻移开目光望向窗外。

他嘴唇动了动，似乎想要说点什么，但终究却还是什么也没说。

吃午饭的时间，许明意去餐车买了三份盒饭，递给苏莞一份，他和沈遇然俩人呼噜呼噜开始扒饭。

沈遇然一边吃饭一边吐槽："饭也太硬了吧。"

"就这么点儿肉，还买成三十块？"

"坑，真是坑。"

许明意抬眸，见苏莞拿筷子在盒饭上戳上戳，然后又放下了，估计是没什么胃口。

许明意咀嚼着嘴里的饭菜，真的是很硬很难吃，估计她这辈子都没吃过这么难吃的饭菜吧。

火车在下一站的站台边停了二十分钟，这期间许明意一直不见人影，苏莞朝着过道的方向望了几眼，用脚尖踢了踢沈遇然："都快开车了，他怎么还没回来？"

沈遇然正躺着玩手机，漫不经心地"嘿"了声："某人不是不愿意搭理他吗，这会儿瞎关心什么？"

苏莞翻了个白眼："你兄弟，又不是我兄弟，待会儿车开了上不来可别哭。"

沈遇然知道苏莞是刀子嘴豆腐心，指不定这会儿心里多着急呢，他索性起身，伸了个长长的懒腰："得，我自己的兄弟，还得我自己关心，这就去找。"

刚站起来便望见走道尽头，许明意穿过拥挤的人群，朝着他们走来。

"不用找了，回来了。"

苏莞朝他瞥去，见他手里拎着两个热腾腾的口袋，袋子里装着两根玉米，还有一些卤味的纸盒。

"哟！好兄弟，知道我没吃饱呢！"

沈遇然伸手来拿，却被许明意躲开，他将口袋递到苏莞面前，沉声道："站台边买的，这个应该比餐车的饭菜好一点，你多少吃些。"

所以他刚刚跑出去磨蹭了这么久，就是为了买这些？

苏莞瞥了那冒着热气的玉米一眼，却还赌气说："不吃，没胃口。"

"不吃给我！"沈遇然垂涎三尺，"啧，一看就是糯玉米。"

许明意没给他，依旧劝苏莞道："我怎么样没关系，你别跟自己过不去，行吗？"

苏莞突然炸了："我怎么跟自己过不去了！你谁啊！我跟你很熟吗？"

沈遇然补充："室友的男朋友的室友，隔着十万八千里，一点都不熟。"

"你闭嘴！"苏莞和许明意同时出言。

沈遇然又把自己的嘴巴缝起来，继续玩手机，不再理会两个人。

许明意将玉米外面的叶片剥开，缕缕穗条下面，露出了黄澄澄的米粒，他将它送到苏莞嘴边："尝尝吧，吃一口，不好吃就不吃了。"

温柔的语气像极了一位好脾气的父亲，哄着自己不听话的闺女。

| 第九章 |

苏莞别别扭扭看他一眼，大概也受不住他这般温柔的调子，夺过玉米愤愤地一口咬下去。

玉米已经被蒸得熟烂了，她一口下去居然将尖尖的苞头给咬下来一块。

沈遇然没忍住扑哧一声笑出来："没见过这样吃玉米的，你是住在天上不食人间烟火的仙女吗？"

苏莞也是脑子热，想也没想就咬下去了，这会儿正要找地方吐掉苞米头，许明意连忙将手伸到她嘴边接住："吐吧。"

苏莞没吐他手里，自己拿了纸巾吐了装好扔进垃圾盘里。

许明意教她："里面的不能吃，就吃玉米粒。"

"我知道，不用你教！"

这是苏莞上车之后和他说的第二句话，总算是开口了，虽然话里含着愤愤的调子，但是许明意心里还是高兴，心满意足地看着她啃玉米。

"要不要吃鸭脖？还有卤鸭翅，哦对了，还有卤豆干。"

"不吃不吃。"

苏莞固执不吃，这些卤味便全落了沈遇然的肚子。

列车明天早上到深圳，需要在车上睡一晚，十点的时候车厢顶灯已经灭了，许明意上床以前，将自己的外套和内里的衬衣脱了下来，露出了麦黄结实的臂膀。

他睡觉喜欢不穿衣服，苏莞正犹豫着要不要提醒他，车上的床铺不干净。

却不想，他直接将外套铺在了她的床上，而衬衣也垫在她的枕头上。

"将就一下吧。"许明意对她说道，"车上的床铺不干净。"

苏莞眼睛一热，坐下来别过头去，闷声说："谁要你的衣服，臭死了，自己穿上。"

许明意拿起衬衣嗅了嗅："不臭，没味道，实在不行，你喷点香水吧。"

苏莞不想搭理他。

"早点睡，晚安。"他给她妥妥帖帖地垫好，然后爬上了中铺。

苏莞解了外套躺下来，枕畔垫着他的衬衣，触着脸上的肌肤，质感柔软。还是有一点味道的，许明意身上的味道，就像古木松脂，有古朴的感觉，让人心安。

列车轰隆隆地行驶着，苏莞迷迷糊糊间，感觉楼上的男人爬了下来，兴许是去厕所。

而等他回来之后，苏莞感觉他并没有上去，而是坐在了她的身边。

没错，他的确是坐了下来，床铺很小，他险些压着她的手。

苏莞闭着眼睛，透过睫毛缝隙，瞥见他正凝望着她。

过道灯光微弱,他身影轮廓黑蒙蒙一片。

大晚上的不睡觉,他想干什么?

苏莞的心跳开始加速。

许明意轻轻碰了碰她的手,确定她已经睡着了,这才放松了许多,给她掖了掖被单,将她的手揉进被子里。

"其实这两年,我也很想你的。"

黑夜里,他的声音低醇如苦咖啡。

"以前谈恋爱的时候,我总想把我的一切都给你,可是你什么都有,什么都不需要,这给了我一种错觉,好像我自己对你而言,也是可有可无的。"他顿了顿,整理难过的情绪,"所以我以为,即使我离开了,你哪怕伤心一阵子,但总不会一直伤心。"

"是我错了。"他的指尖轻轻触到她的脸颊,划了划,"是我自以为是。"

苏莞感受着他粗粝的指尖抚着自己的脸颊肌肤,她情不自禁蹭了蹭他。

许明意浑然不觉,附身在她的耳畔,声音带了隐恸:"你是不是已经不爱我了?"

黑暗中,男人压抑地问出这句话,足以令人肝肠寸断。

而苏莞还没来得及难过,就明显感受到他侧过脸来,贴着她的脸颊,湿热的呼吸近在咫尺。

他撩开她的发丝,战栗的薄唇小心翼翼地……吻住了她光洁的额头。

"可是我好爱你。"

早上八点,列车抵达深圳火车站。

出站口人头攒动,熙熙攘攘,许明意本能地将苏莞护在自己身前,另一只手提着她的行李箱,对她说道:"你住在哪里,酒店订好了吗,需要我帮你订吗?"

"不用了。"苏莞漫不经心道,"我住你那儿。"

许明意蓦然睁大眼睛:"我……我那儿?"

沈遇然嘻嘻一笑:"刺激。"

"你……真的要住我那儿?"

苏莞瞥他一眼:"紧张什么,开玩笑的,想我住你那儿,做梦吧。"

许明意松了一口气,倒不是不能让苏莞来,只是他租的屋子是一间不过十来平的小公寓,环境不怎么好。

"其实……也可以的。"他闷闷地回答。

回去收拾收拾,还是能住得下的,只要她不嫌弃。

"你要来的话,我就再请一天的假,买点菜回去做,你还没尝过我的手

第九章

艺……"

经过这一天一夜列车上的相处,两个人的关系缓和了不少,苏莞不再横眉冷对,渐渐也愿意和他说笑斗嘴了。

"你还来劲儿了?"苏莞白了他一眼,"谁要住你那破地儿,给我在福田区订个酒店。"

许明意立刻摸出手机,准备给她订酒店,五星级,半点都不带犹豫的。

就在这时,一个穿西装的男人朝着苏莞这边走了过来。

苏莞冲他挥了挥手:"席谦,这儿。"

许明意抬起头,打量这个名叫席谦的男人,他看起来似乎比他们年长几岁,但依旧年轻,合体的西服勾勒着他匀称的体格,模样看上去温润谦和,带着几分书卷气。

"这是席谦,我老板。"苏莞介绍道,"这是我大学同学,许明意和沈遇然。"

"你们好。"席谦对他们伸出了手。

沈遇然礼貌性地握了握,算是认识了,许明意对这个名叫席谦的男人,本能地生出些许敌意。

听霍烟八卦过,苏莞的老板也是她青梅竹马的朋友,家里世交,两个人从小一块儿玩到大。现在席谦自己经营了一家游戏公司,苏莞和霍烟都在给他打工,这位老板英俊潇洒,年轻有为,霍烟提到便赞不绝口。

而苏莞自己也说过,家里似乎有意撮合他们两人。

所以……情敌吗?

"你不是忙吗,怎么来接我了?"苏莞问席谦。

"你没有来过深圳,我怕你走丢了。"席谦对她说话的调子特别温柔,就像傅时寒对霍烟那样的。

"怎么坐火车,条件这么差。"席谦心疼地说,"都说了机票我给你报销。"

苏莞微微一笑:"没事,反正跟朋友一块儿,也挺有意思的。"

"上车吧,酒店我已经给你订好了。"席谦为苏莞打开了奔驰的车门。

苏莞回头问许明意:"刚刚让你订的酒店,订了吗?"

"订了。"许明意说,"可以取消。"

苏莞想了想,说道:"不用了,地址发给我吧。"

"好。"

许明意看了看席谦,脸上露出一丝诡异的胜利者表情,当然,席谦并没有在意,只对苏莞道:"地址也给我说一下,我带你过去,另外,你的两位朋友也顺路吗,一并捎过去。"

"顺。"

"不顺。"

许明意和沈遇然同时开口,许明意瞪了沈遇然一眼,沈遇然只好无奈道:"不……不顺路,就不劳烦席先生了,我们自己打车。"

"行。"

席谦关上了车门,想从许明意的手中接过苏莞的行李箱,许明意没有给他,径直提着行李来到后备厢,放了进去。

席谦笑了笑,坐进了驾驶位。

苏莞从车窗探出头,对沈遇然挥了挥手:"有时间再约。"

沈遇然道:"OK,没问题。"

轿车驶了出去,后视镜里,许明意落魄的身影渐渐远去。

席谦问:"这位……就是你那传说中的前男友?"

苏莞戴上了墨镜,望着窗外,漫不经心地"嗯"了声。

"不准评价他。"

她不喜欢旁人戴有色眼镜看他,虽然落魄贫穷,比不上光鲜有排面的席谦,但他却是她的心头宝。

"不评价。"席谦说,"只是想不明白,你喜欢他什么?"

"他让我觉得安心。"

"都把你甩了,还安心?"

苏莞抓起座位边的毛绒熊砸向席谦,席谦挡开公仔:"祖宗,我开车呢!"

"别哪壶不开提哪壶。"

席谦笑了笑:"我给你订了酒店,你选他的,这让我很没面子。"

苏莞伸了个懒腰:"你席总VIP客户,取消也就一个电话的事儿,他一个月工资才多少,心甘情愿给我订五星级,那是他在意我,我不能不领他的情?"

"那你也舍得宰他?"

"怎么舍不得,我还要大宰特宰呢,谁让他当初那样对我。"

"听你这口气,是准备原谅了?"

苏莞"喊"了声:"也没那么容易,再看他表现喽。"

这两日,席谦带苏莞见过了客户,签订了合约,工作完成得七七八八,临到要走了,席谦请苏莞去高档餐厅吃饭,感谢她这两日的帮助。

而那天下午,许明意也给苏莞发了短信,问她工作忙完了没有,想请她吃个饭。

真是忙啊。

苏莞回许明意道:"不用了,我跟我老板已经约好了。"

第九章

气死你。

许明意:"好吧,那你明天什么时候走,我送你。"

"谢了,不用。"

晚上,苏莞和席谦去了 Pipette 法国餐厅吃晚饭,特意选了靠窗的位置,以至于许明意刚从公司出来,没走几步便一眼望见了她。

她穿着合体的深色小礼裙,与对面一身西装的席谦谈笑,宛若一对璧人,十分相配。

许明意低头看了看自己,落拓的 T 恤破牛仔,头发还乱,突然觉得心灰意冷,感觉自己是在不自量力。

那个女孩值得拥有全世界,可你却一无所有。

……

他转身离开了。

餐厅里,席谦看着怔怔的苏莞,很无语地说:"这下子开心了?"

"没有。"苏莞用力切下一块牛排,撇嘴道,"更难受了。"

"还非得选在人家上班地点附近的饭店,坐这么显眼的位置。"席谦摇了摇头,"我都心疼那男人。"

"我要不刺激他,将来一遇到难关,他还得抛弃我,那我成什么了?"苏莞闷声说,"他要是这样便受不了,我跟他也没有什么往后余生了。"

席谦打量着苏莞,别说,这丫头看上去挺傻白甜的,其实心里有主意呢。他用餐巾擦了擦嘴角,问道:"明天跟我回去?"

苏莞看着他,嘻嘻一笑:"老板,能再给我几天假吗?"

"你还要假?你说说,都玩了多久了!"

"那霍烟不也还放着呢。"

"人家霍烟工作的时候可比你认真。"

"哎呀,咱们多少年的交情,席哥哥,我下半辈子的幸福,可就在这口子上了。"

席谦没好气地摆了摆手:"甭跟我撒娇,不吃这套,回来就给我加班!疯狂加班!"

"谢谢老板!"

晚上,苏莞回了酒店,高跟鞋脱了随手一扔,躺在床上画了个大字。

摸出手机,准备慢慢悠悠给许明意发条短信,问他吃过晚饭没,要不要出来吃夜宵,顺便半推半就地就跟他和好了。

摸出手机,发现上面横出一条短信,是许明意半个小时前发来的:"莞莞,

这大概是我最后一次这样叫你了,你能找到幸福,我很高兴,谈恋爱的时候我没有好好对你,连漂亮的裙子我都没能给你买一条,想要弥补,却已经没有机会了。现在我别无所求,只希望他能对你好吧……"

后面的文字翻来覆去大概都是在讲一件事情——他真诚的懊悔之心。

这么长,写八百字作文吗。

苏莞放下手机,有些难过地喃了声:"大猪蹄子。"

两分钟后,她给他去了一个电话,却不承想,接的人不是许明意,而是沈遇然:"老二喝醉了,跟我撒欢儿呢,你……要不要过来看他表演杂技节目?"

苏莞:"……"

苏莞要了许明意的住址,匆匆赶了过去。

许明意住的地方是在闹市区一个狭窄偏僻的小巷公寓里,公寓楼比较老旧了,没有电梯,整五楼苏莞爬上去,累得气喘吁吁。

走廊尽头的房间门开着,老远都能听见沈遇然暴躁的声音:"许明意你大爷的!把鞋还给老子!信不信老子揍你了!"

苏莞匆匆进门,大声说道:"你揍他试试!"

一听见苏莞的声音,原本撒酒疯跟沈遇然扭打的许明意,立刻安静下来,乖乖地缩在角落里,不言不语,不声不响,像个乖宝宝。

沈遇然将皮鞋穿在脚上,气喘吁吁说:"老子终于不用伺候这祖宗了,告辞告辞!"

苏莞看着桌上的白酒瓶,转头问许明意:"厉害啊,都喝上白的了。"

许明意挪到沙发边坐下来,眼神迷离,打了个哈欠。

苏莞环顾四周,房间不大,一个单间,分不出卧室和客厅,不过还算整洁,除了桌上这几个空酒瓶,其他的陈设规整,穿过的衣服也没有乱扔,更看不到臭袜子。

苏莞很欣赏这点,他虽然穷,但是干净,尤其是谈恋爱以后,更加讲究了,手指甲每天都要修剪,早上晚上勤洗澡,衣服每天换一件,天天洗,甚至一度还拿了沈遇然的香水喷在身上,让自己保持香喷喷,直到后来苏莞严厉批评他以后,他才不喷了。

苏莞走到许明意的柜子前,拉开看了看,柜子里挂着几件换洗的衣服,看上去都很旧了,倒是还有两件能穿得出去的西装,应该是为了应付工作吧。

她琢磨着这几天再带他去买些衣服,给他好好拾掇拾掇。

他本来就是个英俊的帅小伙儿,只是穿得有些寒酸罢了,如果稍稍打扮一下,丝毫不会比傅时寒差到哪里去。

第九章

苏莞又走到他的床边,坐了坐,床是硬板床,她咕哝说,睡着也不嫌硌得慌。

许明意脑子晕乎乎,见苏莞在自己家里转悠,他道:"你……你坐,我给你倒……杯水。"

说完他起身走到柜子边,拿出自己的玻璃杯洗了又洗,水瓶里满满的开水,苏莞正要阻止他,然而来不及了,他就迷迷糊糊地直接将滚烫的开水浇到了手背上。

玻璃杯掉在地上,溅起一地碎茬子。

许明意捂着手,"嘶"了声。

苏莞连忙走过来,拿过他的手翻来覆去看了看,心疼地问道:"烫着了没,疼不疼啊?"

手背似乎红了大片,她连忙捉着他的手拿到水龙头边,用凉水使劲儿冲洗。

"蠢货!"

许明意低着头,卷毛刘海掩着幽黑的眼眸,像个被母亲责备的小孩。

"没……没感觉。"

"信你就怪了。"

苏莞仔细检查他的手背,幸好水温不算太高,皮肤只是有些红,但是没有起泡。

她让他去沙发边坐下来,不准再胡闹了,她兀自收拾了碎玻璃碴,拿出去倒掉。

等她回到房间的时候,许明意已经脱掉了自己的衣服,露出了结实的臂膀。

"你……又脱衣服干什么?"

车上也脱,现在又脱,他是不是特别喜欢在她面前暴露自己啊!

许明意捏着自己皱巴巴的T恤无辜地说:"我……身上有味儿,我去冲个澡。"

他身上有酒气,怕熏着她。

"去吧。"苏莞扶了扶额。

卫生间门被关上,里面哗啦啦的水声,苏莞提醒道:"你注意点,别摔着了。"

"哦。"他话音刚落,苏莞便听见里面传来沉闷的一声响,还有他低沉的呻吟。

"是不是摔了!"

"没……你别进来!没事。"

苏莞无语地摇了摇头,看着他洗完了澡,穿着干净的棉T恤出来,又到厨房里去忙活:"你饿不饿,我给你煮面条吧。"

"许明意,你不是喝醉了嘛,能不能消停些。"

许明意从厨房门边冒出一个脑袋,说道:"其实没有很醉,沈遇然故意夸张,把你骗过来。"

苏莞也不跟他计较:"所以我来了,你有事吗?"

许明意走到她身边,坐下来,看着她的眼睛,诚恳地问道:"你心里还有我,对吗?"

"对。"苏莞也老实地点头,"我还爱你。"

许明意正要感动,苏莞话锋一转:"但我还没有原谅你。"

许明意低头说:"理解。"

"所以用你的榆木疙瘩脑袋好好想想……要怎么挽回我。"

许明意还真的郑重其事地思索了起来,半晌,他拉着苏莞的手,真诚地问道:"那我把初吻给你,好不好?"

"去你的初吻!"

苏莞一巴掌将他推远了些,没绷住先笑了起来,许明意见她笑,也低着头扬起了嘴角,露出两颗白白的门牙。

苏莞打量他,别说,他笑起来的模样,真好看。

两个人相对而坐,傻笑了会儿,许明意将手伸过来,试探性地碰了碰她,她没反应,于是他轻轻握住了她的手。

小巧柔滑的手被他粗粝的大掌捧在掌心,宛如捧着最珍贵的宝贝,放在掌心捂了会儿,他将她的手背放到唇边吻了吻,然后抬头观察她的神情。

见苏莞不动声色,他胆子便又大了些,凑过身去,吻住了她的脸颊。

满腔柔情蜜意,尽数融进了这一个亲吻中:"我好想你。"

苏莞侧着脸,感受着他温热的唇,下颌间硬茬刮着她柔软的肌肤,令她的心尖战栗不已。

过去所有的委屈尽数消失不见,她等这一刻等了多少年。

谈恋爱的时候,都没见这男人这般珍重爱护她。

有些男人啊,还得时间来磨,细细地磨,慢慢磨,总能磨出些许不一样的味道来。

苏莞摊开掌心,抚了抚他那棱角分明的脸庞,比之于两年前,的确瘦削了不少,却越发有男人味儿了。

她琥珀般温润的指尖落到他高挺的鼻梁,深邃的眉眼间,随后将他卷卷的刘海撩开,露出了他光洁的额头。

"早就想看看,没有刘海遮住眼睛的许明意是什么样子。"

许明意瞳眸上移,眨了眨眼睛,说道:"嗯,你看到了。"

第九章

苏莞双手捧起了他的脸，笑道："你好呆啊！"

"你喜欢吗？"

"一般般了。"

"以前你很喜欢我的。"

"我想明白了，男人都挺贱的，以前我喜欢你，你很得意吧，反而不拿我当回事，现在我已经变了，不会像过去那么傻，喜欢一个人恨不得把什么都给他，我现在要保留了，许明意，我要你多喜欢我一点，我才会和你重新开始。"

许明意努力听明白她的话，然后用力点头，向她保证："我会的！"

苏莞笑着扯了扯他的耳朵："你会怎样？"

"我会很疼你，很喜欢你，比你喜欢我更多。"

"那我就再相信你一次。"

苏莞其实也很好哄，他说什么，她都愿意相信，毕竟是她爱了这么多年的男人。

两个人在沙发上牵牵手，或者摸摸脸蛋，腻歪了会儿，许明意问道："你困了吗，要回去了吗，我送你到酒店。"

苏莞没说话，当然也没动。

许明意想了想，不确定地问道："还是……你想要留下来？"

空气凝固了几秒，直到苏莞打破了尴尬的沉寂："我要洗澡。"

许明意连滚带爬地站起来，走到衣柜边："我给你找换洗的衣服，你……你就先穿我的吧。"

苏莞看着他仓皇的背影，笑了笑："许明意，这么想我留下来？想干吗？"

"不是你明天就要走了吗？我想多和你待一会儿，说说话。"

"就是说说话这么简单？"

许明意眼眸清澈如水，一脸孩童的单纯相。

苏莞环顾四周："许明意，就算我要留下来，也没地方睡啊，这地方这么小。"

"你可以睡我的床，我睡沙发。"

"你的床太硬了，我睡不习惯。"

许明意立刻摘了凉席，从柜子里取出厚棉被垫在凉席下方，自己还坐上去试了试："这下软了，你来试试？"

苏莞没有动，看得出来，他是真心很希望她留下来。

她接过了他手里的干净长T恤："洗澡了。"

许明意带她去浴室："有点窄，地板滑，你当心些。"

苏莞打量浴室，虽然狭小，但是异常干净，瓷砖都是闪亮的，没有异味，

甚至还透着一股淡淡的沐浴露清香。

苏莞怀疑他刚刚洗澡的时候,是把这浴室给彻底清洁了一遍,比她家保洁阿姨干得还利落。

而水台边,放着他刮胡须的剃刀以及男性的洗浴用品。

"许明意,我要用洗面奶,还有身体乳,我刚刚过来的时候看到楼下有屈臣氏……"

"我马上出去给你买。"

许明意二话没说便出了门,约莫二十分钟之后,他才气喘吁吁地回来,手里提着一大包东西,看得出来是一路小跑。

"怎么这么久?"

"屈臣氏关门了,我去的另外一家便利超市,稍微有点远。"

进屋就是腾腾的热气,苏莞走过去替他擦了擦眉间的汗珠:"没有就算了,大晚上的,折腾什么。"

"没事,买到了就好。"

他将口袋递给她,苏莞看了看,里面不仅有身体乳洗面奶,还有女用的洗发水护发素沐浴露,保湿面霜,甚至连内裤都买了。

非常周到。

苏莞感动地拍了拍他的脸颊:"你真好,我待会儿把钱转给你。"

许明意身形顿了顿,沉着脸一把扯过口袋来,不给她了。

苏莞见状,笑说道:"怎么了啊……"

"我……没那么穷,不至于给女人的这点东西都买不起。"

苏莞知道自己失言了,走过去拍拍他的肩膀,又抱了抱他的腰,哄道:"好嘛,我说错了嘛,以后你给我买东西,我都收着,好不好?"

许明意这才别别扭扭转过头,揉了揉她的头发,没好气地说:"快去洗澡吧。"

苏莞心满意足去了浴室,给自己洗了个舒舒服服的热水澡,又抹了香喷喷的身体乳。

她自小过得精致,在小细节上格外注重,连指甲都是要定期去美容院养护的。

她走出来,许明意早已经准备好了吹风机,对她招了招手:"过来。"

苏莞走过去,他让她坐在小板凳上,给吹风机插上电,为她吹头发。

她发尾有微微的卷曲,许明意小心翼翼地侍弄着,用手指头卷着尾端,省得给她弄直了。

苏莞靠在他的腰间,闭上眼睛,享受他的手在她发丝间游走的感觉:"你

第九章

比我的发型师手艺好。"

"喜欢的话,以后我都给你吹头发。"

"一言为定。"

"嗯。"

苏莞知道许明意是个信守承诺的男人,却没有想到年少时期轻易许下的诺言,他竟然真的践行了一生一世,直到白发苍苍,每每她沐浴出来,他便会拿着吹风机候着她。

跟许明意在一起,肯定会有几年的苦头吃,苏莞不怕吃苦,也有了心理准备。但是她不曾预料到,余后的几十年的人生里,他把这个世界上最好的宠爱,尽数给了她。

中年的许明意在一期财经杂志人物周刊里曾说过,他和苏莞是少时夫妻,一路相扶相偕,她不嫌他年轻时贫穷,他便要将整个世界都挣来给她,这是他付出所有努力的意义。

吹好了头发之后,苏莞便爬上了他的床,垫了厚被子之后,床果真软了不少。

"哎,软软的多舒服啊。"她对正在铺沙发的许明意道,"你怎么喜欢睡硬邦邦的床呢?"

许明意答道:"自小就睡木板床,习惯了。"

"那以后怎么办,我可睡不惯硬床。"

说完这话,苏莞便发觉自己提了个什么蠢问题,和他八字还没一撇呢,怎么就想到以后两个人睡一张床的事情了,说的好像……她很想跟他结婚似的。

许明意也愣了愣,然后鬼使神差地脸红了一下子,天知道他脑海里浮现了什么诡异画面。

"没……没关系,我适应适应,也能睡软床。"

一时间,气氛有些尴尬,苏莞钻进了被窝,说道:"关灯吧。"

许明意问她:"你介不介意我不穿衣服?"

他习惯裸睡,苏莞是知道的。

"裤子穿着就行。"

"其实我平时也不穿裤子。"

"你脱,你脱了我马上走!"

跟她瞎贫什么贫。

许明意连忙道:"我不脱,你放心吧。"

许明意脱了上衣,走到墙边关了灯,重新钻回了沙发里。

"莞莞，既然我们和好了，以后我叫你宝贝，能习惯吗？"

被窝里苏莞抖了抖鸡皮疙瘩："你还是叫我莞莞吧。"

"我想更亲密一些。"许明意坐起身来，认真思索了片刻，道，"叫你囡囡吧，我听见好些谈恋爱的情侣，男的都这样唤自己女朋友，特别亲。"

"随你便了。"

许明意开始躁动了，起身走到床边，趴在她面前，唤了声："囡囡。"

"哎。"

许明意："……"

怎么感觉怪怪的呢。

许明意睡了会儿，睡不着，于是偷偷下床，坐到了她的床边。

"咯吱"一声，木板床动静很大。

苏莞见他是真的没有睡意，于是捞开被单，隔着浓浓的夜色，与他对视："叫什么其实无所谓，我知道你的心意就行了。"

"以前谈恋爱，时间很少，关于未来、关于工作，我都有太多想法和担忧，也忽视了你。"许明意愧疚地说，"现在想要补偿，想要让你每天都觉得幸福。"

苏莞的心软了下来，她伸手搭在许明意的肩膀上，抚着他的脸颊："我知道你的心意，其实不在意这些形式的。"

许明意低头想了想，然后认真地说："我觉得，我还是应该把初吻给你，来证明我的真诚。"

苏莞愣了两秒，咯咯笑了起来："你是真的很想献出你的初吻啊。"

许明意诚恳点头。

"好吧，那就试试。"

许明意立刻深呼吸，开始心理建设，然后爬上床来到她面前身边，按住了她的肩膀。

苏莞将脸凑了过去，正要触到他的唇的时候，许明意突然说："我要再去刷个牙！"

苏莞："……"

他太紧张了，紧张得都不知道该怎么表现，冲到洗手间拿出牙刷，咕噜噜含着水，刷了整整五分钟。

出来的时候，他嘴唇湿湿的，很是红润，当然，脸颊更红。

苏莞对他勾了勾手指："过来吧。"

于是许明意重新坐到床边，并且闭上了眼睛，自顾自喃喃："好紧张。"

苏莞："……"

哪里来的小公主！还要她主动亲他吗？！

第九章

"许明意,你要是不想亲就算了。"

许明意睁开眼,看着她不满的神色,似乎明白了什么:"那你把眼睛闭上。"

苏莞闭上眼睛,浓密卷翘的睫毛颤抖着。

很快,她便感觉到柔软的唇覆了上来,因为漱了口,所以冰冰凉,带有薄荷草的清新。

苏莞稍稍挪了挪唇,开始碾着他,许明意立刻惊慌得不知所措,激动地往后退了退。

俩人目光对视了两秒,一个含着情欲,另一个惊慌不已。

"明意。"她低低唤他的名字:"再亲亲我。"

他用鼻翼蹭了蹭苏莞的耳鬓发丝,叹息了一声:"唉……"

苏莞推了推他:"你还挺失望的哈?"

许明意搂着苏莞,可怜兮兮地问:"今晚我就睡床了,好不好?"

"批准了,只要你不做坏事。"

许明意将脸埋进了苏莞的颈里,手环过她的腰:"抱着你就好了。"

苏莞是信任这个男人的,她缩进他的怀中,靠在他坚硬的胸膛里。

"晚安,闺女。"

"晚安,爸。"

许明意:"……"

/ 第十章 /

苏莞跟许明意和好,舍不得这么快就离开他,于是便在深圳多待了几天。

这几天里,两个人的感情升温迅速,缠缠绵绵腻腻歪歪,似乎比大学刚谈恋爱那会儿,还要好。

那时候的许明意就是个闷葫芦,什么也不懂,满脑子想的都是挣钱,也不知道该怎么疼女朋友。虽然他很喜欢苏莞,可是心里想的东西,却怎么都表现不出来,以至于苏莞总觉得自己是在单方面付出,得不到回应。

感情都是需要经营的,没有什么爱,真的能够不求回报,只要在意,肯定都是希望得到对方的反馈。

那段时间,其实苏莞也蛮委屈的。

不过经历了这两年的分离,两个人在对待感情方面,心态成熟了很多。

尤其是许明意,懂得了失去的滋味,现在失而复得,倍加珍惜。

这几天,许明意一下班,就会火速飞回家给他女朋友做饭,苏莞则宅在家里,翻看漫画和杂志,等他回来,生活过得前所未有的舒心顺意。

其实小出租屋也不比大宅子差到哪里去,以前她住在家里的庄园别墅,偌大的屋子空空荡荡冷冷清清,都没什么人气。

可是许明意的小家却被填得满满当当,十分温馨。

许明意就像个严重的接吻症患者,随时随地都想要跟她索吻,做饭的时候,洗衣服的时候,逛街的时候,甚至睡前,两个人也要吻上好一阵子。

这些日子,他越发难以控制自己,不过考虑到苏莞还是个宝宝,自己也没什么经验,即便再痛苦,他也要忍耐,美好的事情值得等待。

那天下班,许明意扛着一袋厚厚的软毛垫回来,铺在沙发上:"你喜欢躺软的,我再给你加厚一层,坐上去试试。"

垫子是兔绒毛的,摸着非常柔软,苏莞知道,价格肯定不便宜。

这几天,许明意每天都会买很多东西回来,就像一只勤劳的雄鸟,一枝一叶地填充他的小家,给他的小女朋友营造舒适的居住环境。

苏莞说:"夏天垫这么厚,会很热吧?"

"热就把空调打到最低。"

她不觉笑了起来:"那样会好费电吧,我这几天住你这儿,前前后后都

第十章

花你多少钱了？"

许明意环抱着她说："我乐意。"

挣钱的目的，不就是给自己心爱的女人花的吗，这几天许明意感觉特别有动力，仿佛生活都有了奔头，有了希望和憧憬。

"我明天就要回去了。"苏莞叹息一声，"得要回去工作了。"

"不能再多留几天？我都有好好学习，准备送给你一个完美的初夜。"

苏莞笑着揉了揉他的头发："说这话你能不能害点臊！"

许明意看起来似乎很认真，半点没有开玩笑的意思："为什么要害臊，我觉得这是很美好的事情，也期待了很久，总之我会努力让你满意。"

神了神了。

有时候，苏莞真是不知道许明意脑回路怎么长的，反正跟正常人就是不一样。

"不能再多留几天？"他用鼻尖剐蹭着她的脖颈，弄得她痒痒的。

"我也要回去工作呀，住你这儿吃你的用你的，也不好。"

"我都说了没关系。"他固执起来，"我愿意的。"

苏莞安抚他道："或许我可以在深圳找一份工作。"

许明意看着她："你愿意过来？"

苏莞耸耸肩："反正我在席谦哥哥的公司也干不久，因为总觉得是被照顾的，不管工作干得好不好，都不会被责怪。其实我也很想自己一个人出来闯荡，拼一把，不靠家里的关系。"

"如果你愿意过来，我就租一个好的房子，在高级小区，有门卫有安保，绿化环境也不错，距离你上班的地方近，你也不用去挤地铁，这样好不好？"

"好，你说什么都好。"苏莞捧着他的脸吻了吻，"许明意，你对我好得没话说，这样下去我真的会离不开你了。"

许明意深深吻了她半响，捧着她的腰，说道："我技术有没有进步？"

苏莞吐槽他："每次接吻结束之后，你都要问我感觉，还要详细描述，拜托，这么私密的事情就不要交流感受了，大家心领神会不好吗？"

许明意无辜地眨眨眼睛："我只是想下一次做得更好。"

"这些事，不是技能，也不是编程，改进改进就能做得更好，你……你跟人家傅时寒学学，有点情商吧。"

许明意脸垮了下来："哦，你喜欢傅时寒那样的。"

苏莞："……"

跟理工科的钢铁直男没法交流！

"你明天就走！"许明意似乎还来气了，"今天晚上也别想吃我做的饭！

我不给忘恩负义的小白眼狼做饭！"

"你还蹬鼻子上脸了。"苏莞将靠枕砸他背上，"不用等明天，我现在就走。"

许明意还是没让她走，拦在她面前："谁……谁让你走了，你手机电充满了吗就走……走了别后悔。"

他奶凶奶凶的模样，反倒把苏莞逗笑了："我有充电宝，不劳你许二爷操心了。"

许明意面露得意之色："哦，充电宝啊。"

苏莞预感不妙，拿起床头的充电宝看了看，居然没电了。

许明意："昨晚我用你的充电宝，充了一夜的手机。"

苏莞："……"

拳头痒痒的，好想揍人啊。

她回到沙发上，开始生闷气。

许明意虽然嘴上说不给她做饭了，但最后还是进了厨房，没多久，香喷喷的海鲜焖面就出锅了。

这些日子他变着花样给她做饭，手艺堪比饭店的顶级大厨。

苏莞原本胃口很小的，结果和他同居这几日，居然也胖了好几斤。

许明意戴着厚厚的手套，将焖面放上桌，睨了生闷气的苏莞一眼："囡囡，开饭了。"

"廉者不受嗟来之食。"反正苏莞是铁了心跟他杠上了。

"好香哦。"许明意坐在桌边，挑着面勾引她，"我特意去市场买了新鲜的海鲜，有鱼、有扇贝、有虾……很好吃哦。"

苏莞闻到了香味，咽了咽唾沫，别别扭扭走过来。

许明意连忙拉她坐下，柔声哄道："好了，不生气了，生气会长皱纹。"

"你以后不准乱跟我生气，我说什么都是对的，你不可以顶嘴。"

许明意道："那我成什么了，要不要我做个机器人给你当老公，机器人就不会顶嘴，主人说什么都是对的，你愿意吗？"

苏莞："……"

所以哄哄她就这么困难吗！死直男。

虽然两个人吵架归吵架，晚上还是抱在一起睡觉。

许明意总惦记更进一步，手脚都不安分，被苏莞踹下床两次，总算消停了。

第二天两人在机场依依惜别。

年底参加霍烟和傅时寒的婚礼，才总算又见面了。

409女生宿舍全体给霍烟当伴娘，而611宿舍的几个单身男同志则给傅时寒当伴郎。

第十章

婚礼的前一天,两个宿舍几对年轻男女们簇拥着新娘和新郎,带了摄影师,去学校后山的小山坡拍照留念。

西装革履的傅时寒,抱着一席拖地长裙白婚纱的霍烟,站在正中间,伴郎和伴娘则站在两旁,摄影师要求男女自由组合,两两成对。

许明意则牵着苏莞的手,俯身吻她的脸颊。

"哎哎!"摄影师抬起头来:"右边那对伴郎伴娘,你们太亲密了,抢了新郎新娘的戏。"

苏莞推了推许明意,嗔怒道:"你走远些。"

许明意还是抱着她不肯撒手。

傅时寒笑道:"你们两个请稍微自重些,好吗,今天是我结婚。"

霍烟也帮腔道:"学学人家向南好不好。"

左边的向南和洛以南一对,本来摄影师是安排他俩手牵手的,可是洛以南不愿意,找来了一根树枝,一人牵着一端,看起来很生分。

霍烟知道洛以南心里有疙瘩,本来想安排沈遇然和她一组,可是沈遇然求生欲极强,打死都不愿意,他哪里敢牵他向南哥的心上人啊!

摄影师指挥道:"哎哎,左边这对,你们靠近一点,跟右边那对学学,不要这么生分,你们是伴郎伴娘,不是仇敌,快把手里的树枝扔了。"

向南伸手揽住了洛以南的腰,洛以南挣了挣,没有挣开,向南低声附在她耳边道:"今天是老四和烟烟的婚礼,即便你再讨厌我,给他们一个面子,行吗?"

洛以南总算是服帖了,靠在向南的身边,按照摄影师的指示,将手搭在他硬邦邦的胸脯上。

穿着西装的向南,不苟言笑,与少年时的青涩稚嫩又格外不同,严谨冷淡了很多,由内而外散发着某种霸道总裁的气质。

他现在可是整个江城上流社会年轻女孩中最炙手可热的理想夫婿人选。

即便是洛以南所在的娱乐圈,也有不少明星和新人女孩,想要傍上这位年轻英俊、潇洒多金的大款。

洛以南对此嗤之以鼻。

按照摄影师的要求,几位伴郎伴娘做出了各种亲密动作的合影。

事后,摄影师看着照片,啧啧感叹,干这行这么多年,也是第一次见到颜值这么高的新郎新娘和伴郎伴娘团啊,简直比明星还好看。

次日,便是正式的婚礼,前一天晚上,女孩们陪着霍烟在小小的闺房里彻夜长谈,她们似乎比新娘子还要激动许多,也帮着她一起期待婚后的甜蜜生活。

"要跟寒总那样的男人生活一辈子,哇,想想都好恐怖。"林初语抖了抖鸡皮疙瘩,"他好凶的。"

霍烟知道,林初语一直很怕傅时寒,估计是学生会主席的阴影还没有过去,她对他总有迷之敬畏感。

傅时寒留给外人一种严肃谨慎的印象,他最真实的那一面,也只有霍烟见过。

林初语问:"结婚以后,你们打算要男宝宝还是女宝宝啊?"

霍烟说:"这是我能选的吗?"

"说的也是,现在都不能看性别了。"

其实霍烟也和傅时寒讨论过这个问题。

"我还是想要女儿,只要一个小女儿,不生二胎。"

傅时寒问她:"为什么,一个小孩挺孤单的。"

他就是家里的独子,深知没有兄弟姊妹的寂寞,不过好在半路来了个霍烟妹妹,带着她的童年,也还算热闹。

"我会陪着她,陪她学走路,学说话,陪她一起慢慢长大,不会让她孤单。"霍烟固执地说,"我会把最好的东西给她,不会让任何人分走属于她的爱。"

傅时寒明白霍烟的心思,她是想到了自己过去的经历,才会推己及人。

傅时寒抱紧了她,承诺道:"那我们就生一个小女儿,给她全世界最好的爱。"

婚礼一大早,闺密们便起来准备了,布置闺房,准备各种小游戏,还要藏好红鞋子。

霍烟化妆收拾妥当以后,便端端正正坐在了床中央,大大的白纱裙铺开,宛如童话故事里的小公主。

"上来了上来了!"

"姐妹们,把门堵死了,不要让他们进来!"

"好的!"

几个女孩堵着门,霍烟连连招呼道:"别太为难他们哦!"

苏莞笑说:"新娘子请你矜持一点。"

门外响起了男人们的敲门声:"开门了,寒总来接媳妇儿了!"

"给红包,没红包不开门!"

门下塞了好几个大红包,女孩们笑着瓜分一空。

沈遇然喊道:"能开门了吧?"

"不行,还得回答问题。"

第十章

"怎么那么麻烦啊!"

"废话,你家媳妇儿这么好娶啊!"

"那你快问吧!别耽误了良辰吉时!"

苏莞连忙将准备好的问题纸片取出来:"新郎官必须三秒之内回答,不可以思考,第一个问题,烟烟和你前女友同时掉进水里,捞上来需要做人工呼吸,你选谁?"

沈遇然道:"废话,肯定选烟烟啊!"

傅时寒却说道:"我没有前女友,烟烟是我的青梅竹马和初恋。"

沈遇然和许明意同时目瞪口呆,惊险啊!

苏莞冲姑娘们做了个竖大拇指的手势,第一个问题顺利过关。

"第二个问题,你和烟烟住一块儿,你们一起养了一只猫,如果将来分手了,谁来照顾猫呢?"

许明意想了想:"我觉得又是套路,如果让我选,肯定是尊重她的意见,她想养就养,不想养我也接受。"

傅时寒淡淡一笑:"我们不会分手。"

又……又他妈答对了。

"你们能不能多跟寒总学学。"苏莞说,"第三个问题,听好了,你和烟烟正在看电影,这个时候边上一个陌生女孩递了水过来让你帮忙拧一下,你会怎么选?"

许明意:"送命题,我选择沉默。"

沈遇然同情地看了傅时寒一眼:"我也沉默。"

傅时寒道:"我会把矿泉水瓶递给我的女朋友,让她帮忙拧,如果她拧不开,我会捏捏她的鼻子,叫她小笨蛋,然后再帮她拧开,由她把水瓶递给那个陌生女孩。"

沈遇然跪倒,佩服得五体投地:"寒总是神仙,受小弟一拜!"

许明意冷汗直冒:"厉……厉害。"

闺房里的苏莞和林初语也叽叽喳喳感叹道:"这智商,真的没谁了。"

门终于打开了,沈遇然问苏莞:"你们上哪弄这么多稀奇古怪的问题?"

苏莞道:"网上找的呀,都是比较经典的男朋友送命题,不过寒总这反应能力也太快了。"

沈遇然笑道:"不然你以为,我们集美貌与智慧于一身的S大第一校草男神怎么来的?"

九九八十一难,通过了千难万险的第一关,接下来伴娘们又安排了找鞋子的环节,几位年轻英俊的伴郎帮忙把房间翻了个底朝天。

"娶个媳妇还真费劲啊。"

"就这一帮小丫头事儿多。"

苏莞见霍烟一个劲儿给傅时寒使眼色,连忙阻止道:"干吗呢,新娘请自觉一点,不要帮新郎作弊。"

霍烟吐了吐舌头,小声说:"我没有。"

"找到了!"

第一只鞋子被许明意从书架里找到:"我就纳闷,霍烟这么不爱读书的女人,居然摆了满满一书架的书,肯定有猫腻,鞋子就藏在书后面呢!"

霍烟:"……"

谁来把这个讨厌的家伙赶出去!

傅时寒看着霍烟蓬蓬的白纱裙,说道:"我猜,第二个鞋子在我丫头的裙子底下,对吗?"

苏莞笑着插科打诨:"那你自己撩开来看看呀。"

满屋子的年轻男女都笑了起来,霍烟脸皮薄,自己从裙底把鞋子拿了出来,红着脸说:"好了好了,猜对了。"

林初语说:"哎呀,哪里见过这么迫不及待的新娘子呢,真是巴不得赶快把自己嫁出去呀!新郎官快给你媳妇儿穿鞋吧!"

傅时寒拿着小红高跟鞋,捧着霍烟的小脚给她穿上,最后还俯身吻了吻鞋尖:"媳妇儿,走喽。"

霍烟伸出手:"坐久了腿麻,要抱抱。"

傅时寒温柔地笑了,伸手将霍烟打横抱起来,走出房间。

林初语和苏莞捂住眼睛:"受不了受不了!你俩能不能留到洞房里腻歪去!"

傅时寒抱着霍烟走出了闺房,父亲和母亲坐在客厅的沙发上,两位新人给父母敬了茶,母亲没忍住抹了眼泪,叮嘱傅时寒:"以前我们对她多有忽视,现在想要弥补已经来不及了,谢谢你照顾她。"

"妈,你别哭了,没关系的。"

傅时寒牵着霍烟的手,说道:"爸妈,请你们放心,把烟烟交给我,我会疼爱她一辈子。"

就在出门的时候,霍烟突然回头,望向霍思暖。

她一直站在墙边,没有什么存在感。

姐妹之间的心结和裂痕,这么多年来一直没能解开,霍思暖去北京读研,平日里甚少联系。

这一次霍烟的婚礼,她买了凌晨的机票飞回来,回来之后也不怎么和她

第十章

说话,只说是看望父母。

然而便在踏出家门的那一瞬间,霍烟却蓦然回头,唤了她一声:"姐,我走了。"

霍思暖的眼睛突然红了。

霍烟飞奔回去,一把抱住了霍思暖。

霍思暖愣了好久,也终于伸出手,用力抱紧了她,尽管死死咬着下唇,但是眼泪还是不听话地滚落了出来。

"以前的事就算了,好不好?"

这么多年,总算霍烟先跟她服了软。

霍思暖闭上眼睛,嗓音颤抖:"好。"

那些所谓的姐妹恩怨爱恨争斗,其实都不过是年轻时的意气与冲动。当白驹过隙时光不再,霍烟回首往事的时候,真正能够停留在她记忆中的,还是小时候霍思暖牵着她的手,带她穿过石板路面,一起去糖果店买糖人的场景。

霍思暖伸手擦掉了她脸上的泪痕,笑说道:"烟烟今天结婚呢,别哭了,高兴一点。"

"姐也别哭了。"

"嗯。"

霍思暖看向傅时寒,将霍烟的手递给了他:"我祝福你们。"

傅时寒郑重地点了点头:"谢谢,你的祝福,是我们今天收到最好的礼物。"

婚礼在江城大酒店的草坪举行,许明意坐在最前排观礼,看得相当专注认真。

苏莞注意到,傅时寒亲手为霍烟戴上戒指的那一刹,许明意竟然鬼使神差地红了眼睛,如果她没有眼花的话,他眼里还含着水光?

这……

她戳了戳许明意:"人家傅时寒结婚,你瞎激动什么劲儿?哟哟,还掉眼泪了。"

"我没。"

"还不承认呢,眼眶都红了。"

许坚强固执地说:"风吹的。"

苏莞扯来纸巾,给他擦了擦眼睛:"好了,宝宝乖,感动归感动,不要真掉眼泪,太丢脸,我就只能假装不认识你了。"

许坚强伸出双臂,对苏莞奶声奶气说道:"抱。"

苏莞抱了抱他,拍了拍他的背:"所以人家结婚喜气洋洋的,你到底在瞎感动什么啊?"

许明意将脸埋进她的发丝里,抽了抽气,说道:"大学的时候,傅时寒对我最好,他结婚,我高兴。"

苏莞相信,许明意是真心真意地为傅时寒高兴,他一直把傅时寒当成人生的挚友,真正的好兄弟。

"好了,宝宝乖了,不哭不哭。"

礼成之后,新娘子要扔捧花了,许明意鹤立鸡群站在一堆女孩子中间,蓄势待发,等着霍烟捧花一扔出来,纵身起跳,稳稳地接住。

女孩们发出失望和不满的咕哝声,林初语推了推许明意:"喂!和尚,你一大男人干吗跟我们抢捧花,好意思吗?"

"谁规定男人不能抢捧花了?"许明意坦坦荡荡地捧着花束走到苏莞面前,"喏,帮你抢的。"

苏莞哭笑不得:"花束是要未婚女孩子抢来,期许下一个结婚的就是自己,你把它送给我,这……"

许明意想了想,说道:"我也期许,下一场婚礼,是你跟我的。"

"哎哟哎哟。"周围的女孩子们都掩嘴偷笑,"和尚说这话真是不害臊啊。"

许明意说:"害什么臊,我说的是真心话。"

只有说假话才会脸红害臊,他真心真意,没什么不好意思的。

苏莞也很是无奈,不过这钢铁直男是自己选的,也没啥好抱怨的。

当天晚上,几个好朋友将霍烟和傅时寒送入了洞房,又闹了好半天,折腾俩人做各种污污的游戏。

傅时寒娶媳妇儿,显然心情很好,倒是也很有耐心,让朋友们能尽情尽兴。

结束以后,苏莞和许明意去之前订好的酒店,酒店楼下,许明意对她说:"今天晚上我……"

苏莞无奈道:"你又想做什么?"

许明意羞涩并且又略带兴奋地说道:"我已经准备好了!"

苏莞戳了戳他的脑袋:"说得好像我占你便宜似的。"

"那你同意吗?"

"嗯……让我想想喽。"

"你慢慢想,我不急。"

苏莞笑了起来:"你还不急,我看你都急死了!"

许明意也笑得含蓄,面颊带了少年人特有的羞涩。

苏莞挽着他正要迈步进入酒店,突然听到身后传来一个中年女人的声音:

《小蝌蚪》青风地火海 关家转绘

第十章

"苏莞,你要去哪里?"

听到这个声音,苏莞全身一僵,颤抖地回过头。

只见路边停着一辆黑色奔驰车,车窗缓缓摇下来,一个容颜年轻的中年妇人,意态庄严地看着她。

"妈……"

听到这个称呼,许明意也睁大了眼睛,有些不知所措。

苏莞立刻松开了挽着许明意的手,宛如老鼠见了猫似的,瑟瑟发抖:"妈,你……你怎么在这里?"

秦润清睨着她,没有回她的话,只淡淡道:"回家。"

黑色的车窗又收了回去。

苏莞歉疚地对许明意道:"我今晚……可能得回去了。"

许明意神色担忧:"不会有事吧?"

"放心,我妈这人就这样,面严心软,不会有事的。"

"嗯。"

"明天我再联系你……"

"我等你。"

车窗再度滑下来,秦润清面带愠怒:"还没聊完吗?是不是要我再买杯咖啡回来,等你们慢慢聊!"

"妈,你说什么呢!我跟我男朋友告别怎么了?"

秦润清轻哼一声,睨着许明意的表情带了轻蔑,一字一顿:"哼,男——朋——友!"

"阿姨似乎很不喜欢我。"

苏莞搂着他的脖子,踮脚亲了亲他的脸:"宝宝我走了,明天见。"

"不要跟咱妈吵架。"

"知道的。"

母女两人一路无语,回到家中,父亲苏厉城拿着报纸坐在红木沙发上,喃喃道:"莞莞回来了。"

苏莞看着夫妻俩这模样,知道了今晚是有备而来,一颗忐忑不安的心反而安定了下来,不管这夫妻俩要唱什么戏,她今天都奉陪到底了。

秦润清女士率先开口:"许明意,平水县月河村人,自小父母外出打工,于是成为留守儿童,跟着奶奶长大,八岁的时候父母因为意外去世,变成了孤儿,吃百家饭长大,从小混迹社会最底层,学习之余兼职打工,成绩优异考上大学,性格油滑,在大学里连坑带骗,不少同学都着过他的道。"

她细长的指尖戳了戳自己的女儿:"包括你苏莞。"

苏莞目瞪口呆:"你……你调查他?"

"我女儿的交往对象,我不能调查他?"

苏莞激动起来:"你也太过分了吧!爸,你看她!"

老爸苏厉城突然被喊到,于是清了清嗓子:"嗯,调查这个事情,没经女儿同意,是不对的,但作为父母,我们也是出于关心你。"

苏莞看明白了,这个当爹的完全是来和稀泥的,看来还得要靠自己了。

"你们大学刚交往的时候,我便留意他了,不过因为毕业便分了手,我也没做理会,没想到安安分分过了两年,你们居然又搅到一起了。"

苏莞完全没想到,那么久远的事情,母亲竟然都知道,等等……她突然想到了什么,站起来高声问道:"许明意大四创业失败,跟你们有没有关系?!"

如果……如果父母真的要棒打鸳鸯又想做得不动声色,最好的办法就是让许明意知难而退!

秦润清连忙否认:"当然不是!苏莞,你电视剧看多了吧!我们怎么会做那种事!"

苏厉城也连忙帮腔道:"对啊,就算爸妈不希望你们在一起,但也不会做这种下三烂的事情去伤害那个男孩,他这一路走来,挺不容易的,年纪轻轻便能深谙世事,自立自强,比现在大多数只知道沉迷游戏不务正业的青年,好多了。"

秦润清一听丈夫这口吻不对,说道:"你帮谁呢,越说越歪了,还挺欣赏他哈?"

苏厉城立刻点了根烟:"嗯,虽然小伙子不错,但还是配不上我宝贝女儿。"

知道不是父母使坏陷害许明意,苏莞情绪缓和了一些,坐下来说道:"这两年我长大了很多,也成熟了很多,不是什么都不懂的小女孩,很多事情都变了,但是唯一没有改变的,就是我喜欢他,一如既往。"

苏厉城听着挺感动:"你个从小做什么都半途而废的狗丫头,能坚持这么久还挺不容易。"

秦润清瞪了丈夫一眼,让他别添乱,她语重心长对苏莞道:"你和他差距太大,家世背景,还有各自的条件都不匹配,这种农村出来的小孩,心高气傲,自尊心也特别强,你的家庭背景明显要优于他,难保他将来不会犯大男子主义的病,这些隐患你现在谈恋爱不考虑,但是妈妈不能不帮你考虑,结婚过日子不是谈恋爱,一定要找个门当户对的小伙子。"

苏莞激动地辩白:"我知道!你就是想让我和你们商业伙伴的小孩联姻,

第十章

利用联姻巩固你们的商业帝国，可我是活生生的人，不是你们的工具！"

秦润清和苏厉城目瞪口呆，苏厉城指着她道："狗丫头，我让你少看点连续剧，你脑子整天琢磨什么呢，谁要拿你去联姻了，我的生意伙伴，人家的儿子个顶个的优秀，你这成天净闯祸的破小孩，就算打折出售，倒贴钱人家都不一定肯要呢！"

秦润清推了推丈夫："过了过了，倒贴钱还是有人要的。"

苏厉城扯了扯领带："真是气死我了。"

苏莞嘟着嘴，心说敢情真的是充话费送的女儿呢，都嫌弃成这样了。

"你们就甭白费口舌了，我认定许明意了，这辈子非他不嫁。"

苏厉城："还非他不嫁，这说辞一听就是跟着电视剧学的。"

苏莞："家庭会议还能不能开了！电视剧的梗就不能过一过吗！"

苏厉城一脸无奈地看着自家的中二女儿，说道："你老妈的话今天撂这儿了，不同意！狗丫头要是坚持，就甭认她当妈了！"

秦润清："？？？"

父母的态度很坚决，不希望苏莞和许明意继续交往下去，苏莞明白父母的良苦用心。

他们考虑得很周到，家庭背景的悬殊对于许明意而言，会产生非常沉重的压力，如果他忍受不了将来家庭女强男弱的局面，就会产生矛盾。

苏莞如若一味照顾他的情绪，势必需要默默忍受和付出很多东西，而作为父母，他们不愿意苏莞受一星半点的委屈，所以最好的办法就是将这段感情扼杀在摇篮中。

可是他们并不了解许明意，苏莞相信，即便将来真的面对这些问题，只要两个人相互体谅，一定会渡过的，许明意也不是不讲道理的男孩。

当晚苏莞彻夜未眠，一大清早就溜出了家门，敲响了许明意酒店的房间。

许明意倒也起了个大早，苏莞进屋发现，他的行李箱已经收拾了大半，几件衣服叠得规规整整，放在床上。

苏莞脑门一炸，回头攥住了许明意的衣领："你打算不辞而别吗？"

许明意正要解释，苏莞眼圈却先红了："许明意，你是个胆小鬼，我都不怕，你这会儿就要脚底抹油开溜了？"

"你能不能像个男人一样，成熟点！不要遇到事情总想逃避！"

"我告诉你，如果你这次再逃跑，我永远都不会原谅你！"

她说完转身，抓起他叠好的衣服，使劲儿扔在地上，然后坐下来开始抽泣抹眼泪。

许明意踟蹰了片刻，轻手轻脚走过去，坐在她的身边："那个……刚刚

老板打电话让我回去上班了。"

苏莞一双水灵灵的杏眼含着泪花,委委屈屈地看着他。

他继续轻声说:"我没想跑,这不是等着你吗?"

苏莞知道自己误会了,有些不好意思,讪讪地没说话。

"你……以后少看点电视剧。"

她恼羞成怒:"关你什么事啊!"

许明意叹了声,牵起了她的手,放在自己掌心摩挲:"我理解叔叔阿姨的心情,设身处地想,以后就算是自己的女儿,肯定也接受不了她嫁给我这样的男人。"

苏莞抬起头,自己还委屈呢,却又摸着他的脸安慰道:"你别这样说,我要嫌弃你,就不会来找你了。"

"我知道。"

苏莞一把抱住了他的腰:"许明意,只要你不放弃,我就会紧紧抱住你,你一定不可以放弃。"

许明意握紧了她,不说话,只是用力点头。

苏莞抬起头吻了吻他干燥的唇,许明意立刻张开嘴回应她,接吻已经轻车熟路,他很会学习,娴熟的技巧总能撩拨她,心旌荡漾。

"苏莞,我会成功的。"

他捧着她巴掌大的脸蛋,垂着眸子凝望她,情真意切:"失败过一次,但许明意不会永远失败,我会努力让你的父母认可我,你等我回来,我娶你。"

苏莞使劲点头:"反正现在还年轻,我也不想那么早结婚,反正你不要有压力,慢慢来,我也会努力的。"

苏莞恋恋不舍送许明意去了车站,刚走出来便看见自家父母乔装打扮偷偷摸摸躲在火车广场的花圃边,见着她了,还假装不认识,转身开溜。

一大把年纪,跟小孩儿似的。

苏莞说:"都看见了,别躲了。"

花圃边,秦润清摘下了墨镜,轻咳一声:"我们只是路过。"

苏厉城故作惊喜:"真巧啊,在这儿碰到咱们狗丫头。"他低头看了看手表,"也不知道老吴上车了没有,咱们应该把他送进站的。"

苏莞面无表情,无情拆穿:"别演了,你们是来监视我的吧,怕我跟许明意跑了。"

苏厉城:"哪能啊,我们会这么信不过我们的女儿吗?"

秦润清看着苏莞,哼道:"算你还有点理智,没有真跟那浑小子跑了。"

"要走,也不是现在。"

第十章

苏莞说了这句话,秦润清便一直没放下心来,直到两个月后的一天晚上,她下班回家的时候,看见苏莞抱着一个纸箱子,她连忙问道:"拿的什么?"

苏莞闷闷地说:"我辞职了。"

"辞职?!"

苏莞说道:"我不打算继续在席谦哥哥那里干下去了,我想去深圳,真正靠自己闯出一片天地,而不是靠着家里的关系,在公司一直被照顾着,这样我永远不能独立。"

苏厉城刚走下楼梯,听到苏莞说这样的话,赞赏地拍了拍她的肩膀:"有志气,不愧是我苏厉城的女儿。"

秦润清狠狠瞪了丈夫一眼,说道:"就算辞职了,哪里的公司不能干,非得要去深圳?我看你就是想去找那个许明意吧。"

苏莞理所当然地说:"我学计算机的,论前途论发展,当然还得去北上广深啊,留在江城有什么好?"

"哼,都是借口。"秦润清道,"我不同意。"

"爸。"苏莞求助似的看向苏厉城,"爸,你一定会同意的,对吗?"

"呃,这个……"

看看严厉的妻子,又看了看可怜兮兮的女儿,苏厉城陷入为难的境地:"如果真的是去深圳闯一闯,爸我还是支持的,但是如果你是为了那个臭小子,我就不能同意了。"

依旧和稀泥。

苏莞立刻说:"我当然是为了自己的发展,我已经不是小孩子了,不想一直依靠你们,在你们的庇护下成长,那样我永远长不大。"

苏厉城的态度有些动摇了:"润清,要不咱们放她出去试试?"

"放她跟那个臭小子继续鬼混吗?"秦润清不同意,"万一闹出人命怎么办!难不成让他们结婚?"

"妈!你说什么呢!"苏莞红了脸,"出什么人命,有你这样说话的吗?"

"我没想到这点。"苏厉城严肃地看着苏莞,"女儿也长大了,老爸必须提醒你,保护好自己,知道吗!"

"我知道的,爸。"

"你现在还没有成为父母的准备,不能为小孩负责,就要做好保护措施!"

"哎?"

秦润清立刻站起来:"苏厉城,你在帮什么倒忙!"

苏莞一听这口气,立刻高兴得跳了起来:"爸,你同意了!"

"哈?"

她抱住老爸，在他脸上亲一口："我爱你，老爸！我现在就回去收拾东西！放心吧！我每个月会回来看你们的！"

说完她兴冲冲地回房间收拾，秦润清追上来："苏莞，苏莞我们还没同意呢！"

苏厉城拉住了秦润清："算了，儿大不由娘，随她去吧。"

秦润清打开他的手，责备道："你净给我帮倒忙，之前怎么说的，说好站在我这边。"

苏厉城无奈地说道："莞莞喜欢，咱们能怎么办呢，像电视里的封建父母，棒打鸳鸯？"

"哼，反正我不同意那小子。"

"人生是女儿自己的，过得好还是不好，都是她自己的选择，什么样的生活都应该由她去体验，咱们不能总管着她，对不对？"

秦润清语气有所缓和："你总有大道理。"

"行了，我会叫人看着她的，你就放心吧。"

苏莞之前在电话里便听许明意提起过，他和沈遇然已经辞职，开始自己单干，研发服务型智能机器人等程序软件，一旦投产使用，赚得比在公司单干要多得多。

苏莞一开始还挺好奇他们哪来的资金，许明意的经济状况她很清楚，老早的积蓄用来还债了，后面也没存下多少钱，而沈遇然就更是每个月赚多少花多少。

后来去了深圳才知道，他们拉了大金主向南下水，这俩人出技术，向南没有时间跟他们一块儿干，便出资金，成立了一个小型的研发创作团队。

而且更让苏莞惊奇的是，许明意居然把霍烟拉了进来。

如此一来，最厉害的大佬傅时寒，当然也愿意提供部分资金和技术的支持。

苏莞总说许明意这招是一箭双雕，也不知道使了什么法子，居然能把霍烟那个保守派给拉下水。

许明意说以前在食堂打饭的时候，他是她的一饭之师，后来她不在食堂兼职之后，他还帮她喂了三年的流浪猫咪，这份恩情重如山。

苏莞才不相信，只凭这个，能让霍烟辞了现在薪水不错的工作，南下跟着许明意创业？

"烟烟，这是你自己的职业规划，可别被他忽悠了。"苏莞告诫霍烟，"按照你自己的心意，别因为和我或者许明意的关系好，这才……"

"你想多了。"霍烟说道，"我仔细看过许明意的项目，机器人教育，

| 第十章 |

用于学龄前儿童的智力培训和开发,我觉得还是有些意思的,说不定真的能成功呢。"

"真的吗?"

"你不相信他吗?"

"不是,我当然相信他。"苏莞说道,"我就是怕耽误你们。"

苏莞的心理压力很大,尤其这种创业的项目,拉的都是老同学们下水,她很怕万一出了什么事,老同学的情分会因此受到伤害。

"没关系,这是我自己的选择,咱们荣辱共享,风险共担。"霍烟拍了拍苏莞的肩膀,"你不是也来了吗?"

"我来,完全是因为……"

因为想和他待在一起啊,才不是跟父母说得那样义正词严,什么为了自立自强,她就是想他了。

不过虽然她专业水平不如霍烟,但是许明意既然要单干,她肯定百分之百支持他,帮他一起做!

在元旦节那天,公司正式挂牌成立,定名为B&L文创公司。

办公室里,苏莞问许明意:"BL?这名字是怎么来的?"

许明意揉了揉苏莞的头发,说道:"名字是傅时寒取的,Brother and Love。"

许明意指了指沈遇然:"兄弟。"

然后他附身吻了吻苏莞的额头:"爱。"

"原来是这样啊。"苏莞老脸一红,"那我去做自己的事情,不打扰你们了,对了明天记得空出时间,跟我去看房子。"

"嗯。"

苏莞走后,沈遇然八卦地问道:"看房?你们要买房子了?"

许明意摇了摇头:"她来跟我住,便不能再委屈地住在那间小屋子里了,我看中了一间高档公寓在出租,明天去看房。"

即便现在买不起房子,但他也要在力所能及的范围里,给她最好的。

那套公寓位于市中心的黄金位置,高档小区,距离上班的地方近,两室一厅,精装修,各方面条件都很好,唯一的不足就是……租金太贵。

"五千六已经是能拿下最便宜的价位啦,一次性交清一年,你们还在犹豫什么呢,换了别的中介公司,可没有这么便宜的好事。"中介的工作人员一个劲儿地催俩人赶紧定下来。

许明意对苏莞说:"要不就这里吧,环境挺好的,你喜欢睡软床,屋里那榻榻米就很舒服。"

苏莞思忖片刻，摇头说："我没看上。"

"那行，后面还有几家，咱们再看看，毕竟是要长久住的地方，是应该慎重。"

于是两人又看了几间房，价格都在三千至六千徘徊。

"都没看上？"许明意看着她低沉的脸色，有些犯难："这些房子是很小，比不得你在家里住的大宅子，如果你想住小洋楼……"

他顿了顿："我再到网上找找吧，也是有出租的，就是价格会高一些，不管怎样，我这里还有点积蓄。"

短时间应该是能住得起，将来如果能挣到钱，就可以续租了。

苏莞犹豫了半晌，才拉拉他的衣袖，说道："其实吧，我觉得我们现在住的地方挺好的，真的，出门就是大商场，每天下班就可以顺道买菜回去做饭，虽然小，但是住咱俩，绰绰有余了。"

许明意拧眉，一口拒绝："不行，那房子是我单身的时候租来凑合住的，你搬过来，我就不能让你住在那种地方。"

他鲜少有这般强硬的时候，苏莞一把扔开他的手："许明意，你说过什么都听我的！"

"这件事不行，那房子真的不好，我不能给你住。"

"你能住我就不能住了。"苏莞说，"跟我打肿脸充什么胖子，你现在创业，该拿的钱都拿出去了，一个月好几千的房租，咱们犯不着！"

许明意额间渗出了细密的汗珠，他没说话，一个人走到花园边抽了根烟。

小区绿化非常好，花园里有保姆带着小孩在玩秋千，左边还有个湛蓝的泳池。

许明意喜欢这里，他想让她住好一点的地方，当然，任何地方都比不上她家的大宅子，跟了他，肯定是要吃苦的。

苏莞看着他沉默的背影，心里很不是滋味。

其实没必要吃这样的苦，虽然秦润清坚持，既然她要跟这个男人，那么就别和家里伸手要钱，吃的住的，自己去挣。

但是老爸苏厉城还是会偷偷给苏莞打钱，让她过好一点，别委屈自己。

那些钱苏莞没动，也没跟许明意说。

她也必须要向父母证明自己的选择没有错，那么第一步就是独立。

"我知道，你怕委屈我。"苏莞走到他身后，伸出手环住了他的腰，体贴服软，"怎样才能让你明白，我真的不介意，你过什么样的生活，我就陪你过什么样的生活。"

许明意杵灭了烟头，回身，抚着她的背："心里难受。"

第十章

"难受什么呀,你哪里就苦着我了,以前大学四个人一间宿舍,条件也不好,我不是也一样过来了吗?我爸总叫我狗丫头,我就一狗尾巴草,种小花园能活,放野地里去也能活。"

许明意伸手将她的发丝撩到耳后,说道:"那咱们再看看,租个稍微便宜一点的?"

"现在住的地方就很好……"

不等她说完,许明意捏起了她嘴角的嘟嘟肉:"狗丫头,咱们各退一步,不要再争了。"

"唔……"

等等……

"谁让你叫狗丫头!"

/ 第十一章 /

苏莞和许明意各退一步,租了间小小的一室一厅公寓,位于商业中心的高层,因为是单间房,又是托熟人介绍,屋主急用钱,所以租金不算高,在许明意可以承受的范围之内。

家具和日常生活用品几乎可以不用再行添置,苏莞来了深圳以后,许明意几乎每天都在往家里搬东西,跳舞毯、电磁炉、扫地机器人、咖啡机、榨汁机、洗碗机……

他把自己的小家塞得满满当当,生活所需的一切物品,都给她补充完整了。

以前苏莞家里什么都有,过的是衣食无忧的生活,他不想让她住在自己家里,有任何不习惯的地方。

连搬家公司的人都说,这么多东西,那小屋子塞得下吗?

肯定塞得下啊,之前的屋子更小呢。

两个年轻人辛苦了一下午,总算把新家收拾了出来,家里什么都有,什么都不缺,看上去充实又温馨。

苏莞穿着宽大的居家T恤,躺在松软的大床上,长长地呼出了一口气:"大功告成!我们有新家喽!"

许明意躺在她身边,将脸埋进了她的颈项,开始想要跟她腻歪一阵子:"今天搬新家,必须要庆祝一下。"

苏莞揽住他的肩膀:"小明想怎么庆祝啊?"

"你猜。"

苏莞推开了许明意:"你洗澡去,一身汗也不嫌腻得慌。"

许明意听话地溜进了浴室:"我一定洗得干干净净!"

苏莞站起身走进厨房,嘴角有抑不住的笑意。

那天晚上窗外下着倾盆大雨,房间里开着一盏夜灯,微弱的灯光下,没有经验的两个人,只凭本能地抱在一起,摸索了好久好久,才算摸到了一些门道。

这是苏莞得到他之后,才开辟出来的新世界。

那天晚上,苏莞兴致盎然地给许明意做了一顿丰盛的晚餐,犒劳他这一整天的辛苦,又是打扫卫生又是清理房间,只让苏莞做些轻省的事情。

"我跟着网上的菜谱攻略做的,你尝尝。"苏莞给他夹了一块红烧肉。

| 第十一章 |

许明意皱着眉头，打量这块黑漆漆的红烧肉，思考这玩意儿，究竟能不能吃。

"怎么，没胃口吗？"

"不是。"

"快吃吧，今天一天，肯定累坏了。"

许明意小心翼翼地嚼了嚼，别说，脸上露出惊讶的神情。虽然卖相不怎么样，可是尝着竟然还不错，他又在各盘里夹菜尝了尝，都还不错。

"好吃吧？"

"好吃。"

苏莞撇了撇嘴："看你刚刚那表情，以为我做的什么黑暗料理呢。"

"那倒……也不是。"许明意笑了笑，"我囡囡的手金贵，做出来的饭菜也不是一般人能享用的。"

"哪里学来的油嘴滑舌。"

苏莞又给他夹了肉："快吃吧。"

许明意大口扒饭，呼噜呼噜吃得很香，看得苏莞很有成就感："我学东西很快的，你别总是看不起我，觉得我什么都不会，其实我也能做很好吃的饭菜。"

许明意笑了笑，不言语。

苏莞也拿起了筷子，吃了几口，被盐齁得连忙吐了出来："呸呸！好难吃啊！"

许明意这才捧腹大笑起来，捏着调子学她："你别总看不起我，其实我也能做很好吃的饭菜……"

苏莞急得红了脸，又尝了尝别的，味道都比较一言难尽……

"这么难吃，你还吃！"苏莞夺过他手里的碗，"别吃了，叫外卖吧。"

许明意说："都说了我囡囡做出来的饭菜也不是一般人能享用的。"

"原来你在讽刺我啊。"

"没有没有，我哪有这胆子。"

"你真是越来越坏了！"

虽然味道不怎么好，但许明意还是把那一桌饭菜吃得干干净净，苏莞说让他别吃了，许明意说自己太饿了等不了外卖，凑合着还能吃。

收拾了碗筷，许明意抱着苏莞坐在沙发里看电视："等过段时间闲下来，我教你做饭吧，有兴趣吗？"

"可以啊。"

"在你还没有掌握这项保命技能之前，答应我，别下厨了。"

苏莞使劲儿捏着他的脸:"怎么着还给你吃出心理阴影来了?"

许明意面上含笑:"那倒不至于,不过多几次可能会……"

"会怎么样啊,你说。"

许明意连忙作乖巧状:"不说了,不……不说了。"

苏莞轻哼了一声:"看在你今天把饭菜都吃光的份上,我苏莞大人有大量,不跟你计较啦。"

许明意得寸进尺,将她扑倒在沙发上。

第二天苏莞醒来,已经将近十点,她浑身腰酸背痛,伸手摸向身边的男人,床畔空落落,许明意早已经上班去了。

苏莞打着哈欠来到客厅,餐桌被他擦得干干净净,一尘不染。

那小子也不知道上哪去学的这些不入流的东西。

厨房的保温箱里放着切片吐司、牛奶和鸡蛋,边上放着便笺纸——

"早饭必须吃,晚上我要检查。"

苏莞实在不习惯吃早饭,于是拎着吐司切片走到垃圾桶边,准备扔掉,却不承想,智能垃圾桶的正上方也贴着一张便笺——

"你扔一个试试,被我捡到碎屑,明天多给你烤两片,看着你吃下去。"

苏莞:"……"

你赢了。

她端着餐盘走到桌边,愤愤不平地边吃吐司边喝牛奶,这时候许明意的视频消息又进了手机,苏莞接过:"我在吃我在吃!"

她将镜头对着吐司切片:"你来得还真及时啊。"

屏幕画面里,许明意穿着工作服,跟沈遇然和另外几个同事在凌乱的工作室,估计已经忙活了一大早上。

苏莞打了个呵欠,懒洋洋地说道:"你是什么时候起的啊,我都不知道呢。"

"五点就起来了,你睡得太沉,我没吵醒你。"许明意宠溺地唤了声,"小懒猪。"

身后沈遇然大喊:"许明意你再这么肉麻就给我出去!大清早的腻歪谁呢!"

许明意走出工作间,压低声音道:"你再睡会儿吧,昨天晚上累坏了。"

苏莞说:"你比我更累好吗,中午回来睡午觉,我给你做饭。"

"不了不了不了。"许明意连声道,"那什么……我叫外卖。"

"许明意!我做的饭就这么难吃?!"

| 第十一章 |

"不不不,我是怕你累着,你就在家看看书,或者去周围健身房健身,等我晚上回来。"

苏莞撇撇嘴:"那我下午去做头发逛街。"

"好的,想买什么就买,你老公有钱,使劲儿花。"

苏莞挂了电话,在沙发边跷着脚,准备小憩一会儿就出门,这时候电话响了,苏莞拿起来,居然是苏厉城的。

老爹的电话她不敢不接,走到阳台,战战兢兢接通:"喂,爸。"

"狗丫头,在做什么呢?"

"刚醒。"苏莞如实说,"准备待会儿叫个外卖,出去逛街呢。"

"一个人在外面,生活还习惯吗,还吃得惯那边的食物吗?"

"呃,习惯的,您就别操心这个了。"

"那小子对你还好?"

"好着呢,您给我卡里打的钱一分没用,但是他一点没缺我的。"

"算那小子懂事。"

苏厉城听起来似乎很满意,苏莞松了一口气,挂掉了电话,换上一身职业套装便出了门。

并没有如之前对许明意所说的那样,去做头发逛街什么的,她拿着自己的简历,按照之前网络上看到的地址,进了几家互联网公司。

几次大公司的面试都无疾而终,因为这里是深圳,互联网行业最发达的地方。苏莞的竞争对手要么是名校背景,要么来自海外,金子一样闪闪发亮,优秀极了。

而苏莞……虽然也毕业自国内顶尖的高校,可是大学的时候对自己学业并不上心,专业课勉强及格,机器人研发和编程能力这些练家子的功夫,更是比霍烟差太远了。

就连英语,她都说得磕磕巴巴。

经过几次失败的面试,她深深感受到了自己的无能,以前活在父母的庇护之下,觉得自己好像很厉害,可是离开了父母的她……什么都不是。

初夏的天气真是说变就变,前几分钟还阳光明媚,没一会儿,倾盆大雨哗啦啦落了下来,苏莞惊叫一声,连忙躲到边上的便利店门口。

白衬衣被淋湿了,有些透,能看出内衣的颜色,她待会儿还要去面试呢。

苏莞连忙用纸巾擦拭自己的衣服,不知道为什么,眼泪跟着就止不住地掉了下来。

几场面试失败的压力让她感觉很受挫,许明意说她不用考虑工作的事情,但是她怎么能不考虑,他那样辛苦,她必须为他分担。

可是连这点都做不到,她太弱了,什么都不会,除了有钱的父母以外,她什么都没有。

她蹲下身抱着膝盖,对着墙壁啜泣着。

这时候,边上似有人递了张纸巾过来,苏莞回头,见一个西装革履的中年男子,对她友善地微笑。

苏莞觉得挺不好意思,接过纸巾擦了擦眼泪。

男子看了看她手中的简历文件袋,似乎明白了什么,说道:"别哭了,妆都哭花了,待会儿怎么去面试。"

苏莞点头,又从包里拿出粉扑开始补妆。

中年男人操持着长辈的调子,对苏莞说道:"年轻人,工作一时受挫没关系,慢慢找,肯定会有适合你的岗位。"

这时候雨停了,苏莞向男人道了谢,转身沿着湿漉漉的街道阔步走去,而那男人盯着她的背影,看了许久。

HR 已经面试了好几个,都不是很满意,苏莞小心翼翼地敲门进去,HR 已经很不耐烦了,随手翻开她的简历看了看,问道:"你是计算机专业的?"

"对,我看到贵公司属于新兴互联网产业公司,我觉得挺对口的,就……"

HR 不耐烦地打断了她:"可我们招的是总裁助理,括号:文秘。你会写东西吗?"

苏莞说道:"会的,我高中作文分数很高的。"

HR 翻着她的简历,摇了摇头,说道:"你回去等消息吧。"

又是这句话,苏莞听到这句话,就知道多半是没戏了,不过她不想放弃,对 HR 说道:"我有计算机方面的知识,也在这一行有过工作经验,写作我也会,最重要的是我勤奋好学,请您给我一个实习的机会,实习期工资低一点也可以接受的!"

这时,一个西装革履的中年男人走进了会晤室,HR 连忙站起来,恭敬地唤了声:"关总。"

关信缓缓踱步走过来,睨了苏莞一眼,苏莞也抬头看他,赫然发现,他就是刚刚便利店外面给她递纸的男人。

最落魄的一面,竟然让可能成为未来上司的男人看到了,苏莞窘迫不已,收回了自己的简历,低头喃了声:"打扰了。"

转身欲走。

"等一下。"关信叫住她,"你说你以前做过互联网行业相关的内容?"

苏莞点头:"当过程序员助手。"

| 第十一章 |

"现在很难得有女孩子懂计算机方面了,你现在去人事处登记一下,现在就可以开始上班了,我让助理小周带你熟悉一下公司。"

苏莞抬起头来,眼睛里升起明亮的光芒:"真……真的,您录用我了?"

关信看着她乖巧稚嫩的脸蛋,他沉寂已久的心,竟蓦然有了某种枯木逢春的感觉,怜悯和疼惜的意味在他眼底弥漫开来。

"你以后就跟在我身边,帮我做事,如果做得好,我不会亏待你。"

"谢谢关总!"

晚上许明意回家,打开门便嗅到了香喷喷的饭菜香。

他脱了鞋进屋,笑说道:"我囡囡又做了什么好吃的?"

苏莞将饭菜从微波炉里取出来:"你不是吃不惯我做的菜吗,我叫了外卖,孜然牛肉。"

许明意心情很好,从后面抱着她,环着她的腰跟她磨磨蹭蹭了好一会儿,被苏莞打开了手。

苏莞将孜然牛肉盛上桌,又指着沙发上的衣服说:"我今天逛街给你买了件卫衣,你试穿看看。"

许明意取出那套渐变色的卫衣,往自己身上比了比,问道:"你给自己买了什么?"

苏莞背过身去,盛了饭上桌:"我没买,就瞎逛,反正逛街本身就是一种乐趣,不一定要买东西嘛。"

"说的也是。"许明意并没有疑心,三下五除二脱下自己的衬衣,换上了那件橙蓝渐变的卫衣,看上去十分显年轻,"好看。"

苏莞笑着走过去,拉着他打量一番:"就像一下子回到了十八岁的翩翩少年。"

"是吧。"许明意故意在她面前凹造型,逗得苏莞乐不可支。

"傻不傻?"

两个傻子其乐融融的生活,过起来倒是顺风顺水,时光恍惚间便过了好几个月,苏莞竟全然不曾察觉,只觉得每天都很幸福。

许明意工作室的项目已经接近尾声,接下来就是召开发布会,寻找投资方。

向南有人脉和资源,这方面倒是不难,许明意承诺苏莞,只要项目能够走上运行轨道,便算是真正打开了门路。

他们也可以换一间属于自己的房子,拥有自己真正的小家了。

不过这段时间,许明意工作更加忙碌,每天早出晚归,丝毫未曾察觉苏莞也在外面工作的事情。

苏莞瞒着他倒不是别的缘故,而是担心自己做不长久,万一被炒鱿鱼了,

还要让他反过来安慰自己,索性就暂时不讲,等以后真的稳定下来,再告诉他不迟。

这份助理文秘的工作,苏莞做起来的确有些吃力,因为经常要帮老总写报告和开会纪要,还有一些汇报总结,对于没有经受过文字训练的她而言,实在勉强。

不过好在经历了这么多次失败的求职,苏莞格外珍惜这次工作机会,肯下苦功琢磨练习,倒也能够勉强应对。

她的老板关信对她非常好,教会她许多为人处世的道理和工作方面的经验。

而且他态度亲和,充分展现了一个成熟且事业有成的中年男人应有的风范。

只是苏莞偶尔听公司里的女员工八卦过,说关总一直未婚未娶,是公司颇受欢迎的钻石王老五。

当然,公司里一丝半点的风吹草动,都瞒不过那些成天伸长了信子四处打探、嗅觉无比敏锐的女员工。

她们总说,关总喜欢让苏助理进办公室,一待就是半个多小时,关上门,也不知道两个人在里面干什么。

"上次我还看见,苏助理给关总倒茶的时候,关总摸她的手呢。"

"你看她穿的那身衣服,领口开那么低,勾引谁啊?"

"还能有谁,现在的小丫头片子不老实啊,要是傍上关总这样的大人物,下半辈子就不愁了,还用得着这样辛苦工作吗?"

……

对于这些流言,苏莞从没有放在心上,职场上永远不缺一双双好奇窥探的眼睛,无时无刻监视着你,也不缺八卦的长舌妇,将某些莫须有的"罪名"强加在你的身上。

过去苏莞气性上头,或许还会与她们争辩计较,而如今凡事都要靠自己,为了工作能进展顺利,她只能忍下来,毕竟面子上的和谐还是要有的,否则人人都与她作对,这份工作她就别想做好了。

流言虽然传得不堪入耳,但是关总对她是真的很好,好到……几乎有点超越上司对下属的正常关心了。

不过总归没有逾矩,苏莞也不止一次地提醒过关信,她有男朋友,两个人或许很快就要结婚了。

而关信看她的时候,那饱含情味的目光依旧没有变化,只是操持着上司的调子,说道:"小苏啊,结婚之后就面临着生小孩请产假的事情吧,你知道,

第十一章

我们公司事务繁忙,一天都离不了人,你要是走了,后面肯定会有人顶上来,你这岗位,我可给你留不下来啊。"

威胁之意非常明显了。

苏莞只能笑着应付:"关总,这都是八字没一撇的事情呢。"

"也对。"关信泡好了咖啡,走到她身边,将咖啡杯递给她,"现在年轻人谈恋爱,今天和明天分,也没个定数,再说,现在房价这么高,也不是一般人买得起的,要是家里没套房子,娶了老婆生了小孩,总不能一直住在出租屋,你说对吧?"

"不会啊。"苏莞勉强地笑着,"现在大多数年轻人都是这样过来的嘛,也不是谁生来就什么都有,房子车子,都要靠夫妻两个人共同努力去挣的。"

"如果有更好的机会摆在你面前,不用每天这么辛苦地工作,就能得到所有的一切,房子、车子甚至任何想要的东西,你愿意吗?"

苏莞笑了笑,不言语,这些东西她自小就有,但她不是依然选择了许明意吗?

关信以为她沉默是因为意动,于是附身凑近她,嗅了嗅她身上隐幽的暗香,闭眼,一脸享受。

苏莞吓得连连后退了好几步:"关……关总,我先出去了。"

回到自己的办公桌,苏莞脸颊绯红,惊魂未定,隔壁邻桌的女同事狐疑地看着她,不知道心底又生出了什么旖旎的遐思。

关信的表现已经不是暗示了,是在向她表明态度和好感,即便她有男朋友,他看上去好像也不在乎。

可是苏莞却只觉得一阵阵地犯恶心,她摸出手机,颤抖地拨出了许明意的号码。

"囡囡,我晚上不回来吃饭了,向南这边联系到一家公司,对我们的机器人感兴趣。"

听得出来,许明意似乎很高兴:"对了,今晚提前准备红酒香槟吧,如果能谈成合作,以后就都好了,回头我给你换一栋大房子住。"

"嗯。"苏莞眼底含笑,可是声音却有些哽咽:"我等你回来哦。"

"你声音怎么了?"许明意很敏感地察觉到不对劲。

"没有,我高兴呢。"苏莞连忙捂住了嘴,把自己那股子酸涩的情绪压下去,"我等你的好消息。"

"我说过,我一定会成功,等我成功了,我就去你家里提亲,苏莞,你想不想当我的老婆?"

"我……我想啊。"

许明意笑了起来,苏莞甚至能想象他那低头羞怯的小表情,特别可爱。

"在家里等我啊。"

苏莞挂了电话,心情似乎也平复了许多,一想到许明意在自己身边,什么样的困难都难不倒她,她什么也不怕了。

隔壁桌的女同事一直用好奇的目光打量她,她放下手机,漫不经心说了声:"是我男朋友,我们马上要结婚了。"

"哦,恭喜你啊。"

便在这时候,关信走出办公室,对苏莞说了声:"晚上有个酒局,你准备一下,跟我一起去。"

"今天晚上吗?今天晚上可能不行,我……"

"苏莞,你这段时间是怎么回事?"关信皱了眉,"入职的时候,记不记得你是怎样保证的,如果现在心思没有放在工作上,随时可以辞职走人。"

这是关信第一次对苏莞发脾气,而在此之前,他在她面前一直维持的是谦和温厚的上司形象。

"对不起关总。"苏莞连声道歉,"今晚十点半之前,能结束的话……"

这段时间,许明意都是晚上十一二点才会回来,如果十点半能结束,那应该就没关系。

关信想了想,说道:"应该可以,不过今天的饭局很重要,你稍稍打扮一下。"

"好的,关总。"

他离开以后,苏莞拿出了化妆包,去洗手间给自己补了个浓淡相宜的妆,出来的时候,精神了许多。

因为从小营养合宜且保养得当,她的皮肤白皙水嫩,气色也相当不错,身材适中,脸上有微微的婴儿肥,看上去娇俏动人。

这样的女孩是非常招中年男人喜欢的,她们身上总是散发着这些男人没有并且十分渴求的健康活力感,不像那些浓妆艳抹的成熟女人,细瘦骨感,一阵风就能吹走似的。

难怪单了这么多年的关信,会喜欢她。

晚上,苏莞跟着关信进了大酒店的包间。

过去的饭局酒局,关信总喜欢带着苏莞,一来是因为她酒量实在不错,关键时候能帮他挡酒,二来,这丫头年轻漂亮,还会说话,很能热络场面,也不惧怕。

现在很多初入职场的年轻女孩,都不怎么懂酒桌上的规矩,拘拘束束,小心谨慎,很不够味。

第十一章

难得苏莞竟然能吃得开,这也是关信欣赏她的缘故,就是不知道,她这么年轻,怎么学会的这一套。

当然,关信不可能知道,苏莞自小跟着她那牛哄哄的父亲大人,什么高端饭局、慈善晚宴、party 舞会没有参加过,这些场面上的一套,对她而言是小 case 了。

偌大的包间里已经坐了人,看来对方也是早早赶到,穿过雕栏屏风,苏莞跟着关信走进去,看清了来人,一个激灵,险些摔跤。

关信连忙扶住她的纤腰,略带责备地说:"怎么回事,小心一点。"

"对不起,关总。"苏莞连忙挣开他,与他保持一定的距离。

而她正对面的位置上,坐着西装革履的向南、沈遇然还有……许明意。

她甚至都不敢去看那小卷毛。

万万没想到,关信要见的客户竟然会是他们。

苏莞低着头坐在席位间,放在桌下的手颤抖不已,整个人跟筛糠似的,抖个没完。

而许明意见到她以后,从一开始的震惊,到渐渐沉下脸色,越来越难看。

向南率先反应过来,也没有说破彼此认识的事情,与关信相互敬酒寒暄,说着一些无关紧要的场面话,并且向他介绍了沈遇然和许明意。

"向总年轻有为啊,我和你爸以前也有过合作,算是老相识了。"

向南谦虚地笑说:"关总是我的前辈,我要向您多多学习。"

沈遇然偷偷凑近许明意,说道:"看不出来,向南平日里不声不响,还挺会说话的哈。"

许明意一言未发,桌面上的手紧紧攥着,一刻也未曾松弛。

沈遇然看了看他,又望了望正对面瑟瑟发抖的苏莞,明白了什么,也不再找他瞎聊了。

吃饭的过程中,双方并没有直接谈合作的事情,彼此都在估量和谈判,靠的就是推杯换盏间的斡旋,暗流涌动。

关信被向南灌了几杯白酒,有些受不住了,给苏莞使了个眼色,苏莞明白过来,虽然不情愿但也不得不起身,对向南说道:"向总,这杯酒我代关总跟您喝。"

向南不好灌自家兄弟媳妇儿的酒,于是喝了一杯之后便搁下了酒杯。

他想不明白这是怎么回事,苏莞怎么会坐到对面去,看许明意这阴沉的脸色,想来应该是不知道的。

现在这状况,许明意闷不吭声,似乎闹上脾气了,那这合作……要怎么谈下去啊。

关信见场面冷了下去,觉得是苏莞今天的表现太过呆板所致,于是冷声对她说道:"去给各位客人敬酒。"

苏莞连忙端起酒杯,又被关信按住手,将她杯中的啤酒倒掉,换成了白酒:"这样才有诚意。"

许明意看着那落在苏莞手腕上的咸猪蹄,表情一冷,沈遇然眼疾手快连忙拉住他,生怕他做出什么出格的事情来。

不过幸好只有一瞬,苏莞挣开了他,端起酒杯对着几个男人说道:"我敬各位,祝你们事业有成,生活顺心如意。"

顺心如意,真讽刺。

沈遇然和向南两个人起身回敬,但许明意没有举杯,他甚至都没看她。

心里难受。

关信对苏莞今天的表现真是失望至极,再加上今天她说的那番婉拒他的话,更让他火大,于是他凶狠地斥责道:"谁让你一起敬的!懂不懂规矩!挨个敬,一口干了,才能显出我们信达集团的诚意!"

苏莞哪怕是酒量再好,也不能直接干白酒啊,喝了一杯之后,她便有些受不住,呛了呛,坐下来的时候有些晕乎乎的。

关信又给她斟了满满一杯酒:"继续。"

苏莞挣扎着又站起身,而对面向南看不过眼,说道:"关总,这小女孩不胜酒力,喝多了回去也不好跟家里人交代,算了吧。"

关信轻哼了一声:"她平时不这样,今天是故意跟我闹脾气呢。"

说完这话,他的手漫不经心地落到了苏莞的腰间,轻轻捏了一把。

许明意脑门一炸,手中的酒杯让他摔了出去,重重砸在墙上。

苏莞全身颤抖,吓得哆嗦了一下,许明意离席,径直朝她走来。

苏莞跟跄地站起身,后退一步,连声道:"许哥,对……对不起……"

连向南都有些惊讶,鲜少见作天作地的苏大小姐,能被惊吓成这样的。

她应该是……非常非常在乎许明意。

苏莞以为许明意会骂她,毕竟瞒了他这么长时间,她心虚有愧,打定主意不管他怎么生气,她都不顶撞还口,要给他在兄弟跟前留足面子。

然而不承想,许明意走过来,脱下外套裹在她身上,然后握住了她纤细的手腕。

他目光低垂,眉眼温柔,声音也降了好几个调,心疼地说道:"囡囡,咱们不喝了,跟我回家。"

第十二章

大马路上，苏莞扶着粗壮树干呕了好一阵子，酒精上了头，难受至极。

许明意陪在她身边，轻抚着她的背，帮她顺气。

"好些了吗，要不要去医院？"

苏莞摆了摆手，示意自己没事："对不起，对不起我把这件事搅黄了。"

许明意安慰道："跟你没关系。"

向南和沈遇然两个人站在路边，刚刚向南给关信打了电话说明了事情的前因后果。

因为关信对苏莞不规矩的行为，向南的态度也不客气，说合作的事情就先搁置，以后有机会再谈吧。

许明意扶着颤颤巍巍的苏莞，说道："这件事是我和莞莞没有沟通好，耽误了事情，真的很抱歉。"

向南拍了拍许明意的肩膀："没事，信达公司本来出价也不高，我们后面还有更优选择，不一定要考虑他们，今天这件事，也让咱们看出来他们信达总裁人品不行，没能成功合作，是幸事。"

虽然向南这般说，可是许明意还是满心的愧疚："南哥……"

"咱们项目好，不愁找不到好的买家。"向南看了看迷迷糊糊的苏莞，"带她回去吧，俩人有话好好说，别吵架。"

"嗯。"

许明意蹲下来，背着苏莞回了家，放到沙发上，又拿了她的一套卸妆工具来，在化妆棉上沾了卸妆水，轻轻擦拭她花掉的小脸蛋。

她难受地说："刚刚在外面你顾着我的面子，现在回家了，你想骂我就骂吧。"

许明意仔细地给她卸了妆，然后将她鬓间散乱的发丝挽到耳后，柔声道："我是有点生气，虽然舍不得骂你，现在也说不出安慰你的话，等待会儿睡觉的时候，我再安慰你。"

苏莞："……"

她推搡了许明意一下，兀自起身，跟跟跄跄去卫生间洗澡。

许明意从柜子里取出她的换洗衣物，走到洗手间门边，敲了敲："囡囡，衣服拿进去。"

门开了一条小缝，苏莞纤细白皙的手腕从门缝里伸出来，拿走了衣服。

许明意站在门边，望着水雾蒸腾的玻璃中，她模模糊糊的轮廓身影，叹

息道:"之前说什么去逛街、泡图书馆、做头发、健身……都是骗我的,你找了工作,却不肯告诉我。"

哗啦啦的水声传来,苏莞没有说话。

"其实工作没什么,我又不是……不是那种不讲道理的人,也不是要你待在家里不工作,我没那么大男子主义。"许明意轻言细语地说,"但是你要信任我,不然我真的会很担心,今天那个关总那样对你,给你灌酒,逼你做你不愿意做的事情,我只要一想到那种场面……"他顿了顿,语气变得十分沉闷,"我心痛,杀了他的心都有。"

洗手间里,一直没说话的苏莞在那一瞬间突然爆发了,她号啕大哭了起来。

许明意心慌意乱,顾不得什么,打开房门冲了进去。

苏莞抱着膝盖蹲在角落里,头顶的花洒还在哗啦啦地冲水,她一丝不挂,浑身是水,头发湿润地黏在脸上。

许明意关上花洒,然后扯了浴巾将她整个裹住,按进怀里,心疼不已:"是我不好,瞎说什么鬼东西,不哭不哭了。"

苏莞将脸埋进他坚硬的胸口,连日来所受的委屈,还有工作上遭遇的挫折和压力,自我的否定……一桩桩一件件,尽数倾倒在他温柔的怀抱里。

她真的是忍了好久好久,能在爱人的肩头放声大哭,其实苏莞觉得特别满足。

"对不起,许哥,对不起,我知道错了,我不该……不该瞒着你,把这件事搅黄了……"她上气不接下气地哽咽着,一声声的道歉,每一个字都要把许明意的肝肠扭断了。

许明意低头吻她的额,柔声抚慰:"没有对不起,你永远不会对不起我,你是我生命中最意外的惊喜,是我的女人,这辈子都不用道歉。"

那晚苏莞抱着他哭了很久,许明意也不劝她了,让她好好发泄。然后沉默地给她擦干了身体,换上柔软干净的衣服,拿着她那些价值不菲的瓶瓶罐罐护肤品,按照顺序给她抹脸。

他故意逗她:"再哭的话,这么贵的东西,就浪费了哦。"

苏莞哭够了,便停了下来,眼睛肿肿的,鼻子红红的,可怜兮兮看着他。

许明意笑着拧开了她的精华面霜,放到鼻尖嗅了嗅,说道:"这么一小瓶,要卖好几千,可是在我看来,就是小时候奶奶用的十几块的雪花膏,怎么卖出这么高的价格呢?"

苏莞嘟哝说:"你懂什么,这里面的精华成分来自什么深水海藻,是雪花膏能比的吗?"

"也对,女人还是要用贵的东西来养,等你男人发达了,给你拉一车这什么海藻,每天一瓶,给你当身体乳擦。"

苏莞没忍住笑了起来:"你要不要这么土豪。"

看到她展露笑颜,许明意总算放心下来,捏捏她的鼻子:"好了,这事儿就算翻篇了。"

第十二章

苏莞乖乖地点头:"我明天辞了工作,反正做什么文秘助理,也不大适合我,总是做不好,我再换一份适合自己的工作。"

"咱们一起努力。"

"嗯!"

苏莞一双水灵灵的眼睛看着他:"那你不生我的气?"

"还有一点。"许明意拍了拍她的脑袋,"我气你居然瞒了我这么久,难道我就这么不值得你信赖?"

"不是。"苏莞连忙解释,"我是想做出一点成绩再告诉你,我怕你觉得我很笨,什么都做不好,连工作都干不长久。"

"大学刚认识你那会儿,我就知道了。"许明意回忆着过去的事情,嘴角不自觉地噙着一丝温暖的笑意,"那时候我在想,你成绩不好,看起来也不聪明,除了长得乖巧家里有钱以外,真是一无是处的女孩子,如果真的在一起了,以后应该会很辛苦吧。"

"你真是……心机好深啊。"苏莞撇嘴说道,"我还没嫌你灰小子,你反倒嫌我笨!"

"我是不能不考虑这些事情。"许明意将她的手放到自己的掌心,嗓音温柔动听,"不懂事的时候,可以只看感觉,不考虑任何无关的事情,可是我不能不早些懂事,对于未来妻子的要求,应该是与我家庭匹配相当,或者稍弱于我,我可以给她创造更好的生存条件,而她,愿意为我勤俭持家,生儿育女,不会随便使性子,总之,是要聪明一些的。"

苏莞哼哼唧唧说:"那我跟你心目中理想妻子的形象,还真是很不一样。"

"何止不一样。"许明意弹了弹她的脑门,"简直差了十万八千里,那个时候的我,分明最不愿意接触的……就是你这样的女孩。"

苏莞甩开他的手,赌气道:"那……是我赶鸭子上架,逼你和我在一起的喽?"

许明意笑着说:"难道不是?我记得某人趁我喝醉酒,还录了视频,如果我不对你负责,估计全校都会知道,我许明意是个寡情薄幸的男人。"

苏莞的火气越发上来了:"既然这样不情不愿,那你还回来找我做什么?"

许明意却不急不缓地说:"你知道,我是什么时候开始对你动心的吗?"

苏莞没好气地瞪他一眼,拉长了调子说:"不——想——知——道。"

"你记不记得,在桂林我和几个男人打架的事?"

"记得,那些家伙胆大包天居然敢调戏本小姐。"苏莞哼哼说,"后来被带到警察局,那帮尿蛋个个抖得跟鸡崽似的。"

"打架的时候,有个男人抢了我的手机随手扔了,当时我没有顾得及,晚上才发现手机没了,我其实有回去找过。"

苏莞突然怔住了。

那天晚上,没有月亮也没有星星,夜风徐徐吹着,耳边传来鸟啼虫鸣,却越发衬得夜色静寂。

许明意匆匆赶到溪边,却发现一个女孩子单薄的身影,她正打着手电筒,在草丛中焦急地寻找他丢失的手机——

苏莞。

一阵风过,芦苇沙沙。

当时心底是什么样的感觉呢?许明意可能这辈子都没敢肖想过,那样美好而却遥不可及的女孩,会因为你而着急,会为你掉眼泪,会那样爱重你卑微如尘的自尊心。

虽然到最后也没能找到手机,可是许明意却在那天晚上寻到了最珍贵的东西,那是藏在他心底的一抹月光,皎洁无暇。

那时候起,他对苏莞死心塌地。

许明意从衣角取下一枚红色的小夹子,拿到苏莞眼前:"你看,在你离开后的每一天,我都戴着它。"

苏莞接过这枚已然脱色的发夹,讶异道:"这是……"

"你自己说的,这是定情信物。"

那天在北海,她戴着许明意买的小海螺手串,作为交换,随手便摘下了头上的小发夹,夹在他的卷毛刘海上。

"这是定情信物,你要好好保管哦。"

"不用每天戴着,但你要永远珍藏。"

女孩的叮嘱,言犹在耳。

这两年,许明意每天都带着它,一刻也未曾取下来过。

"苏莞,你是我生命中的一场意外,打乱了我为自己预设的人生轨迹。"许明意拇指抚着她绯红的眼角,"但也是你,带我看到了许许多多不一样的风景。"

很多原本他一辈子都不曾体悟的风景。

苏莞低头吃吃一笑:"原来在你心里,我这样好啊。"

许明意真诚点头:"不聪明,大小姐脾气,还刁蛮任性……我愿意包容你所有的缺点,因为你曾经陪伴着一无所有的许明意,度过了他人生最落魄的那段岁月。"

那一晚,闷葫芦许明意非常难得地对她敞开心扉,讲述自己最真实的想法,苏莞听得很感动,因为那些都是他的真心话。

许明意不是那种能一见钟情海枯石烂的男人,他自小的经历让他不懂浪漫,性格也偏向沉郁。他的感情就跟陈年的石砚一样,需要一点点地打磨,或许这样才能磨出些许墨香来。

那晚苏莞睡了个好觉,第二天一早去了公司,将自己的工作做一个妥当的收尾,然后向关信递交了辞呈。

当然,昨天晚上的事,闹得关信也很不愉快,不是因为合作谈崩了,而是一向温顺的苏莞在酒桌上没有给他面子,竟然直接跟着那个男孩走了。

这些年关信事业一路顺风顺水,想要贴上他的女人多不胜数,可惜都是

第十二章

庸脂俗粉他一个也看不上，好不容易来了个清新脱俗的，居然不买他的账，这让他感觉……难以接受。

他自问自己不算老，正当壮年，比起那些根基未稳的小青年，是个聪明的女人都知道应该要怎么选。

更何况，他没有家室，谈一段感情是没有负担的，女孩不用背上二奶的骂名，他还可以给她提供优越的物质条件，何乐不为？

偏偏苏莞，不识抬举。

关信冷眼看着苏莞递来辞呈，小心翼翼地措辞向他表示了感谢，最后忐忑地等待他的回应。

他缓缓伸手，拿起那辞职报告看了看，说道："我能给你的，他赚一辈子都给不了。"

然而苏莞不为所动："我不需要他给我什么，跟他在一起我觉得痛快，仅此而已。"

关信挑眉："痛快？当你被生活逼得柴米油盐都要斤斤计较的时候，当你的孩子生下来一家三口却都还挤在狭小的出租屋的时候，还会说这两个字吗？"

"关总，你信不信，永远不会有那一天。"

"你就这么相信他？要知道，我见过不少意气风发满腔热血的年轻人，信誓旦旦说要站在巅峰俯瞰这个世界，可是现在呢，他们有的在送外卖，有的在当电话客服，还有的……在推销地摊图书。这就是生活，这就是现实！"

"关总，我说过，我苏莞永远不会过那样的生活。"

你爱信便信，不信便罢了。

"想来就来，想走就走？"关信将辞职报告退回去，"你入职的时候签过一份合约，上面白纸黑字写得清楚明白，合约期满之前，任何原因自行离职，公司不同意，则需要缴纳违约金30万。"

"关总，这分明就是霸王条款。"苏莞有些急了，"30万，这也太多了吧！"

"所以，回到你的岗位上去，好好工作，乖乖听话，不要惹我生气了，除非你的好男朋友拿得出这么多钱来。"

苏莞气急败坏地走出办公室，迫于无奈，她只好给自己老爸打了个电话。

两天后的清晨，信达集团迎来了一位大人物，关信一大早便候在了会晤厅，见到一身黑色西服意态沉稳的苏厉城，他连忙迎上去："苏总怎么有空大驾光临，真是……真是蓬荜生辉啊。"

这位苏厉城可算得上是出了圈都能叫得上名字来的大人物，前一天他的助理给关信打电话预约时间，关信还一度以为是骗子呢，一晚上都没睡觉，不敢相信苏厉城这种咖位的人物竟然会莅临他们这个小小的信达集团。

可现在真人就站在他面前，关信感到难以置信。

苏厉城脸色并不好看，也不跟关信寒暄，只说道："我是来接我女儿走的，听说她被你们家的合约困住了，当然，白纸黑字我们也不抵赖，30万是吧，

我现在就可以给关总你开张支票。"

关信如遭雷击，难以置信："您……您是说……"

"爸。"清脆的声音自办公桌边响了起来，苏莞放下手里的文件，朝着苏厉城跑过去，一头栽进他怀里，"老爸您怎么自己过来了啊，这种小事，让黄助理过来就好了嘛。"

"我来看看我的狗丫头，在这儿有没有被人欺负啊。"

"从小到大只有我欺负别人的，谁敢欺负我呀。"苏莞有人撑腰，底气也足了许多，白了关信一眼。

关信此刻脚都开始颤抖，险些站不稳了，原本以为那日便利店捡到的只是个落魄的灰姑娘，没想到……竟是真正的小公主啊！

想到自己先前对苏莞说过的话，关信脸上一阵红一阵白，他还想用自己的权势和财产去吸引她，没想到她才是真正的幕后赢家。

而周围的女同事惊讶地看着这一系列惊变，没想到她们背后嘲笑的勾引老总上位的"拜金女"，竟然有苏厉城这样的父亲，她根本就是女版王思聪了好吧！

"误……误会，一切都是误会。"关信声音颤抖不已，让人拿了苏莞的入职合约来，当着众人的面直接撕成了两半。

苏厉城的面色这才稍稍缓和："既然事情解决，莞莞，去收拾收拾，跟老爸走吧。"

"好嘞！"

关信连忙说道："苏总远道而来真的辛苦了，我在海天盛宴备下午餐，请苏总和令爱赏光，也让我给二位好好赔礼道歉。"

"不用了。"苏厉城道，"我这个老丈人，也是时候去见见我那位好女婿了。"

这话听得苏莞心惊胆战，不知道老爹的态度是褒还是贬，圣心难测啊！

苏莞追着苏厉城的脚步走出了信达集团公司大门："爸，你……真是……来也不说一声，许明意什么准备都没有，突然见面，你还不把人家吓死了啊？"

"听说他在创业，我去他公司考察考察，不用准备什么。"

"哎……爸……"

关信看着苏厉城离开的背影，心里想着……能给苏厉城当乘龙快婿的男人，还他妈还创个毛线业，拉个屁的项目啊！苏厉城随便动动手指头，能给他的资源加起来可以绕地球三圈好吗？

那个叫许明意的男人……上辈子锦鲤投胎？

奔驰车里，苏莞时不时地抬头偷瞥自家老爹，他正闭眼假寐，不知道睡着没有。于是苏莞小心翼翼摸出手机，想给许明意发短信，让他做好接驾的准备。

可是刚划开屏幕，苏厉城便缓缓开口："想给他通风报信？"

"哪里。"苏莞连忙放下手机，干笑道，"我刷微博呢。"

苏厉城鼻息间发出一声轻哼："既然这样信不过他，我也没必要再去看了，小黄，去机场吧。"

第十二章

司机小黄恭敬地点点头:"好的,先生。"

"老爸你这才刚来呢,别急着走啊!"苏莞连忙说道,"没什么信不过的!我这就带您去他们的工作室!我不报信了!"

苏厉城睁开眼,不服气道:"我倒要看看,这小子什么德行,能让你这样五迷三道。"

一路上,苏莞心底七上八下,带着苏厉城来到了许明意的工作室。

工作室位于较为偏僻的居民小区楼里,地方是向南托朋友找的,租金价格比市中心的写字楼要便宜许多,五室厅的房间里规整地摆放着各种各样的器械设备、机器人断肢,桌上放置着好几台正在运行的电脑。

沈遇然半蹲在外厅的地板上,戴着灰色护目镜,正在给机器人焊接上肢。

见苏莞带了人过来,他关掉电焊器,正要开口叫许明意,苏莞却连忙示意他噤声。

沈遇然望了望她身边的男人,若有所思地点点头,低声说:"老二在里面。"

苏厉城大跨步走了进去,而沈遇然摘了护目镜一跃而起,看好戏似的跟在苏莞的身后:"这位……这位难道就是传说中的苏厉城,每年国内富豪榜前五名的苏总?"

苏莞无奈点头,手指放在唇边,示意他噤声。

苏厉城没管身后小辈叽叽了啥,他径直走进另外一间工作室,室内的大桌上,极有层次地摆放着好几台电脑,电脑屏幕上是各种代码编程软件,有的输入到一半,有的已经完成了大部分……

电脑堆里的许明意,穿着一件深蓝色工作服,戴着黑色的框架眼镜,卷卷的头发也是乱糟糟的,正埋头在键盘上敲击着什么,即便屋里进了人,也丝毫未曾察觉。

这全神贯注的模样,倒是让苏厉城想起了年轻时候的自己。

他目光下移,瞥见了桌边摆放的一盘冷掉的小笼包。

"这么忙,忙得连早饭都来不及吃啊?"苏厉城笑着问。

许明意头也没抬,一边敲键盘,不假思索道:"媳妇儿又没在,吃什么早餐。"

门外的苏莞听得噎气了,这家伙,每天准时在她醒来之后检查她吃早餐,自己居然这么不自觉!

苏厉城若有所思地点点头:"哦,媳妇儿管着就要吃早饭,媳妇儿不在,就可以不用听话了?"

许明意被打扰了也有些不爽,抬头看了他一眼:"大叔,您是我老丈人啊管这么多?我这会儿忙着呢,您是送外卖还是送快递啊,放到门边就行了,谢您嘞。"

"哟,我还管不了你了?"苏厉城依旧笑着,没有动气的意思。

许明意抬头看他一眼,随即目光便落到了他身后的苏莞身上,立刻老鼠

见了猫:"哟,囡囡来了。"

这时候苏厉城脸色才沉了下去,生硬道:"谁是你囡囡!"

"许明意!"苏莞连忙从门后面出来,气得不轻,"这是我正经的老爸!你……你给我站起来!"

突如其来的惊变让许明意一个没坐稳险些摔桌子底下,他惊恐万分地立正站好,打量面前的男人。

正……正经的老爸啊。

西装革履的苏厉城年近五十,可意态沉稳,鬓间连微霜都没有,看起来很是年轻。

眼里眉间,倒是也有几分苏莞的秀气,是一个模子里刻出来的父女俩。

他吓得都快灵魂出窍了。

苏莞没好气地走过来,替他理了理衣领,低声埋怨:"穿的都是什么,难看死了。"

他解释:"工作才穿的,平时出门就不会……不会这样。"

"这是我爸。"

"爸……"

"蠢货!叫叔叔!"

许明意连忙改口:"叔……叔叔。"

苏厉城望了望四周,似乎连个能落脚的地方都没有,他说道:"你这工作间,未免太过简陋。"

"是是是,苏总,我们这儿条件确实不怎么好,但是不影响我们有技术啊!"沈遇然连忙迎上来,热情地说道,"苏总,我是沈遇然,跟您女儿也是大学同学,您要不要四下里看看,我带您参观参观?"

"也好。"苏厉城的确是想来看看许明意成天都在瞎忙活什么。

沈遇然很吃得开,领着苏厉城参观了每个房间,详细地向他介绍他们的机器人项目,俨然已经把他当成了潜在的大客户一般。

"我们的机器人旨在开发学龄前儿童的智商,主要是通识教育,对入学后的儿童能快速融入老师的教学课程,有所助益。"

"听着不错,你们挺厉害,年纪轻轻就能把想法落实。"

"当然当然,通识课程的创意是我们老四傅时寒设计的,设备是向南提供的,主程还是您的好女婿许明意写的,我和霍烟两个小透明,就给他们打工而已。"

边上的霍烟翻了个大白眼,她也是主程编写人之一好吗?不过算了,今天是许明意的主场,她可不要坏了他的好事。

沈遇然在介绍项目的同时,把许明意给狠狠夸了一遍,听得许明意自己都脸红了。

苏厉城看起来心情也还不错:"行了,你们都是莞莞的好朋友,今天我做东,请大家出去吃一顿大餐,犒劳犒劳大家。"

第十二章

"好耶!"

"谢谢叔叔!"

苏厉城其实很喜欢和年轻人待在一起,比起公司里那些呆板的董事,不受拘束的年轻人更加有活力,也让他感觉精神焕发,年轻了好几岁。

直到坐在饭桌上,许明意这才回过神来,所以这就是……正式见老丈人了?

苏莞桌下拉了拉他的衣袖,低声道:"你不要紧张,我爸这关其实很好过。"

主要是她妈那边不大好糊弄。

"我不紧张,你爹就是我爹,见自己亲爹紧张什么!"

苏莞看着他握着茶杯的手,抖得水都溢出来了,撇撇嘴,就姑且信你不紧张吧。

"B&L公司,这个名字有何寓意吗?"

许明意向苏厉城解释了B&L的含义。

霍烟凑近沈遇然小声逼逼:"果然是亲父女,连脑回路都是一样一样的。"

"不是一家人,不进一家门。"沈遇然摊手,"这个名字取得……的确很难让人不想歪啊。"

许明意费了很大的劲,才向苏厉城解释清楚了兄弟指的是这几个睡上下铺的损友,"爱"指的是苏莞。

苏厉城若有所思地点了点头:"原来如此。"

许明意擦了擦额间的汗。

"小许,你家里现在还有什么亲人吗?"苏厉城又问道。

许明意如实回答:"奶奶去年过世,远方的亲戚平日里都不怎么走动,现在家里没有人了。"

苏厉城看他的目光柔和了许多:"你一个人在深圳工作创业,挺不容易,莞莞,你也要懂事,知道吗,不要闹脾气,平时需要什么跟爸爸说就是了,两个人过日子,和和美美最重要。"

苏莞连忙道:"爸,我没闹脾气。"

"小许,看得出来你是有上进心的好孩子,把莞莞交给你,我也放心。我这女儿从小娇生惯养,衣来伸手饭来张口,她妈又宠着她,难免有许多不周到的地方,你要多包涵,如果工作上遇到任何困难,尽管告诉我。"

听到苏厉城说这样的话,摆明了是要帮忙啊!沈遇然正琢磨着,要不要开口说说最近项目投资的事情,可是霍烟给他递了个眼色,让他不要开口。

一切都要看许明意的意思。

"爸,不是……叔叔,工作的事一切顺利,暂时不需要什么帮助,如果有,我会告诉叔叔的。"

许明意心底虽然感动,却还是婉拒了苏厉城的言外之意,但这样的举动却赢得了苏厉城的好感。

现在鲜少有年轻人能够拒绝这样的诱惑,愿意脚踏实地靠自己做事。

"这声爸你倒是叫得顺口,你自小没了父母,既然莞莞愿意跟着你,不用改了,你可以叫我一声爸。"

许明意愣住了,苏莞连连拉扯他的衣袖,兴奋地说:"快,快叫啊,我爸同意了。"

"爸爸。"

许明意喊出这两个字的时候,眼眶都红了,他已经有多少年没能叫过这两个字,他自己都不记得了。

看着他微红的眼睛,苏厉城心里对许明意更是充满了怜惜,想着这一次回去,也要好好劝劝自己的妻子。

这个世界上,财富和权势都是可以通过奋斗和努力挣来,可善良勤恳的脾性却是千金难求,分明捷径就在眼前,却选择脚踏实地,一步一个脚印地走。

就这一点来说,现在大多数年轻人便做不到。

苏厉城相信,即使没有任何人帮助,在不久的将来,许明意也能闯出自己的一番天地。

机场送走了苏厉城之后,沈遇然拍了拍许明意的肩膀,颇为感触:"老二,你知道你刚刚拒绝的是什么吗?"

许明意摇了摇头,不明所以地看向苏莞:"我知道你们家很有钱,但是应该不是做互联网产业的吧,爸这样说,大概也只是客气而已,帮不了我什么。"

苏莞眨巴眨巴眼睛,惊讶道:"你不知道我们家是做什么的?所以……你也不知道我爸是谁?"

"你爸不就是你爸吗,还能是谁,难不成是马云啊?"

沈遇然恨铁不成钢地指着许明意:"苏厉城啊!苏厉城是谁?!动动手指头就能买下互联网的半壁江山!"

许明意低头沉思了一下,无辜地说:"我刚刚,是不是错过了什么?"

霍烟看着缓缓上行的飞机,做深沉状:"你错过的……是一片未来的星辰大海。"

许明意:"……"

虽说不会帮忙,但苏厉城其实一直关注着 B&L 公司的项目,新启动的公司,参与者又都是初出茅庐的大学生,很多投资者都处于观望状态,而苏厉城暗中助力,亲临 B&L 公司的年会,且承认了许明意是自己的女婿。如此一来,原本并不受关注的小公司年会,瞬间成了整个互联网圈关注的焦点。

B&L 公司背后有苏厉城作为靠山和后盾,投资人蜂拥而至,那段时间,作为法人代表的向南签合约都签到手软。

通识教育机器人成功上线开始批量生产,许明意赚到了人生的第一桶金,在江城交了一套小别墅的首付。

看着许明意的事业蒸蒸日上,秦润清女士渐渐态度开始松动缓和了,只

| 第十二章 |

要她女儿不过苦日子,其实对于许明意这个女婿,她心底还是愿意的,她喜欢上进的好孩子。

当年许明意欠了债,为了不拖累苏莞,快刀斩乱麻结束了这段青涩不成熟的恋情,这份魄力和担当,秦润清非常欣赏,也相信,在往后的岁月里,他能对苏莞好。

两人的婚礼在金秋十月举行,依旧是单身狗的林初语和沈遇然给他们当了伴娘伴郎。

许明意自己成了 boss,也开阔了眼界,见识了世面,不再像过去那样笨拙,气质稳重了很多。

但是婚礼难免紧张。

走上礼台的时候,傅时寒给他仔细别好了胸前的新郎别针,一如大学军训结业典礼上,他捡起了他的帽子,拍拍灰,端端正正地给他戴在头顶。

他是他成长道路上的良师益友,也是他的兄长。

"不用害怕,紧紧牵着她的手就好。"

许明意眼睛有些红了:"老四……"

"打住。"傅时寒为他戴好了礼花,嫌弃地说,"你老婆都还没哭,你又矫情什么劲儿,成家立业,有点男人的样子。"

许明意吸吸鼻子:"嗯。"

傅时寒拍了拍他的手臂:"快去吧。"

许明意走上了礼台,很快,他美丽的妻子也由父亲苏厉城牵着,款步走了出来。

苏莞戴着洁白的头纱,提着蓬松的长裙,脸上笑容美好如初。

苏厉城将苏莞的手递到许明意的手里:"我把我的宝贝女儿就交给你了,这丫头调皮得很,以后该骂骂,该教训也甭客气,别由着她性子胡来,不然能把你家房顶都掀了。"

"爸,你说什么呢!婚礼上哪有你这样说自家女儿的呀,人家的老爸说的都是我把女儿交给你,你要好好照顾她,然后父女俩抱头哭泣好吗!我是你亲生的吗,我是你充话费送的吧?"

"充话费送的?那我肯定这辈子不用那张电话卡了。"

"过分了过分了,这婚没法结了!"

父女俩居然在台上就这样怼了起来,霍烟凑近傅时寒耳畔:"他们父女俩,戏也太多了吧!心疼许明意。"

傅时寒:"心疼加一。"

连边上的司仪都看不下去了,好几次想说话,却都插不上嘴。

最后还是许明意,从老丈人的手里抢过了苏莞的手:"那个……爸,您下去休息吧,我会好好照顾莞莞的。"

却没想到,父女俩别别扭扭了一阵,竟然同时抱着痛哭了起来。

"爸!我……我舍不得你!"

"女儿啊,我的宝贝女儿,你以后要好好的,多回来看看爸妈,爸妈老了,就你一个女儿啊。"

许明意目瞪口呆。

这……这又是唱哪出啊!

父女俩抱头痛哭,新郎在边上苦口婆心劝道:"那个,爸,我们家房子就买在您家隔壁,以后来往很方便,莞莞随时都可以回来住,您别哭了……"

苏厉城下台的时候,还很不甘心地看了许明意一眼:"我恨你。"

眼神那叫一个哀怨啊,自己辛苦养护了这么多年的大白菜,就被这头蠢猪拱了,好气啊!

终于牵回了自己的女孩,许明意挺直了身板,庄严肃穆地完成了宣誓和交换戒指,一丝不苟的严肃样子,看得苏莞破涕为笑。

"你也……太紧张了吧。"

"一生只娶这一次,我要拿出十二分的诚意。"

许明意俯身,轻轻吻住她的唇,连这一个吻,都是中规中矩。

苏莞笑着轻轻咬了咬他:"许明意,我爱你。"

"我也爱你。"

台下,傅时寒低头,不确定地问霍烟:"如果我没看错……"

霍烟扶额,无奈道:"你没有看错。"

司仪特意安排了一段新郎官的表白,许明意拿着话筒,情绪很激动,他牵着自己新娘子的手,望着台下的几位好朋友——

想说的话太多,一时竟不知道从何说起,有种热泪盈眶的感觉。

霍烟起头给他鼓掌:"加油啊老二。"

许明意点点头,认真地说道:"其实很多话说出来反而不好意思,都在我心里,你们明白,苏莞也明白,这一路我许明意走得艰难,但是从来没有想过放弃,因为我有全世界最好的女人,也有最仗义的朋友,这才是我的星辰大海。"

他郑重地亲吻了苏莞的额头:"你永远是我生命中最美的星星。"

第十三章

蝉在树梢间声嘶力竭地聒噪着,暑期已经进入了尾声。

向南推着自行车走在巷子边,而他的伙伴陆宁抱着篮球,向他抱怨自家老弟被女人扇了巴掌的事。

向南心里还在琢磨下午那道难解的物理题,唯一听进去的就是那女人屁股上文了东西。

向南进家门之前,将篮球用力掷向院子,院子里的杜宾犬从狗屋里跑出来,冲他"汪汪"叫了两声,兴奋地吐着舌头,想要和他玩球。

向南没理会,甩了甩被汗水润湿的头发,径直走进了宅子。

大宅常年空旷无人,老向跟他几年前娶的那只娇滴滴的小甜妻搬到了另外一处别墅住宅,过起了如胶似漆的二人世界。

留下这栋位于市区的老房子,给还在念高中的向南居住。

偶尔会有钟点工过来打扫卫生,除此之外,别无他人。

不过今天的房间,似乎有了点不一样的气息,空气中弥漫着某种甜味。

向南并没有在意,他带着大男孩特有的洒脱和稚气,进屋之后球鞋随脚一踢,七零八落。

外套和裤子也被他随手脱了,扔在架子上,他一丝不挂进了浴室,准备冲个痛痛快快的热水澡,洗掉一身淋漓大汗。

可是刚拉开折叠的浴室门,便是一股子水蒸气白雾喷出来,还带了柠檬沐浴露的清香。

而眼前的白雾散去之后,向南清清楚楚看见自家的浴缸里,站着一个女孩子!

向南蓦然睁大眼睛,完全没有反应过来,恍惚间还以为自己做了春梦!

女孩子身形高挑曼妙,腰肢纤细,白皙的肌肤仿佛吹弹可破,乌黑如绸的长发倾洒而下,湿漉漉地垂搭在肩头。

有陌生人进来,女孩低低地惊呼了一声,连忙别过身,以背对他。

"你……你是谁?"女孩的声音有些下沉,是非常性感的烟嗓。

"抱歉,什么也没看到。"

向南闭眼转身,同时手摸索着,将浴室门反锁了带上。

他走上二楼自己的房间。

向南骂了声,拐进了另外一间浴室,直接开了凉水,对着自己的脑门就是一阵猛冲。

披着浴巾出来的时候,向南手机屏幕亮了,上面有几个未接来电,还有老向的一条短信:"回去了吗?忘了告诉你,你妹妹今天搬进宅子了,你对人家好点,她年纪比你小,你要像对自己的亲妹妹一样,知道吗?"

妹妹?

向南躺进松软的大床里,皱眉思索着,他哪门子的妹妹。

恍然想起来,前段时间老向好像的确说过,要把继母资助的女孩接到家里来,方便她转学念高中。

当时向南没有放在心上,以为就算接来,也是跟老爸那边住去,没想到那个老家伙,竟然把她塞到了自己这里,这也……太老奸巨猾了吧!

老向居然也放心,让那小丫头和他这样一个血气方刚的男人住在一起,名义上的妹妹又不是亲妹妹。

当爹的也未免太相信自己的儿子了。

向南自己都不太相信自己,尤其现在正处于暴躁青春期,荷尔蒙分泌旺盛。

向南揉了揉头发,突然想到,刚刚那件事,那小丫头不会哭哭啼啼打电话跟老向告状吧!

他一个鲤鱼打挺,从床上跃起来,匆匆跑下来。

客厅的沙发上,小姑娘正蜷坐在角落里,宽大的白浴袍包裹着她娇小的身体,她正拿着手机讲电话,向南俯在墙边偷听。

"爸爸,您放心,哥哥对我很好,没有欺负我,还教我怎么用热水器,嗯,谢谢您。"

向南眉毛又拧了起来。

爸爸,哥哥?

这丫头……当真一点都不认生的吗?虽然是名义上的收养但继女都算不上,这就叫爸爸了?

不过她肯帮他遮掩,倒是免了不少解释的麻烦,这一点,向南心里倒是舒坦了几分。

她应该不是讨人厌的家伙。

挂了电话,女孩轻轻呼出一口气,向南注意到,她用的手机还是非常老式的翻盖样式。

土里土气。

他走过去,漫不经心问:"叫什么名字?"

"洛以南。"

"哦。"向南坐到了对面的沙发边,拿起了游戏手柄,"会打游戏?"

洛以南摇了摇头,不过倏尔她又道:"可以学。"

"算了,省得老向说我带坏你。"

洛以南连忙道:"我不会告诉他。"

向南回头瞥向女孩,她非常纤瘦骨感,脸部轮廓很有电视里的走秀模特的韵致,一双幽黑的单眼皮,在眼尾的位置上挑,极具中国古典美人的特征。

| 200 |

第十三章

看着分明是挺叛逆的那种，怎么能这样乖巧温顺，仿佛是……刻意迎合讨好似的。

向南不太确定，毕竟他听老向说起过这个妹妹，孤儿院来的，很早熟，成绩也不大好。

后来那位年轻的小妈嫁入向家，成为他的继母，因为太过年轻，为了面子上过得去，便到孤儿院挑选了一个小女孩，资助她的生活和学业，收养了她，让自己看上去更有为母的姿态，同时花钱让媒体大肆吹捧，说她是一位品格高尚的女士。

总而言之，洛以南算是白捡了个便宜，成为向家名义上的小孩。

这样的小孩，怎么看都不像是柔顺可爱的乖乖女。

"那个，刚刚的事情，一场误会，你来了家里怎么不开灯？"

洛以南说："天还没黑，不想浪费电。"

"那女孩子家，洗澡总要锁门吧？"

洛以南红了红脸："我不知道怎么锁。"

家里浴室安装的是折叠门，她从来就没见过这样的。于是向南起身道："跟我来。"

洛以南乖乖地跟在他身后，来到门边，向南教他怎样锁门："关上之后，按下这个扣，就跟插销一样，按下去，门就开不了了。"

洛以南自己试验了一下，然后冲向南甜甜一笑："谢谢哥哥。"

向南莫名心尖一阵悸动。

哥哥。

"你来了一中念书，学校里不准叫我哥哥，我们各走各的路，你不认识我，也不许告诉别人我们的关系，知道吗？"

洛以南想了想，点头："好。"

家里莫名多了个小女孩，安安静静不吵不闹，就像养了只兔子一样，似乎也没什么不好的。

很奇怪，一开始还那般不情愿，可是与她相处了不到两个小时，向南打从心底竟然已经接受了她。

他握着游戏手柄，心不在焉地玩着，就在这时，突然听到院子里传来"汪汪"的狗叫声。

"糟了！"

向南扔掉游戏手柄，一跃而起冲到院子里，杜宾犬对着洛以南凶狠地吠叫着，洛以南跌坐在地上，狗粮也洒落了一地。

向南连忙走过去："黑毛，别叫了！"

杜宾犬果然听他的话，立刻不叫了，端端正正地坐在草地里，冲他摇尾吐舌头。

向南走过去，拎起了洛以南的衣领，拍了拍她身上的泥草："摔着了？"

洛以南吓得瑟瑟发抖，脚都快要站不稳了："对……对不起我只是想要喂食，给你添麻烦了。"

向南翻了个白眼，有什么好道歉的。

"能站稳吗？"

洛以南结结巴巴说："哥哥，我腿……腿软。"

向南低头，果然见她拿一双纤细笔直的腿在发抖。

他索性直接将她打横抱了起来，走进了屋里，还不忘回头冲杜宾犬喃了声："待会儿我再来收拾你。"

杜宾犬委屈地"嗷呜"一声，仿佛在说我又不认识她。

此刻，洛以南能感觉到他身体的僵硬与炽热，这还是第一次，第一次和男人这般近距离地接触。

她抬头望着向南，下颌的轮廓弧度锋锐，略带着淡青色的胡茬，修长的脖颈间，喉结突出。

面庞英俊，眉宇高挺，眼神里却还带着大男孩特有的青涩。

是个……单纯的男孩。

洛以南心里这般想着，伸手环住了他的脖颈。

向南被她这般亲密的动作激得心头一阵悸动，连忙别开目光，问道："房间还是沙发？"

"啊。"洛以南愣了愣神。

向南又不耐烦地重复了一遍："我问，是去房间还是沙发？"

"把我放在沙发边就好了。"洛以南柔声说，"谢谢哥哥。"

向南放下她以后，跟她重申了两件事，第一，院子外面的狗认生，不要接近；第二，对不起和谢谢几个字，听得耳朵生茧子了，不想再听见。

洛以南默默记下了他的话。

"你可以暂时住在家里，家里的东西随意使用，不必拘束，但是来我的房间需要敲门，自己的房间晚上睡觉需要锁门。"

"锁门？"洛以南不明白，"有小偷吗？"

向南懒得向她解释，只说道："你心很大，嗯？跟陌生男人住在同一个屋檐下，不用锁门？"

"可你是哥哥呀。"

向南坐到她身边，按着她的小脑袋，一本正经地说："我们之间没有任何血缘关系，懂吗？"

洛以南点点头，然后又唤了声："那以后……你还是哥哥吧？"

向南叹了一口气，他可真的不想平白无故多出一个妹妹啊。

"你叫我向南吧。"

"好的，哥哥。"

向南揉揉脑袋，不知拿她怎么办才好。

第十三章

"哥哥,你教我玩游戏吗?这样以后我就可以陪你了。"
"哥哥,我会做饭,你饿了吗?"
"哥哥,你吃夜宵吗?"
……

一整个晚上,向南心里都是毛躁躁的,没待多久他便回了自己的房间。

躺在床上,一闭上眼,女孩那美好的身体便浮现在眼前,他无法控制地开始肖想,想着她白皙的肌肤……

脑海中的画面渐渐清晰,他看清了洛以南臀腿处的哥特式字母文身——

向南猛然坐起身,脸上渗出了细细密密的汗珠。

能够在自己大腿上纹这样的文身,她可不像是什么乖乖女,甚至都不是善茬。

她为什么要伪装?

向南思维一贯缜密,与洛以南接触的所有细节,现在在他的脑海里如放电影一般过了一遍,越想越觉得,那女孩有点装。

分明那一口烟嗓就不是乖乖女的声音,却非要做出乖乖女的形态,讨他喜欢。

而他竟然真的差点上当,若是按照他过去的脾气,估摸着早就给老爹打电话,让他过来接人了。

这女孩有猫腻。

向南立刻拨通了陆宁的电话:"你去帮我查一个人,洛以南,以前十二中的。"

"女的,十五六岁吧,具体不知道,少废话,问这么多烦不烦。"

"老子对她没兴趣,但她现在住在老子家里,我怕她半夜放火烧宅子!"

虽然洛以南并没有放火烧宅子,但是向南依旧惴惴不安,一夜未曾安眠,脑子里跑过了许多猜想,什么继母收养的黑心白莲花,升米恩斗米仇,自尊心受创,伺机报复,等等。

夏季的清晨,天亮得很早,一夜未眠的向南挂着厚重的黑眼圈,偷偷来到洛以南的房间门口,小心翼翼地按下了门把手。

把手按下去,门掀开了一条缝。

她竟然没有锁门。

向南深呼吸,透过门缝朝房间望去,只见正中的大床上,竟然空无一人!

连被单都是折叠得一丝不苟,像是根本没人睡过。

果然有猫腻!

向南猛地推开门,却发现飘窗边的软垫上,女孩蜷缩着身体,抱着膝盖,正在熟睡。

梦境似乎很不安宁,她的身体时不时地抽动着,好像在做着什么可怕的

噩梦。

向南眉头拧了起来，不明所以，为什么放着松软的大床不睡，非得挤在狭窄的飘窗边？

他轻轻带上了门，重新回到自己房间，躺下来琢磨这件事，可一夜未眠的疲倦让他倏忽间便睡着了。

再度醒来，已经是早上九点，向南踱着碎步子，迷迷糊糊下楼，只见桌上摆着一大碗热腾腾的打卤面，浓香味美。

洛以南系着小围裙从厨房里出来，甜甜地叫了声："哥，吃饭了。"

向南坐到桌边，犹疑地看着她，她自己正呼噜噜地吃着面条，一张小嘴油腻腻。

应该没毒吧，不能做得这样明显，杀人是要偿命的。

"哥，是饭菜不合胃口吗？"洛以南见他不肯动筷子，好奇地问，"你不喜欢吃面？"

"是。"向南站起身，背起了自己的书包，"以后不用给我做东西了。"

"哦，好的。"

临走的时候，洛以南说："哥，你喂一下狗吧，它直冲我叫唤，我不敢靠近。"

向南睨了睨院子里的杜宾犬，突然意味深长地说："这狗有灵性，能分辨好坏。"

洛以南诧异地说："这么厉害啊？"

"嗯，要是坏人，它就一个劲儿吠个没完。"

"难怪叔叔说家里很安全呢，全赖有这样一条神犬看家护院啊。"

向南打量着她的表情，她的笑容温煦，目光清澈，看不出任何异常来。

试探失败，算了。

向南心里想，日久见人心，狐狸尾巴迟早露出来。

新学期伊始，向南高三，洛以南高二。

她从十二中转过来，谁都知道，十二中是江城排名倒数的民办中学，升学率屡创新低，老师管不了学生，学生在学校里谈恋爱、打架生事、胡作非为……出了名的乱。

所以其他学校学生对于十二中的学生基本上避而远之，路上撞见了穿十二中校服的人，也是绕道走，那学校里的学生，社会风气重，惹不起。

所以从十二中转过来的洛以南，基本上独来独往，很少有同学愿意和她接触，而她性格似乎也很冷，看上去便不易亲近。

向南在学校里见了她，也当没看见，倒没有别的原因，就懒得解释，学校里这帮人传八卦厉害着呢，要知道他突然冒出这么个妹妹，还住在一起，指不定传成什么样子。

篮球场边，向南坐下来，带着一身运动之后的腾腾热气，用毛巾擦拭着

第十三章

脸上豆大的汗珠。

"查到了，向哥。"陆宁扔了篮球，坐到向南身边，"你猜得没错，这个洛以南，以前在十二中便没有人敢惹，她脾气暴。我弟弟，之前想追她来的，后来让她扇了一巴掌，现在提都不敢提这个人。"

"你说打你弟弟的人，就是她啊？"

"是啊，就她，性格极端，在十二中便独来独往，没有朋友，就连十二中的老大都不愿意招惹她，谁知道把她逼急了会怎么样，她在孤儿院长大，没爹没妈，是个不要命的种。"

向南眉毛拧了起来，陆宁说的这个人，和住在他家里的洛以南，似乎判若两人啊！

"你确定？"向南说，"她看起来挺好相处的。"

陆宁拍了拍向南的肩膀："总之你自求多福吧，我听说上一个把她堵在巷子里想要耍流氓的小混混，现在还在医院躺着呢。"

陆宁似乎又想起了什么："我这儿还有她的照片，你要看吗？"

向南接过手机，照片是仰拍的角度，背景是大片烧红的残阳，女孩坐在几个堆砌的石柱上，裤子是超短的，修长的大腿随意地落在柱边，她穿着黑色开领夹克，手里拎着一根烟，面上妆容精致，化着烟熏妆，漫不经心地望向屏幕，狭长的单眼皮勾着一抹冷淡。

社会啊。

向南无论如何也无法把这个女孩同自己家里的乖乖女洛以南联系起来。

他拎了书包，转身欲走，陆宁问道："向哥，你要回去和她摊牌吗？"

"摊什么牌？"向南微微侧头，"她既然不说，我便装什么都不知道好了。"

他倒要看看，她葫芦里卖的什么药。

晚上向南回到家，听见楼上有踢踏的脚步声，他循声上楼。

夜色笼罩，二楼的露台边传来急促而富有动感的音乐。

女孩穿着宽松的 Hip-pop 风格 T 恤长裤，光着脚站在跳舞毯上，踩着音乐的鼓点跳舞。

爵士舞，性感妩媚中，又带了些许力道的刚性之美。

向南怔怔地看着她，看着她舞动自己的身姿，在那一刹似乎能够感受到她心底某些歇斯底里的情绪，通过舞姿爆发出来。

他没有打扰她，转身下楼，准备洗个澡。

然而没过两分钟，向南又匆匆跑上来，大喊了一声："洛以南，你动我内裤了？"

洛以南停下舞蹈，回头无辜地看着他："我帮哥哥洗了啊。"

向南："……"

"谁……谁让你动我东西的！"

洛以南说："换下来的衣服要马上洗，不能放太久，所以我……"

向南老脸一红："我自己知道洗，不……不用你。"

洛以南走过去,鬓间还挂着豆大的汗珠,运动之后,她身上的某种香味似乎更加浓郁。

这是女人的味道。

向南勉强地往后挪了挪。

洛以南拉了拉他的衣袖:"哥哥你别生气,我以后不动你的衣服便是了。"

她楚楚可怜的模样,反倒让向南背上冒出了一层薄汗,汗毛都竖起来了。

她这是……被鬼上身了吗,一个人怎么能有差异如此巨大的两幅面孔。

"哥哥,我去洗澡了。"洛以南说完,错开了他,擦擦汗,下楼去了。

"对了,你刚刚跳的是街舞吗?"向南问她。

"爵士啦。"洛以南回头冲他微笑,脸上似有得意,"我自学的,好看吗?"

"好看。"

她进了浴室,向南看着阳台上晾挂的他的那条CK运动四角裤,脸莫名有些烫。

"她一定想勾引我!"

这是向南思索良久,得出的结论。

听到这话,陆宁刚喝进去的百事可乐一口喷了出来。

"怎么说?"

向南若有所思道:"想让我爱上她,然后再把我甩掉,狠狠伤害我。"

"戏太多了吧,南哥,她为什么要这样做?"

"我怎么知道?"向南不耐烦地说,"小妈资助她,不过是想利用这个无父无母的孤儿,给自己的形象镀一层慈善的金箔,多半是伤到她的自尊心了吧,这种社会上混的女孩,狠着呢。"

向南自小就是家长们眼中的好孩子,老师面前的优等生,很少和外面那些混混接触,只能从《古惑仔》的电影里,想象他们刀口舔血的生活。

俨然两个世界。

其实长辈的事,向南从来不愿意多管,也不会置喙评价。

自家老爸丧妻多年,娶了个年纪小,且性感妩媚的小甜妻,整天哄得老头子开开心心,也没什么不好。

当然,小甜妻自然是图老头子的钱,不过无论是集团资产还是股份家产,小甜妻都别想沾边,顶多让她住豪宅,衣食无忧罢了。

至于她所资助的女孩,向南不会拿她当妹妹,自然也不会欺负她。

陆宁说:"向哥,你是狗血台湾言情电视剧看多了吧?虽然你在学校里真的很受欢迎,喜欢你的女孩多不胜数,但是能不能别这么自恋?"

向南反问:"那你怎么解释她给我洗内裤的事?"

"呃,以洛以南的性格来说,无缘无故帮你洗内裤,很可能是在你内裤上动了手脚,你最好小心一点,万一她闹得你将来,断子绝孙什么的就不妙了。"

"我去!"

第十三章

向南一跃而起，冲进了厕所。

等他出来的时候，陆宁嘿嘿一笑，看着他下身："挂空挡了啊？待会儿还要上体育课呢。"

向南脸色阴郁："小心驶得万年船。"

关于向南体育课挂空挡的事情，学校女生传得沸沸扬扬。

向南在学校里一贯是阳光大男孩的形象，很多女生喜欢他。

不过她们的表白无一成功，向南很礼貌也很体贴，私下里写信告白的，他会回信拒绝，并且鼓励她们把心思放在学习上。

而当众告白的，向南会非常为难地当面拒绝，为了不伤害女生的面子，他还会说以后可以当朋友什么的。

不过也没见这条温暖的大金毛，真的和哪个女生当过朋友。

所以尽管他挂了空挡还被女生们发现了，但是没有人嘲笑他，甚至还有女生夸他性感。

洛以南有点无语。

他的人气……还真是高啊。

洛以南报名了学校的街舞团，想要参加今年元旦的演出，不过被社团的团长给拒绝了。

拒绝的理由很简单也很直接，她们不欢迎十二中的人参加她们的街舞社团。

非常明显的学校歧视，可是没有办法，十二中声名狼藉，从那里出来的女生，肯定也不是什么好东西。

可是没有办法，这种小型社团，本来就是几个学生抱团的组织，内部结构紧密，关系微妙，排挤谁拉拢谁，都是由一个人说了算。

洛以南看着温曼，脸上露出些许冷意。

温曼是街舞团的团长，大家闺秀，家境很好，成绩也好，女神级别的人物。

"我只是想跳舞而已。"洛以南对她说道，"没有别的意思。"

"喜欢跳舞你自己跳呗。"

"可是只有社团的人才能用舞蹈教室。"洛以南说，"而且我问过老师，只要有兴趣，都可以加入社团的，你不能拒绝我。"

温曼睨她一眼，拔高了调子说："我们社团不想一颗老鼠屎坏了一锅粥。"

洛以南脸色很冷："你再说一遍试试？"

温曼连忙后退一步，作出害怕的模样："这里是一中不是十二中，你还想打人不成吗？"

"你们不喜欢我，可以不和我来往，但我只想使用舞蹈教室。"

洛以南是一个很固执的人，不达目的不罢休，因为她知道，她这样的人，生来不讨喜，很多事情必须要靠自己去争取，因为不会有人把她想要的，送到她面前来，她永远是被忽视的那一个。

"那我也明明白白告诉你,我们不想和你共用舞蹈教室,你要是不服就去告诉老师啊。"

温曼咄咄逼人:"不过我猜,老师肯定会说,让你把心思放在学习上,本来成绩就垫底,拉低班上的平均分。"

谈判失败,不过洛以南并没有放弃,每次在社团使用舞蹈教室的时间,她都会换了衣服过去,自己跳自己的。

"你怎么这么不要脸啊?"温曼终于受不了,把她拦在了舞蹈教室外面,"我们社团不欢迎你,你能不能别这么没皮没脸,硬要往跟前凑。"

洛以南沉声道:"舞蹈教室不是你们社团建的,你们能用,我也能用。"

温曼翻着白眼:"天啊,我从来没见过这样厚脸皮的人,都说了不欢迎你了,你是不是有病?"

洛以南打开她的手,自顾自地走进了教室,拿出随身听开始放音乐,她只占了角落边的一隅位置,也不打扰她们练舞。

温曼走过来,捡起她的随身听,嘲笑道:"都什么年代了,还用这玩意儿。"

"请你放下。"洛以南冷冷看着她。

"你今天要是不走,我就把它扔出去。"

"还给我!"洛以南伸手来夺,温曼当然不是她的对手,争抢中,随身听滚落在地。

洛以南顺手给了她一巴掌,周围几个女生目瞪口呆。

"啊!"她捂着自己的脸惊声尖叫,"你打我!你敢打我!我要去告诉老师!"

洛以南翻了个白眼:"请便。"

女孩们离开以后,她捡起了自己的随身听,仔细擦了擦,随身听似乎被摔坏了,音乐断断续续很不清晰。

她叹息了一声,放回了包里。

第二天,洛以南便被请去了教务处,温曼的母亲也在,情绪非常激动,似乎要让学校把洛以南开除才甘心。

"我真的非常失望,学校里竟然会出这样的事。"温母气愤地指着洛以南,"我们家曼曼从小养得娇贵,连我们当父母的都从来没有动过她一根手指头,你算什么东西!竟然敢动手打她!"

从始至终,洛以南面无表情,也不为自己辩解。

教务主任让洛以南给父母打电话,叫他们立刻过来,洛以南拿着手机,犹豫了很久,按下了向南的号码。

接到洛以南电话的时候,向南刚从小卖部出来,嘴里叼着牛奶吸管。

"怎么了小东西,说了在学校没事别找我,嗯,当耳旁风?"

"哥哥,我在教务处。"洛以南压低了声音,"你能不能……"

"我爸的电话是189×××2973。"

"哥哥。"她的声音很无助。

第十三章

向南无奈地揉了揉眉心,将牛奶盒扔进了垃圾桶,转身去了逸夫楼。

当他来到教务处,赫然发现对方竟然是温曼母女。

温家与向家是世交的关系,两家父母关系很好,向南和温曼当然也是自小便认识,温曼很喜欢向南,总是追着他哥哥哥哥地叫着。

不过向南不爱和女生玩,也无数次提醒她:"我不是你哥哥,别瞎叫了。"

小时候温曼可能不在意,不过长大了,女孩的自尊心便让她做不出这种厚脸皮叫哥哥的事,久而久之也就不叫了。但是她很喜欢向南,也希望将来两家关系能"更进一步"。

温母见进来的人是向南,立刻摆出一张笑脸:"向南来了啊,是来看我们家曼曼的吧,你看看,我们曼曼都被这个野丫头欺负成什么样了。"

温曼也红着眼睛,做出一副可怜相:"向南哥。"

"其实,我是来接她的。"

向南无奈地望向角落罚站的洛以南,来的路上,他听洛以南说了事情的前因后果,知道这件事是她受了委屈。

她面上没什么表情,站在墙边,不争辩也不诉苦,却让向南心底升起一阵莫名的难受。

他走到洛以南身边,低声问道:"没事吧?"

洛以南这时候才从背包里拿出自己的随身听,递给向南看:"坏了。"

随身听因为年代久远,铝皮上有许多划痕,如今被摔了一下,内芯哗啦啦地响。

向南检查了随身听,说道:"坏了就算了,我再帮你买一个。"

他顿了顿,似乎觉得这样说过于亲密,于是改口道:"我让老爸帮你买一个。"

温母惊讶不已:"向南,这是怎么回事,你怎么会认识这种野丫头?"

"温阿姨,她算是我妹妹。"

"什么?"温母大惊失色,"向总什么时候有了这么大的女儿啊,这……这真是大水冲了龙王庙……"

"是我小妈资助的女孩。"向南解释,"为了念高中方便,接来家里照顾。"

洛以南听他叫那个女人为小妈,心底莫名生出一丝暖意,这样的组合家庭,一般男孩都会非常排挤继母,尤其是一看就冲着钱来的女人。

没想到向南竟然这般心大,连小妈都叫上了。

他一定是个……内心特别温暖的男孩。

"哦,原来是她呀。"温母脸上透出几许轻蔑和不屑,她很看不上向南的继母秦欢。

教务主任开口道:"洛以南,我让你叫家长来,你把你哥叫来做什么?"

洛以南求助地望向向南。

向南回身说道:"老师,我爸在外地出差呢,赶不回来,我是她的监护人,有什么事我担着。"

向南是学校成绩数一数二的学生,为人稳重,好几次被选为学生代表,在升旗大会上台演讲,所以校领导都认识他,也很喜欢他。

"洛以南动手打了温曼,这件事影响十分严重,如果她依旧拒不道歉,我们会对她做出退学的处理,所以你恐怕解决不了,得让家长过来。"

还打人?

向南心说,这丫头果然不是省油的灯。

"老师,总得听听当事人怎么说的吧。"向南将洛以南拉过来,拍拍她的背,"你就如实说,别怕,哥哥在这儿。"

温曼看着向南那温柔的表情,心底十分不高兴,他们可是打小就认识,他也从来没有这般温柔地对她讲过话呢。

当然,向南只是当着所有人装作好哥哥的样子,他知道,洛以南才不怕呢,她什么人啊,屁股上能纹文身的女人,她怕什么。

然而向南话音刚落,洛以南眼角竟然渗出了一滴眼泪,顺着脸颊滑落!

"她……她摔坏了我的随身听,我只有这一个……是生活费里省吃俭用买的……"她啜泣着说,"我真的不是故意打她的,我也很难过,因为我买不起第二个了……"

向南目瞪口呆。

这真是……演技派啊!

可是为什么,为什么他会觉得心痛,就算明知道她的眼泪是装出来的,但他还是觉得难受。

兴许是平日里听她"哥哥、哥哥"地叫,不自觉就真的把她当妹妹了吧。

向南鬼使神差地将这丫头往自己怀里揽了揽,大拇指给她擦了擦眼角的泪水:"哭什么,说清楚就好了,哥在这儿呢。"

"我想跳舞,可是她们霸占着舞蹈教室,赶我出去,说我……说我是老鼠屎。"

向南望向温曼,脸色冷了下来:"你这样说了?"

这会儿,连温母都惊讶了:"曼曼,你怎么能说这样粗鲁的话呢!你可是淑女呀,比不得外面那些没教养的野丫头!"

温曼连忙辩解:"我没有!她诬陷我!舞蹈教室一直都是大家公用的,我有什么权力不让她用啊,社团里的女生都可以为我证明!而且我也没说那种话,妈妈知道的,我从来不讲脏话!"

温母对教务主任说:"我相信我女儿,她绝对不会说这种话,这丫头不仅打人,还说谎成性,老师,您一定要严惩她。"

向南道:"我妹妹不是那样的人,我相信她。"

"哎哟,向南,知人知面不知心啊,曼曼是从小和你一起长大的,这野丫头才来你家里几天呀,你就敢断定她是什么样的人吗?"

洛以南攥紧了向南的衣角。

向南拧着眉毛,他是真的不知道洛以南是什么样的人,甚至还总是猜忌

第十三章

怀疑她。但不知道为什么,当她身陷囹圄的时候,他本能就想要护着她,毕竟,她叫他一声哥哥。

洛以南颤抖的手摸出了自己的手机:"其实,我有录音的。"

此言一出,温曼脸色变得煞白不已,温母也讶然了。

洛以南解释道:"以前被人诬陷过不止一次,所以我会本能地防着对我有敌意的人。"

向南看着她的手机,心说,我妹真优秀啊!

这样的演技派心机 girl,要是将来要跟他争家产,他指不定还真不是她的对手呢!

因为录音的出现,这件事戏剧性地发生了逆转,由于向南的坚持,温曼就舞蹈教室和骂人的事情,向洛以南公开道歉,并且答应以后不能阻挠洛以南使用舞蹈教室。

回到家里,洛以南说她要给向南做一顿饭,感谢他今天的帮助。

向南在沙发边心不在焉地玩了会儿游戏,然后走到厨房门口,斜倚在门边,问道:"既然有录音,为什么不早点拿出来?"

洛以南挽着袖子一边炒菜,一边说道:"早点拿出来,那对母女肯定还会有别的说辞,我寡不敌众,教务主任又明显偏帮她们,我最后肯定还会被按头道歉的啦。"

"所以你把我叫来了?"

就这么确定,他会站在她这边吗?

"万一我也不管你呢?"向南问。

洛以南回头,一双细长的眉眼睨着他,莞尔笑道:"不会啊,哥哥心地好,肯定会帮我。"

向南不好意思地挠挠头,红着脸转身回了客厅。

他心地好?

哼,所以她才这样套路他吧,把他当傻子,以为他会上钩呢。

向南兀自腹诽,看你还有什么小把戏。

不过怀疑归怀疑,虽然他曾信誓旦旦说过,绝不吃她做的饭菜,不给敌人任何乘虚而入的机会。可是饭菜上了桌,向南还是给自己盛了饭来,吃得津津有味。

嗯,真香。

"你手艺真好,居然会做饭。"

"一个人住的必备生存技能呀。"洛以南给他夹了菜,"哥哥你慢慢吃。"

"你一个人住?"

洛以南点点头:"我离开孤儿院以后,就一直一个人住,秦姨以前也提过让我搬过来,我没同意,总觉得……寄人篱下,不痛快。"

"哦。"向南若有所思点点头:"怎么现在就愿意了?"

洛以南捣着碗里的白米饭,淡淡道:"因为过不下去了呗。"

被生活逼迫到了绝地，过不下去了。

向南心里不是滋味，放下了筷子："我跟你摊牌，我调查过你。"

"哦。"

"哦？"

洛以南又给他夹了菜："我以前的事又不是秘密。"

"那你有什么要解释的？"

"解释什么？"

"为什么要在我面前装，你原来是什么样子，现在是什么样子，难道不需要解释吗？"

洛以南低头笑了笑："哥哥，我现在住在你家里呀，如果我还是以前的样子，你受得了吗，我们不天天打架才怪！你肯定三两天就把我赶出去了。"

向南："……"

好像有点道理啊，他无言以对。

"人在屋檐下，哪能不低头。"

道理很沉重，可是洛以南说得却很轻松："我不会给你饭菜下毒，也不会火烧宅子，烧了我住哪儿啊，当然更不想勾引你喜欢我然后再把你甩了让你伤心，你的家产我也没兴趣……"

向南：她是神仙吗，这些都知道！

"其实，我就想有个家，有个落脚的地方，但是我也不想去跟秦姨住，破坏她的二人世界，这里就很好，房间足够大，没有人管，哥哥也很完美，不招人讨厌。"

向南："……"

敢情你还挑起我来了是吧。

"我解释清楚了吗？"洛以南问他，"你还觉得，我对你有所图谋吗？"

向南低头扒饭，呼噜呼噜的，洛以南轻轻拍了拍他的背："慢点吃。"

"住在这里，也不是没人管，你叫我一声哥哥，我就得管你。"向南沉声说。

"随便喽。"洛以南耸耸肩，"我尽量听你的。"

啧，还尽量……果然是个性子野的。

"所以你的文身是怎么回事？"向南沉声说："女孩子家家的，纹个小花蝴蝶就算了，纹那种字母，很不好。"

"我觉得很酷啊。"

"酷个……"

不能说脏话。

他换了个方式，问道："我让你洗掉，你会听吗？"

"哥哥，你真的很喜欢管教别人呢！"

"那你别叫我哥哥，我就不管你了。"

洛以南想了想，说道："好吧，那我把它洗掉。"

第十三章

见她居然肯妥协，向南心底升起一丝满足，那般野性不驯的洛以南，在他面前，真乖啊。

有个小妹妹，其实没什么不好的。

"不过，就算我不洗，你也不知道呀。"洛以南狡黠地看了他一眼，"除非哥哥要脱了我的裤子检查。"

向南："……"

这哥哥没法当了！

/ 第 十 四 章 /

自教务处那件事以后,洛以南每天放学都会去舞蹈教室练舞,而向南也会和朋友打篮球,有时候洛以南练舞出来,操场边看见向南在打球,她也会过去观看一会儿,然后等向南一起回家。

向南并不排斥,反正教务处那件事之后,全校都知道这个十二中来的洛以南,是他的妹妹。

洛以南主要还是想蹭他的单车,从这里回家得走四五公里路呢!

虽然现在她可以使用舞蹈教室,但每次过去,温曼和一众女生对她都没有好脸色,会在背后窃窃私语。

洛以南并不理会她们,听见了也当没听见,自己跳自己的舞,跳完就收工回家。

谁有工夫跟这帮无聊的人计较。

温曼见洛以南不搭理自己,故意放大音量,明目张胆地说:"我真是看不上某些人啊,当妈的傍大款嫁入豪门,当女儿的就以为自己变成千金小姐了,还是资助收养的,整天摆的一张臭脸给谁看呀。"

洛以南依旧没理她,站在墙壁压腿。

其他女生立刻接茬道:"女儿当然随妈喽,都是不要脸的货色,为了傍男人,无所不用其极,当妈的勾引老爹,当女儿的就勾引人家儿子,啧,我都没脸说了。"

而她话音刚落,洛以南放下自己的大长腿,气势汹汹迈步朝她走来。

那女生连着后退:"你……你想干什么!别过来!"

洛以南走到她跟前,扬起了手。

那女生惊呼一声,连忙挡住脸,却不想洛以南的手轻飘飘地落下来,拍了拍她吓得惨白的脸蛋:"害怕了?那就管住你的嘴。"

那女生都快被吓哭了,瑟缩地往后退了退,刚刚温曼都说她呢,也没见她计较,偏偏要和自己过不去,是她说了向南的缘故吗?

洛以南睨了那帮女生一眼,淡淡道:"第一,我父母早就不在了,秦姨只是我的资助人,仅此而已。我这人恩怨分明,她帮了我,我就听不了有人讲她坏话。向家的主母早年离世,她不是小三更不是二奶,她是被向擎三媒六聘娶回家的正妻,所以你们有什么不满?"

一席话,没有爆粗也没有谩骂,却说得几个女孩无言以对。

"好,就算她没问题。"温曼愤愤地说,"那你勾引向南又是怎么回事?"

第十四章

"我没有勾引他。"

"他都让你叫他哥哥了!你还说没有勾引他!"

温曼叫了他这么多年哥哥,可是向南总不承认,还不准她叫,这个女人一来,向南就……而最重要的是,向南居然同意让她坐他的自行车后座,这简直是破天荒头一遭啊,要知道多少女生都觊觎着向南的车后座呢。

洛以南睨了温曼一眼:"你自己都听见了,他叫秦姨作小妈,而秦姨是我的恩人,我既然住进他的家里,自然叫他一声哥哥,名正言顺,如果你想当他妹妹,让你妈多努努力呀,没准儿还真能把秦姨给挤下去呢。"

"你……你太粗鲁了。"温曼气得脸颊通红,"怎么能说这种话!"

"我本就不是淑女。"洛以南淡淡道,"还有……向南那种纯情傻白甜大男孩,用不着勾引,只要我愿意,勾勾手指头他就能爱死我,懂吗?"

这帮毛都没长全的小鸡崽,能是她的对手?

洛以南用毛巾擦擦脸,转身走出舞蹈房,刚出门,脚下一滑差点摔跤。

向南就站在她对面,倚着墙,拧着眉头看着她。

他都听见了!

"我是纯情傻白甜大男孩?"

"哥,你听我解释……"

"只要你勾勾手指头,我能爱死你?"

"救命!"

那天放学,向南没让洛以南坐他的车后座,而是追在后面跑。

向南骑得不快,时不时回头催促:"没吃饭吗,快点儿!"

洛以南跑得是欲哭无泪,可是谁让她今天中头彩,这种女生间虚张声势的打脸话,居然让他听见了!

羞耻得不要不要的!

"哥,你慢点,我跑……跑不动了。"

向南没理她,好不容易到家门口了,他按下刹车,回头看她:"你知道吗,我很生气!"

洛以南上气不接下气,按着他的车龙头:"我胡说八道的!"

他扯扯她汗津津的头发:"你觉得自己很有魅力吗?勾勾手指头我就会上钩?"

"我们是兄妹呀,你说什么呢!哪能这样。"

"知道是兄妹,还对外人胡言乱语,传开了怎么办,我变成禽兽对你有好处?你自己的名誉还要不要了?要是把咱爹气死了你继承他几十亿债务?"

洛以南噘着嘴看着向南:"我们有代沟,你不懂,我一定要赢,不然将来她们欺负死我!"

向南使劲儿扯了扯她的头发:"还代沟?赢什么!你初中生吗,这么中二,跟人嘴上争长短,有劲没劲。"

"有劲!"洛以南固执地说,"就有劲!"

向南无奈极了,不知道该怎么教她,她真的就像个小孩子一样,现在他终于理解,她在屁股上纹东西的行为了。

这丫头还是个小屁孩!

洛以南:"请不要用那种慈爱的眼神看着我。"

向南:"裤子脱了,我要检查你的文身!"

"啊!"

洛以南拔腿就跑,向南自行车直接扔院子里,追上去一把拉住她卫衣的帽子,将她兜入怀中,手肘反扣住她的脖颈:"臭丫头,今天不给你点厉害瞧瞧,你当我这个哥哥是拿来当摆设的吗?"

"咳咳!哥!你自重!"

两个人拉拉扯扯进了屋,赫然发现客厅里居然坐了人!

父亲向擎手里端着茶,正喝了一半,目瞪口呆地看着两兄妹,而秦欢手里的苹果也落了地。

向南立刻放开了洛以南,毕恭毕敬地站好。

洛以南理理衣领,光着脚丫子踩了他一下。

向擎那苍老的脸上挂了笑意:"看到你们俩相处这么融洽,我跟你妈也就放心了,还怕你们合不来,彼此不搭理呢。"

洛以南:"???"

这父亲眼睛怎么长的,哪里融洽了,刚刚他都要掐死她了好吗!

秦欢担忧地看向洛以南:"跟哥哥相处还好吗?"

"挺好的。"洛以南不咸不淡地说,"这哥们儿挺仗义。"

向南:"???"

有你这么跟兄长说话的?

一家人难得聚在一起吃了个晚饭,向擎和秦欢恩恩爱爱,还相互喂饭呢,可把俩孩子恶心坏了,真的,分开住真的挺好。

向擎说:"真是有缘分,两个孩子名字里都有一个南字。"

秦欢顺着老头的话道:"看来是注定要当一家人呢。"

洛以南撇撇嘴,桌下向南踹了她一脚。

向南是向擎的老来子,而秦欢也不过三十岁出头,这俩人年纪差距是有点大了。

一顿饭吃得俩孩子胃口全无,好不容易送走了二老,向南和洛以南面面相觑。

洛以南:"石头剪刀布,谁输了谁洗碗!"

向南:"赢了输了都是你洗。"

洛以南:"我不!!!"

向南:"某些人怎么混熟了就这么讨厌呢!刚来那会儿,连内裤都帮我洗,现在洗个碗都难了?"

"那时候我在讨你喜欢。"洛以南理直气壮道,"现在你已经喜欢我了啊,

第十四章

喜欢我的人，就要为我所用。"

向南差点被自己的口水呛到："咳，谁……谁喜欢你了？"

不觉面红耳赤。

"你把我当妹妹一样喜欢，不是吗？"

"呃。"向南只能承认，"是……是妹妹。"

莫名还有点小心虚是怎么回事？

那天下午洛以南回家，发现自己的书桌边放着一个崭新的随身听。她惊喜地拆开包装盒，是 sony 的最新款，价格不菲，每次放学回家经过 sony 店，她都会停下来望一望，但是看了好久都没舍得买，准备等着降价再说。

外壳竟然还是粉红色的，看上去少女感十足。

一看就是某些人的直男口味，觉得女孩子好像都比较喜欢这种粉粉嫩嫩的颜色。

洛以南还是很开心，冲进向南的房间，用力抱住了他的后腰。

向南正趴在书桌边写作业，女孩骤然从后面环着他的腰，他不设防脸红了个通透。

"你又……又想干吗？"

他现在是怕了她了。

"谢谢你！"洛以南闭着眼睛，用力抱着他劲瘦的腰，"向南，谢谢你！"

这是第一次听到她叫他的名字：向南。

向南心底升起某种暖融融的感觉，就好像冬日的清晨窝在松软温暖的被窝里，特别舒服。

"你先松开。"向南感觉自己舌头有点大，话都说不清楚了，"这样像什么样子，松开再说。"

洛以南还是抱着他的腰，不肯松手："你对我特别好，从来没有人像你一样对我好。"

她吸了吸鼻子："向南，你会永远这样对我好吗？"

向南微微皱眉，觉得洛以南的情绪似乎有点不太对，他只是在尽一个兄长关心妹妹的义务，哪里谈得上有多好，值得她这般感动。

"你先松开我。"

洛以南轻轻放开了她，满脸的依恋之色。

向南将她拉到自己面前，捏了捏她的脸蛋："不就一个随身听吗，你要是喜欢什么，我都可以给你买，你不用这样感谢，这是我应该做的。"

他没给别人当过兄长，突然多了一个半大的小妹妹，他愿意把自己全部的宠爱和温柔都给她。

"那……我还想要一个 bose 的降噪耳机。"

向南："……"

真是一点都不客气啊。

"等你生日再说。"他回过身继续写作业。

洛以南不依不饶："哎,你说我要什么都给我买的。"

"别太过分了啊!"

"向南,你说话不算数。"

向南回身使劲儿捏她的脸蛋："真是一点没把自己当外人哈,我是你的继兄,你住我家里,能不能有点寄人篱下的样子!"

洛以南被他捏得表情狰狞："那我不要当你的妹妹了!"

"好啊,不当我妹妹,就什么福利都没有了,小爷不会再罩着你了。"

洛以南使劲儿掰开了他的手:"我要当你的女朋友!"

向南骤然从她手里抽回了手,连人带椅子都往后面退了退,似乎被这句话吓到了:"小丫头片子,信口开河什么,出去出去。"

洛以南一双狡黠的丹凤眼,水盈盈地望着他:"向南,你脸红了呢。"

向南揉揉鼻子:"叫我哥哥。"

"这么容易脸红,向南,你谈过恋爱吗?"

"关你什么事。"向南站起身拎着洛以南的衣领,将她赶出去,重重关上房门,"不准再说这种话了,不然我揍你哦。"

洛以南撇撇嘴,心说哪次打架不是被她压在身下揍得嗷嗷叫,他装什么大尾巴狼。

几周后,洛以南的生日这天,向南从舞蹈教室把她接出来,扭扭捏捏地递给她一件礼物。

"什么好东西呀?"洛以南坐在车后座,拆开包装精美的礼盒,发现是她想要的 bose 耳机。

原本就那么一说,也没指望他放在心上,没想到这家伙居然真的记下来了,生日的时候便买给她作为生日礼物。

洛以南兴奋地张开手,大喊道:"啊啊啊!向南,我爱死你了!"

向南脸又红了,不过幸好她看不见。

现在的小丫头性格真是活泼,他半点都招架不住啊。

"叫哥哥。"

"好的,向南。"

向南说:"你这丫头,就不能惯,给你点颜色你就敢开染房,得揍,一顿暴揍,就老实了……"

却不想他话音未落,洛以南一把抱住正在骑车的向南的腰,小脸用力蹭了蹭他的衣服:"向南,我能当你的女朋友吗?我说真的,真的真的。"

"嗞拉"一声,向南猛地按下刹车。

他回头,洛以南抬脸望向他,一脸无辜:"干吗?又要打架吗?"

向南无奈地将自行车停在路边,手叉着腰,焦虑地来回走了两步,思考该怎么教育这未成年的中二少女。

第十四章

"首先,我暂时不会谈恋爱,我还要高考呢;其次,你是我妹妹,我不想当禽兽;最后,你现在应该把心思放在学习上,以后再考虑什么恋不恋爱的事情,知道吗?"

洛以南:"……"

"我就随口一说。"她径直往前走,嘟哝着道,"不愿意就算了,谁想听你说教,谁稀罕你啊,傻了。"

望着她赌气的背影,向南怔了怔。

随口一说?

现在他真的有点想揍她了。

那天晚上洛以南跟向南赌气,一直没理他,晚饭也不吃,向南自己弄了个蛋炒饭,敲她的门,她也不开。

居然还真的跟他闹上脾气了,向南肚子里也窝了火,隔着房间门冲她喊道:"不吃算了,饿不死你。"

他转身下楼,这时候房门却突然打开了,洛以南拎着自己的行李箱走出来:"过不下去了,我要离家出走!"

向南走过去,夺过她的箱子拎了拎,笑道:"谁离家出走拿空箱子啊,好歹装两件衣服行不行。"

洛以南狠狠地瞪他一眼:"啊!我好生气!要炸了!"

向南推搡她下楼:"先把饭吃了,气一晚上都没人管你。"

"向南,你是第一个拒绝我的男生。"洛以南一边扒饭一边说,"别的男人,追我我还不同意呢。"

向南用餐巾擦了擦她油腻的嘴角:"你太不懂事了。"

他还能跟着她一起胡闹吗。

"我什么都懂。"洛以南看着他,认真地说,"我爱你。"

"噗。"向南喷了她一脸饭。

洛以南:"……"

他连忙用餐巾给她擦了脸,兀自喝了口橙汁冷静冷静,说道:"你这小丫头片子,懂什么是爱吗?"

"懂啊,感觉特别明显,我发现自从我爱上你以后,来大姨妈肚子都不疼了。"

"噗。"向南又喷了她一脸橙汁。

洛以南:"……"

向南拿来毛巾,蒙头给她使劲儿,把她脸上的妆都擦花了。

"我觉得,你这个年纪还是应该把心思放在学习上,将来考一个好大学,会遇见更多优秀的男生,那时候就可以考虑谈恋爱的事情了,知道吗?"

洛以南撇撇嘴,不屑一顾。

"不准再胡说八道了。"

向南收了餐盘,拿到厨房清洗,洛以南跟在他身后,倚在门边问道:"向

南，你爱我吗？"

"你能不能别总是爱不爱的挂在嘴边，女孩子家矜持一点。"

"你就说你爱不爱我，你要是不爱我，我马上搬出去。"

行，还威胁上他了是吧。

"洛以南，感情的事没那么简单。"

"感情的事就这么简单！"

两个人的争执没有结果，洛以南回房间继续赌气，向南坐在沙发上打了会儿电动，百无聊赖，抬头看看二楼她紧闭的房门，心情一阵烦躁。

窗外刮起了一阵大风，还有阵阵闷雷声，看样子快下雨了。

"洛以南，去院子里把你的衣服收了。"他冲二楼喊了声，没得到回应。

他叹了口气，无奈地走到院子里，替她收了一件件衣服裙子，边上还挂着她的文胸内裤，黑色系，A杯小号。

向南不自然地挪开目光，闭着眼睛取下她的文胸，一起收了敲开她的房门："幼稚鬼，收你的衣服。"

洛以南拉开房门，将衣服抱回来，当她发现里面的文胸，意味深长地看了向南一眼——

"啧。"

向南脑门发麻："小爷没碰。"

"没碰就没碰，瞎激动什么。"洛以南"砰"地一声关了门。

向南站在门外，揉着头发，暴风雨来临之前，空气燥热，他心里也燥得很。

当天晚上雷电交加，风雨大作，向南睡得迷迷糊糊，似乎听到自己门边有人敲门——

"咚咚，咚咚咚。"

声音非常轻微，不注意还以为是耗子。

不过家里哪来的耗子。

向南睁开了眼睛，窗外又是一声惊雷划破天际，敲门声立刻急促了许多——

"咚咚咚咚咚。"

他打了个呵欠，踏着拖鞋懒懒散散开了门，洛以南抱着自己的小棉被，可怜兮兮看着他："向南，我害怕。"

他睡眼惺忪："怕什么？"

"我怕打雷。"

"你继续作。"

向南以为她又是在玩什么花招，压根不想搭理她，"砰"的一声关上了房门，重新回到床上睡大觉。

窗外雨声哗哗啦啦，风吹枝叶招摇作响，窗帘也灌满了风，树影投影在墙上宛如张牙舞爪的怪兽。

向南睡意全无，在床上翻来覆去滚了几圈，终于还是下床，走到门边开

第十四章

了门。

令他意想不到的是，那小丫头居然真睡在他房间门口，裹着棉被，紧闭着眼睛，蜷缩着，瑟瑟发抖。

向南皱眉，伸出脚碰了碰她的被子："要不要这么夸张？"

洛以南睁开眼睛，惊恐地望着他："我……我特别怕打雷，以前在孤儿院，听了好多鬼故事，特别……特别害怕。"

向南无奈地将房间的灯全部打开了，对她说道："抱着被子去客厅，我陪你。"

这对伪兄妹坐在客厅的沙发上，向南赤着上身，洛以南则裹着被子，把自己裹成了小熊。

大眼瞪小眼。

"还怕不怕？"

"向南你陪着我就不怕了。"

向南熬不住，一个呵欠接着一个呵欠，索性便倒在了沙发上，没多久便鼾声连天了。

洛以南干脆披着被子跳到了他的沙发上，用被子给他盖住上身，然后蜷进他的怀里，还捞起他的手臂护在自己身上。

向南睡得很沉，全然没有察觉，只是本能地抱紧了怀中的小女孩，就像他平时抱着枕头睡觉一样。

窗外又是一道闷雷，洛以南身体瑟了瑟，然后将脑袋埋进他的胸膛里。

真温暖。

他的心跳有力，呼吸也很稳健，皮肤散发着灼烫的温度。

洛以南捧着他的脸，嘴角勾了起来。

"向南，你是我的。"

她抱紧了他，安心睡去。

第二天早上，向南醒过来，感觉全身酸痛都要散架了似的，心口也闷得难受。

不对，状况很不对！

他目光下移，看到女孩吊着他的脖颈，脸埋进了他的颈项窝，呼吸轻轻扫着他，宛如沉睡的猫咪，还无意识地蹭了蹭。

被窝里全是她身体的暖香。

向南脑门都要炸了。

什么情况！

要命！

向南挪了挪身体，结果洛以南抱他更紧了，吊着他的脖子，使劲在他身体上扑腾。

他想起了她臀部那两个性感的字母。

"向南，你干什么呀？"

他在干什么？！

向南宛如惊弓之鸟，猛地从她身上弹起来，滚下了沙发，抓起靠枕护住自己的身体重要部位。

"对不起对不起。"他连声道歉，连滚带爬地上了楼，躲进浴室冲冷水澡。

洛以南迷迷糊糊地坐在沙发上愣了会儿神，才总算清醒过来。

刚刚这是怎么了？

洛以南回想着少年惊恐的反应，又低头看了看自己松掉的裤头，突然睁大了眼睛，玄妙地叫了声："哇哦。"

冷水澡把向南里里外外的火给冲了下去，擦着湿润的头发走出浴室，迎面洛以南殷勤地递来衣服："洗澡哈？"

向南猛地往后退了两步，突然冲她吼道："以后没我的同意，不准进我的房间！"

面对他突然的怒火，洛以南觉得委屈极了，她将衣服甩在床上，红着眼睛走出去："凶什么凶，不识好人心，谁爱伺候你了。"

房间门被重重关上，向南坐在床上，拿起他干净的衬衣和棉裤，一个人冷静了很久。

收拾好下楼，洛以南已经一个人去上学了。

他总觉得这样下去不是事儿，于是给老向打了个电话。

洛以南打定了主意，如果向南不来跟自己道歉，她就永远不理他了。

中午她不回去，自己一个人去学校食堂吃了饭，出来的时候接到了向擎的电话。

"向爸爸。"她还是不喜欢叫他爸爸，虽然秦欢总是要她开口，但是她改不过来，她从小就没老爸，也不习惯叫谁老爸。

"南南，你和哥哥相处怎么样？"向擎关心地说，"如果哥哥欺负你，一定要告诉向爸爸，我替你教训他。"

洛以南不知道向擎为什么突然问这个，不过小孩子之间有再大的矛盾，都应该站在同一阵线，她是不会出卖向南的。

"没有啊，哥哥对我超好的，还给我买随身听和耳机。"

"那就好。"向擎松了一口气，"想要什么就跟他说，让他给你买，甭客气，把他当成你亲哥。"

"好。"

"哦，对了，今天早上向南给我打电话，说让我另外给你找个房子，你看愿不愿意过来和秦姨住，我们这儿距离学校也不远，你看……如果不想和哥哥住，搬过来也是可以的。"

洛以南瞬间心都凉了一大截："是不是哥哥跟你说了什么？"

"那小子脾气臭，说跟你合不来，也不会照顾人，怕怠慢了你。"

第十四章

"向爸爸,今天早上是我惹哥哥不开心了,我这就跟他道歉去!我不想搬,我就想住在家里。"

"你甭跟他道歉,都是他的错,我把他骂一顿就好了,没事儿啊,不想搬就不搬,我尊重你的意见。"

果然是别人的孩子啊,生怕一星半点委屈了她。

洛以南挂掉电话,好不容易等到上学,她跑到向南的班级里去。

向南刚上楼,手里还拿着一个未开封的雪糕,袋子撕了一半,洛以南突然跑过来,一把抱住他的手臂:"哥,我错了哥,我以后都听你的,你别赶我走好不好!"

向南愣愣地看着她,眨眨眼睛:"老爸给你打电话了?"

洛以南点头,眼圈都红了:"你别赶我走,真的,我再也不说那样的话了,再也不逗你了,我错了!你别生气好不好?"

向南叹息一声,将她拉到僻静的阳台,好言相劝:"我没生你的气,只是觉得我们住在一起不合适,你是大姑娘了,而我是个男人。"

"我不是大姑娘。"洛以南固执地说,"我是小丫头。"

向南说:"你别任性,分开其实对咱们都好,我有时候控制不住自己,要是再发生今天早上那种事,我们就都完蛋了。"

洛以南见他心意已决,退后了两步,绝望地看着他:"反正……反正我不搬,好不容易有了家,我才不走呢!"

这时候上课铃响起来,向南叹了声:"先回去上课,让哥哥再想想,好吗?"

洛以南临走的时候,还把向南的雪糕顺走了,奶油巧克力在她的舌尖融化,甜甜腻腻的,可是她心里却感觉一片凄凉。

那里是她的家,家里还有对她那样好的向南,她舍不得这一切,从来没有一个人对她那样好过,她再也不想回到过去那种,无人问津自生自灭的生活了。

就算她现在死了,至少还有向南会发现。

中二少女一边舔着雪糕,心里一片凄风冷雨,整天都在想着用什么办法能够重新挽回向南的心。

向南不忍心真的赶她走,可是每次回到家,看到她的笑容,看到她小心翼翼地讨好着自己,他又怜惜又纠结。

这次离家出走的是向南,他决定搬到傅时寒家里去住几天。

临走的时候,他给洛以南留了纸条,说想要一个人冷静冷静,就暂时不回来了,家里买了菜,饿了自己做饭,要是不想做就叫外卖,没钱了就给他打电话。

一切安排得妥妥当当,一个人生活似乎没什么不好,自由自在,没有人逼她吃早饭也没人要她按时睡觉,甚至打游戏到天明都不会有人管。

而当洛以南看到那张字条的时候,心底却莫名涌起了一阵酸涩,就像再

度被遗弃了一般。

好想哭。

她强忍着眼泪来到客厅,准备翻翻向南的游戏手柄,却发现这家伙居然把游戏机带走了!

"哇"的一声,她终于痛痛快快地哭了出来。

向南霸占着傅时寒的大床,坐在床上玩游戏。

傅时寒手里拿着一本厚厚的书,嫌弃地看着他:"第三天了,你就准备往后一直住在我家里?"

向南抬起头,无奈地说:"我真不能和那丫头住在一个屋檐下了,会出大事。"

傅时寒意味深长地笑了笑:"这么冲动?"

向南郑重其事地点点头:"是的。"

那天早上的事情,他想到都心惊胆战。

"都是男人……你懂的吧。"向南跟傅时寒敞开心扉地聊天,"特别难受,控制不住自己。"

傅时寒说:"我没你那么荷尔蒙爆炸,我只对喜欢的女孩有感觉。"

向南说:"那我也没有对谁都来劲儿啊。"

"哟。"傅时寒笑了起来。

向南说完这话,自己都怔住了。

对啊,他也没有对谁都来劲儿,就那丫头,让他一而再,再而三地失控。

他挠挠自己的头发:"算了,不想了不想了。"

"今天晚上你睡地板。"

"我不。"向南抱住了柔软的被子,"我要跟你睡。"

傅时寒一把将被子夺走,把他踹下床:"大爷不想跟你睡,你爱裸睡就算了,手脚还不安分,睡着了把我当女人,又摸又亲,恶心死了。"

"不是,没这种事吧?"

向南被傅时寒赶到了地板上打地铺,窗外又是一阵狂风骤雨,电闪雷鸣。

"寒寒,你睡着了吗?"

"睡着了。"

"寒寒,我妹怕打雷,你说今晚她一个人在家,会不会吓得不敢睡觉?"

"会。"

向南辗转反侧地翻了会儿身,听着窗外的雨声,心里很焦躁也很担心,终于翻身而起,来到傅时寒床边:"寒寒,要不,我还是回去看看吧?"

傅时寒将枕头丢给他:"快滚!"

向南冒雨赶回了宅子,却发现屋里空荡荡,没有开灯,也没有人。

"洛以南!"

第十四章

他把每一个房间都寻遍了,也没有看到洛以南的身影,衣柜里,她的衣服都还在,桌上也凌乱地搁着一堆化妆品,似乎刚用了还没收拾。

这么晚,她能上哪儿去?

向南心跳咚咚的,一种前所未有的惶恐和紧张笼罩着他。

他给洛以南打了好几通电话,她终于接了起来。

"喂!向南!你想起我啦!"

电话那边声音喧嚣鼎沸,有人笑有人闹,也有人唱歌。

向南声音很沉:"你在哪里?"

"你都不回家,我出去玩了呗,反正……反正又没人管我。"洛以南声音听着断断续续。

"你喝酒了?"

"一点点啦。"

"地址给我,我来找你。"

"我就偏不告诉你,嘻嘻。"

"洛以南!"向南动了怒,吼道,"你要是再这样,我就永远不管你了,你是死是活跟我都没有关系,这个家也不要回来了,我不想再见到你!"

电话那边顿了几秒,少女突然"哇"的一声哭了出来,无助地喊道:"向南,我错了向南,我真的错了,你别不要我,你不要我,我就真的没人要了。"

她的情绪很敏感,也很歇斯底里,或许还有点心理上的毛病,向南又开始懊恼自己,太冲动了。

"哥哥错了,不哭,告诉我位置,我来接你。"

"你接我回家吗?"

"嗯。"

"那……"她吸了吸鼻子:"你也不走了吗?"

"不走了,哥哥陪着你。"

好言相劝,终于安抚了少女的情绪,并且问出了她的地址,是在某个地下酒吧。

向南冒雨一路赶过去,穿过狭长幽暗的甬道,进了地下酒吧大厅,熙熙攘攘的人群里,向南一眼望见了洛以南。

小丫头扎着一个丸子头,穿着宽松 T 恤短牛仔,竟然还配了黑丝袜,摇头晃脑玩得正嗨。

向南脑门都要炸了,艰难地挤进人群,拉住洛以南的手:"回家了。"

洛以南见向南过来,一下子兴奋起来,直接跳到他的身上,双腿如八爪鱼一般,勾住他的腰:"向南万岁!"

向南:"……"

他感觉自己是真的老了,小丫头这么 high,他反倒无力招架。

向南想把她放下来,可是小丫头如吸盘一般黏在他身上,死死揽着他的

脖颈。

向南无奈，只能抱着她走出酒吧，一路上吸引了不少人的目光。

出了酒吧大门，外面还下着雨，向南终于放下她，将自己身上的外套披挂在她身上，说道："我去街边拦车，你在这儿等着我。"

洛以南乖乖点头。

向南冲进雨幕中，招揽出租车，奈何这个时间段，又下着大雨，街上实在拦不到车了。

向南摸出手机，准备叫车。

却不想一回头，女孩不见了。

他惊慌地四下寻找，发现女孩竟然跟别人走了。

"哥哥，你带我去哪儿啊？"她拉着另一个高个男人的衣袖，"不是回家吗？"

那男人不明所以地说："你谁啊？"

"抱歉抱歉。"向南将洛以南兜回来，跟那人连声道歉。

真是半点不让人省心啊。

向南死死牵着洛以南的手，带着她往回走："现在我不跟你计较，回去再收拾你。"

"还笑，笑个屁。"

"我给你两个选择，第一，我把这件事告诉老爸。第二，期末考试给我爬进班级前三十名，你自己选。"

……

一路上，向南絮絮叨叨说个没完，洛以南看着他直笑。

"还笑。"向南回头捏住她的脸颊，"信不信我……"

突然，洛以南顺势上前，一把揽住了向南的脖颈，柔软的唇压上了他的……

向南猛地睁大眼睛。

瓢泼大雨中，洛以南仰着头，揽着他的后颈，仿佛在品尝一枚酸甜的水果硬糖。

雨水顺着两个人的脸颊下落，向南突然伸手抱住了她的腰，缓缓闭上了眼睛。

他吻住了她。

那一刻，倾盆大雨的世界里，洛以南再也听不见任何声音，她的世界骤然安静了，一颗惶惶无措的心，终于不再漂泊，缓缓沉到了底。

她再也不会惧怕暴风雨之夜。

客厅里，向南拿来了干净的白毛巾帮洛以南擦拭湿润的头发。

洛以南一双黑亮的大眼睛，眨巴眨巴，看着他："哥哥？"

"又叫回哥哥了。"

第十四章

她心满意足地微微一笑，抱住他的腰："向南。"

向南坐到她身边，长长地叹息一声："当男女朋友可以，但是要约法三章。"

"约法十章我都答应你！"

"第一，不准再荒废学业，好好学习，把成绩提上来，当然我也会帮你补习功课。"

洛以南乖乖点头。

"第二，现在你还太小，谈恋爱的事情缓一缓，等你念了大学，我们再正式确定关系。"

洛以南失望地撇嘴："还要等大学啊。"

"你也可以选择拒绝。"

"不不，我答应你。"洛以南作乖巧状，"你说什么我都答应你。"

"第三，你乖乖搬到老爸家里去，我们不能住在一起。"

这一条，洛以南无论如何也难以接受："为什么？我们为什么不能住在一起？"

向南好言相劝："既然确定了关系，我不会轻易改变，但是我们都还需要时间，明白吗，暂时的分开是为了将来能够更好地在一起。"

"我听不懂你的话，但我现在就想和你在一起。"洛以南抱住了他的腰，"一分钟也不要和你分开。"

"听话。"

洛以南撇嘴："那你……你以后会经常来看我吗，我们会经常见面吗？"

"每天都见，好不好？"向南像哄小女孩一样，哄着她，"以后在学校里，我们每天都见面，下课一起去食堂吃土豆凉面，晚上我送你回家，好不好？"

这样洛以南才勉强答应下来。

"你说话算数，从今天开始，你就是我的男朋友了，以后你也要和我结婚，永远只对我一个人好。"

向南无奈地看着她，真觉得她还是个心智未成熟的小女孩，这般轻易便能定下自己的未来。

不管怎样，他总得看着她吧。

看着她成长，不让她走歪路，保护她爱护她，以后若能好好地，自然皆大欢喜，若是不能，他也愿意尊重她。

毕竟，这是他少年时情窦初开，喜欢的第一个女孩。

/ 第十五章 /

在一起的短暂时光，大概是向南人生中最幸福的一段时期了。

在他循规蹈矩将近二十年的岁月里，人生一直按照既定的轨迹前行着，保持优秀，保持稳重，他将来要继承父辈打下来的锦绣江山。

他的人生几乎可以一眼望到老，而他也一度以为，自己便要这般过下去，无所谓快乐或是不快乐，这就是他要走的路。

洛以南是他生命中的意外，她就像一个外来入侵者，打乱了他全部的计划。她的一颦一笑，一嗔一怒，都牵动着他的情绪。

向南的感情很深沉，他不是那种情绪很容易激动的人，所以他的爱也注定无法轰轰烈烈山盟海誓。

但是在最平凡的生活中，洛以南可以感受到他那种细腻而又浓厚的温柔。

他的暖男属性非常明显，真的就像个大哥哥一样，总能把她没有规律的生活照顾得妥妥帖帖。

向南也不善表达，很多时候他说不上来什么情话，洛以南一口一个我爱你我爱你，向南只会低头笑，要让他说出这三个字，简直比登天还难。

即便是时隔多年，洛以南每每夜深人静之时，回想起最初的那两年，她心底总是热乎的，珍藏着这些美好的回忆，已经足以温暖余生了。

向南高三那年，在为数不多的几次家庭聚会中，秦欢敏锐地察觉了两个孩子眼神中涌动的情愫。

她没有告诉任何人，只是拉着洛以南来到阳台，让她摸着自己的肚子，告诉她自己有了宝宝，你即将会有一个弟弟，你和向南的亲弟弟。

洛以南怔怔地看着她的肚子，良久都没能反应过来，尽管她曾经考虑过这个问题，但是想到向擎的年龄可能已经不再适合生育，便将此事抛之脑后。

没想到，居然还真怀上了。

她好奇地抚摸着秦欢的肚子，觉得生命是如此的玄妙，而秦欢却突然拉住她的手："以南，我一直都把你当成亲生女儿。"

"嗯？"

"你不会这样做的，对吗？"

"秦姨，我不明白你的意思。"

第十五章

"你和向南，你们不能在一起！"秦欢说得斩钉截铁。

这下子洛以南是彻底愣住了："秦姨……"

"你是我资助的孩子，对外一直都宣称你是我的养女，我也是把你当成亲女儿来疼爱的，可向南是我的儿子，你们走到一起，你让外面那些人怎么说，你让向家的亲戚怎么看你们？"

洛以南一把甩开了秦欢的手，恶狠狠地瞪着她，从来没有一刻，她会像现在一样埋怨她！

她的自私，她的残忍，她的爱慕虚荣，洛以南都可以视而不见，因为她帮助过她，她也希望她能幸福。

"你不……不能这样做。"洛以南红着眼睛，拼命摇头，"你不能……"

秦欢一把握住她的手："除了向南，谁都可以，他是你哥哥，只能是你哥哥，不然你让我在这个家里情何以堪，你让向家的亲戚长辈怎么看我，我收养来的孩子勾引了向家的少爷，你让这个宝宝将来怎么面对他的哥哥姐姐！"

"我不管！"洛以南挣开她的手，"我不管！我不管你们怎么样！我要和向南在一起，我爱他！"

那天秦欢苦苦哀求，求洛以南看在孩子的分上，算了吧……

"秦姨一定帮你找一个好男孩，有钱人家的男孩，比向南更优秀，让你嫁得风风光光！"

洛以南转身跑了出去，她再也不想看见她！

似乎一夜之间，小女孩便长大了，长大之后，快乐便随之而去，烦恼越来越多，向南总笑她，说她现在像个老夫子，总板着脸，也不如以往爱笑了。

后来秦欢的腹部越来越明显，怀孕的喜讯传遍了全家，亲戚纷纷上门贺喜。

向南的心情也变得沉重起来。

他已经是父亲的老来子了，没承想，父亲这把年纪居然还能……

宝宝已经来到这个世界上，全家都很欢喜。

可是为什么，洛以南就不爱搭理他了呢。

那段时间恰逢高三，向南和洛以南见面的时间少了很多，或许彼此都有意避开了对方，或许都在害怕，害怕见了面，会触碰到那些两个人都极力逃避的问题。

向南毕业那晚大醉了一场，洛以南把他接回家，事情从那晚开始持续失控。

事后洛以南提出了分手，理由是已经不再爱他了，向南无论如何都不相信。

这么多年以来，他都坚持不相信，一晃十几载春秋，而今，向南已近而立之年，单身未婚，甚至未曾谈过一场恋爱。

每每提及向氏集团年轻的继承人，媒体八卦杂志最唏嘘感慨的便是他那毫无文章可做的感情生活。

他简直比神仙还禁欲，一点花边新闻都传不出来，直到那天，狗仔队拍到了他把娱乐圈新近出道的当家花旦直接扛进酒店房间的照片。

人设崩塌，三观炸裂。

网络上一波又一波的猜测此起彼伏，热度居高不下，直到后来向南亲自出面辟谣："那是我女朋友，我们冷战了十年，最近我在倒追她，打扰大家了。"

众人："……"

十年，向总你可以去申请情侣闹脾气最长时间的吉尼斯纪录了。

洛以南坚决不承认向南对媒体说的那番话，每次有记者采访，她都要重申再重申，自己和向南没有任何关系，只是大学同学，关系止于认识，仅此而已。

但是不管她如何解释，看上去都像是在为澄清绯闻而辩解，粉丝们并不相信，他们更愿意相信向南说的话，堂堂向氏集团的总裁，福布斯中国富豪榜最年轻富豪排名前列的男人，难不成还要借你一个新晋花旦炒作吗？多的是女明星想要和向南捆绑炒作呢，这些年也没见向南搭理谁。

洛以南回想那晚的事情，那晚她参加慈善晚宴，记忆中似乎没有喝几杯酒，但是不知道为什么，就迷迷糊糊地醉了，她意识到不好，便强打起精神走出酒店，刚到门口便一脑袋栽了下去。

幸而有男人稳稳接住了她，是向南。

被他带走，其实更多是幸运，因为那场慈善晚宴，到场的人多是富商，有人品行高洁，自然也有人手段下作，在他们眼中，洛以南这样的女明星，不过是供人玩赏的宠物，如若她落到他们手中，天知道会发生什么。

所以当她看清了面前男人英俊的容颜，一瞬间心便放了下来。

"哥哥。"

迷迷糊糊似这般喊了声。

向南直接将她打横抱了起来，罔顾周围所有人的目光，带着她径直离开，身边小林助理还追着他说："向总，今天的晚宴您可是主要人物，您就这么走了……这说不过去啊！"

"告诉主办方，我有事，来不了了。"

向南面色很冷，他将女孩轻轻放进车里，照顾她平躺下来。

女孩容颜娇俏，还跟他记忆中的一样，半点没有变化。向南情不自禁伸手，抚了抚她的脸蛋，又捏了捏她的鼻头，嘴角溢出笑意。

小林助理都看傻了，这还是第一次见自家总裁露出这样温柔的神情呢！

车驶了出去，中途洛以南好几次想要呕吐，向南本来想带她回自己的宅子，

第十五章

可是路程太远,她或许晕车难受,所以便就近带去了一家五星酒店。

那天晚上,他一直在照顾她。

洛以南醉得迷迷糊糊,但是依旧能感受到向南的动作,他帮她卸妆,换下了沾了酒气的晚礼裙,帮她擦身体把她塞进被窝里。

洛以南并不排斥他,即便两个人冷了这么多年,但他依旧是她第一个且唯一的男人,爱侣之间没有男女之防。

"向南……"

醉意朦胧间,她一直在叫他的名字:"向南……向南……"

向南躺在她身边,手指尖有一搭没一搭地扫着她的长睫毛:"你肯定还爱我。"

"哥哥……"

"我是向南。"

女孩钻进了他的怀中,用力抱着他的腰:"从来没有人像你,对我这样好。"

"你对我好,我就用我自己报答你。"

向南怜惜地看着她,俯过身,轻轻吻了吻她的额头:"不要你报答,只要你好好的。"

向南抱着她入眠,后半夜洛以南酒醒,一脚把向南给踹下床去。向南狼狈地蜷在沙发上睡了会儿,觉得有点冷,又暗搓搓地钻进被窝,从后面环住洛以南的腰。

洛以南挣扎了一会儿,向南将脸埋进她的后颈项,温热的气息挠着她:"让我抱抱,不做别的。"

洛以南能感觉到身后男人骤降的体温,在沙发上睡一夜恐怕真的会感冒。若是旁人,或许她能硬得下心肠,可偏偏是向南,是她全副武装的坚硬铠甲之下,唯一的软肋。

她默认了他的拥抱。

黑夜里的相拥而眠,洛以南再难以入睡。身后男人体温渐渐回升,像一块炽热的烙铁,紧紧贴着她。

"你还爱我吗?"他低醇的嗓音突兀地问出这句话。

他也没睡。

洛以南假装没有听见,并不回答他。

他搂紧了她的身体:"现在你长大了,以后会遇到对你更好的人,你也会喜欢别人吗?"

洛以南紧紧闭上眼睛,一滴眼泪顺着眼角落下来,润湿了枕巾。

他嗓音有些沙哑:"可是你向南哥,只爱你啊。"

次日清晨，向南有早会，闹钟一响便立刻关掉，回身吻了吻洛以南的脸蛋："宝贝，我去上班了。"

"我不是你的宝贝。"洛以南又要踹他，被他敏捷地躲过去，向南笑着走进浴室，冲了个澡。出来的时候，她也已经醒了过来，抱着被子坐在床边："我的衣服怎么办？"

沾满了酒气的晚礼服肯定穿不了了。

向南一边刮胡须，一边说："晚些时候，我让女助理给你带几件衣服来，你挑着穿。"

洛以南闷闷地说："我今天还有拍摄任务，要早点走。"

"那我让她现在就过来。"

"你还用女助理？"

"平时跟我的是小林，男的。"向南从洗手间探出一个脑袋，"我妹吃醋了？"

"没有。"洛以南重新躺下来，背对着她，"我不是你妹妹，别乱叫了。"

"嗯，咱们不是兄妹。"向南认同地说，"我们是男女朋友。"

"不是不是！早就分手了！"

向南刮了胡须，又跳到床上将她环抱起来，用下颌去刮她的脸蛋："都是我的人了，还不算男女朋友？"

"那是你昨天晚上……乘人之危！"

"我记得某人是有还手之力的。"

洛以南又要胡蹬乱踹："快滚去上班吧混蛋，我不想再见到你了。"

这些年，她成熟了许多，他却越发像个孩子一样，完全没了当初端的长兄做派，难不成真的是逆生长？

向南恋恋不舍地使劲儿亲了亲她，这才离开。

一个小时后，有女助理叩响了洛以南的房门，洛以南裹着被子开了门，助理特别恭敬温顺，拿了好几套新买的衣服过来，一一展平给洛以南看。

"向总说逮着贵的买，但是我想贵的也不一定都是好的，洛小姐您看看，要是不满意，我再去买。"

洛以南倒是也不挑剔，随便捡了件长风衣穿上，一看标牌都是超过五位数的，这还不算贵？

"洛小姐，剩下这几件我送到你家里去吧。"

"不用不用。"洛以南说，"这几件你看能不能退回去，我穿不了这么多。"

"啊。"助理小妹为难地说，"这些退不了的，而且我们向总买了东西也从来不退。"

第十五章

"你拿回去穿吧。"洛以南收拾整理了自己的东西,准备离开了。

"不行不行!"助理小妹连连摆手,"我不能穿这些,这些都是向总给您买的,您一定要收下,不然我……我办不好事情会被开除的。"

助理说着都要抹眼泪了,洛以南于心不忍,于是给了她一个地址,让她送过去。

助理小妹立刻笑逐颜开,连声应承下来。

然而当天晚上,洛以南回去之后,发现自己的房门边竟然多出一捧玫瑰花束,上面的卡片是向南道劲的小楷字:今天记者发布会,我们的事,我就对外公布了——爱你的向南。

洛以南脑后三条线,她回想起今天那助理小妹说哭就哭的神仙演技,都是套路!送衣服是假,套路她家的住址,然后给向南通风报信是真。

这家伙身边养的都是什么人精啊!

看着那捧玫瑰花束,洛以南感觉一个头两个大,随手将花束插进瓶里,刚坐下来就接到了经纪人梁舟舟的电话:"以南!你上热搜了!"

"什么鬼?"

"刚刚向氏集团的总裁宣布你是他喜欢了十年的女孩,他正在追求你呢!"

洛以南看着玫瑰花束上的卡片,这家伙果然是有备而来。

她扶了扶额:"舟舟姐,现在该怎么办?我是不是应该开发布会澄清一下。"

"不用不用,现在正是《梦想舞秀》冠军角逐的关键时期,能上热搜是好事啊,再说了这也不算什么绯闻,人家向总也没把话说死,就说在追求你,同意不同意,还在你这儿呢,向南可是鼎鼎有名的人物,咱们可以借机吸引眼球,到时候冠军肯定就是你的!"

"舟舟姐,我不同意!"洛以南严肃地说,"我不想借他炒作。"

"哎,南南你别生气,炒作也不是坏事。"

"我可以通过自己的努力拿到《梦想舞秀》的冠军,不需要靠他。"

梁舟舟无奈地说:"可是那个节目的总冠军评选,需要网络投票和导师投票,第一,你性格不讨喜,不喜欢和粉丝互动,网络投票低,第二,你没靠山,人家导师也不会选你,你凭什么得第一?"

洛以南无言以对。

的确,娱乐圈并不是非黑即白,也不是仅凭努力就可以成功的。

"反正,反正我不想借他上位。"洛以南说完挂掉了电话。

然而目前的情势已经不由洛以南控制了,她只管自己精心准备,用心比赛,

给观众呈现最好的一面，而向南则只管捧她，网络舆论造势自不必说，每天都有关于洛以南的热搜，层出不穷，最近的一个是向氏集团总裁亲临现场，混迹人群中给洛以南加油。

俘获了网上一众少女的心。

后来节目组又有一笔投资注入，皆来自向氏集团，向氏集团的广告半路插入，成了节目组最大的赞助商。

向南摆明了就是要捧她，而且捧得坦坦荡荡正大光明。

最终《梦想舞秀》的冠军毫无疑问便是洛以南。

虽然洛以南自觉自己是有实力拿下冠军的，但是有了向南这一系列夸张的行为，她还是觉得心虚，忍无可忍，只好发了微博，公开@正在追洛以南的向南。

是的，他连微博名字都改了！

洛以南@正在追洛以南的向南：向总，请你立刻停手，我跟你已经说得很清楚了，我们之间没可能了。

写完这条微博，洛以南按下发送，不过一分钟，她又觉得好像话说太过，于是立刻删掉微博，重新发送——

洛以南@正在追洛以南的向南：向总，请你立刻停手。

然而她万万没想到，就那么几十秒的时间，眼尖的网友早已经截图，于是两条微博的对比图片，又上了热搜。

"洛以南秒删的行为就是向总最大的希望！"

"她还是舍不得啦！"

"向总加油，希望就在前方！"

"@正在追洛以南的向南，你前女友秒删，进来感受她的爱吧。"

半个小时后，向南发了一张正在办公室的自拍照，照片里的男人西装革履，头发往后梳理得规整，露出高挺的额头，额间还垂下几缕碎发。

拍给自己女人的照片，自然是帅得没眼看了。

"正在开会，@洛以南，我收到了，爱你。"

洛以南："……"

正如洛以南所想的那样，这件事发酵小俩月，秦欢便给她来了电话。

自从向南全方面接管了向氏集团以后，向擎便彻底退休，带了爱妻秦欢和小女儿，远赴加拿大生活，彻底过上了悠闲自在的晚年生活。

两个孩子的事情，他或多或少也从妻子口中知道了一些，这件事的确难办，虽然是没有血缘关系的两个人，也不在同一个户口本上，但从社会伦常来说，他们总归还是名义上的兄妹。

第十五章

移民加拿大，是向擎在向南大学毕业之后做出的选择。

如果他们离开能让两个孩子过得随心自在一些，又为什么不可以呢，他了解自己的儿子，他从小失母，循规蹈矩，没有犯过大错，也很少有什么特别喜欢的东西，看上去也没有特别开心和不开心。

向南早熟，性格也很沉郁，他所有的热量和温暖都给了周围的人。

他能找到自己喜欢的女孩，并且坚持这么多年，情深不渝，向擎多么希望他能够真的开心起来，余生幸福美满。

向擎也曾劝过秦欢，大不了他们便不回国了，让两个孩子舒心自在地生活在一起，有什么不可以呢，如今的年代，都在提倡多元文化价值观，他也不想当那棒打鸳鸯的老古董。

秦欢爱面子，还是觉得不可接受，也很难原谅洛以南。向擎只有慢慢地给她做工作："你不是总担心我过世后，家里人会嫌弃你吗，现在两个孩子在一起了，洛以南当你是恩人，你算是她半个妈，后半辈子也就衣食无忧，这可是好事。"

秦欢："……"

他就知道戳她软肋是吧。

"一开始，我跟你一样，也是不同意的。"向擎说道，"可是我这小子，对什么都不放在心上，偏偏是洛以南，他心心念念想了这么多年，便是铁石心肠的人，看了也觉得心痛，何况他是我唯一的儿子。"

秦欢闷闷道："那小泡泡还是你的女儿呢，你让她以后怎么面对她的哥哥姐姐？"

提到小女儿，向擎嘴角溢出满足的微笑："我相信小泡泡长大以后的世界，肯定会变得更加美好包容开放，别太低估现在小孩子的接受能力，他们可比咱们那时候鬼灵精呢。"

秦欢的态度总算松动了，只说道："这件事还得看洛以南怎么想。"

所以这通电话，秦欢跟洛以南说得很明白："你爸同意你们了，我持保留意见，你自己决定，反正我俩以后回国机会不多，也不干涉你们，爱怎样怎样吧。"

洛以南犹豫了很久，问道："小泡泡好吗？"

"小泡泡可听话呢，从来不哭不闹，是个安安静静的小姑娘。"

洛以南嘴角情不自禁地漫起笑意："可能还是融合了他们向家的基因，向南就挺安静一孩子。"

话不到两句便是向南，秦欢无奈地摇摇头："你要是真那么喜欢他，秦姨也不管了，你从小生活得苦，我第一次在孤儿院看到你的时候，总感觉你眼

睛里有很多情绪,你不像其他女孩那样,争着在我面前卖乖,你骨头比我硬,但我看得出来,你想当我的孩子。"

洛以南眼眶里盛满了倔强的眼泪,硬是不让它们掉出来,养育之恩大过天,不管外人怎么看秦欢,她从始至终都是她的恩人。

"现在有人能好好照顾你,秦姨放心。"

挂掉电话,秦欢又给洛以南发来了几张小泡泡的照片,照片里的小女孩看上去就像一团柔软的棉花糖,坐在玩具堆里。

洛以南把照片发给向南,几分钟后,向南回她:"难以置信,这小丑八怪真是我妹妹?"

洛以南擦了眼泪,嘴角不觉扬了起来。

几周后,洛以南收到了一份真人秀综艺节目的邀请,节目内容是邀请几组明星组成情侣家庭,去小岛上共同生活一个月,在这一个月里,他们需要依靠为数不多的资金和小岛的资源自己创业,然后比赛哪个家庭挣得最多。

看着挺有意思的,经纪人梁舟舟觉得,这个综艺是大投资手笔,而且是国内第一档小岛求生的真人秀节目,应该能火。

拿到详细的文案以后,洛以南赫然发现,别的女明星组 cp 的都是当前大火的鲜肉男明星,偏偏她的 cp……居然是向南?!

什么鬼?

洛以南让梁舟舟打电话询问节目组,梁舟舟回来告诉她,因为向氏集团是节目组的主要赞助商,赞助商发来通知,节目中产生的余外费用都好说,向氏集团都包下了,但是只有一个小小的要求——

洛以南的 cp,只能是女明星。

梁舟舟还说:"节目组为了收视率,给每个家庭配了小宠物,洛以南你的那只,都必须用母的。"

连宠物的醋都要吃!他是小孩子吗!

最后节目组迫于无奈,只能邀请向总亲自参加真人秀节目,向南欣然同意,大笔一挥签下了自己的名字。

节目正式开始录制,早上自家里起床开始,便有摄像机一直跟着洛以南,洛以南就当他们不存在似的,给自己洗漱之后,开始化妆,一边对着摄像机解释:"这个腮红要抹匀,这款睫毛膏不会晕染,这款唇釉涂出来的色彩特别自然。"

清晨的真人秀,俨然成了她的美妆教程。

终于收拾妥当了,洛以南走下楼,赫然发现楼下停着一辆霸气外露的黑

第十五章

色林肯加长。

洛以南瞪大眼睛问摄制组:"你们节目大手笔啊……"

摄像师笑而不语。

直到洛以南走近了那辆林肯加长,车门打开,驾驶位走下来一个西装革履的男人:"小小姐请上车。"

"老吴?"

这是向家的司机老吴,以前高中的时候经常接送兄妹俩上下学,他总爱叫洛以南:"小小姐。"

"少爷等着你呢。"

老吴拉开车门,只见一身渐变色休闲卫衣的向南,坐在车后座的位置,正在玩手机游戏。

见洛以南出来,他连忙对她招招手:"老妹快上车,我刚下了一个好玩的游戏,咱俩联机玩。"

洛以南看看老吴,又看了看今天特别显年轻的向南,恍惚间仿佛回到了少年时,两个人在车里争抢手机玩游戏的画面。

恍如昨日。

洛以南上车,坐到了向南身边,摄制组也跟着上来,有向南这位大老板加入,这会儿连车油费都省了。

车厢里,向南如过往那般,顺势将她揽过来,揉了揉她的头发:"小丫头吃早饭没?"

"没吃……向总自重。"洛以南他坐得稍微远了些,"摄像机拍着呢。"

向南毫不在意:"不是说扮演情侣吗?"

摄像师说:"没错,是扮演情侣,那个……南姐,为了后期的播放效果,你应该跟向总表现亲密一些,多多互动,不能这样拘束。"

洛以南虽然有些不情愿,但是既然参加了这个综艺节目,她还是会努力做到最好的。

于是她又朝向南这边挪了挪,望向他的手机屏幕:"你在玩什么游戏,教我吧。"

"哦,是我们B&L公司新出的游戏,叫《旋风拳王》,来,我教你玩。"

"这款游戏是我们公司的王牌产品,在线人数最高超过20万,苹果手机扫屏幕左下角二维码下载,安卓手机扫右下角二维码下载。"

"对了,将来我们B&L公司还会出更多款真人模拟全息游戏,敬请关注。"

洛以南:"……"

所以这是广告吗!赞助商向总亲身下场给自家游戏打广告吗!

不过游戏是好玩的，洛以南抢走了向南的手机，低头专心致志玩游戏，向南温柔地看着她专注的容颜。

连摄影师都忍不住感叹，向南这表情，太温柔了……喜欢一个人的眼神，是根本藏不住的，他很爱洛以南。

林肯车并没有直接开去机场，而是停在了学校外面的狗不理包子铺，向南亲自下车给洛以南买了她以前最喜欢吃的包子，一个一个塞进她嘴里。

洛以南瞪着眼睛看着他，嚼得咬牙切齿。

她不习惯吃早饭，每次课间都被向南逼着吃包子的画面，现在还记忆犹新。

"以后每天早上我都要监督你吃早饭。"

"向总您日理万机，就放过小女子行不行。"

"亲自给你喂饭，还想怎样，张嘴。"

洛以南无可奈何，心不甘情不愿地张了嘴："啊。"

向南将包子塞到她嘴里："嚼。"

洛以南心不甘情不愿地嚼着包子，画面太美，看得摄影师也是一脸姨母笑。

抵达机场，见到了同行的另外两组cp。

秦忍和崔佳苗，韩骁和杜安琪。

男星秦忍，年纪稍大，演过好几部电视连续剧，算是比较专业的演员，只是一直不温不火，性格也比较温和。而崔佳苗也是出道较早，早期超模出身，现在影视歌三栖，今年年初摘下了影后的桂冠，是所有人中咖位最大的一位明星。

韩骁是选秀节目出来的超高人气小鲜肉，拥有一票年轻女粉丝，他本人卖的则是性格鲜明特立独行的人设，在选秀节目中便把选手怼了个遍，以此来吸引眼球，而事实证明，他这种卖人设的做法，虽然吸了大量黑粉，但也让他火了一把。而和他组cp的杜安琪曾经和洛以南参加过《梦想舞秀》的选秀节目，她软萌可爱的乖乖女励志人设，一开始特别吸粉，这使得她的人气一路狂飙突进，本来是夺冠的热门人选，可是后来因为向南的加持，洛以南成为后期的夺冠黑马。

她一直觉得是洛以南抢走了她的冠军宝冠，并且好几次在媒体前公开放话，说她是不服气这次比赛结果的，认为背后有暗箱操作，她不认为洛以南有夺冠的实力。

节目组请和洛以南有矛盾的杜安琪过来参加节目，应该也是为了考虑综艺的戏剧性。

对于杜安琪的质疑，洛以南并没有放在心上，她早已经看明白了，娱乐

第十五章

圈不仅仅是拼实力的地方,譬如《梦想舞秀》,虽然总是标榜梦想或者努力,但实际上,还是靠卖人设博得观众喜欢,拉到票数来决定冠军人选,并不一定真的看你的舞跳得怎么样。

选秀选出来的是明星,不是舞者。

洛以南自认为自己已经尽了最大的努力,至于向南这位大金主的加持,完全是一个意外。

过去她想要随身听,想要耳机……只要告诉向南,他都会买给她。

洛以南还记得向南以前对她说过,你想要什么我都会给你。

多年过去了,这句话依旧作数。

飞机上,洛以南偏头看着向南,自飞机起飞,他便一直在打瞌睡。

高挺的额骨下,眼睛眯成一条黑线,睫毛密而长。洛以南情不自禁伸出手,像过去一样,捏住他的长睫毛,然后扯开他的眼皮。

似乎没有影响,居然还能睡。

于是洛以南扯开他的两个眼皮,强迫他看自己,他那榛色的眼珠,望向了她。

这回总醒了吧。

向南被拉着眼皮,面不改色说:"是不是皮痒了?"

洛以南撇撇嘴,松开了他。

玩玩还不行。

"没劲。"

"昨天晚上一直在加班。"向南解释道,"因为节目要走一个多月,公司的事情要事先安排好。"

"谁让你丢了公司来上节目!"洛以南带了责备的调子说,"你本来就不是明星,用不着来参加这些综艺,对你而言没有任何好处。"

"我想出道,这个理由合格吗?"

"不合格,你一不会唱歌,二不会演戏,三不会跳舞,除了长得好看真是一无是处,当然,颜值即正义,你或许能红,但是没有硬实力,红一阵子就会被人遗忘了……"

洛以南絮絮叨叨,向南又打了个长长的呵欠。

于是她闭了嘴。

"嗯……"

向南说:"嗯什么嗯……"

洛以南面无表情地将自己的肩膀挪了过去:"嗯,借给你,睡一会儿吧。"

向南心满意足地将脑袋靠了过去:"我妹还是疼我。"

/ 第十六章 /

五个小时后,飞机落在了泰国的一座风光优美的小岛上,这座岛屿拥有绵长的金色海岸线,物产丰饶,吸引了来自全球各地的旅客,但对于中国游客来说,还是比较小众的景点。

三组明星 cp 在沙滩上集合,导演向他们解释了详细的比赛规则。

他们组成的家庭需要在小岛上独立生活一个月,这意味着他们需要自己挣钱满足日常开销,赚钱的方式不限制,可以去打工,可以卖艺,也可以自己做点小生意,甚至可以沿街乞讨。

当然,应该不会有人真的这么做。

而每个家庭都有两千块的启动资金,他们可以任意支配,但是用完了就没有了,所以必须谨慎使用。

每个家庭住的房子是可以选择的,市区小型公寓日租金 80 元,沙滩海景公寓日租金 150,还有海滨别墅日租金 300。

明星家庭可以根据自己的需求,选择住宿。秦忍和崔佳苗这对"老前辈"cp 组,选择了价位适中的沙滩海景公寓,秦骁和杜安琪意见统一地选了海滨别墅,在杜安琪看来,这是录节目又不是真的荒野求生,到时候如果实在挣不到钱,节目组肯定不会放任他们不管的。

向南问洛以南:"住哪个?"

"随便喽。"

向南便对导演说道:"我们选海景公寓。"

洛以南挑挑眉:"哟,向总挺会精打细算嘛,不愧是生意人,我还以为你会选别墅呢。"

向南笑而不语。

然而等他们到了公寓,洛以南这才明白,向南那神秘微笑的意味。这套海景公寓一室一厅,内厅的两米大床正对宽阔无垠的湛蓝海面,居然还是颇有情趣的圆形床!

洛以南:"???"

"导演,导演这什么情况?什么情况啊这是……不是说假扮情侣吗,一张床什么情况?"

| 第四章 |

没有人回答她，摄影师就是透明人，不负责解答任何问题，完全可以无视。所以现在，真人秀已经正式开始了，所有的问题都必须自己解决。

向南气定神闲地说："海景公寓由向氏集团倾情赞助。"

好了不用说了，她懂了。

"那……别墅总有多的房间吧，我们现在改选别墅，可还行？"

向南将她撸过来，揉揉她的脑袋："精打细算可还行，我们一共两千启动资金。"

洛以南鼓着腮帮子瞪他，总感觉好像被他套路了。

向南看着她这样子，还跟小时候一模一样，让他忍不住就想逗她。

不过洛以南也不怕他，等导演组休息的时候，洛以南说："直播呢，谅你也不敢做什么。"

向南在客厅里收拾东西，闻言，惊讶地看着她："你以为……我要对你做什么？"

"哈？"

"你以为我要对你做什么？"

洛以南语滞，一个人鸽子般自言自语叽叽咕咕了一阵，去了洗手间。

向南挑挑眉，嘴角漫着笑，拔高了调子道："老妹，安顿下来，咱们要想想该怎么赚钱了。"

洛以南正在镜子前给自己补妆，闻言，顺口说道："做生意呗，你不是行商世家出来的小孩吗。"

向氏集团前身是可以追溯到洋务运动的实业工厂，历史十分悠久。

"妹妹想做什么生意？"

"开餐厅成本太高，不现实，卖旅游纪念品需要找到进货渠道，不过这些玩意儿我自己都不想买，别说其他游客了，估计也得亏本……"她絮絮叨叨了小半响，突然灵光一现，激动地说道："哥，我想到了！咱们可以在沙滩边卖果汁儿！"

她走出来拿手机开始搜索："水果市场离咱们住的地方只有一公里，咱们所有的成本只需要一个榨汁机，几张桌椅，这不需要多少成本，咱们的启动资金完全能搞定。"

向南似乎有些恍惚，洛以南拉了拉他："你在听没有？"

"你刚刚叫我什么？"

"啥？"

向南笑了："你刚刚叫我哥了，这还是分手这么多年，你第一次叫我哥。"

洛以南表情变得有些不自然："被你带偏的。"

　　向南满心满眼都是温柔和宠爱，拉着她的手，放到唇边吻了吻，然后紧紧握在自己温热的大掌里，握住。

　　"真好。"

　　被他吻住手背的那一瞬，洛以南全身有触电般的感觉，这些年她和他性格仿佛是转了个向，她变得越发沉郁，而他越发懂得表达，不再端着年轻时的高姿态。

　　心是需要慢慢捂的，洛以南以前总说，捂着捂着，也就热了，所以那时候，她每天都跟向南说早安，说晚安，说我爱你。

　　向南从来不会回应她的热情，收敛着，拉不下面子，也觉得不应该。每次接吻也都是洛以南艰难地踮着脚，他竟然从来没有察觉过，那一个吻，她花费的力气要比他大得多。

　　很多事情，是以后漫长的时光岁月里，一点一点地回过味来的。

　　洛以南总说我爱你，不是她中二，是她真的爱你。

　　还有，和她接吻的时候，一定记得俯身。

　　好多事情，向南后知后觉，也后悔，她却始终没有给他弥补的机会。

　　洛以南看着向南的眼睛，觉得那一瞬似乎有段漫长的时光自那漆黑的瞳眸流过。

　　他在想什么呢？

　　就在两人难得沉默之时，门铃响了。

　　洛以南迅速从他手中抽回手，恢复了以往冷淡的调子，支使向南："去开门。"

　　向南听话地开了门，前来拜访的居然是杜安琪和韩骁。

　　"我们来看看你们这儿。"

　　"哦，请进。"

　　韩骁自来熟地进了屋，四下参观，洛以南递给他一双一次性拖鞋："穿这个，进屋要脱鞋的。"

　　"不用麻烦，我们看看就走。"

　　"那也要脱鞋。"

　　虽然是酒店，但是清洁卫生还是得他们自己打扫，刚刚向南趴在地上把地板擦得干干净净，这样洛以南就可以光脚在地上踩了。

　　她在家的时候就老是光脚走，自在洒脱。

　　洛以南也要维护向南的劳动成果，逼着韩骁脱了鞋进来。

　　而杜安琪一进屋，那双大大的双眼皮美眸便全落在了向南身上，盯着他一个劲儿地看，向南对待外人向来礼貌温煦，只是冲她礼貌地笑了笑。

第四章

洛以南一把将向南拉到身后，冷淡防备地问："你们过来有何贵干？"

杜安琪说："我们就是过来问问你们，准备怎么赚钱？"

向南正要开口，洛以南连忙说道："这不关你的事。"

杜安琪笑了笑："就算是竞争对手，也不用这么剑拔弩张呀，大家来参加综艺，都是玩玩而已，你要是真把综艺当成比赛，那才是一辈子都火不起来，韩骁，你说是吗？"

韩骁耸耸肩："保留意见。"

洛以南还没开口，向南突然问道："依杜小姐所见，综艺是什么？"

杜安琪见向南主动跟自己搭话，受宠若惊，朗声说道："在我看来，综艺就是让观众找乐子寻开心，我们只要根据观众的喜欢，做出他们想看的表情动作，就好啦。譬如他们想看我们做游戏，那我们就做游戏，想看我们吵架，那我们就吵架喽，这才是真正的综艺真人秀的精髓，反正都是在作秀啦，所以比赛结果根本不重要，重要的是人设。"

当然，这些话是在摄像机停拍的情况下说的。

杜安琪自信满满地说完这番"高见"，得意地看着向南，她可不像某些人没脑子，只会唱歌跳舞，她是有脑子的，也很懂成名之道。

向南耐心地听她说完，漫不经心道："我不是很懂，有个不恰当的比喻，要听吗？"

"不用说了，你嘴里也没什么好话。"洛以南打断他的话，本能地不想他和杜安琪再继续聊下去。

杜安琪却得意地看了洛以南一眼，连忙做出可爱状，对向南撒娇道："说嘛说嘛！人家想听。"

洛以南翻了个白眼，转身去了阳台。

向南说："我在马戏团看见的猴子，也会根据观众的喜好，做出他们想看的动作，钻火圈什么的，观众想看他们打架，纷纷投食，于是它们便开始撕咬，所以杜小姐所理解的综艺，便是马戏团的猴子？"

闻言，杜安琪脸色蓦地涨红，可是一时间竟无言以对。面前的男人笑容依旧谦和温煦，可是却总透着一股子轻蔑和高傲。

向南明明白白地告诉她，他是她所企之不及的男人。

杜安琪愤然离开。

"钻火圈的那是狗，不是猴子。"阳台边，洛以南笑着说。

向南难得见她笑，那是认可他刚刚干得漂亮，所以他磨磨蹭蹭走到她身边，俯下身，侧脸凑近她。

"干吗？"

　　他用手指尖敲了敲自己的脸颊。

　　以前洛以南经常这样干，戳戳小脸蛋，要一个向南的亲亲。

　　洛以南强忍着笑，背过身去："不懂。"

　　向南不依不饶，偏要跟她要一个亲亲，洛以南索性伸手捏住他的脸蛋，拉扯着："说了不懂，还要怎么样啊！"

　　"我知道，你在报复我对不对？"

　　以前向南也总说不懂，他很少吻她，因为总觉得她太小，有犯罪感，而且那时候性格内敛羞涩，也不好意思。

　　所以仅有的几次，屈指可数。

　　"以前的事我都不记得了。"洛以南别过身，手拿着阳台边绿植的叶子，"全都不记得了。"

　　向南并不在意，他会让她想起来的。

　　他跑到卧室快速换上了海滩休闲的花衬衣和短裤："我现在要去超市买榨汁机，再去市场上买一些新鲜的水果，明天就可以开工了，妹妹要跟我一起吗？"

　　洛以南本来是想去的，但是被他这调子说的就拉不下脸了，反正就是不想顺着他的心意。

　　向南看着她这股子别扭的劲儿，跟他高中比，简直有过之而无不及。

　　他还是笑着将她揽出了房间："走啦走啦，我一个人可拿不了这么多东西。"

　　大型超市里，向南看着什么都觉得新鲜，他很少自己逛超市，尤其是工作以来，家里都有专门的佣人照顾日常起居，他的时间全放在了工作上。

　　倒是洛以南，小半生都是自己一个人生活，生活技能满点，所以无论是买东西还是做饭炒菜，都驾轻就熟。

　　"我妹，这个是什么？"

　　"菠萝蜜。"

　　"这个呢？长得跟刷了黄油漆的八爪鱼似的。"

　　"这个是佛手。"

　　"我妹懂得真多，小时候肯定看百科全书长大的，那这个这个呢？"

　　洛以南总算被他问得不耐烦了："你哪儿那么多问题啊！自己不会百度吗？"

　　向南委屈巴巴地看着她："我就想跟你聊聊天。"

　　洛以南将榨汁机塞进他怀里："干你的活儿吧。"

| 第四章 |

几分钟后,向南被一阵诡异的味道吸引了,洛以南转过几个货架终于见到了他的人影。

他正在榴莲区垂涎三尺,连连冲洛以南招手:"我妹,这个榴莲好便宜,我们买一个回去好不好?"

洛以南隐忍着说:"你买,买了我让你跪一晚上榴莲。"

向南吸了吸鼻子,又看了看榴莲外壳上面的硬茬,纠结了半晌,终于还是恋恋不舍地放下了。

俩人卖了整整两口袋汁多的水果,还有榨汁机,饭食材料以及一些生活用品,等等。杂七杂八算下来,启动基金便去了大半。

回到公寓,洛以南试着用榨汁机打了一杯柠檬汁,递给阳台上吹海风的向南。

"我觉得……接下来我们得省着花钱了。"

向南接过橙汁喝了一口,很乐观地说:"有投入才有回报,放心,就凭你这手艺,咱们肯定能盈利,赚最多的钱,拿冠军。"

洛以南沉默了半晌,以一种比较严肃的语气,说道:"其实我觉得今天杜安琪的话,也不是全然不对,综艺嘛,观众在意的……或许真的不是拿不拿冠军,他们只想看你在这个过程中的所有表演,你的人设做得好,能够讨观众的喜欢,其实赢不赢比赛都无所谓。"

她回头看了看黑漆漆的摄像镜头,苦笑了一下:"对吗?"

摄像师非常配合地上下晃动摄像机,点头。

向南似乎并不担心,轻描淡写地说:"不一定啊,有的人是为了挣名气,有的人是为了挣钱,也有想要名利双收的人,我们家南南是属于哪一种?"

洛以南认真思索了片刻,摇了摇头。

都不是。

"我就……喜欢啊,不然你以为我一个学计算机的,干吗跑去混娱乐圈?"

"那不就得了。"向南面朝大海,嗓音平稳,"是因为热爱,所以想要做这件事,继续坚持就好了。能边做喜欢的事,边挣到钱和名气,这是多么棒的一件事,这个世界上很多人在坚持梦想的道路上,半途而废,我们家南南很厉害啊。"

他又忍不住摸了摸她的头,就像个慈祥的老父亲。

浪潮拍岸,海风徐徐吹着,洛以南心里的结正被缓缓解开。

进入这个圈子以来,她曾经无数次怀疑自己,怀疑现在的一切究竟是不是她想要的,而向南的一席话触动了她。

她喜欢唱歌,也喜欢跳舞和演戏,能让更多的人看见听见,难道不是一

件令人开心的事吗，至于什么人设，什么名利，都随它去吧。

洛以南抬头问向南："那你呢，你坚持走在自己想走的路上吗？"

向南沉默片刻，开场心扉，说道："刚进入公司那段时间，我的状态很糟糕，虽然自小便知道，我是要坐在父亲的位置上，继续他的事业，但那是他的，却不是我的，我做着他想让我做的事，却不是我喜欢的事。后来许明意拿着B&L公司的企划来找我，想让我和他一起干，那时候起，我心里那把沉寂已久的火焰才被点亮，人工智能的未来，互联网的未来……是星辰大海啊！"

他突然张开双臂，高声喊道："我相信，我们能打下属于自己的江山，我们会比父辈们走得更远！"

他呼吸急促，那双宝石般的黑眸里闪动着前所未见的光芒，那是只属于少年人的纵情与任性，他不甘心站在父辈的肩膀攀折果实，他想要当拓荒者。

洛以南被他高亢的情绪带动，也感觉热血沸腾起来。

那些青葱岁月里结盟的友情，共同坚持的梦想，是坚不可摧的。

她冲着大海喊道："我相信向南！"

向南低头看着她，情不自禁地揉了揉她的头发，眼神一如今晚的月色般温柔。

"当初你喜欢跳舞，为什么大学却报S大的计算机？"

洛以南眨眨眼睛，心说某人的反射弧挺长的啊。

她打了个呵欠："困了，我要睡觉了。"

"是因为我吧。"

"不是，你别乱想。"

"你还是舍不得我，想要经常看到我。"

"不是不是！"

向南洗完澡出来，看到洛以南正抱着棉被，给他铺垫沙发，看样子今天依旧是不能上床的一天。

向南可怜兮兮地站在沙发边，望了望她，她铺好沙发之后，甩给他一个无情的眼神，很明显，装可怜无效。

向南赶紧跑到卧室，一头栽倒在床上，抱着枕头被子死活不肯撒手。

洛以南平静地说："你睡床，我睡沙发。"

省得他又半夜钻进她的被窝，没皮没脸赖着不肯走。

向南见洛以南真的睡在了沙发上，他坐起身，揉揉自己的头发，黑暗中沉默了好一会儿，下床，蹑手蹑脚溜到了沙发边。

沙发果然只能容得下一个人的身体，不过好在洛以南身体娇小，于是向南小心翼翼在她身边躺下来，见她没动静，便试探性地伸出手，将她圈进自己

| 第四章 |

怀中。

他的身体大半都露在外面,不过没关系,只要跟她睡在一起,怎么样都好。

洛以南背对着他,声音隐忍:"向南,能不能滚。"

向南从后面环住她的腰,脸埋进了她后颈项的发丝里。

"我一个人睡不着。"

洛以南:"我数到三……"

向南不肯动,死命抱着她:"你以前很喜欢被我抱着,也很喜欢跟我睡觉。"

"向南。"

"你为什么不喜欢我了?如果我做错了什么,你告诉我,是不是因为那天晚上……"

她听得出来他声音里的凄怆和无助。

"我不是不喜欢你,哥,你一直都很好,没有做错任何事,我只是……还没有想好,你让我再想想,可以吗?"

黑暗中,她回过头来,面对着他。

狭窄的沙发上,他与她严丝合缝地贴在一起,他湿热的呼吸里还带着青草薄荷的味道。

"向南,如果我不是你唯一的选择,我更希望你能找到……与你匹配相称的女孩子,这样对你的公司、名誉都好,我不想成为你未来星辰大海中的一枚污点。"

她自己无所谓,可是向南啊,这个自小优秀得让人挪不开眼的男孩,被整个家族寄予厚望。而她呢,自小流离漂泊,寄人篱下,游荡在阴影中的边缘人,与光明与世界,格格不入。

他和她注定不会是同一种人。

"那我郑重地告诉你,洛以南,你就是我唯一的选择,没有其他人了,什么匹配相称的女孩,我这辈子认定的唯一的女孩,就是你。"

洛以南深长地呼吸,带着轻微的战栗,她情不自禁地将脸贴近了向南的胸膛。

向南闭上眼睛,开始自顾自地回忆:"我后来反省了很多,我不是一个称职的男朋友,特别想弥补,可是已经来不及了。"

"向南,你不要说了,过去的事情就算了。"

"你再给我一次机会,好不好?"

"向南,我困了。"

"睡吧。"他将她脸颊的一缕发丝挽至耳后,温柔地说,"我抱着你睡。"

这些年洛以南总失眠,可是很奇怪,躺在向南的怀里,她睡得特别安心,一夜无梦。

第二天早上她醒来,向南已经起床了,她坐起身,看到他在厨房忙碌的身影。

哗啦啦的水声传来。

"大清早,你做什么呀?"

"我把水果全部清洗一遍,待会儿到了沙滩上,总不能用海水洗吧。"

洛以南挑挑眉,看来斗志满满嘛。

两个人洗漱完毕,吃过了早餐,便拎着他们的水果和榨汁机去了沙滩。

清晨海风凉爽,一望无垠的湛蓝海面泛着粼粼的波光,金色沙滩上已经有了不少晨泳的人。

俩人在沙滩边的泰国商店里租借了小桌躺椅和阳伞,撑了起来,又将果汁的帆布招牌挂了起来,开始正式营业。

很快便有生意上门,洛以南一边操作榨汁机,一边指挥向南:"你把木瓜去皮切片,西瓜也切一下。"

向南操起了西瓜刀,没捣鼓几下就把自己的手切到了,洛以南连忙放下手上的活儿,检查他手指头的伤口。

"切水果都会切到手,你是小朋友吗?"洛以南责备地看他一眼。

向南不好意思地笑笑:"抱歉。"

幸而伤口不深,洛以南将他的手指头放进自己的嘴里,用力吸了吸。

他的整个手指上段被她含在嘴里,向南顿时感觉心头一阵荡漾,能有这待遇,十根手指头都被割破也是愿意的呀。

洛以南见他一脸贱笑,放开了他的手,找来创可贴拍在他身上:"真不让人省心,你别碰刀子了,去沙滩上给我拉客吧。"

"好嘞。"

向南斗志满满,走到沙滩边,用流利的英文招揽生意。

像所有人一样,他赤着上身,露出了流畅的肌肉线条,别说,向家这位大少爷,皮肤可真白。

洛以南的目光又落到他的花裤衩上,臀也翘。

一等一的好身材。

因为进行过专门的肌肉锻炼,他这会儿的身材可比高中那时候好多了,那时候是大男孩,现在已经变成了男人。

洛以南嘴角不觉漫了笑。

不知不觉间,上门的客人络绎不绝,一瓶一瓶的果汁卖出去,洛以南的

第四章

钱袋也鼓胀了起来。

不过她渐渐发现,向南在沙滩上招揽来的客人,多是穿比基尼的大美女,各个国家的都有。

他回来的时候,躺椅上的好几个金发碧眼的欧洲美女还跟他打招呼放电:"Hi!"

向南也对她们微笑,用流利的法文询问她们:"果汁好喝吗?"

"还要续杯吗?"

眼看着他在女人堆里就要聊起来了,洛以南脸色低沉,手里的西瓜刀往木桌上一插:"某些人是不是聊得太开心了!"

向南微微一惊,连忙噤了声,做小伏低地走到桌边:"我错了,我帮你切西瓜。"

洛以南知道他也不是故意要招蜂引蝶,奈何他就是这样的性格,无论男女,他待人接物一贯热情,性格也很开朗,喜欢交朋友,也喜欢和陌生人友善聊天。

"你刚刚跟她们聊什么?"洛以南问。

向南笑着说:"她们问你是不是我女朋友。"

"哦,我不是。"

"对,我也说不是。"

洛以南:……

见某人脸色顷刻间垮了下去,向南连忙补充:"我说你是我的未婚妻,fiancee,未婚妻。"

洛以南脸色稍解,说道:"不要脸。"

但是心情好多了。

中午日头正盛,向南将一柄阳伞挪过来,撑在洛以南头顶,帮她遮住太阳,洛以南扬了扬手里的防晒乳:"向南,帮我背上涂一点。"

"遵命。"

向南拉着她坐到沙滩边,手上抹了防晒乳替她擦拭着后背。

洛以南的皮肤是那种雪白雪白的,冬日里的日头晒着,还会显出些许青紫色。

而这样的皮肤也格外敏感,很容易被晒伤。

向南温热的大掌一丝不苟抚过她背部每一寸肌肤,涂完之后,还在她的背上印下一记亲吻。

洛以南回头:"你恶不恶心。"

向南笑得阳光灿烂:"让你知道我的爱啊。"

"去你的。"洛以南将防晒霜扔给他。

……

截至下午三点，俩人卖果汁赚了快有一千块人民币，本钱也全都收了回来，回去的路上，向南吹嘘，有会做生意的向老板在，肯定能圆满完成任务。

洛以南翻白眼。

分明全程榨果汁的都是她好吗，会做生意的向老板不过就拉了几个客人过来，还一直坐在边上陪客人聊天，请问你做了什么贡献？

他们又去拜访了崔佳苗和秦忍的小组，看看他们的情况如何。

秦忍和崔佳苗在海滩上烤海鲜，生意也挺不错，还烤了龙虾请洛以南他们吃，几人在沙滩边坐着喝啤酒吃海鲜，随便聊聊天，一整天的疲惫和倦怠，便这样一扫而过了。

身为老前辈，崔佳苗和秦忍却没什么架子，给洛以南传授了许多经验。

天黑以后，他们收摊各自回家。

今天的水果几乎销售一空，又要重新去超市采购明天的水果，考虑到洛以南作为主力输出，今天辛苦了一天，于是向南自告奋勇，让她在家里休息，自己去买水果。

"你一个人能行吗？"洛以南有些担心，"别迷路了，算了还是一起，两个人也好有个照应。"

向南却坚持不肯："你当我是小孩子啊，放心吧，没事。"

也对，都是快往三十奔的男人了，这些小事应该难不倒他。

洛以南便安安心心躺沙发上，给自己敷了个面膜，伸展了四肢准备好好放松。

然而向南走了不过二十分钟，外面忽然刮起了大风，随之而来便是一阵雷暴的轰鸣，暴风雨倾盆而下，狂风呼啸，窗外的棕榈树被吹得东倒西歪。

洛以南正要给向南打电话，结果发现他的手机在床上叫个没完。

这家伙出门居然把手机落下了！

没多久，洛以南便接到了剧组的电话，基于安全因素的考虑，让所有艺人全部留在家里，不要出门。

洛以南担忧地问导演，是不是出什么事了，导演说今晚的暴风雨来得突然，风级巨大，街边有好几棵树已经被连根拔起，很容易出现伤亡事件，叮嘱他们关好门窗。

"可是向南去超市采购还没有回来啊。"

"什么？向总不在家里？"

"手机也没带，我现在很担心他的安全。"

显然，节目组也慌了，说立刻派车出去寻找，洛以南收拾了一下，准备出门，

第四章

电梯门刚打开,便看见一身湿漉漉的向南,被浇成了落汤鸡,发型也全散了,蔫嗒嗒地盖在脑袋上,衣服全然湿透,狼狈不堪。

"这雨也太大了吧,说下就下,一点预兆都没有,差点儿回不来了。"

他手里还拎着两个大口袋,见到洛以南,他惊讶地问:"这么大雨,你还要出去?"

洛以南盯着他看了两秒,一把将他从电梯里拉出来,向南见事不对,正要大喊:"哎哎,暴力了暴力了,你看在我为了这两袋水果跟大自然做斗争的份儿上……"

话音刚落,便感觉女孩的脸蛋紧紧贴在了他的胸膛边,手紧紧攥着他的衣角,身体微微战栗着。

洛以南一直都是非常独立且有主见的女孩,向南很少见她这般害怕无助的模样。

"怎么了?"向南将口袋放在门边,手落到她细小的肩膀上,轻轻安抚,"是不是有人欺负你了?"

他望向摄影师,眼神变冷:"你们欺负她了?"

摄影师惊慌地摇动摄像头。

洛以南责备地说:"你就不会在超市里等着,等雨小一些再回来啊,外面刮这么大的风,万一受伤怎么办,被风吹跑了怎么办?"

向南微微一笑:"要是被风吹跑了,不是正合你意吗?"

洛以南一把丢开他,狠狠地瞪了他一眼。

向南追着她进屋,说道:"突然打雷闪电下雨,你自小就怕打雷,我记着呢,这不,马不停蹄地赶回来了。"

"早就不怕了。"洛以南抱着双腿坐在沙发上,准备跟自己生会儿闷气,向南没有做错什么,她心里有股郁闷不知道怎么发泄。

向南见她这别扭的模样,知道她是在为自己担心,他开始想各种办法逗她,洛以南把他推到浴室:"快去洗澡啦,全身都湿透了,当心生病。"

浴室里传来哗啦啦的水声,还有向南沉闷的声音:"南南,我知道,你还是很喜欢我的,对吗?"

洛以南靠在门边,低头不讲话。

向南若有所思,自言自语道:"你还喜欢我……"

转眼已经是真人秀拍摄的第十天,虽然每天拍摄的时间不多,摄影师都是抓几个主要的镜头拍完便收工,留给明星们自己的时间比较多,但是挣钱这事儿却没有停下,洛以南榨果汁也越来越熟练,有时候沙滩上人多,生意也是

络绎不绝地上门来。

短短十天,他们已经挣到了约莫五千多块,洛以南总是撺掇向南,偷偷去隔壁的海鲜烧烤店,打听秦忍和崔佳苗他们挣了多少钱。

向南总说,这是人家的商业机密,不好问的吧,洛以南说你要是去问,人家也不好不告诉你,对不对?

向南鄙夷地看着她:"这种没皮没脸的事,你就让我去做。"

"你是哥哥呀,去吧,我等你胜利的好消息!"洛以南推着他过去。

"这种时候,就把我当哥哥了?"

"哎呀,干吗这么小气。"

向南手揣兜里,装作在沙滩边先溜达,走到了海鲜店门口,小心翼翼地朝里面探头观望。

生意真不错,外面几桌都坐满了。

向南心说他们做一单的利润肯定比一杯果汁大。

"兄弟,我媳妇儿让我来打听打听,你们卖了多少钱了?"向南偷偷问正在擦桌的秦忍,"要是不方便说的话,随便给个保守数字,我回去跟媳妇儿交差。"

秦忍笑了起来,拍了拍向南的肩膀:"没关系,我们这几天的流水是八千,但是利润不多,也就五六千左右,因为成本比较高。"

"多谢。"

向南拿着"商业机密"回去交差,差距不算太大,彼此彼此,洛以南鼓足了劲儿,一定要多卖几杯饮料,争取拿冠军!

而韩骁和杜安琪这几天一直没找到事情做,在沙滩边享受假日阳光,让摄像师给他们拍了几组美丽的沙滩写真秀。

启动资金被花得精光之后,杜安琪开始跟导演组交涉,用的是撒娇加耍赖的模式。

"我们已经没钱了,你说怎么办,总不能让我们饿死在这里吧?"

导演很坚持:"规定就是规定,如果没钱了,你们要像其他cp组合一样,去挣钱。"

"哎呀,我们也试过去打工啊,可是人家不要我们嘛,而且我们是明星,本来就不是做这些事的料,你们不能这样为难我们呀。"

"抱歉,真的不行,如果我们对你们放水,对其他CP组合不公平。"

杜安琪见摄像师没有跟拍这一段,于是立刻理直气壮地说:"那要是实在不行,我们就坐飞机回去好啦,你把护照还给我们。"

"抱歉,这样不行。"

| 第四章 |

忍了很久的韩骁一下子就火了："这也不行那也不行，你们到底想怎么样啊！不给钱，又不让走，我们吃什么住哪里，难不成要我们流落街头吗？！"

"这是真人秀，你们既然签了合约，就应该遵守规则，把节目进行下去。"

"把护照还给我们！不然我们就报警了！"

导演说："你先平静一下，护照不是不能还给你，但还是希望你能考虑清楚，如果你们现在离开，就算违约，需要缴纳薪酬的五倍违约金。"

"五倍？！疯了吧！"

面对情绪激动的艺人，导演显然也是非常有经验，平静地说："你们在签约节目的时候，也签约了一份艺人责任担保书，上面白纸黑字写着，节目进行中途如非特定意外，需要暂时停止录制以外，艺人不能随意离开，否则造成的节目损失由艺人承担，所以现在你们有两个选择，第一，拿了护照买机票离开，然后等着我们的律师联系你们的经纪公司，第二，继续将节目进行下去，想想有什么办法能够赚到钱。"

"好……你们等着！"韩骁和杜安琪愤然离开。

边上有工作人员无奈地说："他们也太大牌了，就算是秦忍和崔佳琪他们，也没这么耍大牌的，何况还是两个新人，不就是仗着流量吗。"

导演问身边的摄影师："刚刚没开机？"

摄影师神秘一笑："当然开了，只是我假装没拍而已，不过我们和经纪公司也有协议，不能损坏艺人的形象。"

"那段视频先自行保留，要是他们依然这种态度，拿出来威慑一下也是好的。"

摄影师摇摇头："同样是新人，还是一个选秀节目出来的冠亚军，人家洛以南就没这么多事儿。"

导演看着远方沙滩边招揽生意的洛以南，说道："都说三岁看老，娱乐圈又何尝不是如此，虽然圈子风气浮躁，但是优胜劣汰的自然法则永远不会过时，真正能留下来的，应该是她那样的人。"

"刘导，您的意思……"

"咱们台年底的新春晚会，考虑她吧。"

两位摄影师面面相觑，年底的新春晚会请的多是重量级的巨星，收视率极高，新人如果能在这上面露脸，将来前路无可限量。

所以……这是没有对比就没有差距，杜安琪这一闹腾，把这位在台里算得上是最有影响力的制作导演给气的……是要花大力气捧洛以南啊！

杜安琪和韩骁站在果汁小铺前观望了很久，最后还是韩骁觍着脸过来，将向南拉到边上去，低声商量："哥们，想跟你借两千块，等回去以后，我还

你十倍，哦不，二十倍，怎么样？"

向南的确是出了名的好脾气，不过这件事，他还得跟洛以南商量。

而洛以南甚至连考虑都没有，当着杜安琪和韩骁的面，一口回绝："不行，不借。"

杜安琪脸色很难看，而韩骁还压着声音，对向南说："哥们，咱们男人的事，轮不着女人来插手，这件事你能做主，不需要问她吧？"

向南摇摇头，说道："我们向家的家里事，一贯女人做主。"

这是自他爹以来留下的优良传统，外面的事男人说了算，但凡家里的大事小情，皆由女人做主。

韩骁鄙夷地说："什么事都听女人的，你还有没有点男人的尊严？"

洛以南站出来护犊子了："说什么呢，嘴巴放干净点。"

杜安琪实在受不了，走过来说道："洛以南，导演都说过了，借钱不算违反规则，你不会这么小气吧，连两千块都舍不得借给我们，大不了等回去以后，我加倍还你就是了。"

洛以南也是个脾气暴的，把木瓜重重地往桌上一掷，直言说道："借钱不算违规，但我就是不想借给你。"

杜安琪气得脸都红了："好，洛以南你等着，我会让你后悔的。"

她说完拉着韩骁离开了。

向南戳了戳洛以南气鼓鼓的脸蛋，想笑，忍住。

洛以南瞪了他一眼："别当软蛋，该硬气就得硬气，省得别人拿咱好欺负。"

"谁敢欺负我妹，我削他去。"

洛以南伸手推了推向南："去，侦察敌情，看他们想干什么。"

"不大好吧？"

"让你去就去！"

向南鬼鬼祟祟地跟在了韩骁杜安琪身后，他堂堂向氏集团的总裁，平日里端着领导范，谁能不尊敬爱戴，这些日子以来，路边拉客、打杂、跟踪、探听竞争对手的"商业机密"……干的都是什么事儿啊。

十分钟后，向南回来，对洛以南说道："他们去问秦哥和崔姐借钱了。"

"我就知道。"洛以南冷哼一声，"借到了吗？"

"出来的时候笑得挺开心，应该是借到了吧。"

毕竟秦忍和崔佳苗是圈子里的前辈了，就算心里再不乐意借，但是为了面子，肯定还是会借的。

第二天清早，向南拎着水果和榨汁机来到沙滩，却发现他们原本的位置

第四章

已经被占了。

占位的人正是杜安琪和韩骁。

他们也租借了沙滩椅和遮阳伞,小桌上摆着一个全新的榨汁机,边上还搁置着西瓜、哈密瓜、葡萄等新鲜水果。

"早啊。"杜安琪冲洛以南挥手打招呼,洋洋得意地说,"从今天开始,我们也要做生意了,听说卖果汁挺挣钱的,以南你不会介意吧?"

洛以南冷眉冷眼地看着她:"可是你占了我的摊位。"

"这块地是你承包的呀?"杜安琪理直气壮地说,"都是节目组承租的沙滩,凭什么你能用我就不能用了?先来后到你不懂吗,谁让你们来得晚。"

杜安琪是摆明了要跟他们作对,向南不想洛以南在镜头前做出什么出格的事,影响她的银幕形象,索性拉着她走到边上,轻声细语说:"没关系,我们挪个地儿就行了,反正都是沙滩,人都多。"

"可是那个地方还有不少回头客呢!"洛以南愤愤不平,"咱们有不少客人每天都要来买果汁的!"

"好了,不生气,大不了我再去沙滩上多揽些客人。"

这几天向南满沙滩跑着招揽生意,一张英俊阳光的笑脸,倒是让他结交了不少外国友人。

洛以南恨恨地瞪着十米开外棕榈树下的杜安琪,杜安琪还冲她抛了个飞吻,嚣张至极。

洛以南虽然生气,但只能忍下这口气,杜安琪不厚道,可也没有违反规定。

一整个上午,杜安琪的果汁铺客人络绎不绝,都是洛以南以前经营的老顾客,不过当他们喝到杜安琪打的果汁,眉头却皱了起来。

向南收集了一圈情报,回来告诉洛以南:"客人们说味道不对,杜安琪为了节约成本,在果汁里掺了水,咱们一个木瓜打一杯水,他们能打三杯。"

很快,杜安琪的果汁铺上门的生意少了很多,很多沙滩边的熟客已经认识了洛以南,洛以南的生意虽然少了一些,但比杜安琪还是好多了。

一整个下午,杜安琪的果汁铺只有稀稀疏疏几个新客人上门,回头客都去了洛以南那里。

第二天、第三天,杜安琪每天都会剩下大量水果卖不出去,而洛以南这边的水果总是销售一空,卖不完剩下的,她会送给为他们提供桌椅的商店小贩,后来小贩索性便免费为她提供榨汁机所需的电源。

杜安琪不甘心失败,她开始有样学样,不再偷工减料,一个水果就是一杯果汁,也不再往里面掺水。

这本来没什么,洛以南虽然心里膈应,但好歹公平竞争,谁也别怨谁,

可是杜安琪似乎有意要和她作对,在生意渐渐好起来的时候,杜安琪开始降价了。

原本洛以南一杯果汁要卖到五十至七十泰铢,每当有客人上门,对面的杜安琪便会吆喝着抢生意,每一杯果汁总要比洛以南低上二十泰铢。

这就让人非常气愤了。

杜安琪扬扬自得,说有本事你就降价啊,看咱们谁耗得过谁,我光脚的可不怕你穿鞋的。

在杜安琪第五次以低价把洛以南摊位边的客人拉走的时候,洛以南终于忍无可忍,沉着脸朝她气势汹汹地走过去。

"你想干什么?"杜安琪见来者不善,以为她要跟她动手,连连后退,护住自己的脸。

而洛以南并不想碰她,拿起她桌上的榨汁机朝着街道边走去。

"你做什么!你疯了吗,快还给我!"杜安琪连忙追上来,可是为时已晚,洛以南直接将她的榨汁机扔进了街边的垃圾桶里。

杜安琪刚跑近垃圾桶,便被一阵恶臭给熏了回来,垃圾桶里有吃剩的水果和海鲜厨余,味道是太"销魂"了。

她捂着鼻子躲到一边去,无论如何也不肯靠近垃圾桶。

洛以南转身边走。

"你给我站住!你还我榨汁机!"杜安琪追上来,一把攥住她的衣角,"你还我榨汁机!"

闻讯赶来的向南连忙护在洛以南身前,直接抓起杜安琪的手,扔开。

"有事说事,别动手。"

杜安琪一见到摄像机,就像是会变脸似的,刚刚还一副凶神恶煞的模样,现在立刻跑到摄像机面前,开始抽泣哭诉。

"洛以南嫉妒我赚得比她多,刚刚把我的榨汁机扔进了垃圾桶,呜呜,她真的太过分了,之前她就威胁过我,现在直接动手,我真的很害怕。"

洛以南沉着脸,一言未发。

向南将她护进自己的怀里,揉了揉她的后脑勺,知道她受了委屈也从不为自己争辩。

会哭的小孩有糖吃,洛以南自小便不是讨人心疼的那类女孩。

全世界说到底也只有一个向南愿意疼她。

洛以南鼻尖酸酸的,她揉了揉鼻子,别开目光,一脸倔强。

"洛以南,这是怎么回事?"导演问道,"你扔了杜安琪的榨汁机?"

"是。"

第四章

"为什么要这样做?"

"她恶意竞争,抢走了我的客人。"

"我没有!"杜安琪立刻辩解道,"我只是把价格定得更加合理而已,客人愿意照顾我的生意,这没什么不对的!"

"强词夺理。"

"呜。"杜安琪又哭闹了起来,梨花带雨地面对着摄像机,"我一直尊敬她,把她当成我的姐姐和前辈,没想到她竟然会说出这样的话,我真的好难过。"

向南转身对导演说:"是这样,我们家以南的确脾气不大好,我先代她向节目组道歉,但是这个真人秀节目既然是以比赛的形式,就应该要制订相应的规则,譬如恶意竞争之类的,有规则才能成方圆,以南损坏了别人的东西,这是不对的,既然要清算责任,不如厘清前因后果,一并处理。"

自进节目组以来,向南一直保持温和的邻家大哥哥形象,而此时的他,冷静睿智,反而更像是一个集团公司的领导者和决策者。

"我可没有恶意竞争!"杜安琪高声说道,"我就是比她卖得低而已,这也有错吗?"

向南冷笑一声,不急不缓道:"恶意竞争是指公司运用远低于行业平均价格甚至低于成本的价格提供产品和服务的竞争方式。"

他寒霜般的目光盯着她,嘲道:"不是你说没有,就没有。"

一个工作人员低声对同伴说道:"向总,真优秀啊。"

"活生生的护妻狂魔。"

这时候,另一个摄影师拿着无人机走过来,说道:"刚刚无人机摄影都拍下来了,的确是杜安琪以低价揽客在先。"

导演说道:"既然如此,事情已经很明显了,我们节目早在第一天宣布规则的时候,就已经说得很清楚了,恶意竞争是不允许的,违者要罚款当天全部营业额,不过考虑到杜安琪你们损失了一台榨汁机,就免了你们今天的罚款,如果你还要继续售买果汁,请换一片沙滩,不能在洛以南这边的沙滩售卖。"

"凭什么?!"杜安琪擦了眼泪,尖声道,"这不公平!"

"这是规则。"导演的态度很强硬,"真人秀要讲规则,当然,娱乐圈也有自己的规则,你要是遵守,不能说路子越走越宽,但是绝对不会让你走到绝路,反之亦然。"

"娱乐圈的规则?"杜安琪冷笑,"娱乐圈的规则,有金主有靠山就能混得好,我看你们这样欺负人,就是因为他是赞助商吧,你们不敢得罪他,就来欺负我!"

导演突然说:"是。"

向南挑了挑眉。

杜安琪突然噤了声,导演这样明明白白地回答,她倒是突然无言以对,只能愤然离开。

导演回头吩咐摄影师:"刚刚那段剪掉。"

"当然。"

向南陪着洛以南回去,让她坐在椅子上休息,自己亲手给她打了一杯芒果汁,让她消消火,自己去收拾桌上的水果残余。

洛以南闷闷不乐,喝了一口,芒果汁甜度十足,加上冰块,凉度够劲儿,干苦的舌尖味蕾立刻像是活过来似的,她又情不自禁喝了好几口。

"我是不是……太冲动了。"

向南一边忙着给客人榨果汁,一边说:"你这臭脾气,又不是一天两天了,还记得大学那时候,你帮霍烟出头,直接把李湛的手机扔出窗外了,差点让他揍了。"

"你只知道这件事。"洛以南闷闷地说,"你不知道,军训的时候,有同学使坏绊霍烟,我扇了她,还被教官罚跑步呢。"

向南淡淡一笑:"我知道。"

"你知道?"

"那女孩家里有背景,家里人闹到学校里来,说要让你退学。"

洛以南茫然地看着向南:"没有吧,我不记得有这事啊。"

"被挡了下来,所以你不知道。"

"被谁挡了下来?"

洛以南刚问出口,便明白了过来,除了向南,她这位神通广大又爱护短的兄长,谁还能帮她收拾这些烂摊子。

她后知后觉地反应了一下子,然后垂下头,不自然地说道:"那……谢了。"

"过去你几时对我说过谢字。"

洛以南回忆了一下,好像还真没有过,高中时候揣揣有钱的向南少爷用零花钱给她买各种好玩意儿,她也从来没说过一声谢,仗着他的宠爱,那时候无法无天没了边儿。

"以前是我太不懂事……"

向南背对着她,沉声说道:"以前你是我妹妹,以后是我的女人,无论哪种关系,你都不用对我说谢谢。"

第十七章

晚上，洛以南去了一趟卫生间，在里面待了很久没出来，向南瘫在沙发里看股票，注意到某人好像没了动静，他从沙发里探出脑袋："我妹，你是掉厕所里了吗？"

一分钟后，卫生间传来洛以南支支吾吾的嗓音："向南，你去楼下的便利店，帮我买点东西。"

向南很乐意帮她跑腿，分分钟穿上衣服："我妹要买什么？"

"卫……卫生棉条。"

"棉条？那是什么东西？"

洛以南红着脸，压低了声音说："你自己百度。"

随后就是两分钟的沉寂无声，然后向南发出了一声低而长的"哦"，然后就是关上房门的声音。

卫生巾是什么，向南是知道的，可是卫生棉条这种东西的结构及用法，却打开了他新世界的大门。

虽然想不明白洛以南为什么要用这个，但他还是要当一个称职的好男友，尽职尽责地帮她买到需要的东西。

楼下的 seven 便利店里有卫生棉条，向南仔细地阅读了上面的英文字母，然后选了大剂量和小剂量两种颜色包，同时又买了两包卫生巾，一起带回去，从门缝里递给了洛以南。

洛以南出来的时候，已经换上了舒适的棉质长袖长裤睡衣，她肚子很难受，所以出来的时候都是扶着墙的。

向南连忙将她扶到床上躺下来，又将方才准备好的红糖水端过来喂给她喝了。

"你……还准备了这个？"

"嗯。"向南有些脸红，"怕你难受，顺便去了一下药店。"

洛以南脸蛋越发苍白，紧紧攥着向南的手腕，疼得说不出话来。

向南感觉得到她的用力，一下子就慌了："我带你去医院。"

洛以南摇了摇头："去医院也没辙，躺躺就好了，不会一直疼。"

向南立刻给她铺好了床，让她躺下来，然后又去烧了热水，回来的时候

手里拿着一根热气腾腾的小方巾,热敷在她的肚子上。

"这样会好一点。"

"你……懂得挺多。"

"刚刚用知乎搜了一下。"

向南躺在她身边,帮她热敷,时不时出去换毛巾,跑了好几趟,洛以南终于感觉舒服了很多,肚子不再像抽筋一般地疼痛了。

最后一次,她攥住了他的手:"好了,就这样吧,我不疼了。"

向南重重地松了口气,照顾着她睡下去,然后躺在她身边,温热的大掌轻抚着她平坦的小腹。

洛以南缓缓闭上了眼睛,心下一片安宁。

这样真好。

"今晚我就不闹你了,我去睡沙发。"向南轻轻吻了吻她的额头,"如果不舒服再叫我,等你睡着了我再睡。"

洛以南突然拉住了他的手臂,依恋地用鼻尖蹭了蹭他温热的皮肤:"今晚你不用走。"

向南受宠若惊:"什么?"

"不乐意就算了。"

他连忙用实际行动证明自己绝对乐意,关了灯便钻进被窝里,替她捻好被单然后把她抱在怀里,热热乎乎。

"之前总是别别扭扭不情不愿,我还以为你不喜欢跟我睡觉。"

洛以南将脑袋埋进他的颈窝里:"我是从第一次抱过你之后,爱上你的。"

向南睁大了眼睛。

或许,是生理期的缘故,此时她的感情突然有些收不住了,对他毫无保留全盘托出:"就像一艘在大海里漂泊的小船,突然找到了停靠的港湾,那种安心的感觉,我从来没有过。那时候我想的是,如果能抱着这个男人睡一辈子,该有多幸福。"

向南望着天花板,沉浸在幸福的梦幻泡沫里:"我非常赞同这一点。"

"向南,我一直都很爱你,从来没有变过。"

第二天,向南干起活儿来,特别有劲儿,整个人阳光灿烂,就像从内到外熟透的菠萝蜜,对谁都是春风盈面。

"今天我妹休息,我干活,你们还是要柠檬汁吗?"

"买三杯送一杯,别客气。"

"没带钱就算了,我请你们喝,谁让咱今天真高兴呢。"

……

第十七章

洛以南坐在小椅子上,看着向南忙碌的身影,急切地说:"你可别给我亏本卖啊。"

听到洛以南的声音,向南回头冲她招招手,脸上挂满春光灿烂的笑容:"保证完成任务!"

"德行。"

后来的几天时间里,榨果汁的工作全部交给了向南,洛以南只在边上帮忙切水果,时不时去沙滩边晒晒太阳,倒是悠闲自在。

忘掉现实中的所有烦恼,沉浸在小岛优美静谧的风光里,与世隔绝。

她回头望了望向南,他戴着墨镜,穿着四角花裤衩,手里还拿着一柄不知道哪里弄来的老蒲扇,拍打着周围的苍蝇。

这样的形象,与那个曾经多次登上金融杂志封面人物的成功男人,完全搭不上边。

而这样的向南,恰与她记忆中的翩翩少年的形象融合。记得那时候的向南也是这般模样,自在随意,温和可亲。

时光仿佛回到了曾经那段刻骨铭心的青春岁月。

他第一次偷偷牵她的手,是在学校东南角一个荒废的老教学楼里,就像完成一项重大使命,他掌心里渗满了细密的汗珠,湿湿嗒嗒,紧攥着她的手,捏得她骨头都要碎了。

他好紧张。

当然接吻就更不用提了,红着脸责备她要规矩一些,不然就不做了。

然而洛以南总爱挑逗他,每次都把向南的脸颊羞得跟大西瓜瓢似的。

两个人所有的身体接触都带着某种神秘色彩。

就像向南中规中矩的前半生一样,他真的是个特别守规矩、懂得自我约束的男孩,却还一直压抑克制着自己,绝不逾矩分毫。

洛以南曾经见过太多的坏男孩,却招架不住这样一个好男孩。

那些年,天知道她喜欢他喜欢到要疯了。

向南一定不会知道,她有多喜欢他。中二少女甚至幻想过,如果他得了绝症,她愿意分享自己的心肝脾肺肾,用自己的生命换他活命。

没错,她一定是愿意的。

当然,她也幻想过,他们的爱情不被家人祝福,到时候她和向南就私奔到其他国度,到一个没有人认识他们的地方,只要和向南在一起,无论去哪里,她都是幸福的。

只要能和向南在一起,她宁愿像小美人鱼一样,失去自己美丽的鱼尾,变成清晨阳光下的泡沫。

后来随着年龄的增长,洛以南渐渐明白,所有的牺牲和付出,所有极端的爱和设想,对他而言,或许会变成一种负累。

他温暖健康,积极向上,拥有最光明的前途和最璀璨的人生。

有时候离开,也是一种更深层次的爱。

……

兜兜转转这么多年,还是撞到一起了,她高估了自己,也低估了向南。

有时候洛以南不能不相信命运,他们自从成为"兄妹"的那一天,自从他在朦胧的水雾中,看到她臀部文身的那一刻,或许两个人的命运便紧紧地纠缠在了一起。

在洛以南坐在海边发呆的时候,一杯橙汁递到了她的面前,洛以南伸脑袋去叼吸管,没承想某人臭不要脸地探过来,让她吻住了侧脸。

"嗯,这么主动啊。"

洛以南:"……"

所以那个素来成熟持重的向南,是死了吗!

节目录制接近尾声,目前洛以南挣到的金额遥遥领先于其他两队,其次便是秦忍和崔佳苗的cp组合,而杜安琪那日丢了榨汁机,闹了几个小时的脾气之后,最终还是催着韩骁去垃圾桶将榨汁机翻了出来,消毒清洗之后,到另外一个沙滩上去卖果汁了。

不过两个人都不大乐意干活,所以挣得钱勉强够交每天的房租和生活开销,却剩不了多少。

两天以后,是向南三十岁的生日。

男人三十而立,他的外貌并没有特别大的改变,依旧年轻,性格也越发开朗了许多。

因为幼年丧母,父亲知道他的心结,所以没有逼迫他成家,不过家里倒是有不少亲戚,热衷于给向南介绍对象。

世家名门的闺秀,多的是想要嫁给这位年轻英俊又事业有成的继承人,可是向南一概婉拒,倒不是眼光太高,只是他曾经拥有过一个女孩,初恋、初吻和最美好的时光,都是和她一起的,所以他很难逼迫自己去接受另外一个陌生的女人。

他就像一座坚毅而稳定的山脉,星移斗转,心如磐石。

洛以南也不年轻了,她早几年当造型模特,出道晚。后来拍过几部戏,即便是配角,但是因为演技出彩,也让她渐渐收获了口碑。后来参加舞蹈综艺的选秀,性感火辣的爵士舞让她收获了不少粉丝,渐渐地路子也打开了不少。

| 第十七章 |

洛以南兀自琢磨了很久,想要给向南一个生日的惊喜,她给几个朋友们打了电话,询问他们是否有时间,想要邀请他们过来度假,给向南过生日,顺便多年的老朋友也可以聚一聚。

当然霍烟他们一口答应下来。

洛以南给他们订了酒店,因为听说两家都带了宝宝,所以洛以南给他们订的是家庭套间。

得想个什么借口,瞒着向南才好。

洛以南看着正在沙滩边热情招揽客人的向南,冲他喊了声:"你顾着店,我去买点东西。"

向南匆匆跑回来,问道:"买什么?我陪你去。"

"这不是最后几天了吗,我去逛逛街,看有没有什么纪念品带回去。"

"哦,那我……"

"不用,你顾着店,最后几天也不能松懈,要有始有终。"

向南拧着眉毛说:"那好吧,你可别乱跑,当心迷路了。"

"嗯!"

洛以南离开沙滩之后,又绕了好几个街口才敢拦车去机场,回头见摄像机还跟着她。

"能别跟着我吗?"

摄像机左右摇头。

"那……你可别泄露我的秘密啊!"

摄像机上下晃动,点头。

半个小时后,出租车停在了机场航站楼,洛以南在接机楼等了会儿,便看到一群熟悉的身影走出航站楼。

霍烟和苏莞俩人手挽着手,穿着同款波西米亚风格的长裙子,戴着同款墨镜,就跟一对亲姐妹似的,有说有笑地走出来。

而她们身后,跟着气宇轩昂的傅时寒,还有许明意和沈遇然。

这些年,傅时寒因为常驻部队的缘故,身材变得越发挺拔,整个人的气质也沉稳了不少,又因为有了家庭和儿女,他再没有少年时的戾气,举手投足间的神情,带着无限的包容与沉着。

未成家的男人恐怕很难有这样稳重的温柔感,想到向南那个大猪蹄子,就是个典型的还没长大的破小孩。

而许明意模样几乎没什么改变,那一头招牌的卷毛遮住眼睛,戴个圆圆的黑框眼镜,皮肤麦黄,却很是细腻。整个人安静内敛,文文雅雅,不说话的时候就像是在发呆,谁都看不清他卷毛底下的眼睛是什么样子。

而最吸引到洛以南的还是边上的一对小男孩和小女孩。

小女孩抱着一个软软的洋娃娃，牵着小男孩的手，躲在他身后，怯生生地看着周围。

"这就是小柠檬和桐桐，转眼都长这么大了。"洛以南飞扑上去，兴奋地一手揽一个，跟他们亲热了一阵，"我当初抱你们的时候，你们还豆丁大呢。"

小柠檬害羞，连忙跑到霍烟身后躲起来，偷偷看她。只有男孩许桐比较大方，盯着洛以南看了好久，然后指着她问自己老妈："这个漂亮的姐姐，不就是经常出现在电视上的……大明星？"

"对啊，她就是……。"苏莞突然脸色一变，"好啊许桐，我不在家的时候，你经常偷偷看电视吗？"

"没有没有！老爸经常看电视，我……就瞄了一眼，姐姐长得太好看了，我就记住了。"

小男孩一股子机灵劲儿，一口一个"漂亮姐姐"叫得洛以南心花怒放，挡在他身前，不让苏莞责怪他。

许桐是苏莞的儿子，而小柠檬则是霍烟的女儿，两家来往密切，所以两个小孩也是从小一起长大的玩伴。

小柠檬性格内敛，容易害羞，跟霍烟小时候一模一样，而许桐大部分的性格随苏莞，大方热情，小小年纪便很会待人接物，眼睛里透着一股子机灵劲儿。

回去的路上，霍烟告诉洛以南，小柠檬性格太内向了，胆子特别小，在家里还好，出去之后就什么都怕，如果不是桐桐这些年和她玩，她便没有朋友了。

傅时寒低头看着霍烟："这不是跟你小时候一模一样吗？"

"可是她也不应该随我呀，这一点都不好，你傅时寒的基因这么强大，怎么没把女儿变成皮皮虾？"

傅时寒："……"

皮皮虾到底是谁？说清楚……

洛以南注意到，这一路上，许桐一直牵着小柠檬的手，照顾着她，糯声糯气告诉她，我们现在已经出国啦，这些人都是外国人，他们不会伤害你，因为我会保护你，那个漂亮的姐姐是爸爸妈妈的朋友，她很喜欢你的，你去牵牵她的手，不要怕。

小柠檬惊恐地看着周遭，然后握紧了许桐的手，依恋地跟着他。

"去牵牵姐姐的手，姐姐很喜欢小柠檬的。"许桐一直在鼓励她。

苏莞说："姐姐？她是你哪门子姐姐，可别乱了辈分，叫阿姨，洛以南阿姨。"

许桐回头一笑："只要还没有结婚的女士，统称为姐姐，你不知道吗？"

第十七章

洛以南:"我越来越喜欢你儿子了。"

苏莞:"……"

这股子机灵劲儿也不知道学谁,他爹就算骚,那也是闷骚,平日里可是老老实实的。许桐明着来,一张伶俐小嘴哄得周围大院儿里的叔叔阿姨喜欢他喜欢得要死,每天有什么好吃的都要给他送过来。

洛以南注意到,许桐一头自然卷的头发,跟许明意一模一样,俩父子走在街上,辨识度可真是太高了。

她忍不住薅了薅许桐的头发:"瞧这一头小卷毛,真帅气。"

许桐护着自己的头发,没让她碰到:"哪里都可以摸,头发不能摸,这是我的原则。"

苏莞不客气地说道:"你个小东西儿,还原则呢,赶明我把你这一头卷毛剃了,看着就糟心,每天回来弄一头灰,洗都洗不干净。"

"你看我的卷毛糟心,看老爸的就不糟心了。"许桐撇撇嘴,"区别对待。"

"你老爸那叫性感!你懂不懂啊!"

"那我也性感!"

"你性感个屁!知道性感俩字怎么写吗?你就性感上了。"

"家里吵出来也吵。"许明意说,"你跟小孩都能斗上嘴,能不能有点大人的样子。"

苏莞脸色一冷:"你们父子俩站同一阵线?"

许明意连忙改口:"绝对不能,我永远站在你这边。"

身边的小柠檬见状,害羞地笑着,低声附到许桐耳边:"我发现,你爸爸求生欲超强。"

许桐揉揉她的脸:"人小鬼大,懂得还挺多。"

一路上跟孩子们玩玩闹闹,下了车,过马路的时候,傅时寒抱起了小柠檬,小柠檬依恋地抱着老爸的脖颈,回头冲许桐做鬼脸。

许桐说:"我是大人了,才不要人抱。"

话音刚落,许明意便拽起他的衣领,跟拽兔子似的,拎着他往前走。

"哎,老爸,你这样……这样让我很没面子呀!"

苏莞毫不客气地说:"你个小鬼头,要什么面子。"

"真是……真是太过分了!"

酒店大厅,几人办好了入住的手续,宽敞的家庭套房客厅间,洛以南跟众人商量着后天向南的生日,要怎样给他一个生日的惊喜。

霍烟提议,等明天晚上零点的时候,把他带到我们的酒店来,我们提前布置好房间,准备好生日蛋糕,给他一个超大的 surprise。

苏莞点头："可以有，不过用什么借口让他过来又不被察觉呢？"

许明意："好端端的，叫人家来酒店，还能有什么好借口。"

他和傅时寒意味深长地相视一笑。

洛以南轻咳一声："喂！有小孩呢！你们两个正经些！"

沙发边，许桐捂住了正在给芭比扎头发的小柠檬的耳朵："我们什么都听不到哦。"

洛以南："……"

苏莞和许明意养出来的小鬼是成精了吧。

第十八章

众人在酒店客厅七嘴八舌商议了大半晌，总算是把明晚的庆生活动初步定了下来。

第二天，大家分工合作，订蛋糕、买礼花、准备生日礼物，还有红酒香槟和开 party 要用的食物。

而洛以南为了不让向南生疑，与他照常去了沙滩卖果汁。

中途还发生了一件特别惊悚的事儿，险些露出马脚。

许桐不知道怎么回事儿，牵着小柠檬的手来到摊位边买了两杯柠檬汁。向南盯着许桐看了许久，看得洛以南心惊肉跳，别是认出来了吧。

待他们走后，向南说："你看那破小孩一头卷毛，像不像许明意？"

洛以南正儿八经地咬死了："不像。"

"不像吗？"向南挠挠脑袋，"我觉得挺像的啊，这小单眼皮儿，你记得许明意吧，那眼睛也是单眼皮，老说自己是韩国欧巴……"

"不像。"洛以南固执坚持，"我说不像就不像。"

向南："……"

好吧，你赢了。

两分钟后，洛以南偷偷溜走，转悠了一圈，找到了正在沙滩边晒太阳的苏莞和许明意："你俩当心哦，千万别被他发现了。"

"放心，我们有小侦察兵盯着呢。"

苏莞摘掉墨镜，朝向南望去，赞道："果然是行商世家出来的小孩，上哪都饿不着他啊。"

"这是天赋。"许明意捏捏苏莞的脸颊肉，"你家也是做生意的，你有什么天赋？"

苏莞："收拾你儿子，算吗？"

许明意："……"

边上的许桐哆嗦了一下，抱着小柠檬默默走远了些。

晚上，洛以南先去了霍烟他们住的酒店，准备打电话把向南叫过来，可是电话没有接通，霍烟的房间也是按了门铃久久没人开门。

别是还没回来吧，不应该啊，零点马上就要到了，按照计划，他们应该

留在房间里才对的。

洛以南又给苏莞去了电话,电话那边闹哄哄的,苏莞告诉洛以南,计划有变,他们想出来一个新点子,准备在沙滩边开生日party,让洛以南赶紧过去。

洛以南急切地说:"怎么事先也不跟我商量一下呀,我一点准备都没有,向南呢,他还不知道吧?"

"他当然不知道,你快给他打电话,让他来沙滩边。"

洛以南无奈,只能急匆匆下楼,拦了出租车直奔沙滩,中途给向南去了个电话:"亲爱的,来沙滩。"

向南懒洋洋道:"我这刚洗完澡,不想出门了。"

"我有东西落沙滩了,特别重要,你得来帮我一起找找。"

向南:"丢什么了,没要紧的就再买呗。"

买买买,他除了财大气粗还有什么。

"不行,你得过来,必须过来。"

向南:"你在……撒娇?"

"不来你就死定了!"

洛以南挂掉电话,总归计划还算稳妥,希望不要出什么差错。

海风柔软,空气中带着某种大海特有的腥咸。夜晚的沙滩没有照明灯,不过好在今晚的月亮特别明亮,星斗漫天。

洛以南走到一望无垠的沙滩边,正准备给霍烟打电话,问问她在哪里,这时只听"轰"的一声,沙滩边突兀地燃起了一堆旺盛的篝火,火光瞬间照亮了整片沙滩。

伙伴们在篝火旁冲洛以南挥手。

洛以南走过去说道:"哎,你们这动静也闹太大了吧,待会儿向南过来就没惊喜了!"

"放心吧,最大的惊喜在这儿呢。"

伙伴们突然四散开来,只见他们的背后,向南一身黑色西装,手里拿着一束捧花,有些害羞地看着她笑。

洛以南诧异道:"你怎么这么快就过来了……"

这打了电话还不到两分钟吧。

她怔了两秒,看着向南这一身正装,又看了看周围伙伴意味深长的笑脸,突然反应过来。

情况不对啊,她才是被套路的那个人吧。

洛以南走到向南面前,揪着他的衣角压低声音威胁道:"向南,你要是敢跪下来,我就敢……"

第十八章

"拒绝你"三个字还没说出口,向南果真单膝跪下了。

妈耶!

洛以南连着后退了好几步,不自觉地用手捂住胸口,每当她紧张的时候,便会下意识这样做。

向南从西裤的包里摸出了戒指盒,打开,黑色丝绒盒里放着一枚硕大无比的钻戒。

周围火光跳动,钻戒无边璀璨,和它一比,恐怕漫天的星辰都要黯然失色了。

"向南,你要是敢求婚,信不信我一脚把你……"

"踹海里"三个字也还没说出来,向南打断了她,嘴角微扬,无比虔诚地说道:"洛以南,这些年,每一天每一分每一秒,我都在想你,我的心跳没有停下,我的想念便没有停止,我三十了,三十岁的向南,人生过去了小半,可是没有洛以南的人生,不是向南想要的人生,所以,我要郑重地请求你嫁给我。"

洛以南不想矫情,更不想哭,可是她忍不住。

没有洛以南的人生,不是向南想要的人生。

火光照映着他英俊的脸庞,那双榛色的眼眸埋在深邃的眼廓之下,闪动着光芒。

"兜兜转转这么多年,不管你怎么变,都还是我印象中的那个小女孩。"向南温柔地看着她,"叛逆、洒脱、热情……你身上所有的一切,都是我没,有却无比渴望的,我希望能像你一样,活得自由自在,敢爱敢恨,可是十八岁那天你却突然……不要我了。"

洛以南当然记得,她至死都不会忘记。

那个盛夏无比燥热,而那天刚好下了倾盆大雨,她给向南发了分手短信,不过二十分钟,向南冒着大雨来找她,大雨中他死命抱着她,说我错了,我不该弄疼你,我不该做那样的事……

他说了一千个一万个不该,洛以南捧着他的脸,擦掉了他混着雨水掉下来的眼泪,她说不是你的错,只是我不爱你了。

那句话,在向南心里扯开一道难以愈合的口子,鲜血淋漓,也浇灭了他满心的热忱。

"你不能……你不能这样……"

他死命拉着洛以南的手:"你不能在我爱上你之后,又不要我,你以前说过的,你不会伤害我,你说过的。"

但最终,女孩还是头也不回地走进了雨幕里,那天,是向南人生中最灰

暗的一天。

现在向南提及那件事，依旧感觉心里那道伤口在嚯嚯地漏风。

可洛以南何尝不疼，比之于他，她的疼痛更是百倍千倍。

"你……你偏要在求婚的时候提及那件事。"洛以南揉了揉发红的眼眶，"想怎样啊？"

向南牵起了她的手，将戒指套进了她的无名指："只是想让你舍不得拒绝我。"

洛以南怔怔看着自己无名指上那枚璀璨的戒指，斩钉截铁道："我不会拒绝你，只有那一次，切肤之痛锥心刺骨，向南，我永远不会再拒绝你，永远不会，我爱你，向南，我好爱你。"

她用力抱住了向南的脖子。

气氛达到了高潮，众人开始鼓掌欢呼。

洛以南附身吻了向南的额头，他的鼻梁和嘴唇："还不起来吗？"

或许是幸福来得太突然，向南反应了好久，站起身一把将她揽进怀里，不管不顾，当着大家伙儿的面吻了她。

众人开始发出阵阵嘘声。

小柠檬睁大眼睛好奇地探头观望，许桐从后面捂住她的眼睛："幼儿不宜。"

洛以南脸有些红，不好意思地低声咕哝："今天是你生日，怎么搞得我才是主角一样。"

向南说："你就是他们给我准备的最大的礼物，也是我人生中收获的最珍贵的礼物。"

苏莞戳戳许明意："跟人家向南学学，情话张嘴就来。"

许明意认真地想了一下："我觉得他变了，以前他最看不惯我们讲肉麻话。"

洛以南捧着花，走到朋友们跟前："老实交代，你们是从什么时候开始套路我的？"

霍烟连忙举起手："我发誓，我和苏莞什么都不知道，他们几个男人连我们都瞒着，我们也是刚刚才知道这是一出反转的戏码。"

苏莞也帮腔道："要早知道，我们肯定早告诉你了！他们一个被窝睡过觉的兄弟，腿上几根毛彼此都一清二楚，真的没有秘密能守得住，我们下次要站同一阵线，绝对不能相信他们了。"

霍烟瞪了傅时寒一眼："他们还有自己单独的微信群呢，整天在里面筹谋坏事。"

傅时寒说："微信群有，坏事绝对没有。"

第十八章

许明意:"我证明,寒总每天都在里面分享带孩子的经验,听说某人的好事又要近了。"

霍烟挑挑眉:"你听谁说的?"

"嗯,是个秘密。"

苏莞惊喜地看向霍烟:"哟,又有了?"

"没有没有!我也不知道啦,只是猜测。"她用力掐了掐傅时寒的掌心肉。

果然不能留他们的单独微信群了,必须解散,当着几个女人的面,解散!不然这几个臭男人就跟有组织似的,影响家庭内部团结!

而边上小柠檬突然像是明白了什么,一把丢开了霍烟的手,跑到了许桐身边,霍烟微微蹙眉,正要把孩子叫回来,许桐已经牵起了她的手。

"我给你堆一个小城堡好不好。"

"好。"

小柠檬跟着许桐去边上玩沙堡,而刚刚那一瞬间,霍烟的心仿佛是被什么东西扎了一下,突然心情变得有些低落。

那天晚上,大家坐在沙滩边,谈天说地,直到凌晨时分,傅时寒和许明意才各自抱着自家熟睡的小孩回酒店。

洛以南和向南把他们送回去。

"虽然被你们套路了,不过,还是要谢谢你们。"

霍烟用力握了洛以南的手:"这么多年,你和向南挺不容易的,好好珍惜。"

"我会的。"

洛以南情绪上来,抱了霍烟一下,苏莞也凑过来跟她要抱抱。

"南南,你是咱们寝室的大姐姐,一直都很照顾我们。"

"一定要幸福啊。"

边上几个男人看得莫名其妙,女人的戏码永远都是这样煽情,都是孩子的妈了,怎么还跟毕业晚会似的,抱头痛哭。

好不容易等女人们相互擦了眼泪,霍烟和苏莞又抓着洛以南的戒指看个没完。

"好大啊,比我的结婚戒指大,这是多少克拉的?"

"也比我的大,而且戒托造型很别致。"

洛以南张开五指,看着自己的手:"会不会有点夸张了?"

"不夸张,你的手细,戴这么大颗钻石,特别显眼。"

……

几个男人站在边上,一脸无奈。

许明意:"我觉得我们可以再进屋玩一轮游戏。"

傅时寒:"赞同。"

向南:"……"

所以只有他想拉着媳妇儿回去睡觉觉了吗?

男人们好不容易把自家女孩哄回去,向南回来的一路,都紧紧牵着洛以南的手。

关上房门,他将她按在墙边,低头便要吻她。洛以南偏头躲开:"急什么。"

向南没有放开她,"啪嗒"一声,他将灯钮按了下去,周遭陷入了一片漆黑,只有月光透过窗户泄入。

洛以南抬头,黑暗中的他轮廓隐微,但她能感觉到他在凝望她。

于是洛以南将他的脖子揽下来,踮起了脚尖吻住了他的唇。

向南搂住她的腰,将她按进自己的怀中。

"那天的雨,好大。"

他狂热地吻着她,呼吸紊乱,他甚至能听见自己狂乱的心跳,鼓噪着耳膜。

"好后悔,在一起的时候,没能对你好一点,哪怕多一点点关心,也许我们不会真的错过这么多年。"

"我一直当你是小孩子。"

"你心里装了很多,我从来没有真的了解过。"

洛以南伸手捧住他的脸:"向南,你别说了。"

向南再度咬住了她的唇,这个吻漫长而深情,他们相互抚慰着彼此多年离别的思念之苦。

"向南……"她扬起脖颈。

这两个字宛如带了魔力,催化着男人身体里最原始的冲动。

"这些年有过很多后悔,最后悔的是……那天晚上没能多抱抱你。"

他带着懊恼与悔恨道,轻轻撩开了她背后的锁扣:"让我补偿你。"

两个月后,洛以南和向南的婚礼在S大校园后面的小山坡举行,这场盛大的世纪婚礼,全城瞩目,到场了许多媒体,闪光灯咔嚓咔嚓闪个没完,安保人员几乎请了一整个小队,才勉强控制住局面。

向南单身这么多年,刚刚宣布恋情不久,便火速结婚,这是让所有人意想不到的。

而婚礼上,更加意想不到的事情发生了。

| 第十八章 |

向南的父亲向擎和秦欢居然也到场了,他们的女儿小泡泡穿着白色的蕾丝边公主裙,跌跌撞撞跑了过来。

她被向擎养得白白胖胖,憨态可爱,走到向南身边,糯糯的嗓音叫了他一声:"哥哥。"

"我去,这破小孩谁啊这么可爱,跟我妹妹挺像。"

向南将她抱了起来,一转身,便看见了自己年迈的老父亲,他鬓间已有微霜,虽然到了知天命的年纪,不过身形依旧挺拔,看上去精神十分不错。

"老爸,老爸你回来了?"向南有些不敢相信,他竟然回国了。

之前在电话里,向南对老爸说了自己会和洛以南结婚,向擎说这是你自己的人生,老爸不会左右你的选择,但是考虑到亲戚朋友和八卦记者或许会对他们的家庭说三道四,他就不出席婚礼了。

向南理解老爸的考虑,毕竟这样的豪门家庭,一举一动都被人所窥视注意着。

可是万万没有想到,他还是来了。

"去他的流言蜚语。"向擎豪迈地走了过来,拍了拍自己儿子的肩膀,"我这一辈子都生活在别人的目光下,不得自由,娶个年轻老婆还让家里人说了大半辈子,现在是我唯一的儿子结婚,我什么都不管了,随便别人怎么说,咱们是完完整整的一家人。"

周围的闪光灯响个没完,洛以南知道,明天各大报纸媒体的焦点肯定不会仅仅只放在他们的婚礼上了。

不过对于洛以南而言,比起他们的到场,流言蜚语根本不算什么。

秦欢牵着小泡泡,走到洛以南面前,无奈地说道:"是小泡泡,吵着闹着一定要回来看哥哥姐姐的婚礼,我……我这不就带她回来了吗。"

洛以南知道,秦欢是拉不下脸呢,小孩子懂什么,如果不是她想参加他们的婚礼,又怎么可能这般千里迢迢赶回来。

"谢谢你,秦姨。"洛以南伸手抱了抱她,"你们的到来,对我来说真的非常重要。"

秦欢也抱紧了她,柔声说道:"其实……你早就应该叫我一声妈妈了,以前我不允许你这样,但……但我心里一直都把你当成自己的孩子,以前的事情,是我做得不厚道,为了自己的名声,逼你离开向南。"

"妈妈。"

秦欢红了眼睛,眼泪哗哗的,根本止不住,还是向擎走过来劝道:"行了,今天是孩子的好日子,别哭哭啼啼的了。"

"好了,不哭了,你们还缺小花童吗?让我们小泡泡也当一次花童好不

好?"

"好啊。"

秦欢让人将准备好的捧花和钻戒盒子拿过来,交到了小泡泡手里,低声叮嘱:"去,给哥哥姐姐送钻戒。"

结婚进行曲响了起来,繁花盛开的礼台之上,没有父亲将女儿的手交给丈夫这一环节,从始至终,都是向南牵着洛以南的手,带她走完了全程。

他是她的哥哥,照顾她疼爱她那么多年,现在他也是她的丈夫,一生一世。

最终,将那枚鸽子蛋大小的、被称为能让全世界女人尖叫的名钻——璀璨之心,戴到了洛以南手上。

洛以南惊讶地看着手上那枚切割完美的硕大钻戒,在阳光之下,钻戒的每一个切面都精致无比,美得令人咋舌。

三年前的新闻曾经报道过,在纽约的一次盛大的珠宝拍卖会上,"璀璨之心"以两亿五千万的成交价格,被一位神秘的华人富商拍了下来。

此后,这枚钻戒皇后便一度尘封,音讯全无,从没有出现在任何场合与人们的视线中。

而"璀璨之心"的设计者劳伦斯面对媒体的疑问,神秘兮兮地说过——

"当璀璨之心重现人世的时候,便是真爱降临的时刻。"

而此时此刻,鸽子蛋出现在了洛以南的手上。再一次震惊了所有人,媒体争相拍照,准备搞个大新闻。

向南牵着洛以南的手,低头吻了吻,柔声说道:"当初我看到它的第一眼,脑海里浮现的是我第一次见到的你,你才是我这一生最珍贵的宝贝。"

洛以南嘴角勾了起来,凑近了向南,踮脚附在他耳边:"向先生,有一个秘密,我一直没有告诉你。而这个秘密,我想用一生的时间让你知道。"

我爱你,以我的青春。

番外一
/ 傅 时 寒 写 给 女 儿 的 三 封 信 /

【第一封信】

小柠檬，当你打开这封信的时候，已经不再是赖在爸妈怀里撒娇的小淑女了，你已经渐渐步入了青春期。

当爸爸第一次感受到你的时候，你在妈妈的肚子里踢了我一下。那时候爸爸以为，你会是个活泼的小女孩。

十二月寒冷而又温暖的冬夜里，你来到了世界上。爸爸见到你的第一面，你就像一个皱褶的小纸人，躺在妈妈的怀里安静地睡着。

爸爸想吻妈妈，妈妈说，第一个吻，应该留给我们的小柠檬。

小柠檬的到来，是爸爸人生中第二大的惊喜，当然，第一大的惊喜是遇见了你的妈妈。

爸爸最喜欢逗你玩，带着你在房间里飞来飞去，陪你打电动，教你拆机器人，偶尔还会闹得你鼻涕眼泪哭着去找妈妈……

这些年，爸爸总是回想起你小时候的事情。

当你第一次知道，妈妈肚子里有了小 baby 的时候，你嘟着嘴看着爸爸和妈妈，眼睛里盛满了眼泪，却倔强地不肯让它们流出来，因为你知道，爸爸妈妈会因为你的难过而难过。

你从小性格害羞，胆子很小，看起来笨笨的。但是爸爸知道，其实小柠檬是一个特别聪明的女孩子，拥有一颗细腻的心灵，能够感受到爸爸妈妈对小柠檬的爱，所以小柠檬也舍不得让爸爸妈妈难过。

小柠檬害怕，因为妹妹的到来，会分走爸爸妈妈的爱。

爸爸现在告诉小柠檬一个秘密，其实在很长一段时间里，妈妈也总是因为妹妹的到来，而感到困惑，妈妈害怕会因为照顾妹妹，而忽视了小柠檬。

这是妈妈长久以来的心结。

那天晚上，爸爸和小柠檬聊了很多，也向小柠檬保证过，妹妹的到来不

会分走小柠檬的爱，因为我们是一家人，我们对彼此的爱只会因为时光的流逝而越渐深刻，不论有没有妹妹，爸爸妈妈都会永远爱小柠檬。

后来妹妹出生，小柠檬帮着爸妈一起照顾妹妹，那时候，小柠檬说了一句话，爸爸多年难忘。

你对襁褓中的妹妹说，虽然我现在有点生气，也有点害怕，但是你放心，我还是会照顾你、爱你，当一个好姐姐，因为我们是一家人。

那时候，小柠檬没有发现，其实妈妈的眼眶红了。

后来小柠檬说到做到，担负起了作为长姐的责任，一直疼爱妹妹，帮助妹妹，爸爸真为你感到骄傲。

今年小柠檬上初一了，即将迈入人生最璀璨美好的青春期，爸爸给你写这封信，祝福你，也有一些话想要叮嘱你。

美丽的青春期，小柠檬会遇到很多困惑的事情，当你发现自己无法解决这些事情的时候，告诉爸爸和妈妈，因为爸爸妈妈永远是你的朋友，并且深深地爱着你。

在以后的时光里，爸爸不会阻止你谈恋爱，但是如果你有了喜欢的男孩，请一定要告诉爸爸妈妈，我们希望陪着你一起度过青春期。

当然，未来你可以做任何你想做的事情，爸爸妈妈不会阻碍你，但是有一点，你也要答应爸爸。

永远不要欺负你的妈妈，不要惹她生气，不要嫌她笨笨的，也不要在家里和她吵架，因为比起你和妹妹，爸爸更爱你妈妈。

而将来，小柠檬也会找到一个爱你如生命的男孩，那时候爸爸就会放心地把你交出去了。

傅时寒
写给 14 岁的小柠檬

【第二封信】

小柠檬，明天你就要出嫁了。

其实一开始，爸爸是不放心你和许桐交往的，那小子机灵太过，且桃花不断，爸爸实在不放心把你交给他，担心他会欺负你。

你自小便是个内向的孩子，虽然聪明但是忠厚，爸爸担心在交往乃至往后的生活中，你会包容他更多。

昨天晚上，爸爸和妈妈翻看着这些年你成长的照片，从你高中毕业，大学毕业到研究生毕业，许桐一直陪着你，以至于每一张照片，只要有你，就必定会有他的身影。

每一年的生日，他会把你涂成大花脸，每一次下雪，他会拉着你出去堆雪人，而每一次考试，他也会跟你的成绩紧紧挨在一起，和你念同一所大学，出国念研究生他也陪着你，帮爸爸妈妈照顾你。

在你的成长过程中，他是你的朋友，是你的哥哥，也是你情窦初开的意中人。

妈妈提醒爸爸说，小时候爸爸也不老实，可是爸爸很爱妈妈。

嗯……想想也是，可能爸爸担心太多了吧。

总之，你选择了自己爱的男孩，爸爸真心地为你感到高兴，祝福你。

写到这里，不免有些感伤。

我们的小柠檬终于长大了，而爸爸妈妈，也在一天一天地变老。

也许有一天，你会嫌爸爸唠叨；也许有一天，你会觉得不想被爸妈管束，想要一片自由的天空；也许有一天，你会遭遇人生必然的困难与挫折。

不管未来怎样变化，小柠檬一定要记得，我们是一家人，爸爸妈妈和妹妹爱你的心情，永远不会改变。

傅时寒
写给 26 岁的小柠檬

【第三封信】

　　小柠檬，当你打开这封信笺的时候，爸爸终于可以去找妈妈了。

　　千万不要难过，也不要哭泣，爸爸曾经答应过妈妈，不会离开她哪怕一分一秒，但是妈妈临走的时候，紧紧攥着爸爸的手，低声告诉爸爸，一定尽你最大的努力，陪伴我们的女儿们走到生命最远的地方。

　　现在爸爸实现了妈妈的交托，完成了任务，是应该要去找她了。

　　爸爸真的非常欣慰，你找到了一个能够陪伴你漫长余生的男人。

　　他能够和你探讨关于学术的问题，也能够每每陪你看过电影之后，和你笑着讨论那些令人热血沸腾的剧情，同样，他理解你所有的想法，你也懂他所有的冷幽默……

　　你们在一起是灵魂的惺惺相惜，而不是为了生活的柴米油盐，这一点，作为父亲，我感到欣慰极了。

　　小柠檬，请让老爸再这样叫你一次。每每抵达人生的重要阶段，老爸都会给你和妹妹写一封信，这些信笺不是为了给你们什么指导，或者告诉你们该怎样生活，老爸唯一的愿望，是希望你幸福。

　　小柠檬，不要为父母的离开而难过，我要告诉你的是，即便我们已经离开了你的身边，但依旧爱你如初。

　　余生漫长，千万勿念。

傅时寒

写给 59 岁的小柠檬

番外二
/ 小柠檬 /

在霍烟怀孕大约六个月的时候，腹部已经显形非常明显了。

小柠檬在小区里和朋友们玩的时候，经常会听到小伙伴说："你妈妈有了弟弟妹妹，就不会喜欢你了。"

"我爸妈就是这样，家里有了弟弟，现在他们都不管我了。"

小柠檬站起身来，高声反对道："我爸爸妈妈才不会这样！"

"大人都是这样。"

"我爸妈就不会！"

小柠檬决定再也不和这些讨厌的家伙玩耍了，她走到自家院子梧桐树下的秋千旁，坐上去，低着头想着自己的心事。

如果小宝宝生下来，爸爸妈妈真的不再喜欢自己了怎么办呢？

想着想着，小柠檬眼睛便红了，她用脏兮兮的袖子擦眼睛，结果越擦眼睛越难受。

就在这时，她听见身后草丛里传来窸窸窣窣的声响，一回头，发现许桐站在她的身后。

许桐张开小手臂，本来是想吓她一跳，却不承想小柠檬突然转身，倒把他自己吓得跌坐在地。

"你干吗突然回头？"

小柠檬现在心情不好，根本不想搭理他。

许桐绕到她跟前，看着她红通通的眼睛，好奇地问道："你在哭啊？"

"才没有！"小柠檬狠狠地瞪他一眼，"只是眼睛不舒服。"

"来，让我看看。"

许桐从包里摸出干净的纸巾，给小柠檬擦了擦眼睛。

小柠檬说："你还随身带纸啊，只有女孩才随身带纸巾呢。"

许桐一边擦拭着她脏兮兮的小脸，笑着说："你就从来不带纸巾。"

小柠檬"哼"了声，别开脑袋不理他。

"所以到底是谁惹小柠檬不开心了？"他坐到她的身边，拍拍胸脯说道，"告诉我，我帮你对付他去！"

小柠檬支支吾吾说："别人告诉我，妈妈生下小宝宝之后，就不会喜欢

我了,以后没人管我,说不定还会把我从家里赶出去,变成外面的流浪儿童。"

许桐挠挠自己的脑袋,皱着小眉头,思考了半响,对小柠檬说:"这样吧,要是你爸爸妈妈不要你了,你就搬到我家里来,我把自己的爸爸妈妈分给你,你以后就是我们家的小孩了。"

这话刚好让下班回家的傅时寒听见了。

他很是无奈地走到秋千旁边,拎起了许桐的衣领:"臭小子,隔三岔五经我家里跑,现在还想把小柠檬拐走?"

许桐看着傅时寒,露出微笑:"嘿,傅叔叔下午好,我过来给我爸带个口信,周末一块儿钓鱼。"

"知道了。"傅时寒说,"快回去,你爸等你吃饭呢。"

许桐恋恋不舍地看了小柠檬一眼,用嘴型告诉她:"来我家。"

"臭小子,你还来劲了。"

"傅叔叔再见!"许桐拔腿开溜。

小柠檬惴惴不安地看了傅时寒一眼,他牵着她的手,带她回家,神情丝毫没有变化。

小柠檬其实很羞于和爸爸讲自己的这些小心思,本来以为爸爸会教训自己,然而并没有。

傅时寒每天接送小柠檬上下学,就像过去一样,没有丝毫变化,小柠檬放下了心。

其实也并非一点变化也没有,那天晚上,爸爸走到小柠檬的房间,神神秘秘地关上了房门,然后悄悄告诉小柠檬,要和她签订一个秘密协议,绝对不可以让任何人知道,妈妈也不行。

秘密协议上面,爸爸"雇用"小柠檬成为他的特殊小情报员,如果妈妈有不舒服的反应,一定要第一时间通知爸爸,并且小情报员还必须要帮助妈妈分担力所能及的家务。

当然,作为奖励,每个月小情报员都可以获得一份来自老爸的神秘礼物,妈妈和小宝宝都没有,只有小柠檬才有,因为这是爸爸和小柠檬之间的秘密。

小孩子对于"秘密"有着天然的兴趣,小柠檬听完傅时寒的讲述之后,立刻来劲了,用力点头并且答应爸爸,绝对不会让任何人知道。

小柠檬和老爸之间,渐渐衍生出了某种神秘的"契约"关系,父女之间经常眼神交汇,传递着不为人知的信息。

霍烟经常笑着说,这父女俩之间肯定有猫腻,最近俩人都变得奇奇怪怪的,还经常讲悄悄话。

小柠檬当然是神秘地微笑,她才不会告诉妈妈自己和爸爸之间的秘密呢。

番外二 │小柠檬│

她渐渐感觉到,在老爸的心目中,她是最独特的那一个,这份殊荣,即便是后来小宝宝降生,也完全没有改变。

爸爸肯定是最爱她的,家里最重要的"担子"都交到了她的身上呢。

而在妈妈生下小宝宝的两天以后,爸爸带小柠檬去见妹妹。

一路上,小柠檬欣喜又忐忑,而在婴儿房门口,傅时寒告诉小柠檬,现在任务有变,小情报员必须要承担起照顾妹妹的职责。

小柠檬看着爸爸严肃又正经的表情,她郑重其事地点头:"放心吧,小柠檬肯定能光荣完成任务!"

而当婴孩那肉肉的小爪子,用力拉着小柠檬的手的时候,小柠檬渐渐感受到自己肩头沉甸甸的重任,同时,一股作为长姐的保护欲油然而生。

过去那些无谓的担忧,渐渐地烟消云散了,现在的小柠檬心里充满了对妹妹的爱,同时也充满了安全感。

因为她知道,在爸爸的心中,她永远占据着一席之地。无论时光如何流逝,环境如何改变,老爸对她的爱,永远不会改变。

她经历了无比幸福的一生,无论是童年乃至少女时期,在那个充满了爱与温馨的原生家庭,还是后来结婚以后的二人世界,甚至再后来拥有了自己的孩子……她体会了父亲的用心。

在年华老去之际,她每每打开父亲写给自己的书信,她都不免泪流满面。回顾这一生,坎坷与艰难,温情与厚爱。

傅时寒对她的爱,从来没有改变。

她是在八十九岁高龄之际的某一个初春温暖的午后去世的。

当孙女发现的时候,她坐在后花园的长椅上,安详长眠。

而树梢间,一只桃花已然冒了嫩芽。

她的手上握着一张泛黄且褶皱的信纸,不知道是反复看了多少遍,孙女认出来,这是傅时寒写给她最后诀别的那封信,信笺的最后写着:"余生漫长,千万无虑。"

而同时,孙女在信纸的背面,发现了自己的奶奶歪歪斜斜的字迹——

"老爸,小柠檬好想你。"

图书在版编目（CIP）数据

小温柔. 2 / 春风榴火著. -- 北京：中国广播影视出版社，2020.9
　ISBN 978-7-5043-8480-5

　Ⅰ. ①小… Ⅱ. ①春… Ⅲ. ①长篇小说－中国－当代 Ⅳ. ①I247.5

中国版本图书馆CIP数据核字(2020)第141655号

小温柔2
春风榴火/著

责任编辑	宋蕾佳
特约策划	紫　总　林贝贝
责任校对	龚　晨
装帧设计	何嘉莹

出版发行	中国广播影视出版社
电　　话	010-86093580　010-8609358
社　　址	北京市西城区真武庙二条9号
邮　　编	100045
网　　址	www.crtp.com.c
电子信箱	crtp8@sina.com

经　　销	全国各地新华书店
印　　刷	三河市嘉科万达彩色印刷有限公司

开　　本	880毫米×1230毫米　1／32
字　　数	343（千）字
印　　张	9
版　　次	2020年9月第1版　2020年9月第1次印刷

书　　号	ISBN 978-7-5043-8480-5
定　　价	39.80元

（版权所有　翻印必究·印装有误　负责调换）